STEVEN PRESSFIELD

Die Königin der Amazonen

Buch

Nach dem Krieg Athens gegen die Amazonen im 5. Jahrhundert v. Chr. wird die Amazone Selene von den Griechen gefangen genommen und von einem einflussreichen Griechen als Erzieherin für seine beiden Töchter aufgenommen. Bald sind sie in Freundschaft verbunden. Als Selene flieht, um in ihre Heimat zurückzukehren, folgt ihr Europa, die ältere der beiden Schwestern. Die Athener, König Theseus eingeschlossen, stellen einen Trupp zusammen, um sie zu suchen, und brechen ebenfalls ins Königreich der Amazonen auf, das von einer wilden Gemeinschaft weiblicher Krieger bevölkert wird, die einander sowohl als Liebende als auch im Kampf verbunden sind. Die Kriegskönigin der Amazonen, Antiope, führt eine Armee an, die für ihren Hass gegen die Griechen bekannt ist. Doch als Theseus, der König von Athen, in das Land der Amazonen kommt, verlieben sich die beiden Anführer ineinander. Antiope bringt sich damit in eine ausweglose Lage. Sie schwört den Sitten und Gebräuchen ihres Volkes ab und flieht mit Theseus nach Athen, um dort seine Frau zu werden. Antiopes Nachfolgerin, ihre frühere Geliebte Eleuthera, schwört Athen zu vernichten, um den Verrat zu rächen. Sie fällt mit ihren Kriegerinnen in Griechenland ein. Es kommt zu einer langen Belagerung Athens und gipfelt in der Schlacht vor den Stadtmauern.

Autor

Steven Pressfield lebt in Malibu, Kalifornien.

Von Steven Pressfield außerdem lieferbar:

Sparta. Roman (44722)
Der Athener. Roman (45100)

Steven Pressfield

Die Königin der Amazonen

Roman

Ins Deutsche übertragen
von Christine Frauendorf-Mössel

GOLDMANN

Die Originalausgabe erschien 2002
unter dem Titel »Last of the Amazones«
2002 bei Doubleday, New York.

Umwelthinweis:
Alle bedruckten Materialien dieses Buches
sind chlorfrei und umweltschonend.

1. Auflage
Deutsche Erstveröffentlichung 9/2003

Published by arrangement with Doubleday,
a division of The Doubleday Broadway Publishing Group,
a division of Random House, Inc.
Umschlaggestaltung: Design Team München
Umschlagfoto: Corbis
Satz: IBV Satz- und Datentechnik GmbH, Berlin
Druck: Elsnerdruck, Berlin
Titelnummer: 45477
Redaktion: Christa Marsen
V.B. · Herstellung: Sebastian Strohmaier
Printed in Germany
ISBN 3-442-45477-8
www.goldmann-verlag.de

Für Lesley

Priamus: *Vormals zog ich selber in Phrygiens Rebengefilde, Wo ich ein großes Heer gaultummelnder phrygischer Männer Schauete ... Denn ich ward als Bundesgenoss' mit ihnen gerechnet, jenes Tags, da die Hord' amazonischer Männinnen einbrach.*

Homer, *Ilias* (Übertragung von Johann Heinrich Voß)

Dies war die Vorgeschichte des Einfalls der Amazonen in Athen, welcher schien kaum ein leichtes oder weibisches Unterfangen gewesen zu sein. Ist es doch unmöglich, dass die Amazonen ihr Lager in der Stadt selbst aufgeschlagen und sich auf eine Schlacht am Pnyx hätten einlassen können, ohne zuvor das umliegende Land zu erobern, durch das sie somit ungehindert gen Athen gezogen waren. Denn dass sich dort ihr Lager befand, ist sicher. Davon zeugen bis heute die Namen der Plätze sowie die Gräber und Monumente der in der Schlacht Gefallenen ... Hat man uns doch tatsächlich erzählt, dass (eine Zahl) Amazonen (die), fielen, dort auf dem Platz ihr Grab fanden, der bis heute Amazonium heißt.

PLUTARCH, *Lebensbeschreibung des Theseus*

ERSTES BUCH

MUTTER THYONE

I

DIE ZAHME AMAZONE

Als kleines Mädchen hatte ich als Kinderfrau eine zahme Amazone. Natürlich ist ein solcher Ausdruck in sich ein Widerspruch, denn eine Frau dieser Rasse mag sich – mehr oder weniger – wie ein Adler oder eine Wölfin zähmen lassen. Selene jedoch (dies war ihr Name und er bedeutete »Mond«) war im Alter von neun Jahren von ihrer *skyle* – das Wort für Reitereinheit und Familie ist in der Sprache der Amazonen identisch – ausgeschickt worden, in einer Gemeinschaft von hohen geistigen Werten in Sinope am Schwarzen Meer zu leben, und war so mit einem ortsgebundenen Dasein vertraut geworden. Ertragen allerdings hatte sie diese Beschränkung ihrer persönlichen Freiheit nie; im Alter von zwölf stahl sie ein Pferd und Waffen und floh nach Hause in das Wilde Land ihrer Mütter. Als erwachsene Kriegerin kämpfte Selene gegen die Troer und Dardaner, in Kalchedon gegen die Rhipäischen Skythen und am Halys gegen die fünfzig Söhne des Admetos. Sie beherrschte die Sprache der Hellenen und diente sowohl als Offizierin, Gesandte und Befehlshaberin der *hippotoxotai,* den sagenhaften berittenen Bogenschützen der Amazonen. Sie stand im Rang der Befehlshaberin einer Ile in der Großen Schlacht um Athen, in der Theseus mit seinen Verbündeten nach monatelangen Kämpfen letztendlich den Angriff des Amazonenheers abwehren konnte.

Selene ergab sich mit Schild und Zaumzeug oben am Pass zwischen Parnes und Kithairon, wo noch heute die Gräber der Amazonen zu sehen sind, gemeinsam mit ihrer Geliebten Eleuthera (deren Name so viel wie Freiheit bedeutet), die zahlreiche Verwundungen erlitten hatte und um deren Freilassung willen Selene die eigene Freiheit hingab. Selene wurde in den Diensten meines Vaters niemals gebunden oder angepflockt. Allein ihr Wort hielt sie bei uns. Und sie diente meinem Vater ehrenvoll, indem sie meine Schwester Europa unterrichtete und bis zum vierzehnten Lebensjahr meiner Schwester (und meinem elften) unsere Kinderfrau war.

Ihr ältesten meiner Töchter bedenkt die blutigen Ereignisse jener Zeit. Alljährlich berichte ich euch erneut von den Geschehnissen am Vorabend des Festes Boedromia, unter der »gehörnten« Mondsichel, »Amazonenmond« genannt. Keiner derer von männlichem Geschlecht, nicht Vater, Bruder, Ehemann oder Sohn, mag diese Geschichte, nicht einmal in Bruchstücken, jetzt oder je erfahren, so haben wir uns alle geschworen, selbst ihr, die Jüngsten, die wir unser Blut dem kampfgerüsteten Ares weihten. Wiederholt jetzt mit mir: Wer diesen Eid bricht, soll von unserer Hand fallen, dafür verbürgen wir uns alle.

Erhebt euch nun, Kinder. Ihr Jüngsten, fasst die Hände eurer Schwestern und folgt mir, der Mutter Thyone, in den Vorhof. Dort sind wir ungestört. Faltet eure Umhänge und legt sie im Kreis auf der Erde aus. Die Nacht ist warm. Rückt eng zusammen und lehnt euch mit dem Rücken gegen die Mauer oder an einen Baumstamm. Ja, so ist es recht. Lasst uns mit unserer Sitzordnung den Halbmond *labrys,* die doppelschneidige Streitaxt, bilden. Ich nehme am Scheitelpunkt Platz und rezitiere das Überlieferte. Hört gut zu, meine Töchter. Jeder Vers soll sich unauslöschlich in euer Gedächtnis prägen. Ihr Ältesten, die ihr schon viele Herbste die Geschichte vernommen habt, gedenkt eurer Pflicht: Sollte ich auch nur eine Zeile nicht korrekt wiedergeben, gebietet mir umgehend Einhalt, denn unserem Vortrag darf auch nicht der Hauch von Legendenbildung anhängen. Nur die Wahrheit gilt. Und sollte die Zeit gekommen sein, da ihr diese an eure eigenen Töchter weitergebt, seid euch dieser Verpflichtung stets bewusst, tragt das Geschehene unverfälscht weiter, so wie ich es euch überliefert habe.

Selene fürchtete das Geschlecht der Männer. Sie verströmten Selbstgefälligkeit, was sie *anaidor*, das heißt »atemlos« oder »seelenlos«, nannte. Sie bezeichnete die Hellenen als »hölzern«, womit sie ausdrücken wollte, dass sie steif und wenig anpassungsfähig seien. Allerdings beschränkte sie diese Kritik nicht allein auf die Männer. Sie dehnte diese selbst auf unsere Mutter, ja auf sämtliche Frauen auf unserem Landgut und ganz Attikas aus, auf deren Verhaltensweisen sich Selene oft keinen Reim machen konnte. Dann senkte sie zum Ausdruck ihrer Verlegenheit über ihr Benehmen den Blick nach Amazonenart, wenn diese mit Händlern feilschten oder Dienstboten schalten.

Selene fürchtete bei Männern vor allem das Fehlen von Feingefühl und Achtsamkeit. Jene Plumpheit, die sie Käfer zertreten oder die Hülle der Erde mit der Pflugschar aufbrechen ließ, ohne sich deren Schmerzen gewahr zu werden. Dennoch waren Selene und ihr Volk zu unvorstellbarer Grausamkeit fähig. Die Götter mochten dem Mann oder der Frau beistehen, die in ihre Hände fielen, wenn sie ihre Ehre verteidigten oder ihren Kriegsschmuck angelegt hatten.

Amazonen glauben an den Kult des Hasses. Hass ist Ate, Hekate und Persephone heilig. Und natürlich dem Gott Ares, den sie zusammen mit der Nymphe Harmonia als ihre Vorfahren bezeichnen. Artemis von Ephesos, die sie als Göttin verehren, war hasserfüllter als je ein anderes Wesen. Die

Amazonen glauben, dass Mütter Töchter und Töchter Mütter hassen, dass das Meer den Himmel und die Nacht den Tag hasst. Hass hält in ihren Augen die Welt zusammen, ist in ihren Augen eine großzügige und göttliche Gabe. Liebespaare müssen hassen, bevor sie lieben, und zu diesem Zweck haben sie jene Sitte »Dreierbund«, in dem sich junge Mädchen an der Schwelle zum Erwachsenwerden zusammenfinden. Mit acht und zwölf Jahren bilden sie ihre »Trikonai«, jenes berühmte Verhältnis zu dritt nach einem wilden und grausamen Ringkampf. Treten, beißen, die Augäpfel eindrücken, alles ist dabei erlaubt. Die Ältesten bilden einen Kreis um die kämpfenden Mädchen und dreschen mit Reitpeitschen auf jede Wettkämpferin ein, die es an Angriffslust und Kampfgeist missen lässt. Ist der Kampf erst einmal vorbei, dann, so glauben die Amazonen, schweißt er die vormaligen Kontrahentinnen so fest zusammen, dass keine Kriegerin die andere jemals im Stich lassen wird.

Selene züchtigte mich und Europa regelmäßig. Und es waren keine liebevollen Klapse, die sie verteilte, sondern Schläge, die uns gelegentlich von den Füßen rissen. Ebenso häufig allerdings erfuhren wir zärtliche Liebkosungen, und sie musste sich nicht selten von unseren Eltern vorwerfen lassen, uns ihre Zuneigung in den unpassendsten Augenblicken zu zeigen, wie zum Beispiel in Gegenwart von Priestern oder Älteren. Sie schlief in unseren Betten oder wir in ihrem, bis wir sechs Jahre alt waren.

Schild und Zaumzeug, deren sich Selene zum Zeichen ihrer Niederlage entledigt hatte, waren für meine Schwester und mich Gegenstände von beinahe magischer Anziehungskraft. Vater stellte diese Gegenstände nie wie Trophäen zur Schau, um Selene nicht in ihrer Ehre zu verletzen. Im Gegenteil: Mehr als einmal versuchte er, diese Selene zurückzugeben, doch sie verweigerte stets die Rücknahme. Also wurden sie in einer Truhe auf dem Dachboden über dem

Zimmer meiner Eltern aufbewahrt. Europa und ich hatten schnell raus, wie man das Schloss öffnete. Häufig kletterten wir hinauf unters Dach und verweilten dort einen Nachmittag lang, wie verzaubert vom Geruch und dem Gefühl dieser kunstvoll gefertigten Gegenstände in unseren Händen. Wir staunten über die Schönheit des Zaumzeugs aus Ochsenleder, von Elfenbein und Elektrum eingefasst. Der rechte Backenriemen zeigte einen Greif, der einen Hirsch erlegt, der linke eine Mondsichel, die Trense war aus purem Gold. Selenes Schild war aus Bärenhaut, und zwar aus dem besonders festen Schulterstück. Er hatte die Form eines Halbmonds, war dreilagig, durchwoben von einem Geflecht aus Hirschsehnen und mit dem Fell eines schwarzen Leoparden überzogen. Am Arm fühlte er sich leicht an wie ein Tamburin und war mit seinem Eschenrahmen doch erstaunlich fest.

Selene roch. Mutter verwehrte ihr den Zutritt zu den Empfangsräumen des Hauses, da der Geruch, den sie verströmte, so behauptete Mutter, in jedem Kleidungsstück, in ihrem Haar und sogar an den Wänden hängen bliebe. Zu unserem großen Vergnügen machte unsere Mutter oft Jagd mit einem Besen auf unsere Kinderfrau. Selene allerdings mied von sich aus das Haus, so gut sie konnte, betrat es nur, wenn unbedingt nötig. In einem Haus, so schien es, war sie nicht in der Lage zu hören. Wollte man ihr etwas Wichtiges mitteilen, dann musste man es draußen im Freien tun, was meinen Vater häufig zur Verzweiflung trieb.

Selene gestattete sich nur eine Eitelkeit, und das war ihr Haar. Sie hatte rabenschwarzes, üppig glänzendes Haar, das ihr etwas Göttliches verlieh. Sie striegelte es wie eine Pferdemähne. Vor den Blicken der Männer verborgen, steckte sie es zu einer ungewöhnlichen Haartracht auf. Dazu kämmte sie den vorderen Teil über der Stirn von einem Scheitel, den sie von Ohr zu Ohr zog, nach vorne. Daraufhin teilte sie den

Pferdeschwanz, der ihr auf den Rücken fiel, in vier Teile, ein jeder von einer Silberspange gehalten, also eine für jede Himmelsrichtung. Diese wiederum hob sie über den Nacken und rollte sie zu einem breiten, horizontalen Knoten, ähnlich der Haartracht der adeligen Frauen von Kyrene, welcher am Hinterkopf mit einem Ochsenlederriemen, *xailla* oder Wäscheleine genannt, gehalten wurde, den man viermal um das Haupt schlang. Diese *xailla* dient gleichzeitig als Waffe. Sie ist eine Garrotte, ein so genanntes Halseisen. Ihre Enden sind in Hirschhornspitzen gefasst, die mit der Streitaxt geschärft wurden. Nachdem dieser Haarknoten fertig war, kämmte sie die vorderen Massen zurück, fasste die Hälfte auf dem Scheitel zu einem Pferdeschwanz zusammen und flocht den Rest in vier Teile. Die Wirkung dieser Haartracht, ob unbedeckt oder unter der Rehlederkappe der Phrygier getragen, wirkte hoheitsvoll und Furcht erregend zugleich, denn die Haarmassen ließen ihre Trägerin um einen halben Kopf größer erscheinen, während sie gleichzeitig als eine Art Helm dienten, der Sturz oder Schlag abfederte. Die schmerzhafteste Tracht Prügel bekamen Europa und ich von unserer Mutter, als sie uns dabei ertappte, wie wir versuchten, diese Haartracht nachzuahmen.

Selene hatte die Angewohnheit, jeden Herbst zur Zeit des Jahrestages der Großen Schlacht um Athen, sich Bogen, Pfeile und ein Pferd aus Vaters Stall zu »borgen« und sich in die Hügel davonzumachen, wo sie sich bis zu zwei Wochen von allen unbemerkt aufhielt. Beim ersten dieser »Ausflüge« trommelte Vater noch einen Suchtrupp zusammen und setzte eine Belohnung auf die Rückführung der Amazone aus. Bald wurde jedoch offenbar, dass kein Reiter in der Lage, geschweige denn mutig genug war, sie einzuholen und sich ihrem Zorn zu stellen.

Vielmehr kehrte Selene, ließ man sie gewähren, freiwillig zurück, sobald sie der Prüfungen oder der kultischen Handlungen überdrüssig wurde, die sie in den Bergen vollführte. Danach ergab sie sich in das Schicksal, weitere zwölf Monde ihrer Gefangenschaft abzuleisten. Niemals berichtete unsere Kinderfrau von ihren Erlebnissen, ließ sich selbst durch unsere flehentlichsten Bitten nicht dazu erweichen, sprach darüber lediglich in Form von Liedern, deren Aussage und Bedeutung wir erst viel später begriffen.

Jene »Ausritte«, wie wir sie auf unserem Landgut nannten, wurden, wenn auch nicht gutgeheißen, so doch geduldet. Aber selbst Selene vermochte nie die Stunde vorherzusagen, in der sie uns verlassen würde. Sie ging, wenn sie ging.

Die rauen Pferdeknechte und Viehhüter auf dem Gut nannten Selene, wenn auch niemals in ihrer Gegenwart, die »Brustlose« – weil sie in ihrer Unkenntnis glaubten, dies sei die Bedeutung des Wortes »Amazone«. In Wahrheit leitete sich die Bezeichnung »Amazone« vom *ooma zyona* der Kimmerier ab, was so viel wie »Töchter des Pferdes« bedeutet. Und das war durchaus herabwürdigend gemeint. Die Kimmerier (die erst kurz zuvor gelernt hatten, mit Pferden umzugehen) wollten damit ihre Gegenspieler der Steppe beleidigen. Die Amazonen straften sie dafür mit Verachtung. Das Wort »Amazone« benutzten sie niemals für sich. Selene sprach es nur im Gespräch mit Hellenen aus, und selbst dann nur widerwillig und weil es so geläufig geworden war. Gleichermaßen übertrug sie die Namen ihrer Stammesgenossinnen in unsere Sprache, wie zum Beispiel Alkippe, »mächtige Stute« oder Melanippe, »schwarze Stute«.

Und wie sie nach ihr lechzten, die Bauernburschen auf dem Landgut, gerade so wie sie auf alle Mädchen scharf waren, wobei Selene gewissen handgreiflichen Zärtlichkeiten dessen, dem sie ihre Gunst schenkte, nicht abgeneigt war. Keiner von ihnen jedoch vermochte sie zu zähmen oder ihr auch nur ein ungezwungenes Lächeln zu entlocken. Und nur unter dem Zauber der Musik gab sie sich hin. Aber es musste schon die richtige Melodie oder der geeignete Buhle sein, und selbst dann blieb sie stets kummervoll distanziert, was sie nur noch mehr zur Außenseiterin machte.

Es hatte in Attika noch andere von Selenes Volk gegeben, die man nach der Großen Schlacht verwundet gefangen genommen hatte. Einige wurden Konkubinen, andere Dienstboten. Keine blieb. Alle liefen irgendwann davon. Ob in Ketten oder gebunden, alle starben. Lediglich Selene, die in der Pflicht ihres Wortes und der Sorge für meine Schwester und mich stand, blieb. Und sie wurde im Lauf der Zeit zu einer Berühmtheit. Die Bürger aus der Stadt kamen unter einem Vorwand auf unser Landgut, schnüffelten herum, nur um einen Blick auf jene zu erhaschen, die in der Sprache der Skythen als *oiorpata,* »Männermörderinnen«, bezeichnet wurden. Und sie stellten endlos Fragen: »Hat sie sich tatsächlich die rechte Brust abgesengt, um den Bogen besser spannen zu können?« Oder: »Lasst ihr sie überhaupt in die Nähe von Waffen?« Und: »Was hindert sie eigentlich daran, die Flucht zu ergreifen?«

Eine adelige Dame aus der Gegend von Melite, die Tante vom Fürstensohn Attikus, dem meine Schwester später versprochen werden sollte, war empört darüber, dass mein Vater seine Töchter dem Einfluss einer Barbarin aussetzte. »Die Kinder werden ja geradezu zu Wilden erzogen! Wer bitte soll sie lehren zu sticken und zu spinnen? Und wer soll sie darin unterweisen, wohlerzogen zu schweigen?«

Mein Vater allerdings vertrat die Meinung, auch Mädchen sollten reiten und an Wettläufen teilnehmen können, sich abhärten und keine Angst im Dunkeln haben. Und wer konnte ihnen das besser vermitteln als eine berühmte Kriegerin der Amazonen? Vater bewunderte Selene sehr. Er kam der Aufgabe, ihr Kerkermeister zu sein, mit unterschwelligem Stolz nach, fühlte sich als ihr Beschützer. Männer hassten Selenes Anblick, und Frauen standen ihnen darin in nichts nach, im Gegenteil; ein Phänomen, das meine Schwester und mich gleichzeitig ängstigte und ärgerte.

Theseus persönlich, Herrscher über Athen, kannte Selene und schickte ihr gelegentlich Botschaften und Geschenke, die sie verachtete und zu unserer Verwunderung sofort fortwarf. An einem Frühlingsabend, als ich zwölf Jahre alt war, kam der König auf unser Landgut, nur um mit ihr, Selene, zu sprechen. Es war ein unvergesslicher Tag. Theseus, König von Athen und Eleusis, Herr über Kreta und die Inseln, besuchte unser Zuhause! Er, der Attika befriedet, die widerstreitenden Fürsten in einer Polis vereinigt und von den Glücksrittern der Misswirtschaft befreit hatte.

Theseus war ein Verwandter unseres Vaters, denn die Mutter des Königs, Aithra, war eine Cousine der Mutter unseres Vaters, Polykaste. Und sowohl mein Vater als auch sein Bruder Damon hatten Theseus eine Generation zuvor auf seiner ersten Fahrt zum Amazonenmeer begleitet. Dennoch hatte er nach meinem Wissen zuvor noch nie den Boden unseres Landguts betreten. Er kam mit Pferd und Wagen, nicht hoch zu Ross oder zu Fuß, denn er hatte sich den Oberschenkel gebrochen und musste sich beim Gehen auf einen Stock mit Astgabel stützen, der ihm als Gehhilfe diente. Nie zuvor hatte ich einen schöneren Mann gesehen! Er war noch einen halben Kopf größer als mein Vater, der schon alle in unserer Gegend überragte, und seine Züge waren wie aus Eichenholz geschnitzt. Seine Arme waren goldgebräunt von der Sonne, und seine schulterlangen Locken glänzten. Es bedurfte keiner üppigen Fantasie, sich vorzustellen, weshalb Antiope, die Amazonenkönigin, ihm verfallen war und für ihn ihr Volk verließ und es später sogar verriet, indem sie an seiner Seite gegen ihre Schwestern in die Schlacht zog.

Er trug ein schlichtes weißes Gewand mit blauer Bordüre und rostrotem Überwurf, der von einer Schulterspange aus Gold in Form einer Muschel gehalten wurde, die er, wie die

Legende behauptete, von einem dankbaren Bittsteller erhalten hatte, den er wider jede Sitte im Bade empfangen hatte.

Theseus begrüßte meinen Vater und dessen Bruder herzlich, entledigte sich sämtlicher äußerer Zeichen seiner Königswürde und übergab diese zum Beweis seiner Hochachtung meiner Mutter und meiner Schwester. Dann setzte er sich abseits von allen mit Selene allein unter unsere Eiche (die von da an nur noch die Königseiche genannt wurde), und alle auf dem Landgut, vor allem die Bediensteten und Landarbeiter, die Selene so sehr verachteten, staunten nicht schlecht, mit welcher Ehrerbietung der König der Gefangenen gegenübertrat und wie aufmerksam er ihren Worten lauschte.

Damals konnten wir nicht wissen, dass er Selene über die lebensgefährliche Verwundung ihrer Geliebten Eleuthera unterrichtete, die diese drei Monatsreisen gen Osten in ihrer Heimat am Pontos Euxeinos, dem Schwarzen Meer, erlitten hatte. Die viele Monde alte Nachricht hatte Athen erst am Vortag per Schiff erreicht, und Theseus hatte sich auf Grund alter Versprechen verpflichtet gefühlt, sie Selene persönlich und umgehend zu überbringen. Amazonen dürfen sich ihre Geliebten nur aus einer Gemeinschaft von dreien nehmen, die man den Dreierbund »Trikona« nannte. Die Hölle, so glauben sie, wird jeweils eine dieser drei für die anderen verschlingen, sollten sie an der Schwelle zur Unterwelt stehen. Und dies ist der Grund für ihren Mut in der Schlacht, so glauben die Amazonen, denn jede dieser drei Frauen gibt kampfesmutig ihr Leben für das ihrer Gefährtinnen. Selene und Eleuthera waren solche Gefährtinnen. Aus Selenes Miene jedoch vermochte niemand abzulesen, ob die Nachricht Trauer auslöste oder zu welchem Entschluss sie gekommen war. Erst als meine Schwester und ich sie später am Abend mit unserer Neugier verfolgten, entdeckten wir das Amulett aus Feuerstein und Horn, das sie in den Kampferbaum gehängt hatte, der allein am östlichen Abhang des Gutsgeländes stand. Die Amazonen nennen dies ein *ästival*, eine Bezeichnung, für die unsere Sprache keine Entsprechung kennt. Es ist ein Pfand, mit dem man die Absicht erklärt, das eigene Leben für das der Geliebten zu geben, und es steht, sollte dies misslingen, für den Schwur, sich mit ihr in der Hölle erneut zu vereinen.

Theseus kannte diese Gesetze der wilden Stämme und warnte meinen Vater, mit dem er nach der Unterredung mit Selene ein Vieraugengespräch führte, in dem er ihn über die Selenes Leben bestimmenden Verpflichtungen in Kenntnis setzte, die sie veranlassen würden, ihre Freilassung entweder zu fordern oder sie sich einfach zu nehmen. Auch meinem Vater war das sofort klar. Beide Männer wussten, dass bei allen kriegerischen Stämmen die Ehre über dem Überleben stand und ihr stets vorrangig Genüge getan werden musste. Und genau dies mochte Selene dazu bewegen, die Flucht zu ergreifen.

Auch uns Kindern war das nicht entgangen. Schließlich wussten wir von der Liebesbeziehung zwischen unserem König und der Amazone Antiope, die in der Großen Schlacht an seiner Seite gekämpft hatte, auch wenn sie längst tot war.

Aber vor allem merkten wir, wie sehr die Offenheit und Selbstverständlichkeit, mit der unsere Kinderfrau mit dem König gesprochen hatte, die Atmosphäre auf dem Gut vergiftet hatte. Wir hörten, wie die Leute flüsterten: »Was hat sie, die Hexe, das sie so über uns erhöht?«

Selene, die von jeher Verhasste, wurde noch mehr gehasst nach diesem Abend, als der König und seine Begleiter uns wieder verlassen hatten. Und so kam es, dass die rauen Kerle Selene in ihrer Behausung, einem kargen Anbau an das Zimmer, das ich mir mit meiner Schwester teilte, überfielen und sie hinaus in die Nacht zerrten. Europa und ich wollten schreien, doch Selene hatte uns mit einem Blick zum

Schweigen gebracht. Ein Schweigen, an das auch sie sich eisern halten würde, wie wir wussten, und mit dem sie stumm ertrug, was die Männer mit ihr machten. Dennoch liefen wir zu Mutter und Vater, aber keiner wollte trotz unserer inständigen Bitten Selene zu Hilfe eilen. Ahnten sie doch, dass sie damit den Vollzug der Rache, die Selene auf sich gezogen hatte, nur hinauszögern würden. Mein Vater vertrat die Ansicht, dass auf einem Landgut, ähnlich wie auf einem Schiff, gerade die Männer ihre niederen Gelüste irgendwann ausleben mussten und die Außenseiter dabei eben stets die Zeche zahlten. In jener Stunde habe ich meinen Vater gehasst. Zwar eilte er Selene nach einigem Zögern doch noch zu Hilfe. Aber da war es eigentlich schon zu spät.

Mutter hielt Europa und mich davon ab, ihm zu folgen. »Selene ist kein Mensch wie ihr und ich, Kinder. Sie ist eine wilde Kreatur, die ertragen kann, was für uns unerträglich wäre.«

»Heißt das, man kann ihr Gewalt antun? Über sie herfallen, wie die Erpel über die Enten?«, fragte meine Schwester und handelte sich für diese Anmaßung eine Ohrfeige ein.

Mutter jedenfalls hielt uns so lange bei sich, bis sich die Männer ausgetobt hatten. Dann kehrte Vater zurück. Sein Blick sagte uns, dass wir frei waren zu tun, was wir wollten. Wir liefen zu Selene.

Sie floh nicht in dieser Nacht. Vielmehr rief sie Europa und mich zu sich in jenen Platanenhain, in dem sie uns heimlich unterrichtet hatte, und erzählte uns drei Nächte lang ihre Geschichte. Fühlt eine Amazone die Stunde ihres Todes nahe – sei sie verwundet oder krank – oder sei es am Vorabend eines Kampfes, vor dem sie ein Zeichen ihres bevorstehenden Endes erhalten hatte, verlangte das Gesetz ihres Volkes von ihr, ihr Vermächtnis zu hinterlassen. Dann sammelt sie ihre Töchter um sich und teilt es ihnen mit. Ein solches Vermächtnis, so erklärte Selene uns, wurde nur selten in Form eines Tatsachenberichts weitergegeben, sondern enthielte vor allem auch Visionen und Träume von zu erwartenden Geschehnissen.

Diesen Bericht nun übermittelte Selene uns, wie ich ihn in dieser Nacht an euch weitergebe. Sie erzählte von ihrer Kindheit in der Steppe des Ostens; von der Ankunft des Theseus, der vor zwanzig Jahren übers Meer gekommen war, Königin Antiopes Herz gewann und mit ihr nach Athen floh. Selene beschrieb die Wut der Amazonen, vom Aufmarsch ihres Heeres unter Eleuthera, das durch die Stämme der Steppe wie der Skythen, Maioter, Thraker, Massa Getai, Thyssa Getai und fünfzig anderer Völker verstärkt wurde, von dem drei Monde andauernden Zug dieses Heeres nach Westen und schließlich dem Marsch auf unsere Stadt Athen. Selenes Bericht war von einer ungewöhnlichen Eindringlichkeit, die meiner Schwester und mir Angst machte, denn er ließ nur den Schluss zu, dass sie bereit war zu sterben. Und wir waren durch unsere Liebe zu ihr und Achtung für sie zum Schweigen verurteilt.

In der dritten Nacht führte Selene uns zu der eingestürzten Mauer, die wir Kinder das »Vipernnest« nannten. Dort griff sie in einen Spalt, in dem ihr Arm bis zur Schulter verschwand, und zog eine von der nächtlichen Kälte steife Viper heraus, eine Schlange, mit deren Gift die Amazonen jenen Zustand herbeiführten, den sie *adranaia* nannten, was so viel wie »keine Wiederkehr« bedeutete. Sie packte die Schlange dicht hinter dem Kopfansatz und drückte sie mit den Nasenöffnungen an ihre Wade. Kein Schrei entwich ihrer Kehle, kein Zucken ging durch ihren Körper, als das Reptil seine Zähne in ihr Fleisch versenkte. Schließlich schlug Selene mit ihrem Krummdolch der Schlange den Kopf ab, öffnete ihr mit der Klinge den Kiefer und schnitt die Giftzähne heraus. Und begann zu singen:

Gottes Schönheit, Höllenzorn,
Herz, du sprichst, doch niemand hört.
Rette uns auf diesem Pfad.

Und jetzt, ihr Töchter und Großtöchter, seht im Mondlicht zu jener Trockenmauer, welche die Pferche zum Scheren der Schafe mit dem Tor zur Straße verbindet.

Von dort kam Selene am Abend der folgenden Nacht, auf dem Hengst meines Vaters, den sie kurz zuvor aus dem Stall gestohlen hatte. Im Kiefer des Rosses glänzte Selenes goldene Trense. An ihrem Arm trug sie den Schild aus Bärenhaut und schwarzem Leopardenfell. Sie spornte das Tier zu scharfem Galopp an, während eine Bande aus jungen Burschen und Männern aus unseren Diensten versuchte, ihr den Weg abzuschneiden.

Skyllus, dem Ziegenhirten, durchbohrte Selenes Wurfspeer dort vor der Mauer die Brust mit einer Wucht, die die gestreckte Bewegung des Pferdes noch verstärkte, sodass der Hirte, einmal getroffen, regelrecht an die Bretter des Tores genagelt wurde – mausetot, bevor noch ein Laut aus seiner Kehle dringen oder er den Arm heben konnte, um die Feuerglocke zu läuten.

Mit Pfeil und Bogen streckte Selene Drakon, den ersten Landarbeiter, nieder, ebendort neben der Quelle, setzte dann im gestreckten Galopp über die Mauer und schoss noch in der Luft einen zweiten Pfeil ab, der dem Jungen, Memnon, die Kehle durchschlug und sämtliche Stimmbänder und den Halswirbel durchtrennte, sodass er wie ein Sack Steine zu Boden plumpste und sein Leben aushauchte, noch bevor er in den Staub sank. Hier war es auch, dass Mentor, der Vorarbeiter auf dem Gut, der Selene am gewalttätigsten missbraucht und am verächtlichsten behandelt hatte, sein Heil in der Flucht suchte, als er sah, wie sie Mauer und Palisade übersprang.

In diesem Augenblick entwich der Kehle der Amazone, die so lange in stummem Leiden verharrt hatte, jener berühmte Kriegsschrei, der mir selbst noch nach all den Jahren das Blut in den Adern gefrieren lässt. Selene griff nach der Holzfälleraxt, die sie statt der Streitaxt am Gehänge über der Schulter trug, schleuderte die Waffe im Galopp auf ihr fliehendes Wild. Das schwere Geschoss schwirrte durch die Luft, traf ihn mitten zwischen die Schulterblätter und senkte sich eine Handbreit tief in Sehnen und Knochen. Die Wucht des Wurfes fällte den Mann mit dem Gesicht nach unten in den Staub, wo er in höchster Qual zuckte und zappelte, die Arme schlaff am Körper, in letzten Zuckungen, wie ein Stein über eine Wasserfläche hüpft, um endlich mit dem Kopf zuerst in den geflochtenen Untersatz des Schweinetrogs zu schlittern, wo er bewegungslos, für immer ausgelöscht, liegen blieb.

Die Hufe von Selenes Ross donnerten Stroh aufwirbelnd vorüber. Dann lenkte sie den Hengst in halsbrecherischer Manier um die Ecke und galoppierte den Hang hinauf, achtlos die jungen Weinpflanzen niedertrampelnd, die erst am Nachmittag zuvor gepflanzt worden waren. Schließlich verschwand sie unter den Olivenbäumen, die den Kamm säumten, und hinterließ nichts als Staubwolken hinter den Hufen ihres Hengstes, die sich erst allmählich legten und so noch lange ihren Fluchtweg nachzeichneten.

2

ELEUTHERA BEDEUTET FREIHEIT

Zwei Nächte später schrak ich aus dem Schlaf auf und entdeckte, dass meine Schwester fort war. Mir war augenblicklich klar, dass sie geflohen war, um Selene zu folgen. Das Oberlicht im Giebel war unser üblicher Fluchtweg (da unser kleiner Raum weder Fenster noch Außentür besaß). Im Nu war ich aus dem Bett und barfuß auf dem Weg zum Wäldchen.

Es müssen ungefähr fünfzig Verstecke gewesen sein, die Europa und ich ständig benutzt hatten, und sie konnte jedes aufgesucht haben. Dennoch schlug ich instinktiv den Weg zu jenem Platanenhain ein, wo Selene zur Sonnenwende dem Mond eine Taube geopfert hatte. Einmal im Winter, als ich dort wegen der Kälte rebelliert hatte, hatte die Kinderfrau Europa und mich gezwungen, eine Nacht lang stehend im Frost auszuharren, bis wir bis zur Hüfte jedes Gefühl in unseren Gliedmaßen verloren hatten. Jetzt rannte ich mit schmerzenden Lungen über die Anhöhe. Dann traf mich aus heiterem Himmel ein Schlag, der mich von den Füßen holte, sodass ich mich in meinem Nachtgewand auf den Rücken liegend wiederfand. Eine Gestalt kniete auf meiner Brust, und eine Messerklinge berührte meine Kehle.

»Wer ist dir gefolgt?«

Es war Europa. Und sie war nackt. Trotz Dunkelheit konnte ich drei tiefe, untereinander liegende Messerschnitte im Fleisch ihrer Brust erkennen, die Zeichen des *matrikon,* der rituellen Selbstverstümmelung der Amazonen am Vorabend einer Schlacht.

»Was hast du dir getan?«, rief ich entsetzt.

Im Hintergrund wartete das Pferd meiner Schwester, Rotschopf, gesattelt und bepackt.

»Du willst zu Selene!«

Europa befahl mir zischend, mich zu mäßigen. »Warum bist du mir gefolgt, Thyone?«

»Nimm mich mit!«, flehte ich.

Mittlerweile war Europa zum Scheitelpunkt der Anhöhe hinaufgekrochen. Jetzt hielt sie dort inne und lauschte angestrengt. Zufrieden darüber, dass mir offenbar niemand gefolgt war, glitt sie wieder zurück und packte mich erneut beim Handgelenk. »Da, fühlst du es?«

Sie schob meine Hand zwischen ihre Schenkel.

»Ich blute das Blut der Frauen!«

Mir standen die Haare zu Berge. Meine Schwester erlebte ihre erste Monatsblutung. Damit war sie eine Frau. Ein Fleck niedergetrampelten Waldbodens sagte mir, dass sie dieses Ereignis mit einem Tanz gefeiert hatte. Sie wandte sich mit triumphierender Miene von mir ab, hob die Arme gegen den Mond, ihr und Selenes Namensgeber, denn Europa bedeutet rundes Gesicht. Ihr Atem wurde weiß in der kühlen Nachtluft. Ich staunte, sie in diesem Zustand der Erregung zu sehen, bleich und ekstatisch, in den Anblick der schmalen Silbersichel zwischen den Bäumen versunken.

»Nimm mich mit, Schwester.«

»Du musst das Geheimnis für dich behalten. Du hast die Männer heute gehört!«

Im Morgengrauen dieses Tages waren wir in die Stadt und zum Sitz der Volksversammlung gegangen und hatten dort vom Hain über dem Pnyx aus (zusammen mit anderen Kindern, Sklaven und Frauen, die allesamt kraft Gesetzes von politischen Entscheidungen ausgeschlossen waren) zugehört, wie die Männer über Selenes Schicksal und die Maßnahmen gestritten hatten, die angesichts ihrer Vergehen und ihrer Flucht ergriffen werden sollten.

Die Wogen der Wut waren hoch geschlagen so kurz nach dem Gemetzel, das Selene auf unserem Landgut angerichtet hatte. Noch bevor das Blut der Opfer getrocknet war, hatte man nach deren männlichen Verwandten geschickt, während die Frauen lautstark die Totenklage um ihre Söhne und Männer angestimmt hatten. Sie hatten verlangt, dass umgehend ein Suchtrupp zusammengestellt werde. Mein Vater spielte auf Zeit. Während die Stunden mit Vorbereitungen verrannen, kühlte der Eifer der Rachedurstigen sichtlich ab. Der gesunde Menschenverstand gewann die Oberhand. Und der sagte ihnen, dass eine Verfolgung sinnlos war. Wer wollte schon eine Amazone einholen, die einen stattlichen Vorsprung hatte, der sich noch von Stunde zu Stunde vergrößerte? Selene würde ihr Pferd bis zur völligen Erschöpfung reiten, sich ein frisches stehlen, und danach das nächste und übernächste. Der Trupp der Verfolger dagegen musste sich seine Reittiere teuer erkaufen. Davon abgesehen, konnten sie die Grenzen der einzelnen Hoheitsgebiete nicht ohne Erlaubnis der jeweiligen Fürsten passieren, deren Erwerb ebenfalls Zeit kostete. Und Theseus selbst hatte kein Interesse daran, dem Vorfall eine Bedeutung zuzumessen, die ihm nicht zukam. Wichtigere Angelegenheiten verlangten seine Aufmerksamkeit. Kleinere Gebietsfürsten zum Beispiel wurden zunehmend dreister, strebten nach mehr Unabhängigkeit von der Königsmacht und suchten sich jede vermeintliche Schwäche des Herrschers zu Nutze zu machen.

So verstrichen der nächste und der übernächste Tag. Und allmählich versuchte man diesen unglückseligen Zwischenfall, den Amoklauf einer zweifellos geistig verwirrten Kinderfrau, zu verdrängen. Nur einer spielte nicht mit: Lykos, der Sohn des Pandion, Bruder von Theseus' Vater Aigeus, der sich um den Thron Athens betrogen fühlte. Und dafür und wegen anderer Misslichkeiten hasste er Theseus. Lykos also witterte plötzlich eine günstige Gelegenheit, seinem Feind Schaden zuzufügen. Er schickte sich an, das Volk gegen ihn aufzubringen, indem er in der Volksversammlung warnte, Vergehen diese Art ungestraft durchgehen zu lassen, werde nur weiteres Unheil provozieren – und damit meine er nicht harmlose Übertretungen von grünen Jungen oder dummen Männern, wie er erklärte, sondern von Frauen, deren Verderbtheit und Bösartigkeit ihresgleichen suche. Lykos' Ausführungen fielen auf fruchtbaren Boden. Denn welcher Ehemann und Hausherr – so wiegelte Lykos die Männer der Volksversammlung auf – könne des Nachts noch ruhig schlafen, wenn Kinderfrauen ungestraft mit Pfeil und Bogen wüten und anschließend unbehelligt in ferne Lande fliehen könnten.

»Das ist skandalös, Männer Athens!«, rief er wörtlich ins Rund. »Wenn ausgerechnet in unserer Stadt, in der die Götter als Erstes den heiligen Bund der Ehe zwischen Mann und Frau einführten, die Gesetze mit Füßen getreten werden! Hier in den Mauern dieser Stadt gründeten unsere Vorväter die beiden Säulen unseres Staates – die Landwirtschaft und die monogame Ehe! Wollen wir, die Söhne, es wirklich zulassen, dass beides untergeht? Sollen wir diese Mörderin davonkommen lassen?«, geiferte Lykos. »Ebenso gut könnten wir diese Stadt schleifen und in die Höhlen zurückkehren, aus denen wir einst gekommen sind.«

Die Volksversammlung traf sich damals wie heute an den Hängen des Pnyx. Theseus führte den Vorsitz. Und vom Rednerpult aus deutete Lykos jetzt in alle vier Himmelsrichtungen und erinnerte seine Landsleute an die Belagerung der Stadt, die nur eine Generation zurücklag.

»Seid ihr so vergesslich geworden, Männer Athens? Muss ich euch wirklich an den Tag erinnern, da die Amazonenhorden an eben dieser Stelle ihr Lager aufschlugen, an der wir uns heute zusammengefunden haben, und mit dem Holz unserer Häuser ihre Lagerfeuer entfachten, die sie und ihre Bundesgenossen dem Erdboden gleichgemacht und aus denen sie uns vertrieben hatten? Und wir hatten nicht einmal die Möglichkeit, auf unseren Landgütern Zuflucht zu suchen, meine Freunde! Das Amazonenheer hatte sie allesamt vereinnahmt und in Schutt und Asche gelegt – den ganzen Umkreis von Eleusis bis Acharnai. Und wir hatten uns hungernd und ohne ausreichend Wasser eng zusammengepfercht, auf der Akropolis hinter Palisaden aus Holz und Stein verschanzt. Habt ihr das wirklich schon alles vergessen, Männer Athens?«

Kategorisch verlangte Lykos von Theseus, er solle einen

Trupp Verfolger zu Wasser und zu Lande hinter Selene herschicken. Und die Männer der Volksversammlung ließen sich mitreißen. Plötzlich waren sie alle bereit, die Flüchtige bis zum Pontos Euxeinos zu verfolgen und, wenn nötig, nicht nur an ihr, sondern auch an dem, was immer von ihrem Volk übrig sein sollte, Rache zu nehmen, die Amazonen auf immer und ewig zu vernichten.

Nun erhob sich unser König, auf Krücken gestützt. Der Diener der Volksversammlung reichte ihm den Skeptron, den Rednerstab.

»Männer von Athen«, hob Theseus an, »ich bin voller Bewunderung für diesen Beweis eures Gemeinsinns. Möge unsere Stadt doch in allen Gefahren auf solchen Eifer bauen können. Dennoch werdet ihr mir verzeihen, wenn ich hinter der Hitze unseres Redners noch verstecktere, zwielichtigere Absichten vermute. Weshalb, Lykos, machst du diese Angelegenheit eigentlich zu der deinen? Ich vermute, dass du auf das Schicksal dieser Frau Selene und ihrer Opfer normalerweise keinen Atemzug verschwendest. Bis gestern kanntest du nicht einmal ihren Namen!« Der König deutete auf den (seinen) Thron des Ratsvorsitzenden. »Du hast es vielmehr auf diesen Thron abgesehen, gesteh es, Lykos! Aber wenn du diesen schon nicht haben kannst, dann willst du zumindest die Genugtuung haben, mich von demselben zu vertreiben. Lykos! Dein Name bedeutet ›Wolf‹! Und wie ein Wolf kämpfst du, heimlich und mit Niedertracht!«

Das wurde mit lautem Gezischel und Zwischenrufen quittiert.

»Was ich in Bezug auf diese Amazone unternehmen werde, weiß ich noch nicht«, fuhr der König fort. »Aber ich weiß, was ich nicht tun werde! Ich werde sie auf keinen Fall über die Weiten der Meere verfolgen! Nicht aus Angst vor meinen Widersachern, so geschickt sie auch mit der Psyche unserer Landsleute zu spielen wissen. Sondern weil es die Sache einfach nicht wert ist. Ich will diese bedauernswerten Morde nicht dadurch aufwerten, dass ich mich an der Verfolgung der Täterin beteilige.«

Dann schlug Theseus eine Alternative vor. Wenn Lykos die Ergreifung dieser Wilden so sehr am Herzen läge, solle er einen Erkundungstrupp zusammenstellen und ihn zu ihrer Verfolgung anführen. Die Kosten wolle der Staat übernehmen. Er persönlich sei bereit, zwanzig Streitrösser zu geben, die für den Schiffstransport ausgebildet seien. »Nenne mir die Schiffe und Männer, Lykos, und ich unterstütze das Unternehmen. Kehrst du mit deiner Beute zurück, gebührt dir alle Ehre.«

Europa und ich sowie ein Großteil der Volksversammlung beobachteten nicht ohne Schadenfreude, wie sich Lykos wand und sich mit zahllosen Ausreden dieser Aufgabe zu entziehen versuchte. Unter einem Sturm von Gelächter und Spott nahm er schließlich seinen Vorschlag zurück. Die Versammlung vertagte sich.

Jetzt, gegen Mitternacht im Platanenhain, zog meine Schwester sich wieder an und warf sich ihren Reitmantel um die Schultern. Sie griff nach Rotschopfs Zügeln und machte Anstalten aufzusitzen. »Erinnerst du dich noch an Selenes Vermächtnis?«, fragte sie unvermittelt.

Selbstverständlich erinnerte ich mich. Ich konnte den Text auswendig.

»Und die Geschichte von Eleutheras Kriegseid?«

Auch das war mir im Gedächtnis geblieben. Was sonst?

»Wenn Eleuthera jetzt in ihrer Heimat mit dem Tod ringt«, fuhr meine Schwester fort, »und Selene auf dem Weg ist, ihr zu helfen, dann muss auch ich gehen. Und zwar, um Selene zu retten, so das möglich ist. Ich würde mit Freuden an ihrer Seite oder für sie sterben.«

Nur wer Geschwister hat, kann ermessen, welchen Einfluss eine ältere Schwester auf die jüngere ausübt. Im Fall von Europa war die Bewunderung, die ich für sie hegte, besonders ausgeprägt, da sie eine großartige Reiterin und Läuferin war, die Schnellste in unserem Umkreis, selbst im Wettbewerb mit den Jungen. Sie besaß ein mutiges Herz und einen scharfen Verstand. Und jetzt hatte sie die Schwelle zur Frau überschritten und machte sich daran, das wunderbarste Abenteuer zu erleben, während ich, ihre mittelmäßig begabte kleinere Schwester, die ohne Selene und Europa zu Hause versauern musste, daran nicht teilhaben durfte. Ich liebte, beneidete und hasste sie in einem.

Und Europa sah all das mit einem Blick. Sie zog mich an sich. »Ich brauche deine Hilfe, Thyone. Steh mir bei, wie Selene Eleuthera beigestanden hat. Du erinnerst dich?«

Natürlich erinnerte ich mich. Welche Frage? Selene hatte die Geschichte auf unsere Bitten hin immer wieder erzählt, ohne dass wir ihrer je überdrüssig geworden wären.

Selenes ältere Gefährtin in jenem *Trikona* genannten Dreierbund war diese Eleuthera, deren Leben sie schon einmal nach der Großen Schlacht um Athen auf Kosten der eigenen Freiheit gerettet hatte. Zum Zeitpunkt des Ereignisses aus ihrer Kindheit, auf das meine Schwester anspielte, waren Eleuthera vierzehn und Selene elf Jahre alt – also in dem Alter, das Europa und ich mittlerweile erreicht hatten. Und sie lebten in der Heimat der Amazonen von Lykasteia, in jenem verwegenen Steppenland nördlich des Pontos Euxeinos. Amazonen müssen so lange Jungfrauen bleiben, bis sie drei Feinde in der Schlacht getötet haben. Damals hatte Eleuthera gerade einen Feind getötet und trug seinen Skalp an einem Lederband um die Taille. In der Nacht, von der Europa sprach, hatte Eleutheras Stamm in einer Schar von zweihundert einen Überfall auf phrygische Freibeuter unternommen, die in ihr Hoheitsgebiet eingefallen waren. Eleuthera, die im gestreckten Galopp aus dem Kampfgetümmel floh und sich zu der Reihe aufmachte, wo Selene und andere noch in der Ausbildung befindliche Kämpferinnen mit Ersatzpferden warteten, weil sie zu jung waren, um ins Geschehen einzugreifen, war auf dem harten gefrorenen Boden der winterlichen Steppe mehr geschlittert als geritten und rief ihrer jungen Gefährtin zu, sie solle aufsitzen und reiten. Der Sieg sei der ihre, man würde den Verlierer nicht verfolgen. Folge mir!

Selene sprang auf Eleutheras zweites Pferd und gab dem Hengst die Sporen. Dennoch schaffte sie es kaum, den Anschluss an die Ältere, die in Sichtweite war, zu halten, denn Eleutheras bestes Pferd, ein hochbeiniger Wallach namens »Windgott«, preschte mit unbändiger Freude über die weite, frostig harte Ebene. Als Eleuthera schließlich ihren Wallach zügelte und Selene damit Gelegenheit gab, an ihrer Seite zu reiten, reckte sie ihre Lanze dem Mond entgegen und zeigte, dass an ihrem Ende die Kopfhaut zweier Männer hing, noch triefend vom Blut und dampfend vom Fleisch, von dem sie diese getrennt hatte. Eleuthera stieß dabei einen Freudenschrei aus, so berichtete Selene, dass selbst sie unwillkürlich erschauderte.

»Jetzt kann ich kraft unserer Stammesgesetze einen Mann zwischen meine Schenkel nehmen«, rief Eleuthera voller Glück. »Aber ich tue es nicht! Niemals! Diese sollen meine Kinder sein ...« – sie hob die Häute hoch –, »und durch sie und alle, die folgen, soll das Freie Volk gerettet werden.«

So lautete also der Schwur der Kriegerin Eleuthera. Immer wieder hatte meine Schwester diese Geschichte in sich aufgesogen, hatte Selene gedrängt, sie zu wiederholen, und Selene hatte ihr diesen Wunsch nie verwehrt. Daher kannten wir ganze Abschnitte auswendig. Und Selene hatte uns dabei oft an sich gedrückt, um durch ihre Berührung die Geschichte noch lebendiger werden zu lassen. Hatte sie von Eleutheras Wallach gesprochen, spürten wir, wie sich ihre Knie in unsere Seiten pressten, ihre Finger glitten im Takt der Pferdehufe über unsere Schultern, und der Geruch ihres Haars und die Hitze ihres Fleischs taten ein Übriges. In diesen Augenblicken wurde Selene für uns Eleuthera, und wie Selene sich in Liebe dieser jungfräulichen Kriegerin ergeben hatte, so liebten Europa und ich Selene.

Erneut bat ich meine Schwester, mich mitzunehmen.

»Das ist vollkommen unmöglich, Thyone. Trotzdem kannst du mir helfen. So du willst.«

Selbstverständlich wollte ich. »Sag mir nur wie!«

»Sorge dafür, dass ich einen guten Vorsprung habe. Tu alles, um meine Flucht zu verbergen. Benimm dich wie eine Kriegerin, wenn sie versuchen, dir die Wahrheit zu entlocken. Verrate nichts. Gib mir Schutz – so wie Selene Eleuthera.«

Ich wusste, dass ich für dumm verkauft wurde, las es in ihrer Miene, als sie meine Schultern umfasste und ihren Blick in meine Augen versenkte. Sie schickte mich auf einen Botengang und tat, als sei es eine Heldentat. Aber sie war meine Schwester, mein Vorbild, zu dem ich aufschaute, meine Heldin. Was blieb mir schon anderes übrig, als ihr zu gehorchen? Mich damit abzufinden, zurückbleiben zu müssen?

3
DER SCHÖNE DAMON

Die Kunde von Europas Flucht versetzte die ganze Stadt in Aufruhr. Innerhalb weniger Stunden wurden Schiffe ausgerüstet, Männer angeheuert und Anführer bestimmt. Die blutigen Umtriebe einer Kriegsgefangenen und Kinderfrau waren eine Sache, die Tatsache, dass ein wohl behütetes junges Mädchen aus gutem Hause (das zumal dem Fürstensohn Attikus, dem Sohn des berühmten Lykos, versprochen war) sich in einem Anflug geistiger Verwirrung dazu hatte hinreißen lassen, dieser Wilden auf der Flucht zu folgen, eine andere. Das brachte den Kessel zum Überkochen. Wessen Tochter war als Nächste dran? Wessen Schwester? Wessen Gemahlin?

Die öffentliche Kritik konzentrierte sich besonders auf Vater, dem man nicht nur Pflichtvergessenheit seinen Töchtern gegenüber vorwarf, sondern sich grundsätzlich empörte, dass er seine Töchter je in die Obhut dieser wahnsinnigen Amazone gegeben hatte. Im Zuge dessen geriet auch ich in die Schusslinie. Die Sache wurde nicht mehr als reine Familienangelegenheit gewertet. Man witterte ein Verbrechen gegen den Staat, denn man fürchtete, die Frauen könnten sich erheben. Beamte des Lykos kamen auf unser Landgut und verhörten mich.

Wohin sei Selene geflohen?

Ich wisse es nicht.

Wohin, glaubte ich, könnte sie geflohen sein?

Ich könne mir keinen Reim darauf machen.

Man stellte mich unter Hausarrest beim adeligen Peteos in Athen, einem Heroen aus dem Krieg gegen die Amazonen und Vater des Menesteus, der später einmal den Staat regieren sollte. Diese Maßnahme, so wurde mir und meinen Eltern erklärt, geschehe zu meinem eigenen Schutz. Ich war wütend und aufgebracht, bis die ersten Steine gegen die Holzläden vor meinen Fenstern krachten.

Mutter kam mit Kleidung zum Wechseln und meinem Webrahmen. Auch sie war nicht mehr vor Anfeindungen gefeit. Noch vor Einbruch der Dunkelheit hatte sich eine aufgebrachte Menge vor dem Haus des Peteos versammelt. Und diese, man höre und staune, bestand hauptsächlich aus Frauen, darunter durchaus achtbare Ehefrauen und Mütter, ja sogar Kinder, von denen einige meine Spielgefährtinnen waren. Und alle forderten unser Blut.

Erstaunlicherweise entpuppte sich ausgerechnet das schwarze Schaf der Familie, Bruder meines Vaters, mein Onkel Damon, als Retter in der Not.

Damon war unser schöner Onkel, sieben Jahre jünger als Vater, der mich und meine Schwester von jeher besonders gern gehabt hatte, was bei unverheirateten, kinderlosen Verwandten ja häufig der Fall ist. Damon hatte den Landbesitz der Familie gemeinsam mit meinem Vater bewirtschaftet – bis zur Großen Schlacht um Athen, in der er ruhmreich gekämpft hatte ... zumindest am Anfang. Später schien er sich auf die Seite der Amazonen geschlagen zu haben, wenigstens vorübergehend. Jedenfalls hatte Athen ein Kopfgeld auf ihn ausgesetzt, doch Einzelheiten waren vor uns Kindern immer geheim gehalten worden.

Seither war Damon auf der Flucht, lebte von Freibeuterei und der Jagd. Allerdings war er es gewesen, der mich und meine Schwester als Erster darüber aufgeklärt hatte, welche Schande Gefangenschaft für Selene bedeutete.

»Vergesst nie, Mädchen, dass Selene in ihren eigenen Augen das schlimmste Vergehen begangen hat, das ihr Volk kennt. Sie hat ihrer Geliebten Eleuthera, deren Seele in ihre Obhut gegeben war, angesichts deren schwerer Verwundung, die Ehre des Heldentodes verwehrt. Kein Gericht hat Selene je verurteilt. Aber sie selbst hat sich das tief in ihrem Herzen nie verziehen.«

Onkel Damon hatte von jeher eine Schwäche für Selene gehabt. Er brachte ihr Käse und seltene Früchte von seinen Reisen mit. Und sie nahm von ihm an, was sie anderen hartnäckig verwehrte. Nie habe ich die beiden im vertrauten Gespräch beobachtet, und doch schienen sie stets durch Blicke miteinander zu sprechen.

War Onkel Damon Selenes Liebhaber gewesen? Er war ein fesselnder Mann und sie eine interessante Frau. All das verleitete uns Kinder zu den romantischsten Fantasien. Doch trotz all unserer heimlichen Ränke konnten Europa und ich sie nie auch nur beim Austausch eines Wortes ertappen.

»Für die kriegerischen Stämme der Steppe ist Stolz das höchste Gut«, hatte Damon uns erklärt, und von ihm wussten wir, was *autoktonia,* der Doppelselbstmord, war. »Genau diesen Akt hätten die Gesetze ihres Stammes von Selene verlangt, als die schweren Wunden ihrer Gefährtin Eleuthera und ihre eigenen eine Gefangennahme durch die Hellenen unausweichlich machten. Die beiden sind uns dort oben am Parnes in die Hände gefallen. Ihre Pferde waren schon vor Tagen getötet worden. Selene hatte noch mit Eleuthera auf den Armen versucht, den Pass bei Oinoi zu erreichen. Und jedes Mal, wenn das räuberische Gesindel, das sich dort rumtreibt, sie entdeckt hatte, hatten sie Selene weitere Wunden zugefügt und sie zweimal beinahe gefangen genommen. Ein Dutzend dieser üblen Wegelagerer hatte die beiden in einer Schäferhütte eingekreist, als unsere Wachen zufällig auf sie stießen. Beim Anblick dieser Kriegerin hielten wir staunend inne, trotz ihrer Verwundung war sie von unvergleichlichem Stolz und seltener Schönheit. So kam sie aus ihrem Versteck auf uns zu, die halb tote Gefährtin in den Armen, unbewaffnet. Eine Amazone lebend gefangen zu nehmen ist etwas, das zuvor noch niemandem gelungen war. Jedenfalls schien der Anführer unserer Wachen so beeindruckt, dass er Gnade walten ließ und ihrer Bitte nachkam, die eine freizulassen und dafür die andere zur Sklavin zu nehmen.«

Dieser Vorfall war damals siebzehn Jahre her, sechs Jahre vor meiner und drei Jahre vor Europas Geburt.

Und jetzt, nach Selenes Flucht, war Damon nach Athen zurückgekehrt und wohlwollend empfangen worden. Er hatte sich freiwillig zu der Schar der Verfolger gemeldet, und man hatte ihn zu einem der Reiterführer ernannt. Die Truppe sollte im Morgengrauen aufbrechen. Vater und Damon würden uns verlassen.

Es war eine Stunde nach Mitternacht. Onkel, Vater und Mutter besprachen sich im Zimmer, während ich mich auf der Liege an der Wand schlafend stellte.

»Es gibt nur eine Lösung«, erklärte Damon. »Das Mädchen muss mit. Muss mit auf die Schiffe.«

Mit dem Mädchen meinte er mich. Er wollte, dass ich den Erkundungstrupp begleitete.

Mutter und Vater protestierten heftig. Ob Damon verrückt geworden sei? Ein Kind auf einer Seereise? Allein die Gefahren! »Ich bitte euch! Wo wäre sie sicherer?«, entgegnete mein Onkel. »Vielleicht da draußen vor dieser Tür?«

Meine Eltern wehrten sich heftig gegen diese Einsicht, aber Damon ließ sich nicht davon abbringen.

»Thyone muss mit«, entschied er, und das klang endgültig. »Wer sollte hier für ihre Sicherheit sorgen? Nur wenn wir uns alle scheinbar auf die Seite des Mobs stellen, können wir das Unheil abwenden.«

Mein Onkel entdeckte als Erster, dass ich nicht schlief.

»Was meinst du dazu, Thyone? Du sprichst die Sprache der Amazonen. Du kennst deine Schwester, und du kennst Selene. Im Fall von Schwierigkeiten wärst du immerhin in der Lage, mit ihnen und für sie zu sprechen.«

Ich könne für den Erkundungstrupp von ungeahntem Vorteil sein, meinte Damon beharrlich. Außerdem würden wir damit der Stadt zeigen, dass unsere Familie für die bürgerliche Ordnung und gegen das Chaos kämpften.

Das gab den Ausschlag. So kam es, dass sich im Morgengrauen des folgenden Tages Vater, Onkel Damon und ich zu den Verfolgern gesellten, die mit den vier Schiffen *Euploia, Theano, Herse* und *Protagonia* in See stechen sollten, die bereits in Phaleron bereitlagen.

Athen entsandte achtzig bewaffnete Männer und gut vierzig Pferde. In den öden Weiten der Steppe, die vor uns lagen, war ohne Pferde nichts auszurichten.

Bevor die Schiffe in See stachen, opferten Theseus und die Priester auf dem Altar am Strand der Göttin Persephone einen schwarzen Schafbock und Poseidon einen Stier. Die Gebete wurden gesprochen, die Schiffe geweiht und die heiligen Myrten- und Ebereschensträuße im Bug verstaut. Ehefrauen warfen Girlanden aus dem Keuschlammstrauch, dem heiligen Kraut der Aphrodite der Seefahrer, und stimmten die Hymne der Töchter der Nacht an.

Dann wurden die Schiffe zu Wasser gelassen. Und sie trugen eine schwere Fracht mit all den Handelsgütern – Öl und Wein, Waffen und Rüstungen. Im letzten Moment, als die Schiffe genügend Wasser unter dem Kiel hatten, sprangen die Ruderer auf ihre Bänke und hoben im Gleichtakt ihre Ruder, um jedes Schiff in Position zu bringen, sodass die Pferde über Rampen in ihre Verschläge mittschiffs gebracht werden konnten. Ich hatte die Aufgabe, den Pferdeknechten behilflich zu sein, die Tiere zu beruhigen, die laut und erschreckt wieherten, als die Schiffe an den schweren Trossen ächzten und schwankten. Die Ruderer hoben die Ruderblätter aus dem Wasser.

Wie elegant die Bewegungen dieser Männer doch waren! Und wie konzentriert! Sicher dachte in diesem Moment keiner an meine Schwester Europa und das Ziel des Unternehmens oder gar an Selene, die sie im Auftrag der Stadt jagen sollten. Nicht einmal Vater oder Damon verschwendeten wohl einen Gedanken an sie. Wer kannte schon Selene? Wer kannte die Götter, denen sie opferte, oder jene ihr heiligen Pflichten der Liebe und Ehre, die ihr Leben bestimmten?

Nur ich. Ich allein. Ich allein wollte für sie sprechen.

Ich spürte, wie der Kiel unseres Schiffes knirschend über die letzte Sandbank glitt. Die Trossen wurden eingeholt. »Legt ab und rudert!«, ertönte der Befehl. Das Schiff schlingerte, während es sein Gleichgewicht zwischen den Ruderbänken suchte und sein Bug in Richtung des offenen Meeres schwenkte. Die Bewegung verursachte mir Übelkeit, und den Pferden erging es offenbar nicht besser. Vor Schreck entleerten sie ihre Gedärme und Blasen in Kaskaden in die Bilge.

Wir waren auf See!

4
TÖCHTER DES PFERDES

Selenes Vermächtnis:
Ich wurde nicht im Land der Amazonen geboren, sondern zehn Tagesreisen weiter nördlich bei den Schwarzen Skythen. Die Angehörigen dieses Stammes sind nicht dunkelhäutig wie Äthiopier, sondern haben schwarzes »mähnengleiches« Haar; und sind feurige Kämpfer, Frauen wie Männer. Meine Mutter war Kymene, Tochter der Prozhoe, die im Zweikampf mit Herakles von diesem vor dem Thyphonischen Tor von Themiskyra getötet worden war, der Hauptstadt des Amazonenreiches. Mutter beherrschte sowohl die Sprache des pelasgrischen als auch des äolischen Hellas und wünschte, dass ich lerne, zum Wohl des Freien Volkes, obwohl unter unseren Stämmen Sprache und ihre Dienerin, die Vernunft, als Zeichen des Verfalls angesehen werden. Handeln und das tatkräftige Beispiel sind ihr untergeordnet, denn dieses ist die Sprache von *Ehal*, der Natur, und die von Gott. Unter meinem Volk ist Sprache verpönt. Selbst Kinder brabbeln nur wenig, werden eher dazu erzogen, sich wie Pferde und Falken bemerkbar zu machen, also ohne jedes Geräusch. Zum Wohl meines Volkes habe ich es zugelassen, mich so weit zu entstellen, unter zivilisierten Gemeinschaften Lesen und Schreiben zu lernen. Diese Fertigkeiten haben mich von den Göttern und dem Freien Volk entfernt.

Die Menschen sagen, Gott habe den Himmel erschaffen. Das ist ein Irrtum. Gott *ist* der Himmel, denn die Schöpfung ist vom Schöpfer nicht zu trennen. Vom Himmel kamen als Erstes Donner und Hagel. Hundert mal hundert Winter haben sie regiert, allein. Dann kamen Adler und Falken und alle Kreaturen der Lüfte. Diese lebten tausend Jahrtausende, ohne je die Erde zu berühren, denn sie war noch nicht erschaffen, sie lebten glücklich auf und in den Lüften, welche auch physische und geistige Nahrung für sie waren. Sie waren von Gott getrennt und waren doch Gott.

Der Himmel verlangte nach Gemeinschaft und brachte die Erde hervor, unsere Mutter, indem er sie mit seinen Feuerstößen bearbeitete und ihren Leib teilte, um Ozeane, Berge und Seen zu erschaffen. All diese waren groß und heilig und ein Teil von Gott und waren Gott.

Aus dem Himmel kam das Pferd. Im Anfang flog das Pferd schneller als der Adler und wurde von Gott »Adler der Steppe« genannt, wie das bis heute die freien Völker tun. Pferde haben als Erste Gesellschaften gebildet. Bevor Pferde da waren, lebte jede Kreatur allein und für sich, allein in Gemeinschaft mit Gott und der Erde. Pferde erfanden die Sprache. Diese Sprache existiert noch immer, kann jedoch vom Menschen nur im Schlachtenlärm gehört werden.

Als die Menschheit erschien, war sie schwach und klein. Pferde nährten sie mit Stutenmilch und Blut und zogen sie auf wie ihre eigene Brut. Pferde führten die Sippen zu Wasserstellen, wenn Trockenheit die Ebenen verkarstete, und zu Tälern mit Früchten und Nahrung, wenn der Hunger sie peinigte. Wenn Feuerstürme über die Steppe hinwegfegten, befahlen Pferde den Menschen, auf ihre Rücken zu springen, und brachten sie in Sicherheit. Pferde lehrten sie, den scheuen Hirsch, die Antilope und die Gazelle zu jagen. Und wenn Hungersnöte das Land überzogen, lehrten die Pferde die Menschen, von ihrem Fleisch zu essen und zu überleben. Ohne diese und andere Gaben, so zahlreich wie die Lichter des Himmels, wäre die Rasse der Sterblichen schon tausendmal untergegangen. Immer hat das Pferd sie gerettet.

Die Pferde lehrten die Menschen, zu reiten und Streifzüge zu unternehmen, sie lehrten sie, die Härten des Winters und die Mühen des Sommers zu ertragen. Ihr Körper lieferte fast alles, was sie zum Leben brauchten, von den Gefäßen aus ihren Organen, mit denen die Steppenvölker Wasser transportierten, bis hin zu den Sehnen ihrer Bogen und den Därmen, mit denen sie Wunden vernähten. Aus ihren Mähnen webten sie Seile und Winterumhänge. Sie nutzten Haut und Hufe, ja sogar die Zähne, aus denen sie Perlen schliffen und färbten, mit denen sie Gürtel für die Lenden ihrer Jungfrauen fertigten. Die Völker waren glücklich. Sie durchstreiften das Reich Gottes in Freiheit, wollten nichts, was die Pferde oder die eigenen Hände nicht beschaffen konnten. Und sie hätten auf ewig so gelebt, hätten nicht die Götter, uneins geworden, eingegriffen.

Denn jene Rasse der Menschheit, die das Pferd nicht kannte, lebte in grenzenlosem Elend, nährte sich wie die Schweine von Ahornsamen, Wurzeln und Rinde. Prometheus, der Titane, hatte Mitleid mit ihnen. Er stahl das Feuer aus dem Himmel, als Zeus, der Gott des Donners, jene Generation der Unsterblichen verbannte, die älter war als er.

Und Prometheus gab dem Menschen das Feuer.

Das Pferd fürchtet Feuer. Auch die freien Völker scheuten es. Aber jene der Erde verbundenen Menschen entdeckten die Kunst, wie sie es für sich nutzen konnten. Sie rösteten Fleisch und Korn. Sie bauten wilden Roggen und Gerste an und buken daraus im Feuer Brot.

Mit dem Feuer kam der Stolz, wie Prometheus wohl wusste, dessen Ziel die Herrschaft über den Himmel war. Und in seinem Stolz riss der Mensch das Fleisch seiner Mutter Erde auf, rückte ihr mit dem Pflug zu Leibe, um die Saat zu säen, mit der er seinen Hochmut schüren konnte.

Jetzt kannte der Mensch auch Sprache, sammelte sich in Städten, stinkenden Käfigen, von den Göttern gehasst, durch die nicht einmal ihre heiligen Stürme hindurchfegen konnten, Wände und Bollwerke sie bannten. Der Mensch lebte in Hütten, stinkend vor Rauch und geschwärzt von Ruß. Sein Haar roch, und er trug schmutzige Lumpen, um seine Nacktheit zu verbergen. Die freien Völker bekamen Wind von diesen Kreaturen und flohen, wie Pferde es tun, vor ihrer übel riechenden Nähe.

Der Ursprung der Sprache des Menschen war Angst. Angst vor Gott und den Wundern Gottes. Der Mensch suchte den Dingen Namen zu geben, um sie ihrer Seele zu berauben, die ihm Angst machten. Seine Worte waren harsch und unharmonisch und so weit von der wahren Sprache entfernt wie das Quietschen der Fledermäuse von der Musik der Sterne. Und doch erkannten unsere Führer, dass jene bei uns einfallenden Stämme wie die Pelasger und Dorer, die Äoler, Hethiter und die, die unser Land und die Herden begehrten und mit Worten redeten, Sprache als Waffe einsetzten. Also mussten einige unseres Volkes ihre Sprache erlernen, um ihnen zu widerstehen. In jeder Generation wurde eine Zahl aus unseren Reihen für diese Aufgabe auserwählt. Ich hasste das und fürchtete, die Wahl könne auf mich fallen, denn Gott hatte mir eine Begabung für diese Fertigkeit geschenkt, also versteckte ich mich jedes Mal, wenn der Blick der Kriegskönigin suchend über ihr Volk schweifte.

Ich hatte eine Freundin Eleuthera (so lautete ihr Name in der Sprache der Hellenen), die ich mehr liebte als den Mond und die Sterne und den Atem. Bei meinem Volk darf kein Mädchen, das zur Führerin geschaffen ist, bei den Ihren zur Frau heranwachsen, damit ihre Gefährtinnen nicht in Versuchung kommen, ihr aus Neid oder Eifersucht übel zu wollen. Also wird das Mädchen zu befreundeten Stämmen gesandt, wo man sie in Kriegskunst und Politik unterweist und sie erst nach ihrer ersten Monatsblutung zurückkehren lässt. Als sie zehn und ich sieben war, wurde Eleuthera fortgeschickt. Damals wich alle Freude aus meinem Herzen, und als sie dann zu mir kamen, um mich zu beauftragen, die Sprache der anderen Völker zu erlernen, weigerte ich mich nicht länger.

Man brachte mich fort, in Hirschleder gekleidet, das Haar gewachst und zu Zöpfen geflochten, zu jener Straße der Handelskarawanen, die von den Toren der Stürme zum Meer führt. Eine für den Krieg abgerichtete Stute wurde mir mitgegeben. Die Händler brachten mich über das Meer nach Sinope und gaben mich in eine angesehene Familie, unter deren Obhut ich das wurde, was sie eine *sinnouse,* eine Art Spielgefährtin für die Töchter des Hauses, nannten, die im Rang über einer Sklavin, aber unter einer Schwester steht. Ich lernte die Sprache der Hellenen, sowohl das Äolische als auch das Pelasgrische, zu sprechen, zu lesen und zu schreiben.

Die Familie begegnete mir durchaus freundlich. Der Vater beleidigte mich nie. Im Gegenteil. Er behütete mich wie eine Tochter. Dennoch durfte ich weder reiten noch mich im schnellen Lauf üben, und als ich einmal die Hand nach dem Krummsäbel ausstreckte, der über der Feuerstelle hing, schlug er mir auf die Finger. »Nein, Kind! Das ist nichts für dich.«

Ich lebte in den Gemächern der Frauen, lernte Handarbeiten und Musik zu machen, zu spinnen und zu weben. Am Tag lernte ich. Nachts lag ich allein und weinte. Mein Herz sehnte sich nach einem Zuhause – nach dem Himmel, der Gott ist, und der wilden Erde, unserer Mutter. Ich vermisste die süßen Stimmen des Himmels, die aus dem Lied der Vögel und dem Heulen der Steppenhunde zu uns sprechen, die Geister des Donners und die Gezeiten der Sterne. Sobald ich den Geruch der Ställe einatmete, zerriss mir der Duft der Pferde das Herz. Ich sehnte mich nach der Wildheit der Steppe, sogar nach den Schmerzen ihrer scharfkantigen Steine unter meinen Fußsohlen, nach ihren Gaben und nach der Wärme von Eleutheras Umarmungen in der Kühle der Nacht.

In der Sprache der Amazonen gibt es kein Wort für »ich«. Auch den Begriff »Amazone« haben wir nicht. Das ist eine Erfindung der Fremden. Man sagte »die Töchter« oder, in unserer Sprache *tal Kyrte,* »die Freien« oder das Freie Volk. Eleuthera ist wie gesagt ein Name aus der Sprache der Hellenen. Ihr wirklicher Name ist *Kyrte.*

Bei den *tal Kyrte* sagt man nicht »ich«, sondern »die, die spricht« oder »sie, die antwortet«. Um sich auszudrücken, beginnt man mit: »Das ist, was mein Herz mir sagt«, oder: »Die, die spricht, wird so bewegt.« Eine unseres Volkes sieht sich nicht als Einzelwesen, getrennt von anderen, Herrin einer privaten Welt, trennbar von der Welt der anderen. Wenn eine meiner Rasse im Rat die Stimme erhebt, dann tut sie das nicht wie eine Hellenin, getrennt von Gott. Sie schöpft aus dem, was in ihr ist, das heißt, sie gestattet, dass es aus der Tiefe dessen kommt, wofür wir kein Wort haben, das jedoch von den Thrakern *aidor* (Chaos) genannt wird, welches der Himmel ist, Gott ist, das, was allen Dingen Leben gibt und dem Raum zwischen den Dingen innewohnt, alles unterlegt, alles umfasst.

In Sinope erkannte ich das Wort »ich« als etwas Böses, etwas Gemeines. Und selbst wenn ich es benutzte, benutzen musste, hasste ich es.

Die Bedingung meines Vertrages war so definiert: Sobald die Stute (der Gegenwert für meine Erziehung) fohlte und dieses Fohlen alt genug war, um gesattelt zu werden, sollte ich es zureiten und damit nach Hause zurückkehren. Darauf konnte ich nicht warten. Also stahl ich ein anderes Pferd und Waffen. Ich floh nach Hause in dem Glauben, dieses »ich« hinter mir lassen zu können. Aber es hatte sich tief in mein

Herz versenkt und mich vergiftet, sodass ich nie wirklich zu den Töchtern zurückkehren konnte. Jedenfalls nicht so, wie ich einst gewesen war, eins mit ihnen.

Wenn eine der *tal Kyrte* Steppe und Himmel vermisst, dann sehnt sie sich nicht nur nach deren Schönheit, sondern auch nach deren Grausamkeit. Denn bei den freien Völkern sind die Vorahnung des eigenen Todes und die Gleichgültigkeit des Himmels gegenüber dem Ende eines Sterblichen die reinste Freude, die alles erst lebenswert macht.

Die Menschen der Städte fürchten dieses Wunder. Und deshalb hassen sie *tal Kyrte,* das Freie Volk. Unsere Existenz macht ihnen bewusst, was vorher gewesen war und wovor sie in Angst und Schrecken geflohen sind. Das ist der Grund für ihren Hass, und deshalb sind sie gekommen – zuerst Herakles, dann Theseus –, uns zu vernichten.

Einst in Sinope habe ich den großen Herakles gesehen. Damals war er schon alt, über vierzig, hatte die berühmten Heldentaten längst hinter sich, war aber immer noch schön und strahlend. Die ganze Stadt schwärmte aus, ihn zu sehen.

Die Sänger preisen Herakles als den einzigen Helden, dem es gelang, unserer Königin Hippolyte ihren Gürtel abzunehmen. Das ist eine Lüge. Er kam ins Wilde Land mit zweiundzwanzig Schiffen und tausend bewaffneten Männern – in Rüstungen aus Blech und Silber, mit Bronzeschilden, schwer wie Wagenräder, und Helmen aus Elektrum.

Das war zwanzig Jahre her. Und er kam als Erster aus den Völkern im Süden zum Meer der Amazonen, um Krieg gegen die freien Völker anzuzetteln. Er kam mit zwanzig Einheiten Fußsoldaten und fünf Reiter-Ilen und schlug sein Lager vor dem Thyphonischen Tor von Themiskyra auf. Es war die Zeit, da die Sippen der Töchter des Ares bis aus Libyen kamen, um sich zu versammeln, und er erklärte, er sei von König Eurystheus von Mykene geschickt, ihm den Gürtel unserer Königin Hippolyte zu bringen, und forderte darüber hinaus ihre Unterwerfung als Konkubine oder Dirne, und er rief jeden und alle Heroen unseres Volkes zum Zweikampf auf.

Hippolyte ahnte sofort das Böse, das von diesem Mann ausging, und sah den Kummer, den er über ihr Volk bringen sollte. Aber die, die jung waren, waren nicht in der Lage, weiter zu sehen als die unverschämte Herausforderung, mit der er ihnen entgegentrat. Sie veranstalteten ein lautes Geschrei darüber, wer ihn als Erste herausfordern dürfe. Hippolyte verordnete Geduld. Sie wollte Herakles' Absicht durchkreuzen, ihm den Kampf versagen, um dessentwillen er gekommen war.

Hippolyte nahm den Gürtel ab und bat Herakles, ihn in Frieden zu nehmen, gab Faustpfänder der Hochachtung für ihn hinzu, ehrte das Unternehmen des Eindringlings und seine Herkunft als Sohn des Zeus. Dankbar nahm Herakles die Gaben an, ergriff das Objekt seiner Begierde und wünschte, da er sein Ziel erreicht hatte, ohne Blutvergießen wieder abzureisen.

Aber Melanippe, die in jenem Jahr Kriegskönigin war, und Alkippe, Anführerin der Reiterei, konnten diese Dreistigkeit nicht dulden. Der Stolz ihrer Herzen regte sich, trieb sie zum Kampf. Welche Macht hatte ihnen die Vernunft genommen? Wer, wenn nicht Zeus, der Listige und Findige, um durch die Vernichtung der *tal Kyrte* seinen Sohn Herakles zu ehren.

Auf der dem Land zugewandten Seite von Themiskyra befindet sich ein ausgetrocknetes Flussbett, die »Rennbahn« genannt, wo im Sommer die Stände der Händler aufgebaut sind. An jenem Tag jedoch waren diese für die Spiele zu Ehren der Phrygerin Kybele entfernt worden. Auf diesem Feld tobte sich der Stolz der freien Völker aus. Sie sandten ein nicht zugerittenes Fohlen ins Lager der Hellenen als Zeichen, das alle verstanden, und forderten Herakles zum Kampf.

Und Herakles tötete im Zweikampf Ailla, Philippis, Prozhoe, die Mutter meiner Mutter, Eriboia mit dem Helm aus Silber und Gold, Kelaino, Eurybia, die einen Leoparden mit bloßen Händen erlegt hatte, Phoebe, Deianera, Steria, Marpe, Tekmessa und als Letzte Alkippe und Melanippe selbst, die Heldinnen unseres Freien Volkes.

Die Sänger behaupten, Herakles habe das berühmte, unverwundbare Fell des nemäischen Löwen um die Schultern getragen, an dem sämtliche Pfeile und Streitäxte der Töchter des Ares abgeprallt seien. Das ist Unsinn. Meine Mutter war dabei, hat alles gesehen. Es war nicht das Fell eines Tieres gewesen, unter dessen Schutz Herakles das Schlachtfeld betrat, sondern eine Rüstung aus Eisen von solchem Gewicht und solcher Stärke, dass niemand außer ihm sich darin hätte bewegen, geschweige denn kämpfen können. Die Speere prallten von der kunstvollen Schmiedearbeit ab, Schwert und Speer zerbrachen wie Strohhalme an ihm, und seine Keule, die ein normaler Sterblicher kaum anheben konnte, zerschmetterte unsere Bronzeschilde und Helme wie Gebilde aus Ton.

In einem Kampf der Ehre ist der Zweikampf Gesetz. Doch wer, Mann oder Frau, konnte vor einem Wunder in Menschengestalt allein bestehen?

Alle rannten sie in ihr Verderben in Themiskyra, die Besten unserer Rasse, eine nach der anderen, wie edle Kämpfer, die sich von einer Klippe stürzten. Herakles nahm seine Beute, den Gürtel, und sein Ruhm und seine Schönheit erstrahlten ob des Blutes, das an seinen Händen klebte, noch größer denn je, als er in die Heimat zurücksegelte.

Eine ähnliche Katastrophe hatte die Töchter des Ares nie zuvor heimgesucht – sie hatten sie alle verloren, die Besten in der Blüte ihres Lebens. Die Generation meiner Mutter wuchs im Schatten dieser Schmach zu Frauen heran, und meine eigene nahm das Trauma dieser vernichtenden Niederlage und den Schrecken vor noch größeren Heimsuchungen schon mit der Stutenmilch in sich auf, die uns die nächste Welle der Eindringlinge, Nachfolger des Herakles, bringen sollte, die unvermeidlich folgen musste.

Heldin unserer Generation war Antiope, Enkelin der Hippolyte und Teil des Dreierbundes mit Stratonike und Eleuthera. Antiope war es, die schon als Kind unser Volk zu neuem Leben erweckte. Zu jener Zeit war der uralte Brauch der *mastokausis,* wie die Hellenen es nennen, der Amputation der rechten Brust in der Kindheit, nicht mehr gern gesehen. Antiope belebte ihn neu. Mit sieben Jahren befahl sie ihre eigene Verstümmelung, um die Muskeln in Schulter und Rücken zu stärken und damit keine weibliche Rundung die Handhabung des Bogens oder des Speers behindere. Es gab nicht eine aus unserer Generation, die ihrem Vorbild nicht nachgeeifert hätte. Als im Alter von zehn das Dreigespann aus Antiope, Eleuthera und Stratonike dazu berufen wurde, die Kriegskunst bei den Stämmen im Norden zu erlernen, gingen sie mit freudigen Herzen. Sie erlangten eine bis dahin nie erreichte Fertigkeit in der Handhabung des *pelekus,* der doppelschneidigen Streitaxt, und spornten die Jugend zur Meisterschaft in der Handhabung des Wurfspeers und des kimmerischen Bogens an. Den mit einem eisernen Rahmen versehenen Diskus lernten und lehrten sie aus dem Sattel zu werfen, um Gegner mit einem Wurf mitsamt Helm zu enthaupten. Antiope arbeitete daran, ihren Körper gegen Hitze und Kälte, Hunger und Erschöpfung abzuhärten, bildete ihre Pferde selbst aus, trieb die Fohlen so lange in den Donnersturm des Zeus, dass diese weder Lärm noch Chaos fürchteten, die Schlacht liebten und mit Freuden aus dem Quell des Kampfgetümmels tranken. Um sich sammelte sie eine Schar von Heldinnen – Eleuthera, Stratonike, Skyleia, Alkippe die Jüngere, Glauke, Xanthe, Euippe, Rhodippe, Leukippe, Anteia, Tekmessa, Lyssa, Evandre und Prozhoe – allesamt mehr als eine Herausforderung für die Vorbilder der Alten, die sich der Vorherrschaft unseres Volkes verschrieben hatten. Ihr Eifer beflügelte nicht nur unseren Stamm, die Lykasteia, sondern ebenso die Themiskyra, Chadisia, Titaneia und sämtliche Sippen und Stämme bis zu den Eisenbergen und dem Reich der Stürme. Die Älteren erfüllte es mit Stolz, wie die Ebene vom Donnern der Pferdehufe erzitterte und sich junge Frauen in der Kriegskunst übten.

Antiope besaß nicht nur Tugendhaftigkeit, sondern auch Beharrlichkeit und Autorität. Sie überzeugte die Ältesten, den Kampf Frau gegen Frau oder Frau gegen Mann zu vernachlässigen und stattdessen das Zusammenspiel der Reitereinheiten und deren Einigkeit im Angriff zu vervollkommnen. Sie rief zur Rückkehr zu den alten Tugenden auf. Auf ihre Veranlassung hin wurde die Truppe der berittenen Bogenschützen neu geordnet, ihre Formation im Angriff in eine halbmondförmige geändert. Als Wurfwaffe zog Antiope eine bislang unbekannte Speerart vor. Spitze und Kern dieses Speers waren aus Eisen, was ihn für den Wurf, selbst im Laufen, eigentlich zu schwer machte. Wurde er jedoch mit Hilfe einer Verlängerung des Ärmels geschleudert, die der Stärkung der Hebelkraft des Armes diente, war sie gut zu handhaben, ihre Wirkung verheerend. Antiope legte ihrer Stute einen Bauchgurt mit Schlaufen um, sodass sie sich im Galopp aus dem Sattel erheben konnte. Mit siebzehn konnte sie einen Baumstamm von der Dicke eines Männerschenkels zerschmettern. Mit vierundzwanzig, als sie die Aufgaben einer Kriegskönigin übernahm, baumelten die Skalpe von neunundzwanzig von ihr getöteten Gegnern als Trophäen an ihrer Lanze.

Jetzt konnten sie kommen, die Söhne des Herakles oder jede andere Streitmacht, die ihm nacheiferte. Sollten sie nur einfallen. Keine noch so starke Rüstung, nicht einmal das Bollwerk der Hölle konnte sie retten.

Die Zeit verstrich, und sie kamen tatsächlich, angeführt von Theseus, dem Königssohn aus Athen.

Zur Zeit von Herakles war ich noch nicht geboren. Aber diesmal, eine Generation später bei Theseus, war ich da und erwachsen. Dasselbe gilt für Eleuthera, damals zweiundzwanzig und Befehlshaberin eines Flügels der Reiterei. Ich war neunzehn, ihre Geliebte und Gefährtin.

ZWEITES BUCH

DER FLUSS DES HADES

5

EHERNE PHALANXEN

Mutter Thyone

In der Vorpiek des Schiffs, dort wo die Planken in den Steven münden, befindet sich unter Deck ein enger Hohlraum, in dem die Segel verstaut werden. Diesen Verschlag nennt man auch Kranz-Spind, da die Priester hier bei Abfahrt des Schiffes die heiligen Myrten- und Ebereschenzweige verstauen, Opfergaben für Poseidon und die Töchter des Proteus.

In diese Kammer zog ich mich zurück, als die Verfolger auf der Suche nach Selene in See stachen.

An Bord eines Schiffes sind Frauen nicht willkommen. Ihre Anwesenheit soll ein böses Omen sein. Und obwohl Vater und Damon keine Mühe scheuten, meine Befürchtungen zu zerstreuen, und niemand ein verletzendes Wort mir gegenüber verlor, konnte ich keinen mir genehmen Schlafplatz finden. Also verbarg ich mich. Der Stauraum war gemütlich, roch leicht süßlich nach sauberem Leinen und Myrtenkränzen. Ich rollte mich in den Falten der Segel zusammen und suchte Trost im Schlaf.

Die kleine Flotte bestand wie gesagt aus vier Schiffen: *Theano, Euploia, Herse* und *Protagonia.* Es waren nach oben offene »Fünfzigruderer«, die man so umgebaut hatte, dass mittschiffs sechs Doppelboxen für die Pferde Platz hatten.

Die Besatzung bestand aus vierunddreißig Ruderern, einem Führer der Fußsoldaten, zwei Pferdeknechten, einem Offizier der Reiterei, einem Seekommissar und seinem Steuermann. Alle ruderten der Reihe nach, sogar Prinz Attikus, der zum Flottenbefehlshaber bestimmt worden war.

Die Überfahrt ins Stammland der Amazonen sollte sechzig Tage dauern. Die Verfolger mussten auf ihrem Weg Gewässer überqueren, die bislang außer Jason, Herakles und Theseus noch kein Hellene befahren hatte, und die so weit von jeder Zivilisation entfernt lagen, dass, so fürchteten die Männer, dort nicht einmal Zeus bekannt war und nur wilde Stämme herrschten, die weder Benehmen, Gesetz noch Achtung vor den Göttern hatten.

Und ich versteckte mich weiterhin. Die Gepflogenheiten auf See waren einem Kind fremd und abstoßend. Ich litt an Übelkeit, konnte nichts bei mir behalten. Jede Nacht an Land fühlte ich noch immer das Schwanken und Schlingern des Schiffs. In eine Decke gehüllt kauerte ich an der Seite meines Vaters, elend und unglücklich. Wie sehr ich mein Zuhause und Mutter vermisste! Wie sehr ich mich nach meinem gemütlichen Bett und festem Boden unter den Füßen sehnte!

Am vierten Tag kam starker Wind auf. Der Himmel war bleigrau. Wellen mit weißen Schaumkronen peitschten über das Deck. Das Segel wurde zu einem Viertel, dann zu einem Achtel gerefft. Und obwohl das Tuch somit auf die Größe eines Topflappens verkleinert worden war, galoppierte das Schiff einem Rennpferd gleich über die Wellen. Dann wurde der Himmel schwarz. Aus der Tiefe stieg Kälte auf. Und plötzlich war der Orkan da. Nur Augenblicke zuvor noch war das Schiff hoch aus dem Wasser ragend über das Meer geglitten. Jetzt tauchte es in tiefe Wellentäler und Schluchten. Salzige Wellenkämme eroberten das Schiff. Ich starrte auf eisgraue Wellengebirge.

Wieder musste ich mich übergeben. Mit beiden Händen klammerte ich mich an die Spanten, während das Schiff Schwindel erregend schwankte. Wie konnte diese Holzkonstruktion nur solchen Gewalten widerstehen? Einer der Mannschaft sank von oben in den Stauraum. »Allmächtiger!« Sein Atem war wie Dampf. »Beschütze mich für meine Frau und mein Kind.«

Ein Furcht erregender Klagelaut durchdrang meinen kleinen Raum. Das waren die Fockstagen, die im Wind tönten wie der Klangboden einer Kithara. Und dann zerriss es sie mit einem Knall wie von einer Ochsenpeitsche. Das Segel barst, und nur Augenblicke später hatte der Sturm Mast und Takelage mit sich fortgerissen. Zu Hause hatte Selene meine Schwester und mich Verachtung gegenüber dem Tod gelehrt. An Land war uns das als eine gute Sache erschienen. Jetzt auf See sträubte sich alles in mir. Angstschweiß trat mir aus allen Poren. Meine Zunge war aschgrau, die Gliedmaßen steif, und die Gelenke knackten. Doch je mehr ich mich bemühte, mutig zu sein, desto phobischer wurde ich. Der Wunsch, mein Versteck zu verlassen und mich in die Arme des Vaters zu retten, wurde übermächtig. Dann sah ich ihn. Er stand mittschiffs, als das Schiff mit dem Bug voraus in ein weiteres Wellental tauchte. Er hatte sich einen Matrosen gegriffen und ihn auf seinen Platz auf die Ruderbank gezerrt. Ich sah, wie Vater den Burschen so wütend anschrie, wie ich ihn noch nie zuvor gesehen hatte. Er drückte ihm ein Ruder in die Hand. Das Schiff schlingerte heftig und rollte von Seite zu Seite. Zwei Männer hatten das Seitenruder gepackt, das bei diesen Gewalten völlig nutzlos erschien. Die armen Pferde! Sie standen längst nicht mehr auf den Beinen, sondern kauerten auf den Planken oder lagen hilflos auf der Seite.

Wir waren im Auge des Orkans. Das Universum hatte sich zu einer eisgrauen Scheibe verdichtet, die nicht breiter als ein Bogenschuss zu sein schien. Die übrigen Schiffe waren nirgends mehr zu sehen. Auf der einen Seite erhoben sich die Wassermassen, auf der anderen stürzten sie einem Katarakt gleich hernieder. Eine Welle stieg auf, ihre Wassermassen verstellten den Blick auf die Nachfolgerinnen, sie forderte das Schiff, sich ihr zu stellen, während dieses sich bereits auf die nächste und übernächste gefasst machen musste. Welle folgte auf Welle, jede einen Furcht erregenden Nachhall hinterlassend, jede anders als die vorausgegangene. Die Männer auf den Ruderbänken mussten manchmal vorwärts und sofort wieder rückwärts rudern und gleichzeitig der teuflischen Gewalt des Windes widerstehen, der ihnen die Ruderstangen aus den Händen zu reißen versuchte.

Und dann kam die Welle. Ich habe sie kommen sehen. Sie stieg und baute sich wie eine Wand vor uns auf, und dann, als ich glaubte, sie könne höher nicht mehr werden, stieg sie noch einmal. Die Wasserwand hätte die doppelte Höhe unseres Mastes gemessen, hätten wir noch einen gehabt, und war breit wie eine Festung. Sie schwebte einen Moment drohend über uns und brach dann wie ein berstendes Schanzwerk über uns herein. Tosende Wassermassen schwappten der Länge nach über den Schiffsrumpf, Männer wurden wie Puppen von ihren Ruderbänken und über Bord gespült. Salzkrusten überzogen das Dollbord. Die Männer schrien, aber ihre Schreie wurden von der donnernden See verschlungen.

Und das Schiff legte sich fast vertikal zur Seite, sodass man die Hand hätte ausstrecken und seinen Namen in die Wasserwand hätte schreiben können. Dann richtete es sich wieder auf. Tonnen von Wasser strömten über die Bordwand. Das Schiff ächzte und knirschte in allen Fugen und legte sich auf die andere Seite. Ich sah zwei Pferde in vollem Geschirr so leicht über das Dollbord gleiten wie Öl aus einer Kanne. Dann plumpsten sie schwer wie Bleikugeln in die Fluten. Matrosen, die das ebenfalls sahen, schnappten wachsweiß nach Luft, als hätten sie eine Erscheinung gesehen.

Das Schiff richtete sich auf. Männer, die sich an irgendetwas geklammert hatten, schwammen jetzt zu ihren Plätzen. Fast die Hälfte der Planken auf den Ruderbänken hatte es weggerissen. Und das Schlimmste dabei war, dass dies die Stabilität des Schiffes gefährdete. Ich hörte das schaurig hohle Geräusch sich biegender Rumpfplanken. Die Hanfseile allein, die das Äußere des Schiffskörpers umspannten, verhinderten ein Auseinanderbrechen des Schiffs, während sie sich unter schaurigem Knistern und Schaben dehnten und an berstendem Holz rieben. Ich sah, wie ein herausbrechendes Holzstück einen Burschen traf, der sich abmühte, eine Planke zu befestigen. Der Schlag rasierte ihm das Ohr vom Schädel. Der Mann merkte es erst, als ihm der Wind das eigene Blut horizontal ins Gesicht blies.

Sein Missgeschick trieb mich aus meinem Versteck. Ich watete, hüfttief im Wasser stehend, auf ihn zu. In diesem Augenblick sank das Heck ins nächste Wellental. Das zurückschwappende Wasser riss mich von den Füßen und schwemmte mich gegen die Luke der Segelkammer, auf der ich flach unter dem Gewicht des Wassers liegen blieb.

Onkel Damon tauchte neben mir auf. Er riss mich an sich, schrie etwas. Ich hörte nichts. Plötzlich packte ihn jemand bei der Schulter. Es war Vater. Bevor ich mich versah, hatte er ein Seil um meine Taille geknüpft und mich an seinen Gürtel gebunden. Dann brüllte er Damon zu, sie beide sollten ihren Platz auf den Ruderbänken wieder einnehmen. Vater schleppte sich und mich zu einer zerborstenen Bank, hängte sein Ruder wieder ein und begann zu rudern.

Stunde um Stunde verging mit dieser übermenschlichen Anstrengung. Männer quälten sich bis zur völligen Erschöpfung und brachen zusammen. Das Leiden der Pferde war unbeschreiblich. Längst waren die Wände ihrer Boxen zersplittert, sodass sie, noch immer angepflockt, Wind und Wasser schutzlos ausgeliefert waren. Schwappte die See über sie hinweg, ragten oft nur noch ihre zappelnden Hufe aus dem Wasser. Sobald sich das Schiff wieder aufrichtete, wurden die Tiere mit wildem, verstörtem Blick hoch in die Luft geschleudert. Mähnen und Stirnlocken triefend vor Wasser, schnappten sie nach der rettenden Luft, bevor die nächste vernichtende Welle über sie hinwegging.

Salzige Brühe rann aus den Bärten der Ruderer. Ihr langes Haar stand ihnen seitwärts vom Kopf und war wie von Reif bedeckt. Sobald das Schiff in ein Wellental stieß, wurde die Welt für einen Atemzug ganz friedlich. Dann ertönte ein unbeschreibliches Getöse, und das Schiff geriet, sobald es aus den Wassermassen auftauchte, erneut in einen Mahlstrom, der in sich alle Schrecken der Hölle zu vereinigen schien. Mein Haar hatte sich um das Ruder geschlungen, das ich mit meinem Vater bewegte, die Handflächen wund wie rohes Fleisch, den Körper des Vaters neben mir wie ein Bollwerk. Wie heldenhaft er ruderte! Und er war nicht allein. Überall auf den Ruderbänken legten sich die Männer mit unfassbarer Entschlossenheit und wenig Hoffnung in die Riemen. Mitgefühl für diese edlen, glücklosen Männer erfasste mich.

Am besten hilft gegen solche Schrecken, so hatte Selene Europa und mich gelehrt, Beschäftigung – so auch hier. Dies trat nun ein. Die Männer hatten einfach keine Zeit, Angst zu haben. Und wie unbedeutend man sich fühlte! Ich hatte nur noch Augen für Vater und Onkel, die Säulen meines Universums, und wusste doch, dass sie nur Holzspäne im Schlund des Allmächtigen waren. Dicht am Ohr des Vaters sagte ich so leichthin wie möglich: »Selene ist nicht in die Heimat der Amazonen geflohen, Vater, sondern zum Höllenfluss in Magnesia. Europa muss ihr dorthin gefolgt sein, versucht haben, sie einzuholen.«

Woher hatte ich das gewusst? Vielleicht hatte es mir ein Gott eingeflüstert. Und doch war ich meiner Sache so sicher wie meinem eigenen Tod.

Vater sah mich nicht an. Sein Blick war unbewegt auf Attikus und unseren Steuermann gerichtet. Und doch hatte er mich gehört. Und seltsamerweise schien er mir zu glauben.

Die Männer ruderten und ruderten.

Wie lange die Qual andauerte, vermag ich nicht mehr zu sagen. Ich weiß nur, dass selbst dann noch,als ich schließlich halb ohnmächtig in den Schoß des Vaters sank, die Männer entschlossen weitermachten, bis sich die Wut des Sturmes allmählich legte. Wie liefen den nächstbesten Landeplatz an.

6

ÜBERGANG ZUR UNTERWELT

Die Einheiten zogen in Zehnerpulks zum Höllenfluss. Ich war noch immer durch einen ledernen Zügel an den Vater gebunden für den Fall, dass mich irgendwelche furchtbaren Erscheinungen aus dem Moor in die Flucht schlugen oder ich in einem Schlammloch zu versinken drohte. Es regnete. Kalte Schauer durchweichten die Verfolger und verwandelten den Weg in tiefen, zähen Morast.

Sechzehn Tage waren seit unserer Rettung vergangen. So lange hatte es gedauert, bis sich die vier Schiffe wieder gefunden hatten, da ein jedes an einer anderen Küste gelandet war. Sechzehn Tage waren nötig gewesen, um die Schiffe wieder in Stand zu setzen, die Verwundeten zu versorgen, die Vermissten zu suchen und Pferden und Männern eine Verschnaufpause zu gönnen. Schon in der zweiten Nacht hatten Attikus und die Offiziere mich eingehend verhört.

Was genau ich Vater vom Höllenfluss gesagt hätte, wollten sie wissen. Und ob Selene wirklich dorthin geflohen sein könnte, anstatt sich in die Heimat der Amazonen abzusetzen? Weshalb hätte sie das überhaupt tun sollen – und woher glaubte ich das zu wissen?

Ich erinnerte die Offiziere daran, dass der Grund für Selenes Flucht Theseus' Bericht von der Lebensgefahr gewesen war, in der ihre Geliebte und Gefährtin Eleuthera irgendwo in den wilden Weiten der Steppe nördlich des Amazonenmeeres schwebte.

»Amazonen finden sich in Dreierbünden zusammen«, hörte ich meine Stimme vor den Offizieren sagen. »Und sie glauben, dass die Hölle jede einzelne aus dieser Trikona an der anderen beiden statt akzeptiert.«

»Was soll das heißen, Kind?«, wollte Prinz Attikus sanft wissen.

»Das kann ich nicht sicher sagen, Herr, aber es scheint mir, dass Selene zuerst ein Tor zur Unterwelt aufsuchen und dort ein Opfer darbringen wird, vielleicht sogar das eigene Leben anbietet, um die Götter zu veranlassen, ihre Gefährtin Eleuthera zu schonen.«

In jener Nacht wurde noch ein zweites und ein drittes Mal beratschlagt, als schließlich alle vier Schiffe wieder vereint waren. Eine Anzahl von Sprechern bestätigte die Existenz der Orte, die ich angesprochen hatte, wo die Nebenflüsse des Styx – Acheron, Kokytus, Aornis, Lethe und Phlegethon – sich in ihrem Kreislauf unter der Erde vereinen.

Der am nächsten gelegene Zugang, bei Raria an der magnesischen Küste, war der Höllenfluss. Und genau er war der Wasserlauf, den zu nennen mir eingegeben worden war, und für ihn sprach der gesunde Menschenverstand. Sein Zugang lag einen Zehn-Tage-Ritt von Athen entfernt, war über den Landweg erreichbar. Auch das sprach für ihn, denn Amazonen fürchten und verachten das salzige, feuchte Element der See. Und er war wahrscheinlich der einzige Zugang, der auf Selenes Weg zu ihrem Ziel, ihrer Heimat, lag.

Im Morgengrauen stach die so arg von Wind und Wetter gebeutelte kleine Flotte wieder in See, überquerte erneut die Weite des Meeres, über die der Sturm sie getrieben hatte, um drei Tage später an jenem Kiesstrand in Magnesia, also wieder auf dem Festland, anzulanden, den sie die »Blase« nennen. Eine Gruppe von zwanzig wurde abgestellt, die Schiffe zu bewachen, während der Großteil der Verfolger, fünfzig oder mehr Männer unter Waffen, den Weg ins Landesinnere antrat, auf der Suche nach dem Tor zur Unterwelt.

Das Unternehmen allerdings begann wenig vielversprechend, da mehrere aus der Mannschaft, die den Ort persönlich kannten, berichteten, dass jener »Höllenfluss«, so verlockend der Name auch klingen mochte, nicht mehr sei als ein unterirdischer Sumpf, ohne jeden Anschein göttlicher Macht, ein kümmerliches Rinnsal, das nach Schwefel und Teer stinke. Der Geruch sei so widerlich, so erzählten die Männer, dass hier weder Vögel noch höhere Lebewesen die Gegend bewohnten und man nur auf Eidechsen, Schlangen und Schnecken stieße.

Der Gürtel, den Vater um meine Taille gelegt hatte, war von der Art, wie er sie zwanzig Jahre zuvor auf der Reise unter Theseus nach Amazonien kennen gelernt hatte. Die Amazonen nennen ihn *astereia,* Sternengürtel, und die Hellenen bezeichnen ihn als Reitgurt. Selene trug einen solchen Gürtel stets bei sich, denn, wie alle Reiterinnen wissen, ist nichts nützlicher bei störrischen Pferden als eine gute Länge Seils, das vielseitig verwendbar ist.

So gebunden zog ich in Vaters Zug mit. Gestank erhob sich aus dem Sumpf, scharf wie der von faulen Eiern. Die Männer verstopften ihre Nasenlöcher mit Moos und banden sich Tücher vors Gesicht.

Weit und breit gab es kein Dorf, und die einzigen Bewohner der Gegend, das raue Volk der Rarier, die das verfilzte Haar zu einem Knoten gewunden auf dem Kopf tragen und die selbst ich noch um Haupteslänge überragte, sprachen eine Art Küsten-Pelasgrisch, einen derart altertümlichen Dialekt, dass nicht einmal unsere Leute aus Brauron oder

Marathon sie verstehen konnten. Kein Mensch wusste, wovon die armseligen Kerle überhaupt lebten. Sie waren kleinwüchsig, und Männer wie Frauen trugen Umhänge aus Rattenfellen samt Köpfen und Pfoten, waren jedoch von der Taille ab nackt. Sie bestrichen ihre Lenden mit farbigem Lehm. Münzen oder Gold bedeuteten ihnen nichts. Dafür konnten sie sich an jedem Gebilde aus gebranntem Ton ergötzen. Sie liebten die Trinkgefäße, die unsere Männer am Gürtel oder im Gepäck trugen, und waren zu jederlei richtigen oder unrichtigen Auskünften bereit, nur um eines zu ergattern. Ja, sie hätten eine Amazone gesehen. Könnten auch zehn oder hundert gewesen sein. Ein junges Mädchen, ja sicher. Rotblond sei sie gewesen. Oder sagten wir nicht schwarz? Dreimal schickten uns diese Ureinwohner zu den Toren der Persephone, der Mündung des Höllenflusses, wie sie behaupteten, und jeder Austritt entpuppte sich als eine noch weniger interessante Pfütze als die vorherige.

Schließlich gelang es Damon, mit einem ihrer Anführer zu sprechen. »Diese Warzenschweine verehren die Göttin des weiblichen Schoßes«, berichtete er Attikus und den Offizieren. »Wir sind für sie unerwünschte Eindringlinge. Sie werden uns nicht einmal in die Nähe des gesuchten Eingangs zum Höllenfluss führen, das wette ich. Bestimmt zetteln sie Händel an, sollten wir unserem Ziel wider Erwarten zu nahe kommen. Und noch was Unerfreuliches. Alle diese Sumpfbruten sind meinen Erfahrungen nach hervorragende Giftmischer. Vielleicht sind ihre Pfeile vergiftet. Vielleicht bestreichen sie Dornen damit oder stecken spitze giftige Pfähle in die Erde, damit wir auf sie treten.«

Den ganzen Vormittag irrte unsere Truppe umher. Die Gegend war ein einziger Morast aus Teer, in dessen zäher Masse die Männer bei jedem Schritt bis zu den Knöcheln versanken. Wenn es überhaupt Erhebungen gab, so waren diese nur wenige Handbreit hoch. Die Vegetation bestand aus Röhricht und Hainbuchen, deren dünne Stämme so dicht standen, dass man sich den Weg mit der Axt hindurchschlagen musste, während ihre Äste ein dicht verflochtenes gewölbeähnliches Dach bildeten. Unter diesem Astwerk bewegten sich die Sumpfbewohner mit großer Behändigkeit. Sie folgten uns stets in nächster Nähe, sodass wir ihr spatzenhaftes Geplapper hören konnten, während sie unsichtbar blieben, was die Laune unserer Männer nachhaltig beeinträchtigte. Blutegel setzten sich den Männern unter die Achseln und an die Leisten. Der Trupp, der sich schließlich den Weg bis zu einer Anhöhe brach, sammelte sich auf einem kleinen steinernen Plateau im Windschatten einer Felswand und versuchte aus nassem Holz ein Lagerfeuer zu entfachen. Vater wickelte eine Decke um meine Schultern und ging dann, um sich mit den anderen Führern zu beraten.

Ich lehnte mich, vor dem Regen Schutz suchend, gegen die Felswand. Die Anstrengungen des Vormittags hatten die geringe Hoffnung, die ich in diese Gegend gesetzt hatte, zunichte gemacht. Ich hing besonders düsteren Gedanken nach, als plötzlich von den Männern auf dem Plateau lautes Geschrei ertönte. Sie führten einen seltsamen Tanz auf, johlten und zeigten auf den Stein zu ihren Füßen. Dort züngelte eine Flamme aus einer der Felsspalten. Das konnte nur *naphta* sein. Drachenblut, nannten es die Männer, obwohl jedes Kind erkennen konnte, dass es nur eine natürlich vorkommende Form von brennbarem, flüssigem Teer war. Die Männer riefen nach Attikus und den Offizieren. Ich lief zu ihnen, um nichts zu versäumen.

Am Rand einer Spalte tropfte ein Rinnsaal aus brennbarer Flüssigkeit in die Tiefe und verschwand in einen natürlichen Brunnen, der gut fünf Fuß breit und zwanzig Fuß tief sein musste. Treppen waren in die Wand dieses Schlunds gehauen, die so alt aussahen wie Kronos. Auf dem Grund erkannte man grobe Ritzereien im Stein. Von dort unten führte eine Spalte tief in die Erde hinein, durch die sich gerade ein Mann seitwärts zwängen konnte und deren Ende, so sie denn eines hatte, nicht auszumachen war.

Attikus, Vater und die Offiziere bahnten sich den Weg durch die Menge in die vorderste Reihe. Der Schiffsführer Leon, dessen Funken das Rinnsaal entzündet hatte, war bereits auf halbem Weg nach unten und grinste zu uns herauf. Er hielt einen Feuerstein und ein Amulett aus Horn in der Hand, ein *ästival*, wie es Selene in unseren Kampferbaum in der Nacht vor ihrer Flucht gehängt hatte.

»Das Ding baumelte am Eingang der Öffnung, Herr. Was haltet Ihr davon?«

Vater erklärte die Bedeutung des Amuletts. Dann wurden Damon und durch Losziehung vier andere bestimmt, die Öffnung zu erkunden. Der Eingang war so schmal, dass die Männer ihre Rüstung bis auf die Schilde ablegen mussten, die hinter ihnen her durch den Spalt gerollt wurden. Nur ihre Speere konnten sie mitnehmen, da ihre Lanzen in der Enge nutzlos waren. Sie stiegen in die Tiefe. Die restlichen Männer des Trupps versammelten sich um die Öffnung und verlangten lautstark nach den Berichten derer, die hinunterstiegen. Ich bettelte, mich mit den anderen hinuntergehen zu lassen, aber Vater wollte davon nichts hören. »Damon weiß ebenso viel wie du und mehr. Setz dich irgendwo hin und üb dich in Geduld.«

So lautete Damons Bericht über den Abstieg in die Unterwelt, wie ich ihn viele Male habe wiederholen hören, sowohl in der Stunde nach seiner Rückkehr als in den folgenden Jahren.

Damons Geschichte:
Die Wahl fiel auf mich, da ich die Sprache der Amazonen leidlich beherrschte und Selene kannte – falls wir sie dort antreffen sollten. Und sollte das Mädchen Europa tatsächlich

dort unten in diesem unterirdischen Kerker sein und ihre Dreistigkeit bereuen, war es meine Aufgabe als ihr Verwandter, mit ihr zu verhandeln. Ich leide in engen Räumen unter Platzangst, aber darauf konnte ich keine Rücksicht nehmen.

Wir waren zu fünft: zwei Brüder namens Kleistos und Eumenes, beide ausgezeichnete Reiter – was ihnen allerdings in diesem Rattenloch nichts nützte, Phormion, wegen seiner Kraft und Stärke »Säule« genannt, der sich der Erkundung gern verweigert hätte, sich allerdings dann als der Zäheste erwies, und der Sohn meines Vetters Io, Mandrokles, ein Junge von großem Mut, der jedoch nicht schwimmen konnte. Ihr werdet bald erkennen, weshalb das von Wichtigkeit ist.

Wir zwängten uns in die Tiefe. Die ersten zwanzig Fuß waren eng, aber wir konnten stehen. Von oben drang Tageslicht zu uns herunter. Phormion übernahm die Führung und rief uns in Abständen zu, was uns erwartete. Dann wurde es noch enger. Wir mussten uns seitwärts weitertasten, zuerst aufrecht, dann gebeugt. Schließlich waren wir gezwungen, auf allen vieren vorwärts zu kriechen und uns letztendlich auf dem Bauch zu winden wie Schlangen. Wir rollten ein Seil von einer Spule, das alle hundert Fuß eine Markierung hatte. Plötzlich brüllte Phormion: »Dieses Loch führt nirgendwohin, Herr!« Er war so dicht vor mir, dass ich die Sohlen seiner Sandalen berühren konnte. Ich drängte ihn weiter. Der Spalt musste ein Ziel haben, sonst wären die Stufen im Eingangsbereich nicht gewesen.

Phormion kroch weiter, und ich hörte, wie er leicht gegen den Stein klopfte. »Es ist eine Kaverne, Freunde!«, rief er. Und im nächsten Moment krabbelten wir alle wie Kröten auf eine Sandbank am Ufer eines einen Bogenschuss breiten Sees. Fünfzig Fuß über uns war eine Galerie in den Fels gehauen, und darunter befand sich ein Sandstrand, auf dem zwölf Männer Platz hatten. Ich gebot meinen Gefährten Einhalt, um keine Spuren zu zerstören. Der See war aus Teer und dickflüssig wie Brotsuppe. Kleine Kaskaden aus *naphta* ergossen sich in ihn. Seltsame Zeichen markierten die Wände. Sie stellten weder Tiere noch Menschen dar, vielmehr Spiralen, Rosetten und kultische Symbole.

»Ist das die Unterwelt, Herr?«

»Ja, und ich bin der Höllenhund!«

Spuren von Sandalen waren im Licht der Fackel deutlich zu erkennen. Es waren die Abdrücke einer Frau und eines Mädchens. Wie frisch eine Spur ist, erkennt man normalerweise am Zustand der Ränder und wie weit sie bereits eingebrochen sind. In Teer allerdings sind Abdrücke gestochen scharf und wie in Stein geritzt.

»Könnte zehn Tage oder zehn Minuten her sein.«

Sie waren hier gewesen, Selene und Europa, so viel schien sicher. Wer sonst sollte sich in diesen Höllenschlund verirren?

»Haben sie den See überquert, Herr?«, wollte Phormion wissen.

»Geflogen sind sie jedenfalls nicht«, antwortete Eumenes.

»Müssen wir dann auch rüber?«

Ich befahl allen anderen, die Felswände nach Zeichen abzusuchen.

»Amazone!«

Mandrokles hatte das gerufen, und alle fuhren entsetzt zusammen. Aber er spielte nur mit dem Echo. Seine Gefährten beschimpften ihn und lachten doch erleichtert, da ihre Angst umsonst gewesen war. Und dann begannen sie sich aus Spaß gegenseitig Angst einzujagen, Ungeheuer im See zu erkennen.

»Wie tief wird er sein?«

»Geh rein, dann siehst du's schon.«

Dann: ein Geräusch.

»Was war das?«

»Kam von der anderen Seite des Sees.«

»Klang wie ein Pferd.«

»Du bist verrückt.«

»Wie Hufe, die Stein berühren.«

Alle horchten atemlos.

»Wenn es wirklich ein Pferd ist«, bemerkte schließlich Eumenes, »dann muss es ein verdammt magerer Klepper sein, wenn er sich durch den Spalt zwängen konnte, durch den wir hergekommen sind.«

Niemand wagte das Offensichtliche auszusprechen: Die Höhle könnte einen anderen Eingang haben. Auf der anderen Seite des Sees.

Ich rief Selenes Namen.

Keine Antwort.

Ich nannte meinen Namen. »Selene, hast du Europa bei dir?«

Nichts. Ich befahl den Männern, ihre Fackeln von der Oberfläche des Sees fern zu halten und uns über den See zu folgen. Ich tastete mich vorwärts, stand zuerst wadentief, dann hüfttief im See, bis der Grund unter mir plötzlich steil abfiel. Phormion folgte mir, dann kam Eumenes, der eine der beiden Brüder. Die anderen fürchteten sich zu sehr, um zurückzubleiben. Wir schwammen, die Schilde vor uns herschiebend, Speere und Fackeln über den Kopf haltend. Mandrokles klammerte sich, mit den Füßen Wasser tretend, an Kleistos. Die zu überwindende Entfernung betrug ungefähr hundert Fuß. Als wir ans Ufer krabbelten, waren wir bis zu unseren Bärten in Teer getaucht. Der Qualm unserer Fackeln schwärzte die Felsdecke. Mit einem Mal schwirrte die Luft vor Harpyien. Die Männer stürzten in Panik vorwärts, als der Schwarm dieser weiblichen Unheilsdämonen schreiend durch das Gewölbe flatterte. Es dauerte eine Ewigkeit, bis wir wieder zu Atem kamen. Die Todesfeen und Windgeister waren tiefer in den Fels geflogen – oder zu einem Ausgang, den wir noch entdecken mussten.

»Geh ein Stück voraus, Eumenes. Schau nach, was da vorn ist.«

»Was? Ich allein?«

»Nur kurz.«

»Ihr seid der Anführer. Ihr geht.«

»Ich bin der Anführer, richtig. Und ich sage dir, du gehst!«

Wir tasteten uns vorwärts, an Vorhängen aus Stalaktiten entlang. Ein Schrei. Eumenes' Fackel hatte seinen teergetränkten Bart angesengt. Wir drängten uns um ihn, schlugen das Feuer mit Lappen aus. Vor uns tat sich ein gähnender Schacht auf.

»Da geh ich nicht runter, Herr!«

Ich führte die Gruppe den Schacht hinunter, der steil wie eine Treppe war, dann an Sandbänken eines ausgetrockneten Flusses entlang. Ich hatte Knochen oder Zeichen erwartet, aber es gab absolut nichts. Nur Felswände und Galerien und das unheimliche Echo der überall über Felsen tropfenden Rinnsale.

»Ist weit genug, Herr«, erklärte Phormion.

Er wollte Schluss machen. Sollten die Gefährten oben doch übernehmen, schlug er vor.

»Wir sind nicht hier, um uns am Lagerfeuer auszuruhen, Phormion!«

Kleistos bekräftigte, wir hätten uns weit genug vorgewagt und sollten um Verstärkung bitten. Sein Bruder Eumenes pflichtete ihm bei. Wir hätten unseren Teil beigetragen. Von jetzt an seien unsere Gefährten an der Reihe. Mit einem Mal erschauderte Eumenes und stolperte vorwärts, als habe ihn jemand gestoßen. Sein Stimme versagte ihm. Er sah an sich herab und fuhr sich an die Brust.

Aus seinem Fleisch ragte der Schaft eines Pfeils.

»Man hat auf mich geschossen«, sagte er in tonloser Verwunderung. Blut perlte aus der Nase über seine Lippen. Ich hörte, wie Kleistos hinter mir in panischer Angst aufschrie.

Ich streckte die Hand aus, um Eumenes aus der Gefahrenzone zu zerren, denn ich war sicher, dass ein zweiter Pfeil dem ersten folgen müsse, doch Eumenes sackte so schnell in sich zusammen, dass ich ins Leere griff. Er fiel, wie nur Tote fallen können. Jede Spannkraft hatte seine Muskeln verlassen. Mit einem Aufschrei sprang der Bruder ihm zur Seite. Ich war wie versteinert. Es war Phormion, der die Nerven behielt und seinen vor Trauer wahnsinnigen und leichtsinnigen Gefährten mit seinem Schild schützte. Im nächsten Moment schlug ein zweiter Pfeil in den mit Ochsenhaut bespannten Schild. Ich kam so weit zu mir, dass ich die Richtung des Angriffs ausmachen konnte. Ich packte den verzweifelten Kleistos bei den Haaren, der nur Augen für seinen Bruder hatte, den er wiederzubeleben versuchte. Phormion und ich schleppten ihn hinter einen Felsvorsprung. Alle hatten ihre Fackeln fallen gelassen, welche die ölige Flüssigkeit zu unseren Füßen umgehend in ein blaues Flammenmeer verwandelten.

»Göttin und Fürsten der Hölle!«, rief eine weibliche Stimme in unserer Sprache. »Nehmt diesen, den Ersten!«

Aus Selenes Kehle erscholl der Kriegsschrei der Amazonen, der das Blut in den Adern der Männer gefrieren ließ, während er tausendfach von den Wänden der Kaverne widerhallte.

Was aus unserem Mut geworden sei, fragt ihr? Er war im Arsch, wenn ich so sagen darf. Wir begannen wild durcheinander zu rufen, und ich machte da keine Ausnahme, so als könnten unsere Schreie die Gefährten oben im Licht des Tages erreichen.

Selene war über uns, irgendwo im Dunkeln. Gesteinsbrocken krachten von den Galerien herab. Das Deckengewölbe dieser schaurigen Grabstätte schien bersten zu wollen.

»Tretet vor! Zwei von euch!«, rief Selene in unserer Sprache. »Dann sind zwei frei!«

Sie meinte wohl, sie brauche drei Köpfe, um die Herren der Unterwelt zu besänftigen. Mit Eumenes hatte sie bereits einen getötet. Wir sahen uns an, hofften wohl heimlich auf Freiwillige unter uns, bis uns die eigene Scham zur Besinnung brachte. Wir wussten ohne Worte, was zu tun war: Wir mussten fliehen.

»Ich lasse meinen Bruder nicht zurück!«, schwor Kleistos.

Sein Flüstern hallte vielfach verstärkt von den Wänden wider.

»Steht auf und leistet ihm Gesellschaft!« Ein dritter Pfeil steckte plötzlich in der Öllache.

»Europa!«, rief ich in die Dunkelheit hinauf. »Bist du da, Kind?«

Keine Antwort. Das gab mir die Gewissheit, dass sie sich in unmittelbarer Nähe befinden, von Selene zum Schweigen gezwungen worden sein musste. Die Götter mochten uns beistehen, falls das Mädchen ebenfalls auf uns zu schießen begann. Hastig griffen wir nach unseren Fackeln. Kleistos und ich packten die Füße unseres toten Gefährten, alle hoben ihre Schilde über die Köpfe, und dann gaben wir Fersengeld. Den trockenen Flusslauf entlang und die Stufen in dem Kamin hinauf. Phormion machte den Anfang. Dann eilten wir durch den engen Felstunnel zum See. Wir hörten Selenes Schritte über uns, wie sie die Galerien entlanglief, durch die die Unheilsdämonen entfleucht waren. Eumenes' Leichnam zerrten wir wie einen Sack Zwiebeln hinter uns her.

Unmittelbar vor uns glitzerte schwarz der See. Selene musste uns unbemerkt überholt haben, erwartete uns vermutlich schon irgendwo dort am Ausgang. Von einem Felsabsatz über uns krachte ein Steinbrocken nach dem anderen auf uns herab. Auf diese Weise konnte uns eine Frau allein leicht den ganzen Tag in Schach halten. Wir mussten an ihr vorbei, und den Letzten bissen die Hunde.

Also stürmten wir aus unserem Versteck und stürzten uns

mit den Schilden voraus in die Lagune. Ich hörte, wie der Sohn meines Vetters, Mandrokles, einen Schrei ausstieß, der nur bedeuten konnte, dass er getroffen war. Kleistos und ich zerrten noch immer Eumenes' Leichnam hinter uns her. Der junge Mandrokles war von einem Steinbrocken getroffen worden, der ihm die linke Gesichtshälfte zerschmettert hatte. Außerdem konnte er ja nicht schwimmen. Panik erfasste ihn. Blitzschnell wandte er sich dem Felsabsatz zu, von dem aus wir uns gerade in den See gestürzt hatten. Felsbrocken von der Größe von Melonen platschten um uns krachend in die zähe Flüssigkeit. Ich packte den Jungen und schrie ihn an: »Du kannst nicht zurück! Sie bringt dich sonst um.« Er versenkte seine Zähne in meine Hand. Mit einem Aufschrei ließ ich ihn los. Wieder wandte er sich dem Ufer hinter uns zu.

In diesem Augenblick brach Selene aus ihrem Versteck. Ich sah, wie sie von der Galerie über uns sprang, die Kampfaxt in der einen, eine Fackel in der anderen Hand. Sie warf die Fackel. Der See explodierte wie ein Vulkan.

Sie hatte das zähe Gebräu entzündet.

Die Oberfläche des Teers war ein einziges, rauchendes Flammenmeer. Ich tauchte unter. Angst nahm mir den Atem. Ich ließ Schild und Speer fallen und kam wieder an die Oberfläche. Als Erstes sah ich, wie sich die Haare an meinen Armen entzündeten. Ich hörte, mehr als dass ich fühlte, wie mein Bart Feuer fing. Instinktiv schwenkte ich die Arme wild vor mir hin und her. Das verschaffte mir einen Moment zum Durchatmen, bis sich die Fläche vor mir erneut entzündete. Etwas durchschlug meine Schulter. Ein Pfeil blockierte mein Gelenk, aber ich fühlte keinen Schmerz, nur blinde Wut. Selene war über mir am Ufer.

Sie legte direkt auf mich an. Ich fühlte, wie der Pfeil meine Haut unterhalb des Ohrs aufritzte. Zum Glück hatte er mich nur gestreift. Ich schwamm mit der Kraft, die pure Angst mir verlieh. Phormion zog mich ans andere Ufer. Ich drehte mich um und sah Selene auf der anderen Seite, wie sie Mandrokles' leblose Gestalt aus den Flammen zerrte. Sie hob ihn beim Haar hoch und schlug ihm den Kopf ab. Die Amazone steckte seinen bluttriefenden, brennenden Schädel auf ihre Kampfaxt und stieß einen Schrei so wilder Freude aus, wie dieser nur hier, an den Toren des ewigen Verderbens, möglich war.

Und dann drängten wir uns durch den schmalen Tunnel. Phormion als Erster, dann ich, dann Kleistos. Schreie kamen von oben, wo unsere Gefährten am Einstieg des Höllenschlundes warteten. Einer war bereits zur Hälfte herabgestiegen und warf uns ein Seil zu. Es war mein Bruder Elias. Phormion versuchte, das Seil an mich weiterzugeben. »Fass meine Füße!«, befahl er. Ich gehorchte und gab den Befehl an den Mann hinter mir, an Kleistos, weiter. In diesem Augenblick entfuhr der Kehle des Letzteren ein Mark erschütternder Schrei, der sich auf ewig in mein Gedächtnis einprägen und mich in meinen Träumen verfolgen sollte.

»Sie hat mich erwischt!«, brüllte er. Sein Griff brach mir fast den Knöchel. Er wurde zurückgezerrt, zurück in den schmalen Felsspalt. Seine Todesschreie ließen mir das Blut in den Adern gerinnen. Später, als die einzelnen Gruppen herabstiegen, um die Leichen zu bergen, fand man auch Kleistos' Leichnam. Selene hatte ihn offenbar noch am Eingang der Felsspalte erwischt, nachdem sie vermutlich ebenfalls den Flammensee durchschwommen hatte, und ihm ihren Sternengürtel, also jenen aus rohem Leder geflochtenen Sattelgurt, den die berittenen Kämpferinnen um ihre Taille zu tragen pflegen, um die Knöchel geschlungen. Die Fersen in den Stein gestemmt, muss sie Kleistos in und durch den Spalt gezogen und ihn zuerst an den Knien, dann an der Taille und schließlich am Hals gedreiteilt haben. Den Schädel hatte sie behalten. Wir haben ihn nie gefunden.

7
EUROPA

Mutter Thyone

So weit der Bericht des Onkels. Es bedarf kaum der Fantasie, um sich den Zustand der Gefährten vorzustellen, die über der Erde während dieser Qualen ausgeharrt hatten, gezwungen, tatenlos die Schreie derer zu ertragen, die unter der Erde gefangen waren, unfähig, ihnen Hilfe zu leisten, den schwarzen Teerrauch einatmend, der zuerst in Schwaden, dann in dicken Wolken aus der Öffnung im Fels drang, gefolgt von Furcht erregenden Geräuschen, die in der Öffnung der Kaverne widerhallten. Und schließlich der schaurige Anblick der Überlebenden, zwei nur von fünfen, als die Erde sie vor ihren Füßen wieder freigab. Onkel konnte noch gehen. Er entkam mit Verbrennungen, einer offenen Pfeilwunde am Hals und einem Pfeil in der Schulter, während Phormion erstaunlicherweise vollkommen unversehrt an die Oberfläche kroch. Umso schlimmer waren seine inneren Verletzungen – jenes Entsetzen, das (wie Damon uns später erklärte) jede kämpferische Auseinandersetzung mit den Kriegerinnen Amazoniens zur Folge hat und das die menschlichen Sinne in nie geahnte Abgründe stürzt, begegnet er dem Weiblichen in Form dieser barbarischen Grausamkeit.

Am zweiten Morgen fanden die Männer meine Schwester auf einem Felsvorsprung einige hundert Meter über dem Eingang zum Felstunnel. Sie war mit Lederriemen gefesselt, ein Fußknöchel so tief in eine Spalte gezwängt, dass man den Stein mit Hammer und Meißel sprengen musste, um sie zu befreien. Sie wirkte völlig entkräftet und war unfähig zu sprechen. Ihr Pferd, Rotschopf, ungebunden an ihrer Seite, war ebenso erschöpft, denn das Tier hatte die weite Strecke von Athen, also gut zwanzig Tagesritte, offenbar mit denselben kargen Rationen an Wasser und Brot zurückgelegt wie seine Reiterin.

Als Vater seine geliebte Tochter in diesem Zustand im Lager sah, war er dem Wahnsinn nahe. Er wachte Tag und Nacht bei Europa. Nichts und niemand vermochte ihn von ihr zu trennen. Angesichts der Verbrennungen ihrer Haut und dem Teer in ihrem Haar war klar, dass sie mit Selene in der Unterwelt gewesen war. Hatte auch sie Pfeile auf unsere Männer abgeschossen? Während ihrer gelegentlichen hellen Augenblicke erfuhren wir bruchstückhaft, dass sie Selene tatsächlich von Attika aus gefolgt war, ihre Spur aufgenommen und sie an diesem Ort gestellt hatte. Selene hatte sie abgewiesen, ihr befohlen, nach Hause zurückzukehren. Mehr wollte meine Schwester nicht sagen. Auch verweigerte sie jede Nahrung oder Berührung von anderen als mir selbst, und auch mir gestattete sie nur nach eindringlichem Bitten und Betteln, mich ihr zu nähern. Als ich ihr in die Augen sah, erkannte ich sie nicht wieder.

Wo war Selene? Längst nicht mehr unter der Erde, sagten die Zwergwüchsigen aus den Sümpfen. Sie hatten gesehen, wie sie auf dem Rücken ihres Pferdes unmittelbar nach dem Handgemenge aus einem uns unbekannten Eingang zur Höhle ans Tageslicht geritten war. Sie schien ihre Flucht nach Norden fortgesetzt zu haben. Man hatte drei Schädel an ihrem Gürtel baumeln sehen.

Die Gruppe der Verfolger konnte ihren Weg nicht fortsetzen, ohne die Leichen der Gefährten bestattet zu haben, wie es die Sitte verlangte. Dennoch waren die Männer lange nicht zu bewegen, erneut in diese unterirdische Kammer des Schreckens hinabzusteigen. Schließlich führte Prinz Attikus persönlich eine ausgewählte Gruppe an, doch am Teersee kam allen, bis auf den Anführer, die anfängliche Entschlossenheit abhanden, und als er zwei von ihnen zurückschickte, um zwei andere Männer an ihrer Statt herunterzuschicken, wollte niemand über der Erde dieser Aufforderung nachkommen. Was ist schon Höllenangst, wenn sich der Höllenschlund selbst vor dir auftut?

Am dritten Abend verfiel meine Schwester in Raserei. Krämpfe schüttelten sie. Sie wand und krümmte sich wie eine Frau in den Wehen, und die Männer wichen wie vor Höllengezücht vor ihr zurück. Nur Vater, Damon und Attikus hatten den Mut, bei ihr auszuharren.

Und dann brach weiteres Übel über das Lager herein. Kröten, schwarze Kröten, fielen zu tausenden über uns her. Ihre glänzenden Augen traten aus dem schleimigen Sumpf, plumpsten in unser Essen und zerplatzten unter unseren Füßen. Einer von uns erwachte und fand seinen Mantel schwer wie Blei von Unmengen dieser Tiere. Männer schlugen sich tausendmal pro Tag das schleimige Gezücht von der Haut. Und die ganze Zeit über jammerte und wehklagte meine Schwester.

Die Bewohner der Sümpfe suchten jetzt Rache zu nehmen für unseren Einfall. Zuvor hatten sie unsere Überzahl gefürchtet. Jetzt rochen sie unsere Angst, und das machte sie dreist und mutig.

Sie hoben einen Graben auf dem einzigen Weg aus, der aus dem Sumpf führte, und errichteten eine Palisade zu seiner Verteidigung. Hinter dieser nahmen sie Aufstellung und feuerten Pfeile auf unsere Trupps ab, die einen Vorstoß versuchten. Attikus ordnete die Gefangennahme eines der Sumpfbewohner an, um ein Pfand für Verhandlungen in der Hand zu haben. Aber diese Kreaturen waren nicht zu fassen. Glaubte man einen erwischt zu haben, hatte man plötzlich nur noch den stinkenden Mantel aus Rattenfell in der Hand, den man schnellstmöglich aus Ekel fallen ließ, während sein Besitzer sich mit der Leichtigkeit eines Wasserkäfers davonmachte.

Dann begannen die Gnome uns einen Hinterhalt zu legen.

Ihre Waffe war der Bogen, klein wie der eines Kindes, mit dem sie Pfeile schlank wie Röhricht abschossen, deren Spitzen auf der Haut zuerst nur wie ein Nadelstich brannten, jedoch eiternde Schwären hinterließen, die Fieber, Übelkeit und Krämpfe auslösten.

Attikus bot unseren Folterknechten ein Schiff, Pferde, Gold. Jeden Beweis unserer Reue, den der Feind forderte, wollte er ihrer Göttin des weiblichen Schoßes opfern, wenn sie uns nur in die Freiheit entließen. Aber sie waren hochfahrend geworden, diese Ausgeburten des Sumpfs, und ließen nicht mit sich verhandeln. Sie drangen je nach Lust und Laune in unser Lager ein, trieben spitze giftgetränkte Stecken in den Schlamm oder verletzten die Männer im Schlaf mit ihren Speeren.

Endlich kam meine Schwester wieder zu sich. Sie wollte weder auf Vater noch auf Onkel oder auf mich hören, sondern wandte sich direkt an Prinz Attikus. Eine Gruppe folgte ihr und fand den verborgenen Eingang zur Kaverne, wo sie die sterblichen Reste unserer Gefährten entdeckten. Wie schmerzlich hoch türmte sich der Scheiterhaufen, auf dem sie zu Asche verbrannten.

Europa schätzte die missliche Lage unseres kleinen Heers realistisch ein und erklärte, wir müssten noch in dieser Nacht ausbrechen oder sterben. Sie trug ihre Überzeugung mit einer solchen Autorität vor, dass, verstärkt durch die Angst der Männer, denen Selene die Hölle bereitet hatte, keiner wagte, ihr zu widersprechen. Man gab ihr Öl, in dem sie baden sollte, und die Männer standen unaufgefordert Wache. Als ihre Locken sich nicht vom Teer befreien ließen, verlangte sie nach einem Messer und schnitt sie ab.

Als sie wiederkehrte, war das Lager abgebaut. Was nicht mitgenommen werden konnte, wurde an Ort und Stelle verbrannt. Wir mussten die Schiffe erreichen und hofften, sie noch unversehrt vorzufinden. Onkel Damon war entschlossen, meine Schwester und mich von dort aus sofort nach Hause zu schicken. Europa trotzte ihm. Sie wolle allein ihren Weg nach Norden fortsetzen, erklärte sie.

Vater wurde wütend. »Du bist ein Kind und ich dein Herr. Beim Zeus, du wirst mir gehorchen!«

Europa deutete auf den Eingang zur Unterwelt. »Ich habe mit der Göttin verhandelt. Nur durch mich werdet ihr diesen Platz lebend verlassen können.«

Wir müssten uns Stiefel mit breiten Sohlen zulegen, wies Europa die Männer an, um das Sumpfvolk zu verfolgen und unsere Füße vor vergifteten Pfählen zu schützen. In Gruppen zu zweit müssten wir fliehen, uns vorn und nach hinten mit Schilden schützen, Arme und Beine mit Tierhäuten bedecken, denn jeder Dorn könne giftgetränkt sein. Außerdem sollten wir uns möglichst geräuschlos verhalten, damit die Göttin uns nicht höre, und auch beim Kampf keinen Laut von uns geben, damit der Tod uns nicht an der Kehle packen könne.

Sie forderte Speer und Schild und kletterte aufs Pferd. An der Palisade kämpfte sie an vorderster Front, und ihr Kampfgeist erwirkte den Durchbruch. Schließlich brachte sich die Verfolgergruppe (mit Ausnahme von drei Männern, die in einem Langboot flohen) am Strand hinter einer Palisade in Sicherheit, die die Schiffswachen inzwischen aufgestellt hatten. Das Sumpfvolk zog sich zurück. Wir beeilten uns, an Bord der Schiffe zu gehen. Erneut befahl Vater Europa und mir, uns auf eine begleitete Heimreise einzurichten.

Erneut weigerte sich Europa.

»Mein Kind, du bist erst vierzehn! Und in sechs Monaten bist du eine Braut!«

»Niemals!«

Unsere Gruppe scharte sich um sie. Voller Bewunderung für ihre Furchtlosigkeit. Allen voran Prinz Attikus, dem sie versprochen war und den sie nun offen zurückwies.

»Dich entsetzt meine kühne und offene Sprache, Vater. Vor allem, da mein zukünftiger Gemahl sie hören kann und mich deshalb schon ablehnen wird. Aber hast du nie daran gedacht, mich zu fragen, ob ich überhaupt einen Gemahl möchte? Ich wiederhole: Niemals! Kein Mann wird je über mich befehlen.«

»Ich befehle über dich!«

Mit diesen Worten ging Vater auf sie zu, die Hand erhoben, ihr eine Ohrfeige zu verpassen.

Attikus ging hastig dazwischen. Augenblicklich trat Europa aus dem Schutz des Prinzen, stellte sich breitbeinig vor Vater auf, bereit, ihre Freiheit mit Krallen und Zähnen zu verteidigen.

Erstaunt wich Vater zurück.

»Bei den Göttern!«, rief er und machte eine Geste, die mich einschloss. »Was für Höllenkatzen habe ich gezeugt!«

Attikus unterbrach ihn. Es gäbe nur eine Rückkehr nach Athen für alle gemeinsam oder für keinen. Zu viel Blut sei bereits vergossen, zu viele gute Männer zu beklagen. Die drei, die uns unerlaubt verlassen hätten, würden die Neuigkeiten zu Hause verbreiten, unsere Angehörigen von den bisherigen Ereignissen unterrichten, vermutlich ihre eigennützige Version verbreiten, aber das sollte genügen. »Was mich betrifft«, erklärte Prinz Attikus, »werde ich unverrichteter Dinge weder zu Vater und Mutter noch zu den Angehörigen unserer Toten zurückkehren.«

Dann wandte sich der Prinz Europa zu.

»Du bist der Amazone Selene bis hierher gefolgt, richtig?«

»Ja.«

»Du wolltest dich ihr anschließen?«

»Ja.«

»Und mit ihr in die Wildnis der Steppe fliehen?«

»Ja.«

»Aber Selene hat dich zurückgewiesen, richtig? Sie wollte

dich nicht an ihrer Seite haben. Sie hat dich ein Kind genannt und dir befohlen, nach Hause zurückzukehren.«

Europas Miene machte deutlich, dass es so gewesen sein musste.

»Und dafür hasst du die Amazone. Du hasst Selene.«

Keine Antwort.

»Du weißt, wohin sie sich gewandt hat. Du wolltest ihr folgen, ihr beweisen, dass du kein Kind mehr bist.«

Attikus trat dicht vor Europa hin.

»Aus diesem Grund mache ich dir folgenden Vorschlag, Europa. Such dein Heil an unserer Seite. Führe uns. Lehre uns.«

Vater protestierte nachdrücklich und heftig. »Du benutzt ein junges Mädchen, Attikus, ein Kind, um ...«

»Ich sehe kein Kind ... nur eine Frau, Elias. Und ich schäme mich nicht auszusprechen, was alle denken. Wir haben diese Kriegerin Selene erlebt, getrieben von einer Gesinnung, die uns das blanke Entsetzen gelehrt hat. Und diese Gesinnung besitzt auch diese Jungfrau hier, deine Tochter Europa. Ich jedenfalls möchte sie mir zu Nutze machen. Ich will sie an unserer Seite wissen. Kommst du mit uns, Weib?«

Der Prinz rief nach seinen Waffengehilfen.

»Bewaffnet sie!«, befahl er. »Macht ihr ein Bett im Vorschiff, und gebt ihrem Pferd einen Verschlag. Von nun an soll niemand sie durch Worte oder Taten herabsetzen. Bringt ihr den Respekt entgegen, mit dem ihr mir begegnet.«

Attikus nahm sein eigenes Kurzschwert ab und legte es in die Hände meiner Schwester.

Die Männer johlten begeistert.

Vater war entsetzt und machtlos.

Europa blieb von diesem Überfluss an Entgegenkommen unbeeindruckt und musterte Attikus kühl.

»Du versuchst mich für deine Pläne zu missbrauchen, Attikus.«

»Das ist richtig.« Der Prinz machte gar nicht erst den Versuch zu leugnen. »Und gebe dir damit die Möglichkeit, mich für deine zu missbrauchen.«

DRITTES BUCH

AMAZONENLIEBE

8

DIE VERSAMMLUNG DER SIPPEN

Selenes Vermächtnis:
Das Pferd, als es die Völker der Steppe zu leben lehrte, gab jedem eigene Sitten und Bräuche. *Tal Kyrte,* dem Freien Volk, befahl es, abseits der Männer eine Gemeinschaft zu bilden, von Männern unbeherrscht, und sich nur zu einer bestimmten Jahreszeit mit ihnen zu vereinigen, um Nachkommen zu zeugen. Das Pferd gestattete seinen Töchtern den Beischlaf nur während zweier Monde im Jahr und machte es ihnen zur Pflicht, als Kinder des Himmels und der Freiheit anschließend wieder allein zu leben und niemandem die Herrschaft über ihre Herzen zu gestatten.

So kam es, dass sich jedes Frühjahr, wenn die Sonne im Sternbild des Widders steht, die Stämme und Völker versammeln, die aus Themiskyra und Lykasteia, die aus Chadeisia und Titaneia, die Yrte, die Yssone und die Echal, jene aus den Bergen südlich des Amazonenmeeres und jene, der Steppen im Norden. Alle Sippen von Hypanis bis Tanais, jene, die in Armenien und Kappadokien leben und die Ceraunischen Berge und die Küsten der Maiotis-See ihre Heimat nennen. Alle versammeln sich in der Bergstadt Lykasteia, dort, wo der Fluss Borysthenes in das Amazonenmeer mündet. Und es ist eine Zeit der Freude, von allen ein Jahr lang herbeigesehnt. Nicht allein wegen der Gelegenheit, Töchter zu empfangen, um die Rasse zu erhalten, wenn dies auch ein großes Glück ist, sondern um sich mit Schwestern und Müttern, Gefährten, getreuen Ratgebern und Kindern wieder zu vereinen. Selbst Feinde befehdeter Stämme sind willkommen.

Zu dieser Jahreszeit ist die Steppe von einem Teppich aus Herden, Lagerfeuern und den zylinderförmigen Jurten, den Zelten aus Ziegenhaut der Steppenvölker, überzogen. Die Händler, denen es gestattet ist, Lager vor der Bergstadt aufzuschlagen, jene Lyker, Phryger und Hellenen, deren Gesellschaften den freien Völkern Tribut zollen, werden aufgefordert, Proviant für die Pferde zu stellen. Man zieht an endlosen Strecken von Futtertrögen vorbei, gefüllt mit schimmernden Körnern Gerste, Roggen und Emmer. Unglaubliche Weiten der Steppe sind mit Stroh bedeckt und duften von der Losung der Pferde.

Die Männer benachbarter Stämme versammeln sich ebenfalls in der Jahreszeit des *saurasos*, also der Versammlungen, dürfen jedoch keine Waffen tragen, müssen an gesonderten Plätzen essen und sind von den Wettspielen ausgeschlossen. Handel jedoch ist ihnen gestattet. Und in diesen Zeiten werden Vermögen mit Pferden, Fellen und Häuten, Gold, Kupfer und Eisen umgeschlagen. Dennoch steht vor allem die Lust im Mittelpunkt. Viele kommen nur ihretwegen. So stark ist die Anziehungskraft der Geschlechter, dass viele Händler (um die Gedanken der Männer bei den Geschäften zu halten) Männer von siebzig Jahren und mehr als ihre Mittler schicken, denen sie Jungen unter zehn Jahren zur Seite stellen, aber selbst diese werden von den Frauen auf dem Höhepunkt der Riten fortgezerrt und zum Beischlaf gezwungen. Was häufig große Heiterkeit auslöst.

Einer Frau des *tal Kyrte* ist es verwehrt, mit einem Mann zu schlafen, solange sie nicht drei Feinde in der Schlacht getötet oder eine bedeutende Vision für ihr Volk gehabt hat.

Eine Kriegerin, die feststellt, dass sie ein Kind trägt, scheut keine Mühe, dies bekannt zu machen. Es ist eine Angelegenheit des Stolzes, während dieser Zeit keinem Gebrechen nachzugeben und nach der Geburt ohne Pause zu den Gebräuchen des Freien Volkes wie die Jagd und den Krieg zurückzukehren. Eine Kriegerin des *tal Kyrte,* die ihre Niederkunft nahen fühlt, schert ihren Pferden die Mähnen und Schweife und entkleidet sie sämtlicher Kriegsausrüstung. Sie gebiert allein unter freiem Himmel. Die einzige Hilfe gewähren ihr das Kraut Artemisia, die Pflanze der Jungfrauen, Artemis, die Geburtshelferin, und Hekate von den Kreuzwegen. Die Mutter trennt die Nabelschnur zu beiden Seiten, wickelt sie bei einem Mädchen dem Kind um die Taille und wirft sie fort, wenn es ein Junge ist. Die Nachgeburt eines weiblichen Kindes verfüttert sie an die trächtige Stute, *inakane* genannt, deren Fohlen ihrer Tochter gehören wird, wenn sie alt genug ist, es zu reiten. Ein Krieger, der zufällig auf eine Gebärende trifft, wird sich scheu zurückziehen, um sie nicht in Verlegenheit zu bringen. Der Stolz gebietet es, dass die frisch gebackene Mutter danach so unauffällig wie möglich in die Gemeinschaft zurückkehrt. Das Wort »Kind« gibt es nicht. Sie sagt: »Ich habe ein Bündel gefunden«, und übergibt es ohne jede Feierlichkeit ihrer Mutter. Sie darf das Kind weder berühren noch mit ihm sprechen, bis die Tochter im Alter von sieben Jahren ihre Reiterprüfungen bestanden hat.

Eine Mutter unserer Rasse darf ihre Tochter nicht selbst großziehen (Söhne werden entweder verkauft oder anderen Stämmen übergeben), so wie sie keinen Besitz haben darf, nicht einmal die Pferde oder die haarigen Trophäen der im Kampf erbeuteten Kopfhäute. All das erhält ihre Mutter zur Verwahrung, und diese Matriarchin ist sehr stolz, nicht auf den Besitz, sondern darauf, dem Volk zu dienen. Zwar nennt man die Mutter »Mutter«, doch ist sie eher eine Schwester.

Das wichtigste Familienmitglied ist die Großmutter oder »Mutter-Mutter«. Ansonsten hat die Familie eine untergeordnete Stellung. Das Volk ist alles. Ein strenges und kompliziertes Protokoll regelt alle Gespräche zwischen Mutter und Tochter. Und eine Mutter ist stolz auf ihre gefühlsmäßige Ungebundenheit zu ihrer Nachkommenschaft, auf die Tatsache, dass sie in der Lage ist, sogar Fremde ihrer eigenen Brut vorzuziehen. Eine Tochter sucht die Zustimmung der Mutter zuletzt und nicht vor allen anderen. Dadurch, so glaubt *tal Kyrte,* wird Liebe nicht auf einen kleinen Kreis beschränkt, sondern gilt dem ganzen Volk.

So kennt nicht nur jeder jeden, sondern ist auch mit allen blutsverwandt. Keine Amazone, um den Ausdruck der Hellenen zu benutzen, fühlt sich je allein oder ausgeschlossen. Alle sind von ihrem Blut, alle ihre Familie.

Diese Gemeinschaft folgt dem Beispiel der Gesellschaft der Pferde. Ich brauche wohl nicht zu betonen, dass jedes einzelne unserer Pferde von jedem und allen gekannt wird. Fremde beobachten stets mit Staunen, dass sogar ein sechsjähriges Kind, ohne einen Laut von sich zu geben, das eigene Pferd im Dunkeln aus einer großen Herde herauskennt. Das ist keine Zauberei, das Pferd erkennt seine Freundin, das Kind, schon allein an seinem Schritt und stellt sich ihm in den Weg. Bei uns werdet ihr nie ein Pferd mit Brandzeichen finden, denn das gilt als Barbarei.

Als Theseus zur Bergstadt kam und vor dem versammelten Volk in höchsten Tönen von Athen und seiner Zivilisation geschwärmt hat, hob er als ihre höchste Tugend das Glück heraus, das der Einzelne im offenen Austausch von Ideen und Erfahrungen dort findet. Es heißt, dass der Bürger der Stadt das ist oder sein kann, was er zu sein wünscht. Antiope lachte in ihrer Erwiderung darüber, führte aus, dass keine Frau Athens, von Dirnen abgesehen, die Freiheit besitzt, ohne Erlaubnis ihres männlichen Herrn auf die Straße zu gehen, und bezeichnete diesen Zustand nicht als Glück, sondern als Irrsinn.

»Wer ist glücklicher? Der Sturm oder der Ozean? Solche Unterscheidung ist idiotisch. Denn Sturm ist Ozean und Ozean ist Sturm. Ich bin durch die Straßen von Städten gegangen und habe in den Blicken der Fremden nur Verzweiflung gesehen«, erklärte Antiope. »Sie waren nicht nur Fremde für mich, sondern auch Fremde untereinander. Wie kann man sich selbst erkennen, wenn man niemanden kennt? Einst in Iodessa sah ich einen Mann tot auf der Straße liegen. Seine Mitbürger stiegen über seinen Leichnam hinweg, ohne auch nur ihre Unterhaltung zu unterbrechen. Ihr nennt uns Wilde, Theseus. Und doch haben wir weder Ritterlichkeit noch den Adel des Herzens vergessen, welcher die Liebe ist, die uns alle verbindet und uns nie zu Fremden im Namen des ›Glücks‹ macht.«

Beim Freien Volk erzieht die Natur die Mädchen, und die Mädchen erziehen sich selbst. Die Natur ist unser Buch! Das Pferd hat mich aufgezogen. Es hat mich Schweigen und Einsamkeit gelehrt. Von ihm habe ich gelernt, aufzuwachen und zu schlafen, zu laufen und zu ruhen, geboren zu werden und zu sterben. Das Pferd hat mich gelehrt, mich vor Freude in Sand zu wälzen, Hitze, Kälte und Hunger zu ertragen und zu träumen. Alles, was ich weiß, weiß ich von ihm und dem Himmel, dem Sturm und der Steppe. Unsere Kinder können reiten, bevor sie laufen lernen. Ich kenne keinen Augenblick meines Lebens, da ich nicht Teil eines Pferdes gewesen bin. Von ihm getrennt zu sein, wie ich das in Sinope als Kind gewesen bin, war, als habe man mir die Sonne und die Luft zum Atmen genommen.

Die Großmutter besitzt bei unserem Volk die größte Autorität. Sie trägt die Verantwortung für ein Kind. Stirbt ein Kind oder wird im Kampf getötet, wird sein Leichnam der »Mutter-Mutter« übergeben. Sie muss es kleiden und säubern, die Kleidung und den Schmuck, den Unterhalt und die Pferde für das Bestattungsopfer beschaffen und ihr den Bronzespiegel beigeben, in dem sich ihre Seele im Leben danach wieder erkennt. Die Mutter-Mutter schichtet mit Hilfe des ganzen Stammes den Bestattungshügel auf, in jenem Ritual *epotame,* dem Abschiednehmen, bei dem die Gefährtinnen ihres Dreierbundes, Geliebte und Freunde, der Unterwelt jene Waffen und kunstvoll gearbeiteten Gegenstände übergeben, die sie am meisten lieben und die der von ihnen gegangenen Gefährtin am besten dienen können.

Bei der Aufzucht eines Kindes sorgt die »Mutter-Mutter« für seine Nahrung, Kleidung, Behausung, Waffen, Zaumzeug und die Reittiere. Ihr werden die Auszeichnungen für sämtliche Reitprüfungen und Reiterspiele und die Trophäen aus den Kämpfen der Großtochter übergeben. Die Mutter-Mutter führt ihren Schützling in die Gesellschaft der Kriegerinnen ihrer Sippe ein, was praktisch den Übergang vom Kind zur Frau bedeutet und die engsten Blutsbande darstellt, die das Freie Volk kennt. Darüber steht nur noch der Bund der Freundschaft.

Im Alter von sieben, nachdem sie ihre Reiterprüfungen bestanden hat, wählt ein Mädchen zwei Freundinnen und wird von zwei Freundinnen gewählt. Mit ihnen bildet sie ihren ersten Dreierbund auf Leben und Tod. Zusätzlich wird jedes Mädchen Teil von zwei anderen so genannten Troiken: einer, in der sie die Jüngste, die Lernende, ist und bei der sie mit einem Mädchen desselben Alters von einer Älteren unterwiesen wird, und einer weiteren, in der sie die Ältere ist und zwei Jüngere unterrichtet. Diese werden bei den Amazonen die »Dreifachen-Dreifachen« genannt.

Innerhalb dieses Systems war Eleuthera Mitglied eines Dreierbundes mit mir und Ailla, wobei Eleuthera unsere Älteste und wir die Jüngsten waren. Zweitens bildeten sie und ihre Schwester Skyleia als Jüngste mit Alkippe als Lehrmeisterin einen weiteren Bund. Der dritte war der Bund mit der ihr überlegenen großen Kämpferin Stratonike und der Kriegskönigin Antiope.

Letzterer war Eleutheras so genannter »Erhabener Bund«, den anderen beiden übergeordnet. Das bedeutet nach den Gesetzen des Freien Volkes, dass jede dieser drei, sollte sie in Friedens- oder in Kriegszeiten im Rang einer Befehlshaberin umkommen, nur die Älteste der beiden Überlebenden nachfolgen darf.

Niemand aus dem *tal Kyrte,* Mann oder Weib, darf sich in diesen Dreierbund drängen. Viele haben es versucht. Fürstensöhne kommen, versuchen eine Tochter zu verzaubern und sie als Trophäe ihrer Eitelkeit mit sich fortzunehmen. In einem solchen Fall werden ihre Gefährtinnen sie töten, denn diesem Bund abzuschwören ist das schlimmste Sakrileg, das die Stämme des Freien Volkes kennen.

Als Theseus Antiopes Herz eroberte, wie die Dichter behaupten (oder sie, wie Eleuthera es erzählt, vom Sinn ihres Lebens trennte), drängte er sich praktisch in den höchsten und wichtigsten Dreierbund unserer Gemeinschaft. Und als er Antiope uns fortnahm nach Athen, hat er damit einen Dolch mitten ins Herz des Freien Volkes gestoßen.

Beim *tal Kyrte* gibt es eine kultische Handlung, die so selten vorgenommen wird, dass meist eine ganze Generation verstreicht, ohne dass sie stattfindet. Das Ritual wird vor den versammelten Kampfeinheiten unserer Sippen, also den berittenen Bogenschützen, vollzogen, sobald ein Dreierbund von einem seiner Mitglieder gebrochen wurde.

Die beiden Betrogenen entblößen dabei ihre Rangabzeichen, die so genannten *matrikonai,* die in ihre linke Brust geschnitten sind. Diese selbst beigebrachten Schnitte werden erneut geöffnet, und man gibt eine Mischung aus Lauge und Kampferöl in die Wunden. Beißender Rauch steigt auf, während jede Betrogene dreimal die Auflösung jener Bande erklärt, die sie mit ihrer Gefährtin in einem ehegleichen Verhältnis verbunden hatte. Der Bogen und das Zaumzeug, das die Verräterin Ares und Artemis bei der Schließung des Bundes gewidmet hatte, werden nun in einen tiefen Graben geworfen, der extra für diesen Zweck ausgehoben worden war und das Grab der Freundschaft bedeutet. Diesen Graben überschreiten die Kampfverbände, hoch zu Ross, die Stirn mit scharfen Steinen geritzt und blutend. Drei Hengste werden Ares geopfert und ihre Kadaver in jenem Graben bestattet. Jede Kriegerin wirft alles in dieses Grab, das sie je von der Abtrünnigen erhalten hat. Dann wird irgendwo in der Steppe ein Hügel aufgeschichtet, der noch Jahre danach nicht betreten werden darf. Alle Kinder, die an diesem Tag geboren werden, werden sofort getötet, so unheilvoll erscheint uns dieses Ereignis.

Auch nach Antiopes Flucht fand dieses Ritual statt. Allerdings mit einer Ausnahme: Auf Eleutheras Geheiß wurde ein Zugang zum Grab unverschlossen gelassen, in der Hoffnung, dass Antiope wieder zur Vernunft kommen und ihr Herz, das Theseus von Athen gestohlen hatte, dem Freien Volk zurückgewonnen werden konnte.

Zu meinen Lebzeiten haben nur zwei Kriegerinnen des *tal Kyrte* das infame Verbrechen, einen Dreierbund zu entweihen, begangen: Antiope und ich. Mein Verrat wiegt doppelt schwer, da ich unserer Königin bei ihrem Vergehen gegen das Freie Volk Beihilfe geleistet habe (als sie auf dem Höhepunkt der Großen Schlacht um Athen gegen ihr eigenes Volk die Waffen erhob) und da ich es nach der Schlacht versäumt habe, mir das Leben zu nehmen und Eleuthera zu töten, die schwer verwundet meiner Obhut oblag. Ich wusste, es wäre meine Pflicht gewesen. Ich hatte die Klinge schon in der Hand. Aber ich brachte es nicht über mich. Nicht allein aus Liebe zu ihr (denn was konnte süßer sein, als mit ihr zusammen ins Jenseits hinüberzugehen?), sondern auf Grund der

Erkenntnis, wie unverzichtbar sie für das Freie Volk war. Ohne sie, wer sollte *tal Kyrte* führen? Alle anderen waren gefallen oder am Ende. Ohne Eleuthera, was sollte aus unserem Volk werden?

Aber das Schicksal hat seine eigenen Gesetzmäßigkeiten, und das von Eleuthera, Antiope und Theseus hatte sich noch nicht erfüllt.

VIERTES BUCH

DAS AMAZONENMEER

9

EIN FÜRSTENSOHN AUS ATTIKA

Mutter Thyone:
Die Gruppe der Verfolger unter Attikus' Führung stach vom Strand beim Höllenfluss aus nun erneut in See und nahm Kurs auf das Amazonenmeer. Alle waren entschlossen, keinen Gedanken mehr an die Rückkehr nach Athen zu verschwenden, sondern richteten alles Sinnen darauf, den Auftrag zu erfüllen oder zu sterben.

Und der Himmel schickte uns gutes Wetter. Die Schiffe segelten vor günstigem Wind nach Norden. In Phthia hieß Peleus die Schiffe willkommen. Die Pferde bekamen frisches Getreide, die erste sättigende Mahlzeit seit dem Sturm. Und Frischfleisch für die Männer stärkte die Gemütslage der Truppe erheblich. Die Schiffe wurden in Stand gesetzt, neue Segel und Ruder beschafft und abenteuerlustige Männer angeheuert, um die gelichteten Reihen aufzufüllen. Ich für meinen Teil genoss es, bei meiner Schwester sein zu können. Mit ihr schien die Sonne wieder. Allmählich versiegten die Tränen um die Toten. Es sah aus, als sollte uns das Glück doch noch lachen.

Dann, am fünften Morgen, erwachten wir und stellten fest, dass Europa verschwunden war. Sie hatte sich während der Nacht davongemacht, zusammen mit ihrem Reitpferd und einem Lasttier, das sie mit Verpflegung und Waffen bepackt hatte. Und das alles trotz verstärkter Wachen. Die Stimmung sank erneut auf den Nullpunkt. Nicht, dass die Männer die Tatsache, meine Schwester gefunden zu haben, bereits als Lohn für ihre Mühen angesehen hätten. Doch es war immerhin ein Erfolg gewesen, auf den sie stolz sein konnten und der den Verlust so vieler Gefährten erträglicher machte. Jetzt begann die Jagd nach Europa von neuem. Allerdings war sie jetzt eine Feindin geworden. Und durch den Vorsprung, den sie sich verschafft hatte, mussten die Verfolger damit rechnen, dass sie Selene warnen und ihnen damit das Leben noch schwerer machen konnte.

Vater war am Boden zerstört. Er machte sich wegen seiner Pflichtvergessenheit schwere Vorwürfe. Immerhin hatte er seine Tochter ein zweites Mal entkommen lassen. Mir brach dieser erneute Verrat Europas das Herz. Und zwar nicht nur weil – sondern dass sie ohne mich geflohen war. Der Gedanke, sie dafür zu hassen, kam mir nicht. In meinen Augen war sie vollkommen und würde es immer bleiben. Stattdessen erging ich mich in Selbstvorwürfen. Offenbar musste mit mir etwas nicht stimmen. Sonst hätte meine Schwester mich niemals allein zurückgelassen.

Einer aus der Schar der Verfolger erkannte meine Verzweiflung: Prinz Attikus. In jenem ersten Morgengrauen nach Europas Flucht hatte er die erste Reitertruppe angeführt und zwei weitere ausgeschickt, um Europa oder zumindest Spuren von ihr zu suchen. Alle waren sie unverrichteter Dinge zurückgekehrt. Ich trocknete die schweißnassen Pferde der ersten Verfolger, als Attikus sich mir näherte. »Du wirst uns doch nicht auch noch entwischen wollen, Thyone, oder? Wäre mir arg, dir den Kampf ansagen zu müssen.«

Der Ton des Prinzen klang belustigt. Ich fühlte, wie mir die Tränen kamen, und wischte mir hastig die Augen. Er sollte mich nicht weinen sehen. Galant wandte Attikus den

Blick ab. Die Locken in seinem Nacken wurden durch eine Silberspange in der Form einer Zikade gehalten. Mir schien es, als hätte ich nie ein schöneres Schmuckstück gesehen.

»Tun wir Unrecht, Thyone? Ich meine, ist es falsch, Selene zu verfolgen? Es sind die Machenschaften meines Vaters Lykos, die darauf abzielen, in das Wespennest zu stoßen, um Theseus zu schaden. Und wehe, wenn sie losgelassen!«

Ich war stolz und glücklich, dass Attikus so mit mir sprach, und hätte ihm gern einen Gegendienst erwiesen. Doch ich brachte kein Wort heraus.

»Dann gib mir wenigstens dein Wort darauf, dass du freiwillig bei uns bleibst. Anderenfalls muss ich dich bewachen lassen.«

Und dann kümmerte sich auch Damon um mich. Der Onkel sorgte dafür, dass ich beschäftigt war. Er befahl mir, für die Pferde zu sorgen, und erteilte mir mit barscher Stimme Anweisungen wie einem Pferdeknecht. Ich durfte unter seiner Bärenfelldecke schlafen und ihn auf seinen Nachtwachen begleiten und lernte ständig mehr von ihm. »Bedenke, wie die Kriegerinnen Amazoniens reiten«, belehrte er mich. »Nie Schulter an Schulter, sondern in großem Abstand zueinander, gelegentlich sogar außer Sichtweite. Und dennoch bewirkt der leiseste Zungenschnalzer, dass sie im nächsten Augenblick schon an der Seite der Gefährtin auftauchen, um ihr Hilfe zu leisten. So musst du dich und deine Schwester sehen. Begreifst du?«

Von Thessalien aus stachen die Schiffe am neunten Tag wieder in See, nahmen Kurs Richtung Norden, am Athos vorbei, jenem dem Zeus geweihten Berg, der zwei Morgen lang Stück für Stück backbord voraus aus dem Dunst auftauchte, dann querab vorbeiglitt, bis er hinter uns unseren Blicken entschwand. Die Schiffe passierten danach die Küsten des westlichen Thrakien und hielten auf das Mündungsgebiet des Strymon zu. Vor uns lagen nur noch die wilden

Weiten der Steppen. Die Abgesandten kriegerischer Stämme folgten unserem Kurs entlang der Küste. Sobald wir anlandeten, um zu essen oder ein Lager aufzuschlagen, kamen sie, forderten Getränke und Tand und befingerten neugierig die Schiffe. Wir hörten kaum noch jemanden unsere Sprache sprechen. Die Dialekte der Steppenvölker dagegen waren allgegenwärtig.

So weit von zu Hause entfernt roch selbst die See neu und fremd. Das Licht war greller, die Nächte kälter. Die Männer an Bord wurden immer gereizter, suchten Händel. Angst ging um. Sie scharten sich um die altgedienten Krieger – Damon, Philippus, Phormion, ja sogar um Vater, so reizbar er auch war –, die diese Gefilde bereits kannten und von denen sie zu erfahren hofften, welche Gefahren ihnen drohten.

Über dem Kiesstrand, der die Grenze jenes Teils Thrakiens markierte, das am Strymon lag, rief Attikus die Mannschaft zusammen. Es war Abend, alle hatten gegessen und gesungen. Eine Palisade war errichtet worden, die Pferde angepflockt, die Waffen bereitgelegt, Wachen aufgestellt.

»Gefährten, die Elemente waren uns seit dem Höllenfluss wohl gesonnen, dafür danken wir den Göttern. Da uns die einheimischen Stämme bis jetzt freien Durchzug gewährt haben, war es mein Bestreben, so schnell als möglich in östliche Richtung Boden gutzumachen. In zehn Tagen werden wir den Hellespont erreichen. Jedenfalls sagen das die Bewohner dieser Gegend. Weitere zehn Tagesreisen bringen uns ins Pontos Euxeinos, das Amazonenmeer – von dem nur Herakles, Jason und unser König Theseus je zurückgekehrt sind. Wir Jüngeren wissen nichts von diesem Land. Unser Wissen über das Volk der Kriegerinnen oder die anderen wilden Stämme der Steppe ist bestenfalls kümmerlich und besteht hauptsächlich aus Mythen und Legenden, beruht also auf den Erzählungen unserer Väter vom Kriegszug der Amazonen gegen Athen. Daher habe ich uns heute Abend hier versammelt, um an unsere altgedienten Krieger zu appellieren.«

Er wandte sich an Phormion und Philippus, Vater und Damon und die anderen Männer, die schon bei der ersten Reise zu den Amazonen dabei gewesen waren.

»Tretet vor, meine Herren. Unsere Schar bereist dieselbe Küste, die ihr schon zwanzig Jahre zuvor mit Theseus erkundet habt. Erzählt uns von dieser Fahrt. Wann genau hat sie stattgefunden? Zu welchem Zweck wurde sie unternommen? Was geschah, als ihr die Heimat der Amazonen erreicht hattet? Und wie kann unsere Schar heute von euren Erfahrungen profitieren?«

Phormion, der am Höllenfluss Damon das Leben gerettet hatte, antwortete als Erster. Er wusste schaurige Geschichten über die Grausamkeit und Wildheit der kriegerischen Frauenstämme zu berichten. Als Nächster sprach Aristokrates, der Pferdeknecht, der ähnlich Blutrünstiges auf Lager hatte.

Dann kam Philippus. Dieser Bursche, ein verwegener Reiter, war ein enger Gefährte Damons und offenbar ein recht wilder Zeitgenosse. Er stellte sich mit dem Spitznamen vor, den – wie er behauptete – ihm die wilden Amazonen gegeben hatten – »Gemächt«, womit sie angeblich auf die Größe seiner nackten Männlichkeit angespielt hatten.

»Das ist keine Erfindung, Brüder. Denn mein ›Bursche‹ schwang in jenen Tagen wie eine Schiffsglocke zwischen meinen Schenkeln.«

Die Männer grölten vor Lachen. Das gefiel ihnen. Philippus hatte sich mit Ismar, dem dunklroten thrakischen Wein, gestärkt und hielt jetzt bereits die dritte und dann die vierte Schale in der Hand, als er sich daranmachte, die Angst seiner Gefährten zu zerstreuen. Hoffnung kam auf. Vielleicht erwartete die Männer bei den Amazonen nicht Krieg, sondern Liebe und Lust. Und sie mussten sich nicht der Waffen, sondern der Küsse dieser Frauen erwehren. Begeistert ließen die Männer ihre Weinkelche klingen.

Philippus erzählte von der Bedeutung des Pferdes in der Mythologie der Steppenvölker und dass sich die Amazonen nur einmal im Jahr dem Beischlaf hingaben wie die Stuten, das jedoch wahllos und ausschweifend. Aus diesem Anlass versammelten sich die benachbarten Stämme dann zu einer lustvollen, zwei Monde andauernden Orgie.

»Man macht diesen Frauenzimmern nicht den Hof, das besorgen sie selbst«, fuhr er fort. »Aber seid vorsichtig. Gelinde ausgedrückt ist es, als beschlafe man eine Löwin. Verfällst du einer mehr als allen anderen, ist ein gebrochenes Herz dein Lohn. Denn sie nennen sich *melissa*, Biene, und wie diese flattern sie von Blume zu Blume. Zwei und drei nehmen einen Mann gleichzeitig, während sie sich unaufhörlich in ihrer Sprache unterhalten. Ihr meint geile Hengste zu sein? Nun, dann versucht es mal mit drei wilden Hexen gleichzeitig, die ständig kichernd in einer Sprache über dich herziehen, die du nicht verstehst. Und vergesst nicht, Freunde, diese Weibsbilder sind die geborenen Reiterinnen! Sie haben schon viele Hengste mit ihren Messern kastriert. Ist eine Kleinigkeit für sie. Passt also auf, wenn sie euch voller Leidenschaft an die Glocken gehen. Ich persönlich treibe es da lieber mit einer Wildkatze.«

Die Männer grölten vor Vergnügen.

Weitere Geschichten dieser Art machten die Runde. Schließlich wandte sich Philippus Damon zu, bemerkte scherzhaft, dass dieser besser als alle anderen in Sachen Liebe und Amazonen unterrichtet sei und rief ihn auf, alle daran teilhaben zu lassen. Onkel protestierte, verwies auf die Wunden, die ihm am Höllenfluss beigebracht worden waren, doch die Neugier der Männer war geweckt. Sie ließen so lange nicht locker, bis Damon schließlich jeden Widerstand aufgab und vor sie hintrat.

»Die Rede unseres Freundes Philippus beweist eines, Männer«, begann er. »Je älter man wird, desto mehr verklären sich die Liebesabenteuer der Jugend.« Damon verbeugte sich elegant vor seinem Gefährten. »Was diese Geschichten über die Amazonen betrifft, so muss ich mit Bedauern gestehen, dass Erlebnisse dieser Art mir nicht vergönnt waren. Offenbar, mein Freund, muss dir deine Begabung Zugang zu einem hitzigeren Bereich des Lagers verschafft haben.«

Spott ergoss sich über Philippus.

»Ich habe eigentlich ganz andere Erfahrungen gemacht«, nahm Onkel den Faden wieder auf, als die Rufer verstummten. »Ich habe nie gesehen, dass sich eine Amazone vor allen anderen einem Mann hingegeben hätte, und ich fordere jeden, der das behauptet. Sie bauen Brautgemächer, sehr bescheiden zwar, aus einem Geflecht aus Weiden- und Pappelzweigen. Als Standort wählen sie eine Lichtung auf einer hoch gelegenen Weide oder ein kleines Tal der Steppe und erstellen dort eine hüfthohe, auf einer Seite offene Laube. Auf dem Boden breiten sie die Häute von Hirsch oder Steinbock aus, und über der Schwelle hängen sie ein Amulett auf, das sie *cypridion* nennen und Aphrodites Netz der Liebe symbolisiert.

Auch ist Liebe für sie kein Gegenstand des Spottes oder der Launigkeit. Erinnert euch, Freunde, dass für diese Frauen der Sinn des Beischlafs nicht in fleischlicher Lust, sondern in der Zeugung von Nachkommen liegt. Sie wollen weibliche Nachkommen, je größer und stärker, desto besser. Und um das Recht, beschlafen zu werden, zu bekommen, müssen sie sich Skalpe von drei Feinden erstreiten. Was den fremden Freier betrifft, so sind seine Möglichkeiten gering. Seine Rivalen sind bärenstarke Männer, haarig wie Hephaistos, denn die Mädchen werden oft schon bei der Geburt Männern benachbarter Stämme versprochen und dieser Bund mit Geschenken und einer reichen Mitgift besiegelt.

Aber lasst mich zu anderem kommen, Gefährten, zu Dingen, die für unsere gegenwärtige Lage wichtiger sind. Unser Befehlshaber, Prinz Attikus, hat gebeten, wir erfahrene Abenteurer sollten unser Wissen über Land und Leute mit euch teilen. Also, warum wurde die frühere Reise unternommen? Was war Ziel unseres Königs Theseus, und wie können wir aus den leidvollen Erfahrungen unserer Vorgänger lernen? Ich möchte meinen Bruder Elias bitten, dazu Stellung zu nehmen, der bei jener Fahrt nicht nur dabei gewesen ist, sondern sich auch durch seinen Mut hohes Ansehen erworben hat.«

Er wandte sich an Vater und drängte ihn zu sprechen. Vater sträubte sich. Die Schar der Männer jedoch, angeführt von Prinz Attikus, überredete ihn.

Schließlich stand Vater auf und trat vor. Die Männer waren zwischen zwei Schiffen am Strand zusammengerückt. Lagerfeuer erhellten das Viereck und warfen zuckende Schatten auf die schwarz glänzenden Rümpfe der frisch geteerten Schiffe.

Vater begann: »Attikus, ich beobachte dich, seit du ein Kind gewesen ist. Schon damals habe ich erkannt, dass du mit Gaben gesegnet bist, die dich eines Tages aus der Schar deiner Landsleute herausragen lassen. Aus diesem Grund habe ich mich auf dieser Reise unter dein Kommando gestellt und voll Stolz mit deiner Familie verabredet, dass du meine Tochter Europa zur Frau nehmen sollst. Nichts, was auf dieser Reise bisher geschehen ist, hat mich von dieser Überzeugung abgebracht. Verzeih, wenn Kummer und Trauer mich von dir und den Gefährten entfremdet haben. Und ihr Freunde, erlaubt mir, das wieder gutzumachen. Ich werde deiner Bitte nachkommen, Befehlshaber, und das Wissen mit euch teilen, das die Erfahrung mich lehrte.«

Eine Weinschale wurde gefüllt. Vater befeuchtete seine Kehle und begann ...

10

DIE GEBURT DER DEMOKRATIE

Vaters Augenzeugenbericht:
Die erste Reise der Athener zum Amazonenmeer, deren Route wir folgen, liegt mittlerweile zwanzig Jahre zurück. Theseus muss damals dreißig, ich fünfundzwanzig und mein Bruder Damon zwanzig gewesen sein. Philippus, wie alt warst du? Neunzehn? Andere altgediente Recken aus jener Zeit waren schon älter.

Ja, und warum stachen wir in See? Was war Theseus' Ziel? Um das zu beantworten, müssen wir ein wenig weiter in der Geschichte Athens zurückgehen.

Damals hatte Theseus die sich bekriegenden Stammesfürsten Attikas zum ersten Mal bewogen, sich zusammenzuschließen. Das war sein Werk. Er machte aus allen Athener. Nicht jedem Kritikaster hat das gefallen. Die Fürsten von Marathon oder Aixone zum Beispiel hielten eifersüchtig an ihren Lehen fest. Sobald sie sich zur Ratsversammlung im Palast zusammenfanden, stritten und geiferten sie wie Straßenköter. Ich war damals Lanzenreiter in Theseus' Einheit, und ich kann euch sagen, im Palast ging es rund.

Theseus machte dem mit einem einzigen Schachzug ein Ende: Er verlegte die Versammlung ins Freie, auf den Hügel des Pnyx, wo das Volk dem Treiben beiwohnen und die Führer beobachten konnte. Was für ein Unterschied! Er hätte radikaler nicht sein können.

Zuvor, innerhalb der Palastmauern, konnten sich die Fürsten so flegelhaft benehmen, wie sie wollten. Jetzt, unter den Augen des Volkes, mussten sie ihr Temperament im Zaum halten.

Theseus ließ seinen Thron auf einen Vorsprung stellen, der über dem Rund lag, und leitete aus dieser luftigen Höhe die Diskussionen. Sobald er jedoch selbst in die Auseinandersetzungen eingriff, stieg er ostentativ von dem ihm vorbehaltenen Thron und tat seine Meinung unten im Versammlungsrund kund, wie ein ganz einfacher Bürger.

Und auch das wirkte Wunder. Denn obwohl klar war, dass keiner der kleineren Fürsten dem König an Stellung gleichkam, so wirkte allein Theseus' freiwillige bescheidene Selbstbeschränkung wie eine Befreiung.

So wurde die Rhetorik geboren, die Kunst der öffentlichen Rede. Und Theseus hatte die Vision, dass Athen eines Tages allen anderen politischen Gesellschaften überlegen sein sollte: durch die Beteiligung des Volkes an den Entscheidungen des Staates.

Dadurch sollte der Adel jedoch nicht geschwächt, sondern gestärkt werden. Dabei legte der König fest, dass sich die Meinungsäußerungen eben nicht allein auf Vertreter des Adels beschränken dürften, sondern jeder berufen sei, der Weisheit und Geschick in der Rede bewies. Und sobald der König einen Landsmann entdeckte, der diese Begabung bewies, übergab er ihm persönlich das *skeptron,* den Rednerstab.

Theseus hat aus Athen gemacht, was es heute ist: das Juwel, auf das neidvoll die Augen der Welt blicken. In Athen, und nur in Athen, wurde eine neue Art von Menschen geboren, weder Adeliger noch Bauer, sondern der Bewohner der Städte, der Bürger.

So fasziniert waren die Männer von der freien Rede, dass hunderte von ihnen, darunter auch mein Vater, sich über Nacht in der Stadt einmieteten, um dort zu sein, wo sich das politische Geschehen konzentrierte.

Und der Marktplatz wurde so etwas wie eine Vor-Versammlung. Hier konnte selbst der Sattler oder Fleischer seine Meinung kundtun. Und sie taten es. Parteien formierten sich und gewannen Einfluss. Und dann griff die öffentliche

Meinung ein. Theseus verstand, dass niemand bei ihr so hoch im Kurs stand wie er. Denn wer hatte mehr Ansehen im Volk als der, der es befreit hatte?

Theseus' Widersacher sahen, was der König bezweckte. Er erhöhte die einfachen Leute, um ein Gegengewicht zum Adel, ein neues Machtinstrument zu haben. Aber eines hatte er nicht bedacht.

Unter den jungen Adeligen, den Hitzköpfen seiner Generation, wuchsen Wut und Hass. Diese Heißsporne, obwohl vielen an Kraft, Aussehen und Abenteuerlust überlegen, vermochten mit ihren spärlichen geistigen Fähigkeiten vor der Volksversammlung kaum Staat als Redner zu machen. Sie wurden häufig ausgepfiffen, und das gefiel ihnen gar nicht. Die Aufwertung des Einflusses der einfachen Leute war ihnen zuwider. Und so groß war die Macht dieser Generation, die bald Land und Schätze Attikas erben sollte, dass Theseus sie mit einem Geniestreich entmachten musste, sollte sie die Sandbank werden, auf der das Staatsschiff strandete.

Daher die Reise ins Land der Amazonen.

Daher das große Abenteuer.

Ich erinnere mich noch, wie mein Vater meinen Bruder Damon und mich zu sich rief. Theseus hatte Freiwillige aufgerufen. Der König persönlich sollte die Erkundungsfahrt anführen. Und er wünschte sich dreihundert Gefährten. Die Schar sollte ein Jahr auf ihrer Reise zu unentdeckten Küsten unterwegs sein. Ich hatte nicht das geringste Interesse. Ich war fünfundzwanzig und dem Mädchen versprochen, das ich liebte. Ich besaß große Ländereien und brannte darauf, sie zu bewirtschaften. Mein Bruder hatte seine eigenen Ziele und dieselbe Einstellung.

Mein Vater stutzte uns zurecht. »Meine Söhne, wenn ihr nicht mit Theseus segelt, könnte ihr gleich euer Grab schaufeln. Denn keiner, der sich seinem Ruf widersetzt, wird je Ansehen in diesem Staat erreichen.«

Vater zählte die Besten auf, die sich bereits unter das Banner des Königs gestellt hatten. Prinz Lykos, der reichste und schillerndste junge Mann des damaligen Athen. Der Held Peteos. Der Wagenlenker Bias und sein Zwillingsbruder Tereus, der Ringer. Telephos, Fürstensohn von Marathon. Eugenides der Boxkämpfer, Sohn des unübertroffenen Telamon von Salamis. Stichios, Herr von Iteoneia. Und Phaiax von Eleusis. Sogar unseren Gefährten Philippus hielt Vater uns als Beispiel vor, jüngster von vier Brüdern, Sprosse der Herren von Thria.

Jeder, der zurückbleibt, so erklärte unser Vater, gilt als Drückeberger und Feigling. Während jene, die sich unter Theseus' Kommando stellen, als die Gefährten des Königs, seine Tischgenossen und Herren Attikas in die Annalen eingehen werden.

Diese Reise, so machte uns Vater klar, bot jedem jungen Mann die Möglichkeit, seine Fähigkeiten zu beweisen, und Theseus die Gelegenheit, die Besten und Klügsten an sich zu binden. Das also war der Geniestreich unseres jungen Königs. Er nannte sein Flaggschiff »Silberzweig«, nach dem Olivenzweig der Athene, und stach mit seiner Schar am sechsten des Elaphebolion in See, einen Mond vor dem Jahrestag jenes Datums, an dem er sich als nicht einmal Zwanzigjähriger nach Kreta eingeschifft hatte, um den Minotaurus zu töten, Minos abzusetzen und den Grundstein zur Blüte Athens zu legen.

II

JENSEITS DES REICHS DER GÖTTER

Mutter Thyone:
An diesem Punkt hielt Vater inne, wandte sich an Philippus, Aristokrates und die anderen, die mit Theseus gesegelt wa-

ren, und fragte, ob sein Bericht bislang ihre Zustimmung gefunden habe. Philippus nickte, hatte jedoch einen Einwand: Das Ziel der Erkundungsfahrt sei nie das Land der Amazonen gewesen.

»Unser König war begierig, die Leistungen von Jason, Argo und Herakles zu überbieten. Seine Eitelkeit trieb ihn, mehr zu erreichen als seine Rivalen und den Phasis hinaufzufahren oder an seinen Ufern entlangzuziehen, dorthin, wo nach der Sage die Greife das Gold des Nordens bewachen.«

Vater stimmte seinem Einwand zu. »Sehr recht bemerkt«, fasste er zusammen, »aber solche Ziele waren nur Beiwerk zu dem, was den König wirklich in seinem Herzen bewegte: Eisen. Eisen war kostbarer als Gold. Eisen für Schwerter und Speerspitzen, Helme und Pfeilspitzen, Rüstungen und vor allem Eisen für Hieb- und Stichwaffen, Eisen für unsere Schwerter. Wir hatten Bronze. Bronze war nichts. Theseus' Ziel war das Land der Chalyber, den Meistern der Metallverarbeitung, und ihre Hauptstadt ›Stadt der Asche‹, wo sich die Wände der Kalkfelsen mehrere hundert Fuß steil erhoben, so hieß es, durchsetzt mit Schmelzöfen und Schmieden, und die Rauchglocke der Waffenschmiede sich einer Bedachung gleich über dem Tal wölbte. An Bord seiner Schiffe führte unser König elf Tonnen Olivenöl in der Hoffnung mit sich, diese gegen das begehrte Metall eintauschen zu können. Dazu noch hundertachtzig Amphoren mit Thriasischem Wein, da der Weinanbau, so hatten wir gehört, in jenen Provinzen unbekannt sei und die Menschen von rohem Fleisch und noch stutenwarmer Pferdemilch lebten.

Was das Land der Amazonen betraf, so war es die Absicht unserer Truppe, es weit zu umgehen. Die Bewohner waren uns zu kriegerisch, und das Land barg nichts, was lohnenswert gewesen wäre. Dass wir dort schließlich dennoch strandeten, war eine unglückliche Laune des Schicksals – wenn man es überhaupt Schicksal nennen konnte, oder wie die

Amazonen sagen *netome,* ›neue Sache‹ oder ›Ding des Bösen‹.«

Mein Blick schweifte zu Prinz Attikus, während mein Vater sprach. Es war nicht zu übersehen, wie glücklich er war, dass sein Flottenkapitän Elias sich wieder auf dieses Thema eingelassen hatte, und das mit Freuden. Als habe Vater das gespürt, nahm er seinen Redeschwall augenblicklich zurück. Er bat die Zuhörer um Verzeihung, dass er einen »wesentlich beredteren Erzähler« – damit war Onkel gemeint – unterbrochen habe. Vater trat in die Reihen zurück. Und nichts und niemand konnte ihn bewegen weiterzusprechen.

»Damon, mein Freund«, wandte Prinz Attikus sich an meinen Onkel, »scheint so, als müssten wir uns wieder auf dich beschränken. Trete vor, und nimm den Faden wieder auf. Bedenke, dass wir Jüngeren verständlicherweise hören wollen, welche Gefahren uns erwarten. Sag uns, wie es euch erging, als ihr diese Meere befahren habt, als ihr noch unerfahren und unerprobt wart wie wir jetzt.«

Onkel war in diesem Augenblick eine ungewöhnliche Erscheinung. Aus seinem Abenteuer in der Unterwelt waren ihm Haupthaar und Bart so stark versengt, dass er sämtliches Haar geschoren hatte. Sein Schädel war kahl, das Gesicht glatt. Er hatte Angst, lächerlich zu wirken, doch das Gegenteil war der Fall. Mit seinem energischen Kinn und seinen edlen Zügen war er eine unvergleichliche Erscheinung. Er war vierzig damals und hatte die Kraft eines Stiers. Man konnte stolz sein, ihn seinen Verwandten zu nennen. Als er so in den Schein des Lagerfeuers trat, wurde mir klar, dass eines Tages mein künftiger Ehemann so männlich wie mein Onkel sein musste.

Damon kehrte zu seinem Bericht von Theseus' aus sieben Schiffen bestehender athenischer Flotte zurück. Diese also segelte in nördliche Richtung vor der magnesischen Küste wie wir jetzt. »Ich will die Mühen und Plagen der Überfahrt überspringen, meine Freunde, und nur erwähnen, dass wir zwei Winterstürme durchstanden (da die Schiffe, um das Amazonenmeer zu Sommerbeginn zu erreichen, zwei Monde vor dem Beginn der schiffbaren Jahreszeit hatten auslaufen müssen), die, wenn auch nicht so grausam wie die widrigen Winde, die unsere Schar erst kürzlich überlebt hat, größere Schäden verursachten. Auf dem Gipfel des ersten Orkans kollidierten zwei Schiffe: die *Panope* von Fürst Alkman und die *Galateia*, Geschenk der Zwölf Staaten, die dem ersteren Schiff die Ruderanlage wegrasierte. Sie ward daraufhin nie wieder gesehen. In der Mündung des Strymon wurde unsere Flotte von Horden von rotschöpfigen Tralliern überfallen, dass der Strand wie von Ameisen wimmelte. Wir verloren weitere dreißig dort, und die *Panegyris*, Schwesterschiff der *Silberzweig*, obwohl wir für jeden unserer Männer drei oder vier Feinde erschlugen.

Ein zweiter Orkan brach über uns herein und beschädigte, was nach dem ersten noch unversehrt geblieben war. Wir hatten über hundert Tote zu beklagen, und noch immer waren wir nicht annähernd an unserem Ziel. Nach Hause konnten wir nicht zurück. Wie hätten wir die Scham ertragen? Verzweiflung über unseren Hochmut und die nachlässige Vorbereitung der Reise machte sich breit.

Die Stämme des Ostens halten Verbindung miteinander wie die Zikaden in einer Wiese. Die Kunde von der Schwächung unserer Flotte war uns bereits weit vorausgeeilt. Jeder Schafhirte im Umkreis von hundert Parasangen kroch aus seiner Höhle und fühlte sich bemüßigt, sich mit uns zu messen. Die wilden Völker des Ostens sind gerissen. Sie erspähen deine Schiffe, wenn sie Kurs auf eine von See aus entdeckte Wasserquelle nehmen, und legen sich dort heimlich auf die Lauer. Dann lassen sie die Schiffe anlanden, Wasser aufnehmen, ja sogar ein Lager aufschlagen und mit einem Dankopfer beginnen. In diesem Augenblick schlagen sie zu.

Aus der Dunkelheit, laut johlend, die Gesichter geschwärzt. Sie kämpfen nicht von Mann zu Mann, sondern überziehen dich aus sicherer Entfernung mit wahren Hagelwolken schwirrender Pfeile. Bietest du ihnen die Stirn, fliehen sie. Aber nur so weit, bis sie aus der Reichweite deiner Waffen sind. Ziehst du dich nur einen Schritt weit zurück, rücken sie sofort wieder nach.

Vor der Küste Thrakiens am Strymon waren unsere Schiffe ständig auf der Flucht. Hinter dem Hellespont konnten wir uns überhaupt nicht mehr an die Küste wagen. Wir hatten kein Wasser mehr und mussten den Weinvorrat anbrechen, ihn pur hinunterschlucken, was kaum den Durst stillte, nur Bitterkeit auslöste. Als wir das Los warfen, um zu schätzen, welche Entfernung wir bereits zurückgelegt hatten, entstand betretenes Schweigen, denn wir wussten, dass wir uns jede Parasange, die wir nach Osten weiter vorstießen, auch wieder zurückkämpfen mussten.

Im Amazonenmeer waren die Winde den ganzen Sommer über widrig. Die Strömungen an den langen Küsten sind tückisch. Auf offener See zu bleiben bedeutet, vor Topp und Takel in jeden Orkan zu segeln, während an der zerklüfteten Küste kriegerische Stämme nur darauf warten, dass es uns landeinwärts treibt. Zweimal am Tag, schien es, mussten wir gefährliche Klippen umrunden, nur um uns dahinter Scharen von kleinen Seglern gegenüberzusehen, die uns den Weg versperrten. Ein Haufen dieser Barbaren hatte sogar Netze! So brauchten wir manchmal einen ganzen Tag, um eine Seemeile zurückzulegen. Zum Schluss kamen wir nur noch rudernd und nachts vorwärts, wenn der Wind sich legte.

Doch so verzweifelt unsere Lage auch war, ich habe es weidlich genossen. Denn für die Jungen ist alles Neue die Erfüllung eines Traums.

Unerfahrenheit ist verhasst, Erfahrung ist alles. Die Erfahrung allerdings, so hässlich sie sein mochte, ist das, wonach man strebt. Selbst die Hingabe an die Angst, der Kot, mit dem du dir im Kampf die Schenkel besudelst, ist dir heilig.

Die Katastrophe allerdings brach über uns an der Südküste des Hellespont herein, als wir uns gerade in Sicherheit wähnten. Ein Vortrupp hatte sich an Land gewagt, um unser Lager aufzuschlagen. Zuerst landete nur ein Schiff an, um den Platz auszukundschaften und ihn mit einer Palisade zu umgeben, während die anderen von See aus Deckung gaben. Plötzlich tauchten aus heiterem Himmel die Wilden wie aus dem Nichts auf und töteten drei Gefährten am Strand. Theseus blies zum Angriff, aber sobald die Schiffe in die Bucht einfuhren, wurden hunderte kleiner Boote aus den Bäumen zu Wasser gelassen, und es hagelten Pfeile auf uns nieder. Und diesmal hatten wir es mit einem Stamm von Menschenfressern zu tun. Es folgte ein schauriges Gemetzel, das alles bisher Dagewesene in den Schatten stellte. In verbissenen Zweikämpfen verteidigten die Unseren jede Elle unserer Schiffe, schlugen diesen Höhlenmenschen die Köpfe ein, als sie versuchten, an Bord zu klettern, während ihre Kumpane, Äxte schwingend und in Felle gekleidet, auf Ruder und Bordplanken losgingen. Theseus kämpfte wie ein wild gewordener Stier gegen diese Horden, und dasselbe kann ich von Lykos, Peteos, Phaiax, Eugenides, Stichios und Telephos berichten. Auf dem Höhepunkt des Schlachtens banden wir die Schiffe zusammen und verteidigten sie wie eine Festung. Nur die Qualität unserer Waffen und Rüstungen und die Tatsache, dass wir aus der höheren Position heraus gegen die kleinen Boote kämpfen konnten, verhinderten, dass die blutrünstigen wilden Horden Hackfleisch aus uns machten. Als schließlich einbrechende Dunkelheit und hohe Verluste die Gegner veranlassten, sich zurückzuziehen, blieben wir dezimiert, mit zahllosen Verwundeten und von Erschöpfung gezeichnet zurück. Alle vier Schiffe waren beschädigt, wir hatten kaum noch ein brauchbares Ruder, so dümpelten wir eine drittel Parasange vor der Küste in einem Flautenloch ohne die Möglichkeit des Fortkommens. Aber es sollte noch schlimmer kommen. Die Wilden hatten einige unserer Gefährten in ihrer Gewalt. Welche Qualen sie diesen bereiteten, will ich hier lieber nicht schildern. Wir hörten die ganze Nacht ihre Schreie.

Theseus ging durch die Reihen der verzweifelten Ruderer, wies sie an, mit den verbliebenen Äxten aus Mast und Rah Ruder zu machen. Damit waren die Männer wenigstens beschäftigt, und es verhinderte, dass sie der Verzweiflung verfielen. Beim Ende der letzten Wache waren die Schiffe wieder auf hoher See. Niemand sprach ein Wort, bleierne Stille lastete über den Schiffen. Wir hatten unser Feuer verloren, jene heilige Flamme, die im Tempel der Athene über der Akropolis genährt worden und über die weite Strecke von uns liebevoll gepflegt worden war. Ohne sie konnten wir weder Opfer darbringen noch Lagerfeuer oder Kochfeuer entzünden. Was sollten wir tun?

Wir ruderten. Den ganzen folgenden und den übernächsten Tag, als sei ein *daimon* hinter uns her. Unwetter über Unwetter ging über uns hinweg. Die Männer ruderten aus Verzweiflung. Alle fürchteten, wir seien bereits über das Reich unserer Götter hinausgesegelt und nun schutzlos dem Nichts ausgesetzt. Wieder war es Theseus, der versuchte, die Männer aufzurichten. ›Zeus regiert auch hier!‹, erklärte er. ›Seht nur seinen Feuerstrahl!‹ Niemand hörte auf ihn. Wir hatten keine Exkremente mehr, mit denen wir uns hätten beschmutzen, keine Pisse mehr, die wir in unserer Angst in die Bilge hätten abschlagen können.

Am dritten Morgen hatten die Schiffe neues Land erreicht, von wilden Flüssen zerklüftet und dicht bewaldet, voller Wasserfälle, die weithin zu sehen waren. Die Küste war von der aufgehenden Sonne in goldenes Licht getaucht.

Reiter waren zu sehen, die dort aus luftiger Höhe unsere Flotte beobachteten. Theseus wollte an Land gehen, um Kenntnis über die Stämme oder Völker zu gewinnen, die das Land bewohnten. Wir waren bereit, unsere Schwerter oder unsere Arbeitskraft gegen jedes freundliche Entgegenkommen zu tauschen, das wir nur bekommen konnten. Die Schiffe liefen in die Bucht ein. Drei hielten sich jedoch außerhalb der Reichweite von Pfeilen, während *Silberzweig* allein anlandete.

Und die Reiter kamen im gemessenen Trab herunter. Es waren Frauen. ›Ist dies das Land der Amazonen?‹, rief Theseus ihnen entgegen. Aber die Frauen verstanden unsere Sprache nicht, und selbst das Wort ›Amazone‹ hatte für sie keine Bedeutung. Die Anführerin war ungefähr fünfundzwanzig. Ein rotblonder Zopf schaute unter ihrer Hirschlederkappe hervor. Ihr Gefährtinnen waren gekleidet wie sie: lederne Beinkleider mit den Pfeilköchern der Skythen, dem *goryt,* an den Flanken ihrer Tiere, einem Bogen und zwei Speeren am Gehänge über dem Rücken. Es waren deutlich Wilde, doch war ihre Haltung hoch zu Pferde von solchem Adel, dass wir, die wir zu ihnen aufsehen mussten, nur grenzenlose Bewunderung empfanden.

Und dann ihre Pferde! Das waren nicht die zottigen, kleinen Reittiere der Steppenvölker, die wir bis dahin kennen gelernt hatten, sondern groß gewachsene, stramme Streitrösser, edler, als ich sie in Attika oder ganz Hellas je gesehen habe. Als die Rothaarige einen Pfiff ausstieß, tauchte aus dem Schatten eines Hügels ein weiterer Reiter auf, ein Mädchen, kaum älter als siebzehn. Zu unserer Erleichterung sprach sie unsere Sprache, wenn auch mit einem starken äolischen Akzent.

Theseus erklärte ihr unser Missgeschick. Das Mädchen hörte ihm ernst zu. Dem König wurde erlaubt, an Land zu kommen. Er nannte Namen, Stand und Stadt und stellte nur noch drei weitere Gefährten vor – mich, Euphorus von Oa und Eteokles von Marathon, allesamt bartlose junge Männer. Theseus war darauf bedacht, unsere möglichen Wohltäterinnen nicht zu erschrecken. Die Kriegerinnen gaben uns ihre Jagdbeute, zwei Hasen, die sie geschossen hatten und die jetzt an ihren Sätteln hingen, wenn man die losen hohen Polster aus Wolfsfell so nennen kann, auf denen sie saßen. Sie gestatteten uns, Wasser aufzunehmen, zu jagen und in der Bucht unsere Schiffe in Stand zu setzen. Sie bestätigten, es sei ihr Land, und ohne ihr Einverständnis dürfe uns niemand Leid antun.

Sie wollten am folgenden Tag zurückkehren, mit mehr Wild und *yourte,* vergorener Stutenmilch, dem Hauptnahrungsmittel der Gegend, so schien es. Sie hielten stets einen Bogenschuss Abstand und stiegen nicht vom Pferd. Als Letztes überließen sie uns Feuer in einem Krug, den sie bei sich trugen, nicht im Tempel, sondern durch Zeus' ureigenen Blitzstrahl entzündet, so teilten sie uns mit. Beim Namen unseres Gottes atmete unsere Schar erleichtert auf.

Alle vier Frauen, das sei betont, verströmten einen herben Körpergeruch, der selbst noch auf die Entfernung beißend in unseren Nasen brannte. Die Anführerin, so erfuhren wir später, war Stratonike, Enkelin der Hippolyte, die später beim Angriff auf Athen einen Flügel der Amazonenreiterei befehligte. Die Namen der anderen beiden habe ich vergessen. Diejenige, die unsere Sprache beherrschte, war Selene. Ebenjene Frau, zu deren Verfolgung unsere Schiffe ausgelaufen sind.«

Onkel hielt inne. Die Zuhörerschaft wartete gespannt.

»Ihr habt mich geneckt, Brüder und Freunde, ob meiner Geschichte mit diesen Weibern.« Er wandte sich mir zu. »Und du, Thyone, meine Nichte, hast dich mit deiner Schwester Europa sicher gefragt, was ich wohl getan haben mag, unter diesen Frauen in ihrer Heimat und als ihr Heer gegen Attika zog. Ich will euch sagen, so ich kann, wie mich diese Wesen damals bei der ersten Begegnung an fremder Küste in ihren Bann geschlagen haben.

All die Geschichten vom Land der Amazonen, die an unsere Ohren gedrungen waren, waren nichts gegen das, was uns wirklich erwartete. Wie soll ich es euch begreiflich machen, Brüder? Wie ein Haushund auf bestimmte Art dreinschaut und in gewisser Weise handelt und auf Menschen reagiert, so blickt, handelt und reagiert die Rasse der gezähmten Frauen.

Diese weiblichen Wesen aber, die nun vor uns standen, waren keine zahmen Haushunde, sondern Wölfe. Sie waren edel und frei. Wir mochten sie als ›Wilde‹ bezeichnen, und viele ihrer Bräuche und Gepflogenheiten haben auf uns Hellenen eine abschreckende Wirkung. Und doch trifft dich der Blick aus ihren Augen, wie eine Frau unseres Kulturkreises dich nie zu treffen vermag. Es war der Blick eines Raubtiers. Kühl und erbarmungslos, ohne jede Furcht. Man hatte das Gefühl, einer Löwin gegenüberzustehen. Es war aufregend. Ein wohliger Schauer fuhr mir über den Rücken.«

Damon hielt erneut inne.

»Ich gestehe euch, Brüder, und übt Nachsicht mit mir, wenn ihr euch erinnert, welch barbarische Rache sie an geliebten Gefährten und Angehörigen geübt hat, dass mich beim Anblick dieses Mädchens Selene die Liebe wie ein Blitzstrahl getroffen hat. Wie edel sie auf ihrem Pferd saß, wie ihre schwarze Haarpracht glänzte! Diese Haltung, dieser Stolz! Ich konnte die Augen nicht von ihr wenden, während ich sie in ihrer ganzen Göttlichkeit betrachtete. Doch sie schenkte mir keinerlei Aufmerksamkeit. Die Hoffnungslosigkeit meiner Leidenschaft war niederschmetternd. Allein ihr Anblick erfüllte mein Herz, allein das Bewusstsein, dass sie existierte, öffnete mir die Welt. Nichts konnte mehr so sein wie früher.«

12

DIE VERIRRUNGEN DES EROS

Selenes Vermächtnis:
Wir wussten von Theseus' Kommen schon einen Mond bevor seine Schiffe den Strymon erreichten, und zwei Monde, bevor sie überhaupt ins Amazonenmeer einliefen. Ich habe berichtet, wie Herakles zwei Generationen zuvor unter unserem Volk gewütet hat, im Zweikampf ein Dutzend Kriegerinnen tötete, darunter auch die Mutter meiner Mutter. Und jetzt erdreisteten sich diese Schleppenträger, Theseus und seinesgleichen, es dem Helden gleichtun zu wollen. Wir wollten ihnen, so schworen wir uns, einen Empfang bereiten, der sie zur Hölle fahren ließ.

Zwei Tage bevor wir ihnen Angesicht zu Angesicht gegenüberstanden, hatten wir von der üblen Behandlung erfahren, die Theseus' Gefährten von den westlichen Stämmen, den Menschenfressern, zuteil geworden war. Unsere Anführerinnen fürchteten, dass diese Bösewichter uns zuvorgekommen sein könnten. Wir beteten, dass sie uns noch genug Athener für unsere Rache übrig gelassen hatten. Erkundungstrupps waren auf den Klippen in beide Richtungen ausgeschwärmt und suchten nach ersten Lebenszeichen der Eindringlinge. Wir wollten sie lebend, um sie der *Arematеia* zu unterwerfen, jenem Opferfest, bei dem man sie Kybele geopfert und ihre Herzen gegessen hätte.

Doch als wir sie endlich sahen, von unseren verhassten Nachbarn in ihrer Zahl drastisch geschmälert und die wenigen Verbliebenen so übel zugerichtet, erregten die Feinde unserer Feinde einfach nur unser Mitgefühl. Und als der große Theseus uns entgegentrat, unbewaffnet, und an unsere Gastfreundschaft appellierte, verwandelte sich Stratonikes und unser Hass in Wohlwollen.

Und wie dankbar sie waren! Und wie gut sie aussahen! Mit dichten braunen Locken und schmalen Hüften! Selbst ich, die ich mein Herz bereits für den bevorstehenden Kampf mit ihnen gestählt hatte, spürte, wie mir das Blut bei ihrem Anblick in den Adern kochte. Sie erschienen uns als ein Volk von Fürsten, und ihre Not machte sie uns nur noch begehrenswerter. Es war die Jahreszeit unserer großen Versammlung. Zusammen mit den uns befreundeten Stämmen waren wir ihnen zahlenmäßig um das Fünfhundertfache überlegen. Was also sollten sie schon gegen uns ausrichten? Also gaben wir ihnen Fleisch zu essen und Feuer.

Dort auf dem Felsvorsprung über dem Strand war es, dass ich Damon zum ersten Mal sah. Ein Junge war er nur, kaum drei Sommer älter als ich, doch der bei weitem Hübscheste von allen. Jedenfalls schien es mir so. Ich schenkte ihm von diesem Moment keine Beachtung mehr und sagte meinen Schwestern: *»Der gehört mir.«*

Also lief Theseus mit seinen Schiffen den Ankergrund vor der Bergfestung Lykasteia an, dort, wo der Fluss Borysthenes sich ins Amazonenmeer ergießt.

Endlos wurde dieses Ereignis von Sängern besungen: die Ankunft von Athens strahlendem König und das Willkommen durch die herrliche Antiope, Kriegskönigin der Amazonen. Aber so ist es nie geschehen. Antiope war auf Jagd in den Bergen, Eleuthera an ihrer Seite. Ich weiß es, weil ich ausgeschickt wurde, sie zurückzuholen.

Antiope war mit siebenundzwanzig noch Jungfrau. So weit hatten die geschwätzigen Sänger Recht. Und Antiopes Enthaltsamkeit bescherte ihr Bewunderung und Ansehen bei uns allen – doch Eleuthera war ihr in vollkommener Liebe und Hingabe auf ewig ergeben. Denn Eleuthera (die zusammen mit Stratonike den »Erhabenen Dreierbund« mit Antiope bildete) hatte von dem Augenblick ihrer Zugehörigkeit zu den Frauen geschworen, dass sie *anandros* bleiben, sich also niemals einem Mann hingeben würde. Und solange auch Antiope Jungfrau blieb, so lange war dem Paar die reine Liebe unverbrüchlich und sicher.

Sie jagten den Steinbock über der Baumgrenze, als die Schiffe des Theseus einliefen. Um scheue Kreaturen wie die Steinböcke erfolgreich zu jagen, warten wir auf eine Eingebung im Schlaf. Im Traum verraten uns die Böcke, wo wir sie finden und wie wir sie erlegen können. In jener Nacht hatten sich alle längst niedergelegt, als Eleuthera plötzlich mit einem Schrei aus dem Schlaf fuhr. Ihre Gefährtinnen umringten sie entsetzt, denn Eleuthera hatte nie zuvor, nicht einmal im Traum, einen solchen Laut ausgestoßen. Und schon gar nicht in den Bergen, wo jedes Geräusch doppelt und dreifach widerhallt, was eindeutig das Ende einer jeden Jagd bedeutete.

»Ich habe dich getötet, Antiope!«

So erzählte Eleuthera ihren Traum, und die Worte zu wiederholen lässt mich heute noch erschaudern.

»In meinem Traum hatten wir den Gipfel erreicht«, fuhr Eleuthera fort, »ich und die anderen der Jagdgesellschaft. Und auf dem letzten Felsvorsprung waren wir bereit, unsere Deckung aufzugeben und den Schuss zu wagen. Meine Waffe war nicht der Bogen, sondern der Wurfspeer, der mit dem Eisenkern. Aber als wir unseren Schrei ausstießen und aus dem Gebüsch sprangen, stand vor uns kein Steinbock ... sondern du, Antiope.

Du, Antiope, in der Gestalt eines weißen Bocks. Dennoch habe ich dich erkannt, und du mich. Du sprangst auf mich zu, nicht mit gesenkten Hörnern, wie ein Steinbock es tut, sondern mit hoch erhobenem Kopf und geschwellter Brust. Ich hatte meinen Speer noch nicht geworfen, noch hätte ich innehalten können. Doch trieb mich ein *daimon*. Ich schleuderte den Speer und durchbohrte dich. Du schwanktest, und dein Blut färbte den Fels rot.«

Antiope trat zu ihr, um sie zu trösten. Doch Eleuthera war untröstlich. »Aber versteht doch, ich war voller Freude!«, berichtete sie mit gebrochener Stimme. »Voll einer nie gekannten irrsinnigen Freude.«

Die Frauen brachen die Jagd ab und ritten nach Hause.

Zehn Tage zuvor hatten die Athener die Bergstadt erreicht. Ihre Ankunft war ein einmaliges Ereignis. Für unser Volk ist die See eine gefürchtete Gottheit. Viele von uns konnten sich das Land jenseits des Meeres nicht einmal vorstellen, aus dem diese Fremden gekommen sein sollten und in das sie zurückkehren wollten. Sie glaubten vielmehr, diese Fremden seien dem Meer entstiegen, dort in jenem Unland, wo die Scheibe des Ozeans an das Himmelsrund stößt.

Das Wort für »Neues« – *netome* – bedeutet in unserer Sprache gleichzeitig »das Böse«. Die Bräuche und Gepflogenheiten unseres Volkes haben sich seit ihrem Entstehen nicht verändert. Wir glauben, dass jede Neuerung, die von außen kommt, »böse« und dazu angetan ist, das Gefüge unserer Gemeinschaft zu zerstören. Was die Hellenen Gesetz und Sitte nennen, ist bei uns *rhyten annai,* die Weise, »wie wir etwas tun« oder »wie es immer getan wurde«. Alles Neue ist eine Bedrohung für *rhyten annai.* Es gefährdet, was wir kennen, wer wir sind und wie wir leben wollen.

Als Antiope und die Jagdgesellschaft zurückkehrten, ritten sie zum Strand hinunter, wo die Menge die Schiffe umringte, die dort auf dem Trockenen lagen. Ich, als die Jüngste, ritt an Eleutheras Seite. Sie sah die Schiffe und sagte nur ein Wort:

»Netome.«

Das Böse.

Für Eleuthera waren diese Hellenen vom ersten Augenblick an Feinde. Aber bei vielen anderen erregten diese Seefahrer, die die erlittenen Entbehrungen und Leiden so klaglos und tapfer ertrugen, eher Mitgefühl als Feindseligkeit.

Viele plagten Wunden, andere lagen im Fieber. Theseus' Charakter wurde mir während der folgenden Monde wohl bekannt. Und der Hellene war durchaus fähig, das Elend seiner Männer zum Vorteil zu nutzen. Und das hat er auch getan. Er hat seine Männer streng abseits gehalten. Es war wie gesagt die Jahreszeit des *saurasos,* der großen Versammlung. Über viele Parasangen der Steppe erstreckten sich die Lager der Stämme des *tal Kyrte,* der Händler und Karawanenführer, der Viehtreiber, der Männer, die Gold schürften, und der Liebespaare. Ihr könnt euch das Getöse und Getümmel vorstellen. Theseus befahl seiner Schar, sich abseits zu halten. Und das hatte die gewünschte Wirkung. Der Unterschied zwischen den jungen Hellenen und den lauten, trunkenen Stammesangehörigen machte uns die Seefahrer anziehend und unwiderstehlich. Unsere Frauen waren ihnen bald verfallen. Sie zogen uns an wie der Honig die Bienen.

Auch ich war von Sinnen vor Liebe zu diesem schönen Jungen, den ich am Strand unterhalb der Klippen zum ersten Mal gesehen hatte. Ich wurde krank vor Leidenschaft. In Sinope, als Kind, war ich gezwungen gewesen, Verse der Liebe von Dichtern zu lernen. Wie ich diese und ihre Verfasser verabscheut hatte! Jetzt, mit einem Mal, begriff ich. Auch mich befiel diese Seuche des Eros. Ich sank tief wie eine Sklavin und war ohne jede Würde.

Damon.

Damon!

Allein seinen Namen auszusprechen machte mich schwindeln vor Glück. Endlos wiederholte ich ihn am Tage, stumm und laut, als sei dies ein Zauber, durch den ich seinen Besitzer an mich fesseln konnte.

Ich hasste mich dafür. Wie konnte ich nur so tief sinken? Wie konnte ich es zulassen, dass dieser Wahnsinn von mir Besitz ergriff? Aber es war keine Heilung in Sicht. Als Skyleia und Alkippe, Anführerinnen meiner Reitereinheit, mich beiseite nahmen und mich beauftragten, als Mittlerin zwischen meinem Volk und den Hellenen zu dienen, da ich ihre Sprache beherrschte, erfassten mich unbändige Angst und Freude.

Was, wenn Eros mich von meinen Schwestern trennte?

Was, wenn Liebe mich meinen Eid als Kriegerin vergessen ließ?

Ich ging zu Antiope, der Einzigen, der ich meine Verwirrung gestehen und bei der ich auf ein unvoreingenommenes Urteil hoffen konnte. (Eleuthera hätte mich ausgepeitscht.) Antiope war acht Jahre älter und erschien mir sehr weise. Natürlich müsse ich dem Befehl, als Mittlerin zu dienen, folgen, sagte sie. Ich stöhnte. Dann bat ich sie: Falls ich toll vor Liebe und pflichtvergessen dem Wohl meines Volkes zuwiderhandeln sollte, musste sie mich töten. Ich sah, wie ihr Kinn zuckte. Damals dachte ich, meine Verzweiflung habe sie tief berührt. Jetzt weiß ich, dass sie bemüht gewesen war, mir ihr Lachen nicht zu zeigen.

»Die Liebe ist eine Gottheit, Selene, gegen deren Ränke kein Kraut gewachsen ist. Selbst die Unsterblichen, so heißt es, sind dagegen machtlos.«

Lächelnd deutete sie auf das Gras an ihrer Seite. Ich setzte mich. Sie zog meinen und ihren Dolch und stieß beide mit gekreuzten Klingen in die Erde.

»Dann schwören wir einen Eid, du und ich«, erklärte sie. »Solltest du dich gegen das Freie Volk wenden, wird dich meine Klinge töten. Sollte jedoch ich es sein, die dieses Sakrileg begeht, musst du dasselbe für mich tun.«

Mein Herz tat einen Sprung. »Du würdest uns niemals enttäuschen, Antiope.«

Sie lächelte.

»Dann schwöre bei Kybele und Artemis Chrysanios den heiligsten Eid unseres Volkes, und du und ich werden in diesem Pakt auf ewig verbunden sein.«

Also schwor ich und fühlte, wie die Last der Verzweiflung von mir wich. So teuflisch sind die Ränke des Himmels.

13

DIE REITBAHN

Selene fährt fort:
Zu den verbündeten Stämmen der *tal Kyrte,* die sich jedes Frühjahr bei uns zusammenfinden, gehören auch die Skythen aus den Eisenbergen, eindrucksvolle Krieger zu Pferde, deren Reich östlich des Flusses Tanais beginnt und sich viele Parasangen weit bis nahe an das Land der Aufgehenden Sonne erstreckt, wohin sich niemand, so sagt man, wagen kann, ohne das Augenlicht einzubüßen. Ungefähr elfhundert von diesen Kriegern waren gekommen, darunter zwei Fürstensöhne, Borges und Arsakes, und hatten auf dem Feld der Skythen ihr Lager aufgeschlagen. Die Stämme der Eisenberge unterteilen sich in drei Völker, die Myrina, die Lagosoitai und die Ythe. Letztere kamen und hatten die Mähnen und Schweife ihrer Pferde nach Art der Trauer gebunden, denn ihr Fürst Misethantes war erst wenige Tage zuvor im Kampf gegen eine Gruppe von Freibeutern gefallen. Einige des *tal Kyrte* verband das Band der Freundschaft mit den Völkern aus den Eisenbergen. Mitgefühl erwartete die Ythe im Lager, und nicht wenige unserer Kriegerinnen verpflichteten sich, die Meuchelmörder aufzuspüren, die diesen gemeinen Überfall begangen hatten. Als sich jedoch Borges und seine Offiziere in der Beschreibung dieser Räuber ergingen, wurde bald klar, dass diese nur Theseus' Gefährten gewesen sein konnten und dass der Kampf, in dem Misethantes getötet worden war, Theseus und die Seinen voller Verzweiflung in unsere Arme getrieben hatte.

Während der großen Versammlung des Frühjahrs herrschen Waffenstillstand und das Gastrecht, das von niemandem verletzt werden darf. Hippolyte befahl Borges streng, seine Rede zu mäßigen. »Die Männer, die du suchst, sind hier im Lager, stehen unter dem Schutz der heiligen Gastfreundschaft der *tal Kyrte.*«

Borges tobte vor Wut, nannte es einen feindseligen Akt, Wegelagerern Asyl zu gewähren, die einen Fürsten und Verbündeten ermordet hätten. Er verlangte, dass die hellenischen Meuchelmörder ihm ausgeliefert werden sollten, damit sie ihrer gerechten Strafe zugeführt werden könnten.

Hippolyte war zu diesem Zeitpunkt einundsechzig Jahre alt. Sie trug ein Leopardenfell über der rechten Schulter und eine Doppelaxt am Gehänge über dem Rücken. Ihr eisenfarbener Haarzopf fiel ihr bis über die Taille. Die Haut zeigte Narben aus den Kämpfen der letzten fünfzig Jahre. Sie richtete sich im Sattel ihres Pferdes auf und hob zur Entgegnung auf Borges' Rede an. Mittlerweile hatte sich eine erhebliche Menge um die beiden versammelt. Auch Eleuthera und ich waren anwesend.

»Ich hasse diese Fremden mehr als du, mein Freund«, entgegnete Hippolyte. »Ich habe nicht vergessen, was ihre Landsmänner Herakles und Jason unserem Volk vor vielen Generationen angetan haben. Und doch gebietet es unsere Ehre, dass wir sie nicht ausliefern, solange sie unsere Gastfreundschaft schützt. Lass die große Versammlung stattfinden wie immer, Borges. Danach kannst du Rache nehmen.«

Für den Skythen war das nicht genug. Er wollte Theseus' Kopf, und zwar sofort.

Im Lager verbreiten sich Nachrichten meist wie ein Lauffeuer. Bevor der Fürst seine Rede beendet hatte, erschien Theseus persönlich, begleitet von zwölf seiner Besten. Mittlerweile war auch Antiope eingetroffen. Ihre Stellung als Kriegskönigin machte sie Hippolyte ebenbürtig. Sie trat vor und befahl, dass man Theseus zu ihr bringe.

Lasst mich den Schauplatz beschreiben. Die Bergfestung (nicht vom *tal Kyrte,* sondern von einem längst untergegangenen Volk der Frühzeit errichtet) hat ein Schanzwerk aus kyklopischen Mauern, das eine riesige Fläche überdeckt. Im Inneren liegt eine Art Hof, die so genannte Reitbahn. Riesige Palisaden umschließen diese Anlage in einem Raster aus erhöhten Fußwegen, von denen sich grasbedeckte Hänge sanft zum Platz hin neigen. Parallel dazu verlaufen die ausgegrabenen Mauerreste alter Verteidigungsgräben, die als Stallungen für die große Zahl von Pferden genutzt werden, die die Händler zum Pferdemarkt in die Stadt bringen. Diese Anlage erstreckt sich über mehrere durch Rampen verbundene Ebenen.

Auf den Erdwällen über diesen Stallungen, einem Amphitheater gleich, fanden sich die beiden Widersacher und ihre Zuschauer in Scharen ein. Theseus ergriff das Wort: »Lasst mich hier vor euch allen erklären, dass nicht wir Athener die Skythen angegriffen haben. Im Gegenteil. Sie haben uns ohne Grund überfallen, haben uns Wasser und sogar den Ankerplatz verwehrt, obwohl wir nur auf der Durchreise durch ihre Engen und ohne kriegerische Absicht allein mit dem Ziel, Handel zu treiben, gekommen waren. Außerdem hatten wir keine Kenntnis davon, dass wir gegen Verbündete des *tal Kyrte* kämpften. Wie sollten wir auch, waren wir doch euch, unseren späteren Wohltäterinnen, noch gar nicht begegnet. Wir haben also nur die eigene Haut verteidigt – und sind doch kaum mit dem Leben davongekommen.«

Borges schmähte dies. Das Blut seiner Familie sei vergossen worden, das sei alles, was zähle, wiederholte er.

»Also gut«, erklärte Theseus. »Ich stelle mich Borges oder jedem seiner Kämpfer, den er wählt, im Zweikampf, hier und jetzt – und zur Hölle mit dem, der es nicht wagt.«

Ihr könnt euch den Aufruhr vorstellen, den dies auslöste.

Borges trug den Beinamen »Eherner Reiter«, denn er leitete die Angriffe seiner Reiterhorden stets von einem gepanzerten Kriegswagen aus, der von seinem Bruder Arsakes, einem gefürchteten Bogenschützen, gelenkt wurde, und war bislang noch nie besiegt worden. Seine Kämpfer aus den Eisenbergen waren stets kampfbereit, und es bedurfte nur des Klangs des Horns, dass sie ein Gemetzel anzettelten. Was die Athener betraf, so waren sie, wie ihr wisst, Heroen und edle Kämpfer. Ihr Anführer nannte Poseidon selbst seinen Vorfahren und hatte allen Grund, über die Rettung seiner Gefährten hinaus, seinen Kampfesmut vor den Amazonen zu beweisen, denen er sein und das Überleben seiner Gefährten verdankte.

Antiope stellte mit der Autorität der Kriegskönigin Ruhe und Ordnung wieder her. *Tal Kyrte* so verkündete sie, könne es unter keinen Umständen gestatten, dass Blut von Gastfreunden vergossen werde.

»Die Gesetze der *tal Kyrte* sind eindeutig«, erklärte sie. »Das Freie Volk wird bis zum letzten Atemzug alle verteidigen, denen das Gastrecht innerhalb seines Lagers gewährt worden ist.«

Antiope bat den Skythen vorzutreten.

»Wenn du kämpfen willst, Borges, dann musst du gegen mich kämpfen.«

14

EIN ZWEIKAMPF UM DIE EHRE

Eine Kriegerin der *tal Kyrte* wird niemals von einer Gefährtin aus ihrem ranghöchsten Dreierbund für den Zweikampf vorbereitet. Zu diesem Zweck beruft man eine Kriegerin aus einem untergeordneten Bund, der die Mutter-Mutter der Zweikämpferin beisteht. Die Wahl fiel, so wollte es das

Schicksal, auf mich, die Gefährtin aus der Trikona mit Eleuthera. Es war nicht nur meine Aufgabe, unserer Kriegskönigin ihr Lederkorsett und den Brustpanzer anzulegen, sondern auch die Spitzen ihrer Pfeile auszuwählen und zu schärfen, die Blutrinnen im rituellen Schwarz und Ocker zu streichen und die Pfeilfedern zu trimmen. Antiope nahm nur vier Pfeile, einen für jede Himmelsrichtung, drei Speere mit Bronzespitzen und einen *pelekus*, unsere doppelschneidige Kampfaxt. Abgesehen von einer Priesterin der Artemis, die Antiope die Verse des feierlichen Aktes vorsprach, durfte niemand sonst ihr beistehen. Ich musste Antiope baden, und zwar abseits im Weidenhaus, welches über den Thermalquellen der Marschen des Borysthenes-Deltas lag, und ihr schließlich jenen Bronzespiegel aus meinem Besitz übergeben, in dem unsere Königin nach dem Tode ihre Seele erkennen konnte und welcher, falls sie getötet wurde, an ihre rechte Hüfte gebunden mit ihr begraben werden sollte. In letzterem Fall war es meine Pflicht, ihren Leichnam vom Kampfplatz zu tragen und ihn Eleuthera oder Stratonike zu übergeben, ihren Gefährtinnen der ranghöchsten Trikona, die wiederum den Leichnam Hippolyta, ihrer Mutter-Mutter, zur Bestattung brachten. Das war die bisher höchste Ehre, die mir in meinem Leben zuteil wurde. Ich hätte mir lieber die Kehle durchgeschnitten, als bei diesem Ritual auch nur einen Fehler zu begehen.

Ich hatte erwartet, unsere Gebieterin ernst vorzufinden, und mich dementsprechend gekleidet und gerüstet. Doch sie war fröhlich, scherzte immerzu, nicht aus Nervosität, sondern vor Übermut. Ihre ganze Sorge galt einem sauberen und schnellen Tod ihres Gegners. Sie hatte vor, den Skythen schon beim ersten Angriff zu töten und jede unziemliche Schlächterei zu vermeiden. Ich allerdings fürchtete weniger den Fürsten Borges als seinen Bruder Arsakes, den Wagenlenker. Daher drängte ich unsere Königin diesem Skythen gegenüber zu größter Wachsamkeit. Ich kannte seine Fähigkeiten als Bogenschütze. Aber zu meiner Überraschung schien es Antiope mehr zu interessieren, wie weit meine »Geschichte« mit Damon inzwischen gediehen war. »Hast du ihn geküsst, mein Kind? Hast du ihm die Locken zerzaust?« Als ich errötete, drang sie jedoch nicht weiter in mich.

Als die Vorbereitungen beendet waren und Antiope in voller Rüstung vor mir stand, bat sie mich, ihre Erscheinung noch einmal gründlich zu begutachten. »Heute muss ich überirdisch schön sein!«, erklärte sie.

Die Sänger haben den Verrat des Fürsten der Skythen aus den Eisenbergen schon endlos besungen. Borges nämlich hatte seinem Bruder befohlen, mit ihm den Platz zu tauschen, was unbemerkt blieb, da sie ihre wahre Identität unter der Rüstung verbergen konnten. Also war es Arsakes, der jüngere und wesentlich geschicktere Bogenschütze, der nicht als Lenker, sondern als Kämpfer im Wagen stand. Er war damit Antiopes direkter Gegner, während sein Bruder die Pferde lenkte. Es war Theseus, der diesen Betrug ahnte und einen Kundschafter ausschickte, einen aus der Garde der Skythen zu bestechen. Jedenfalls erschien er im Morgengrauen, um zu Antiope vorgelassen zu werden.

Antiope lag zu diesem Zeitpunkt im Dampfbad. Bei ihr waren Hippolyte und die Priesterin der Artemis, um die kultische Reinigung der Kriegerin zu vollenden. Zwei der Gefährtinnen der Königin traten Theseus entgegen und verwehrten ihm den Zutritt zum Bad. Ein Weidenschirm wurde aufgestellt, durch den Theseus zu Antiope sprechen durfte. Er hatte inzwischen genug von unserer Sprache erlernt, um sich einigermaßen verständlich machen zu können. »Borges wird umgekehrt mit dir kämpfen«, sagte er. Da uns das sehr missverständlich erschien, bat Antiope mich, mit ihm zu sprechen.

Allein im Klang seiner Stimme lagen eine Dringlichkeit und Sorge, die meine schlimmsten Befürchtungen bestätigten. Allerdings war es nicht der Verrat des Skythen, der mich bedrückte. Vielmehr war es Theseus' Furcht, die nichts anderes bedeuten konnte, als dass er unsere Königin liebte. Zwei seiner Recken, Lykos und Peteos, begleiteten ihn. Und sie wussten es ebenfalls.

Wann hatte er wohl ins Schwarze getroffen, der Pfeil des Eros? Theseus war nie allein mit Antiope gewesen. Keine Botschaften waren getauscht worden, nichts war zwischen ihnen geschehen, für das es keine Zeugen gegeben hätte.

Ich war streng zu ihm, versicherte ihm, dass die Warnung wortgetreu übermittelt werden würde, und wies ihn dann aus der Umgebung der Königin. Wie zögerlich er sich zurückzog!

Ich kehrte auf die andere Seite des Weidenschirms zurück und ertappte meine Königin dabei, wie sie Theseus durch das Geflecht aufmerksam beäugte. Sie hatte die Sorge in seinen Zügen gelesen und die Furcht in seiner Stimme gehört. Nie habe ich eine solche Freude gesehen wie die, die Antiope in diesem Augenblick beseelte. Gesagt hat sie dazu nur dieses: dass ich ihren Bogen und die Lanzen zurücklassen könne, sie nur mit dem kurzen Reiterspeer, dem Diskus und der Kampfaxt ausrüsten möge.

Und dann kam der Kampf. Über der Straße der Heroen auf dem Erdwall mit Blick auf das Meer nahmen die Stämme ihre Plätze ein. Borges und sein Bruder kämpften vom Streitwagen aus, Antiope erschien im Sattel ihres kastanienbraunen Wallachs. Theseus und seine Männer waren wie die Skythen der Eisenberge unter den Zuschauern, elfhundert insgesamt. Dazu kamen die übrigen Stämme des Ostens und das Volk der *tal Kyrte.*

Die Gegner standen sich auf der Straße der Heroen gegenüber, die zu beiden Seiten von den Erdwällen begrenzt wurde. Bei dieser Art Zweikampf stürmen die Gegner aufeinander zu, schleudern und schießen ihre Waffen ab, wenden am Ende der Strecke und halten erneut aufeinander zu. Der kritischste Augenblick des Kampfes ist dabei nicht der Punkt, an dem sich die Wege der Widersacher kreuzen, sondern die Kehrtwendung am Ende der Reitbahn, bei der jeder dem anderen für einen flüchtigen Augenblick seine Flanke und die Fersen ungeschützt darbietet. Zwei Pfosten aus Zypressenholz markieren in einem Abstand von neunzig Fuß diese gefährlichen Stellen. Jenseits dieser Pfosten ist den Gegnern ein Angriff verboten, wobei ein längerer Aufenthalt hinter diesen Linien nicht erlaubt ist. Beide müssen sich umgehend einer zweiten Begegnung stellen. Auf der Strecke dazwischen ist alles erlaubt.

Dreimal ritt Antiope zum Angriff und umrundete den Pfosten, sehr zum Missfallen ihrer Anhänger. Bei jedem Teufelsritt setzte sie sich dem Pfeilhagel ihres Gegners aus, den dieser hinter seinem sicheren Schanzwerk aus Eisen auf sie abfeuerte. Auf diese Gefahr hatte sich Antiope bewusst eingelassen, kämpfte aus dem Sattel, im Schutz des Mond-Schildes an ihrem linken Unterarm, und suchte ihren Nachteil durch Schnelligkeit und Beweglichkeit zwischen den Pfosten wettzumachen und bei der Wende direkt hinter der verwundbaren Rückseite des Streitwagens in Schussposition zu kommen. Doch der Wagenlenker, der unter der Rüstung verborgene Borges, war kein Anfänger und machte sich den schrägen Anlauf der Erdwälle zu Nutze, vollführte dort derart tollkühne Wenden, dass die Wagenräder hohe Staubwolken aufwirbelten, die Antiopes Sicht so nachhaltig behinderten, dass sie keinen Angriff wagen konnte. Der Streitwagen wendete immer wieder ungehindert, nahm den Schwung der Schräge mit auf die Bahn, womit er seine Geschwindigkeit fast verdoppelte, sodass er sich hinter dem gegenüberliegenden Pfosten den Hang hinauf in Sicherheit bringen konnte. Währenddessen schoss Arsakes mit traumwandlerischem Geschick wahre Pfeilhagel auf Antiope ab, die diese mit ihrem Schild aus der Luft abfing und beiseite schlug.

Noch drei weitere Male donnerten die Gegner über die Kampfstrecke. Jetzt schleuderte Antiope bei jedem Durchgang einen ihrer Wurfspeere mit dem Eisenkern auf den Gegner, indem sie sich, nur mit einem Bein in einer Schlaufe am Bauchgurt ihres Pferdes abgestützt, in wildem Galopp aus dem Sattel erhob und die Ärmelverlängerung und die Geschwindigkeit ihres Pferdes nutzte, um ihrer Waffe tödliche Schnellkraft zu verleihen. Die Speere schlugen mit solch Furcht erregender Wucht in die Eisenpanzerung des Wagens, dass die Menge vor Staunen laut aufschrie. Bei jedem Angriff bogen sich die Eisenplatten knackend und knirschend nach innen, doch kein Speer vermochte sie zu durchschlagen. Der Wagenmeister konnte weiterhin durch die Scharten des Schanzwerks, das den Wagen rundum umschloss, seine Pfeile abschießen, wobei er Schulter an Schulter neben seinem Bruder stand, der die beiden Pferde lenkte. Und die Geschosse schwirrten in so schneller Folge durch die Luft, dass man meinen konnte, es seien drei und nicht nur ein Bogenschütze am Werk. So überragend war die Kunst des jungen Arsakes, der vorgab, sein Bruder zu sein, dass die Zuschauer, die an den Hängen standen, jeden Pfeil, der auf Antiope zuflog, mit lauten Schreien begleiteten. Aber Antiope wehrte jeden geflügelten Tod geschickt ab.

Sechs Durchgänge waren vollbracht. Antiope hatte den Kampf absichtlich in die Länge gezogen, um den Zuschauern Zeit zu geben, allmählich zu erkennen, wer da mit solchem Geschick den Bogen handhabte und dass sich unter der Rüstung der Recke Arsakes und hinter dem Wagenlenker Borges, sein älterer Bruder verbarg. Dann, bei der siebten Runde, riss die Königin ihren Wallach hinter dem Streitwagen so blitzschnell herum, dass sie plötzlich im toten Winkel an der Seite des Gefährts ritt, wo sie vor den Angriffen von Bogenschütze und Wagenlenker sicher war. Und jetzt schleuderte sie den Diskus. Antiope legte all ihre Kraft in diesen Wurf. Der Diskus zerschmetterte den Helm mit dem bernsteinfarbenen Greifvogel als Aufsatz und trennte ihn dem Bogenschützen samt Schädel vom Rumpf. Arsakes' Bogen senkte sich. Der Fürstensohn kippte seitwärts vom Wagen. Sein Helm rollte, seltsame Kapriolen schlagend, durch den Staub, bis er endlich neben dem enthaupteten Leichnam seines Besitzers liegen blieb, der sich ohne diese Kopfbedeckung nun als der jüngere Bruder Arsakes und nicht als Fürst Borges entlarvte.

In diesem Augenblick schweifte mein Blick von Theseus zu Eleuthera, die die Leidenschaft des Atheners für unsere Königin ebenfalls erkannt hatte. Theseus verzog kaum eine Miene. Doch als Antiopes Feind besiegt im Staub lag, wirkte Eleuthera wie vernichtet. Ihre schlimmsten Befürchtungen für Antiope und ihr Volk schienen sich zu erfüllen. Denn so unsere Königin Theseus' Herz gewann und das ihre ihm schenkte, zerschnitt sie alle Bande zu ihrem Volk und dessen rechtem Arm, Eleuthera, was so viel wie Frieden bedeutet.

Borges' Streitwagen flog davon. Und Antiope holte ihn so geschwind ein, dass die Vorderhufe ihres Wallachs tatsächlich auf die Plattform des Wagens schlugen, während sie ihre Axt schwang, Borges die Zügel fallen ließ und sich Schutz suchend auf den Boden des Wagens warf. Als Antiope ihr Pferd zügelte und etwas zurückblieb, griff Borges wieder nach den Zügeln und sprengte die Straße der Heroen entlang davon.

Borges floh den Erdwall hinunter zu den Pferdeställen, jagte seinen Zweispänner zwischen den Boxen hindurch und über die Rampen. Antiope war ihm dicht auf den Fersen, sodass die Zuschauer ihre Tribüne verließen und die Erdwälle hinauf- und hinunterkletterten, um sich das Schauspiel nicht entgehen zu lassen. Antiope hätte Borges dort unten bei den Pferden stellen können. Doch der Skythe wurde hier mit solch wütendem Aufruhr, lautem Wiehern und Hufschlägen begrüßt, dass sie ihr Pferd zügelte. Ein Pfeil verfehlte sein Ziel, wo sich Borges unter den sich aufbäumenden Herden wiederfand, während von den Rampen der Zorn der Stämme über ihn hereinbrach.

Antiope klappte ihren Helm hoch und zeigte ihr leicht gerötetes triumphierendes Antlitz. Mit ihrer Axt deutete sie zur Rennbahn, wo der Leichnam Arsakes' besiegt im Staub lag.

»Der Herausforderer Borges ist getötet. Damit ist dem Gesetz Genüge getan. Also soll sein Bruder Arsakes leben!«

So also floh der Betrüger Borges mit seinen Handlangern, ohne den Helm abzunehmen und seinen gemeinen Verrat zu offenbaren. Mit seiner Schande wuchs Antiopes Ruhm.

Viele haben sich gefragt, was Theseus an ihr so sehr geliebt haben mag. Es war ihr Gerechtigkeitssinn, ihre strahlende Erscheinung, eben die Königin, die zu Pferde und im Laufrund von keiner übertroffen wurde und weder Mensch noch Tier fürchtete, nicht einmal Theseus selbst. Andere Frauen hatten um seine Gunst, seinen Samen, seinen Namen oder den Platz an seiner Seite gebuhlt. Antiope verlangte nichts. Nur den Mann selbst. Sie wollte, dass er an ihrer Seite ritt, Freude an ihr fand und sie an ihm. Später in Athen schenkte er ihr Elfenbein und Gold. Sie lachte ihn nur aus. Auch feines Leinen oder Edelsteine oder Häuser, ja nicht einmal Pferde, die sie über alles liebte, konnten ihr den Kopf verdrehen. Sie wollte nur ihn – und ihn mit ganzem Herzen. Und wie sollte ein Mann einer Frau widerstehen, die ihn nur wegen der Locken seines Hauptes und des Klangs seiner Stimme liebte? So verfiel Theseus, der Frauen zuvor als Trophäen gekannt hatte, dieser wilden Kreatur mit Haut und Haar. Seine Freude an ihrer Gesellschaft überstrahlte alles, sodass er seine

Schiffe, das Königreich und selbst Essen und Schlafen vergaß.

Aber ich greife zu weit vor. Kehren wir zu Borges' Flucht und seinen elfhundert Männern zurück.

Es gibt ein Fest, bei der großen Versammlung, ein nächtliches Opfer für Ares, *Hekatomb* genannt, welches nach den Spielen des Mondes stattfindet und die letzten Tage der Jahreszeit einläutet, in denen sich die Stämme neu ordnen und die jungen Mädchen nach bestandenen Reitprüfungen in die Sippen und Rangordnungen der Gemeinschaft aufgenommen werden.

Dieses Fest sollte zufällig vier Nächte nach dem Zweikampf gegen Borges stattfinden, zu einem Zeitpunkt, als das Lager noch voll des Lobes für Antiopes Triumph war. Während des Festes sind die Stämme und alle Gastvölker geladen, einen aus ihren Reihen auszuwählen, eine Rede zu Ehren der Vorfahren ihres jeweiligen Volkes zu halten. Das ist häufig Anlass für große Ausgelassenheit, weil es jedem Stamm erlaubt ist, sich über das Selbstlob der anderen lustig zu machen, ohne dass sich jemand verletzt fühlt, denn alle erfreuen sich nur an diesem wortgewaltigen Schlagabtausch.

Eine ganze Anzahl redete in jener Nacht, die Maioter und Kappadoker, die Taurier und Massa Getai. Jemand rief die Athener auf. Theseus erhob sich und ging zur Rednertribüne.

Drei Frauen der *tal Kyrte* traten ihm in den Weg: Eleuthera, Stratonike und Skyleia. Eleuthera beschuldigte Theseus, Unglück über die freien Stämme zu bringen. Blut sei vergossen worden, sagte sie. Wir hätten uns wegen dieses Mannes Feinde gemacht.

»Zu welchem Zweck wurde diesem Gesetzlosen das Rederecht gewährt?«, wandte sich Eleuthera direkt an Hippolyte und den Ältestenrat. »Jedes andere Volk nimmt auf Einladung an der großen Versammlung beim *tal Kyrte* teil. Nur diese Hellenen sind plötzlich vom Himmel gefallen. Sind sie Diebe und Freibeuter? Warum haben sie Meere überquert, wenn nicht, um uns zu berauben? Ein Fürstensohn und Verbündeter ist von ihnen getötet worden. Hinter unseren Schilden ducken sie sich, diese fremden Würmer, und warten, bis ihnen unsere Tapferkeit die Haut rettet. Und jetzt finden sie mit einem Mal ihre Sprache wieder und maßen sich an, Reden über die Überlegenheit ihres Volkes halten zu wollen!«

Zustimmendes Raunen begleitete die Rednerin. Mein Blick schweifte zu Antiope. Sie hatte die Augen unverwandt auf Theseus gerichtet. Ihre Miene verriet nichts.

Theseus bat um die Erlaubnis, dazu etwas sagen zu dürfen. Ich erinnere mich an seine Worte, denn ich wurde gebeten, diese in die Sprache meines Volkes zu übertragen.

Er widerlegte Eleutheras Ausführungen nicht. Vielmehr richtete er seine Verteidigung an die Königinnen und Ältesten. Er ging noch einmal auf die Schwierigkeiten ein, die seine Gefährten und er auf dem Weg in unser Land zu meistern hatten. Ohne die Milde des Volkes der *tal Kyrte* hätten sie nicht überlebt, gestand er erneut. Dafür danke er dem Freien Volk und Antiope, die die Ehre der Fremden so mutig verteidigt habe. Er habe viel von unserem Volk gehört, erklärte er, aber nichts habe ihn auf unseren Adel und unsere Großherzigkeit vorbereitet. Er gestand seine Bewunderung und die vieler seiner Gefährten für unsere Jugend, ihre Weiblichkeit, ihre Kriegskunst und ihr Heldentum, Zeichen einer stolzen und edlen Rasse.

Beifall brauste auf. Die Zuhörer begannen sich für den Redner zu erwärmen. Und seine edle und vornehme Erscheinung tat das Übrige. Kaum eine von uns konnte sich der Sympathie für diesen schönen Königssohn in der Blüte seiner Jugend verschließen.

Eleuthera fiel ihm ins Wort. »Schwestern, hört den Verführer! Er lockt uns mit Schmeicheleien wie ein billiger Händler im Bazar. Das ist *netome,* das Böse mitten unter uns.«

Jetzt wurde es laut. Theseus spürte deutlich die Schwere des Vorwurfs. Er bat darum, man möge ihm das Wort erklären, er müsse wissen, wessen man ihn beschuldige.

Ich erklärte es ihm.

»Ich werde nicht untätig zusehen, wie dieser Mann seine mörderischen Vorväter in den Himmel hebt!«, verkündete Eleuthera. »Und ich bitte euch, Schwestern, ihn durch eure Empörung vom Redepult zu vertreiben!«

Mehr Stimmen wurden laut, die ihr beipflichteten. Theseus schwieg, bis sich der Tumult gelegt hatte.

»Wenn es Euch missfällt, edle Eleuthera«, wandte er sich direkt an sie, »werde ich nicht von Vorvätern sprechen. Lasst mich nicht von Athens Vergangenheit, sondern über seine Zukunft reden!«

Nun war sich Theseus der Zustimmung seiner Zuhörer gewiss. Er hatte sie neugierig gemacht. Eleuthera ließ ihn widerwillig gewähren.

»Meine Stadt ist jung«, begann Theseus. »Was Macht und Ruhm betrifft, steht sie im Schatten solcher Städte wie Korinth oder Mykene, Elis und Theben, ganz zu schweigen von eurem Reich. Und doch prophezeie ich, dass nur ihre politische Tugend im Lauf der Jahre alle überflügeln wird.«

Erneut versuchte Eleuthera ihm Einhalt zu gebieten. Aber Theseus hatte begonnen, die Menschen zu fesseln. Sie wollten hören, was er zu sagen hatte.

»Einst, meine Freunde, lebte die ganze Menschheit, wie die Völker der Steppe es noch heute tun, als Viehhirten, große Krieger und Reiter, wie ihr selbst. Sippen besaßen nur so viel, wie sie tragen konnten, lebten von ihrer Klugheit und ihrer Waffenkunst. In der Dunkelheit lauerte der Tod. In der

Nacht legte sich der Stammesbruder mit Waffen nieder. Selbst im Schlaf hielt er Wache, aus Angst vor Angriffen von Tier oder Mensch.

Dann kamen die Städte. Ihre Steinmauern hielten den Feind fern. Hinter ihren Schanzwerken konnte sich der Mensch frei und ohne Furcht bewegen. Er lernte, das Land zu bearbeiten. Die Götter lehrten ihn, Getreide anzubauen und Trauben zu Wein zu verarbeiten. Sie hatten also Brot und Wein. Die Kunst des Töpfers und des Schmieds verschafften ihm Gefäße, Handwerkszeug und Waffen. Die Kunst des Seemanns machte ihm andere Küsten zugänglich. Er lernte, Handel zu treiben. Mit der Zeit sammelte er Reichtümer an. Er musste nicht länger nur überleben, er konnte leben. Zum ersten Mal hatten die Menschen Muße für angenehmen Zeitvertreib wie Musik, Dichtung und die bildenden Künste.

In der Stadt genoss der Mensch den Schutz der Gesetze. Er brauchte in ihren Mauern keine Waffen. Früher, im Stammesleben, war Besitz gemeinschaftlich. Jetzt, in der Stadt, nannte er Land, Häuser und Geräte sein Eigen, mit denen er seinen Unterhalt verdiente. Durch harte Arbeit konnte man sich ein besseres Leben schaffen. Und welche Energie und welchen Erneuerungsdrang dies freisetzte! Durch das Zusammenwirken der Gemeinschaft vervielfachten sich Reichweite und Kraft des Einzelnen, denn die Kenntnisse, von einem erworben, konnten allen dienen. Jeder hatte die Möglichkeit, sich auf die eigenen Fertigkeiten zu konzentrieren und die der anderen für sich zu nutzen. So schürfte der eine Gold, der andere widmete sich der Physik, dem Weinbau oder dem Schlagen von Seilen. Der Sänger konnte singen, der Weber weben. Jeder lebte glücklich und in Wohlstand.

Der Einzelne musste nicht länger Krieger sein, der sich aufreibt im Krieg und der Bereitschaft zum Krieg, sondern hat Muße, nachzudenken, zu reden, zu beten, an der Politik teilzuhaben, zu den Wundern anderer Länder zu reisen, den Göttern Tempel zu bauen. In der Stadt verlängern Mittel und Kunst der Heiler das Leben ihrer Bewohner. Der Mensch muss nicht vorzeitig sein Leben aushauchen unter den Angriffen der Elemente oder wilder Tiere, sondern kann in Gesundheit sein Leben fristen, bis seine Stunde gekommen ist.«

An dieser Stelle konnte Eleuthera nicht länger an sich halten. »Ha!«, schrie sie und rief die versammelten Völker auf, ihr zu gestatten, diese Lügen zu widerlegen. Die Masse gab grölend ihre Zustimmung.

Eleuthera stieg auf den in Stein gehauenen Sockel. Und es muss gesagt werden, dass sie ihrem Widersacher weder in Haltung noch an Ausstrahlung nachstand. Sie war von so überragender Schönheit, dass die beiden Widersacher, die sich nur eine Speerlänge voneinander entfernt gegenüberstanden, wie Sterne aus demselben Gold erschienen. Adelige und Gleiche in jeder Beziehung.

»Unser Gast«, so begann Eleuthera, »erklärt das Leben der Städte als dem unserem Dasein hier in der Steppe überlegen, da es, wie er behauptet, einen edleren und wertvolleren Menschen hervorbringt. Als ich das hörte, konnte ich mich kaum bezähmen, nicht in wildes Protestgeschrei zu verfallen und mich als das wilde Wesen zu erweisen, als das der Athener mich abstempeln will.«

Und Eleuthera pries das Leben der Steppe. Die Offenheit des Geistes, die Gleichheit der Menschen, die Aufrichtigkeit des Charakters, die es fordert. »Ich habe die Menschen der Städte gesehen mit ihren Bäuchen und dünnen Beinen. Sie würden unter Gottes freiem Himmel nie bestehen. Landwirtschaft! Lieber grabe ich Furchen ins Fleisch meiner Mutter, als die Erde zu pflügen mit diesem schrecklichen Pflug. Wozu auch? Sie lobpreisen ein essbares Kraut, das sie aus dem Dreck graben, und nennen es Essen? Gott schuf den Menschen zu jagen, wie Löwe und Adler, nicht Gras zu weiden wie Kuh und Schaf. Die Jagd macht stark und kräftig. Sie lässt Mutter Erde, wie Gott sie wollte, unberührt.«

Beifall brauste auf. Die Stämme des Freien Volkes, mit Unterstützung der männlichen Skythen und Kimmerier, schlugen mit den Schäften ihrer Speere gegen die Schilde. Mein Blick schweifte zu Antiope, die noch immer die Augen fest auf Theseus geheftet hatte, welcher geduldig Eleutheras Widerspruch ertrug.

»Unser Gast aus Athen«, fuhr die Kriegerin fort, nachdem sich der Lärm wieder gelegt hatte, »behauptet, der Mensch der Städte hätte Muße. Was für ein Unding! Wer hat mehr freie Zeit als der Jäger und Krieger, dessen Beschäftigung die Ertüchtigung seines Körpers ist? Wir Völker der Steppe kennen das Wort Arbeit und Plage nicht, denn alles, was wir tun, geschieht mit Freude und aus Verehrung gegenüber unserem Schöpfer. Wir verbringen unsere Tage mit göttlichen Spielen. Und nachts legen wir uns wohlig erschöpft nach Tätigkeiten nieder, die Seele und Körper formen. Besitz! Was hat er schon bewirkt außer Elend und die Entfremdung der Menschen untereinander? In den Städten ist sich jeder Rivale und Feind. Die *tal Kyrte* wendet sich mit Freuden gen Osten, begrüßt das Morgenrot mit Staunen und freudiger Erwartung. Wir unterwerfen uns dem Tag, versuchen nicht wie der Stadtmensch, ihn nach unserem Willen zu gestalten. Gotteslästerung und Hochmut! Geht durch seine Straßen, Schwestern und Gäste. Wundert euch über das groteske Schauspiel. Dirnen kleben wie Schmeißfliegen in den Eingängen der Häuser, Schurken und Scharlatane füllen die Höfe, Halsabschneider und Taschendiebe die Marktplätze. Und sprecht mir nicht vom Gesetz! Wozu brauchen wir es? Erziehung? Wir brauchen keine Lehrmeister für unsere Jugend. Unsere Mädchen sind voll des Eifers, unsere Künste zu lernen. Freiwillig. Und was die Fertigkeiten betriff, die unser Gast als Beweis für den Adel des Stadtmenschen anführt, frage ich: Warum dem müden Abklatsch einer Nachtigall zu lauschen, wenn man das Original hören kann? Theseus preist die Heiler und ihre Künste. Ha! Wir kennen keine Krankheit in der Steppe. Mit der Stadt kommt die unnatürliche Verlängerung des Lebens. Wenn es Zeit ist zu sterben, dann stirbt man!«

Diesmal war der Beifall noch lauter und enthusiastischer. Eleuthera ließ sich zu weiteren Äußerungen hinreißen.

»Unser Gast preist die Stadt ob ihrer Vornehmheit und Disziplin. Und damit nennt er uns Wilde. Sind wir das, Schwestern? Bedenkt unsere Stellung:

Wir sind Frauen, von Männern unbeherrscht, und doch überall von jenen behindert, denen es nicht gelungen ist, uns zu versklaven. Wundert euch unsere Wildheit? Andere Völker kämpfen um das Land ihrer Väter, nur wir müssen unsere eigene Haut und Seele bis aufs Blut verteidigen, die die Männer sich so gern untertan machen würden, wie ihnen das überall sonst auf der Erde gelungen ist. Eure Frauen und Mütter, Athener, hatten einst das Wahlrecht, habe ich vernommen. Sie konnten wählen, und ihre Stimme wurde in Staatsangelegenheiten gehört wie die der Männer. Das alles habt ihr ihnen gestohlen. Wir, die *tal Kyrte,* werden das bei uns nie zulassen. Aus uns macht ihr kein Vieh! Ihr meint, wir verteidigen uns wie wilde Tiere? Das würdet ihr auch tun. Wir sind von Feinden umzingelt, und es kommen immer mehr, die wie ihr die Meere überqueren, um uns unsere Freiheit zu nehmen.«

Dann wandte sie sich direkt Theseus zu: »Und wenn Ihr glaubt, Ihr könntet sie uns stehlen, Ihr Freibeuter, dann bedenkt: Wir sind, anders als andere Gemeinschaften, begierig und willens, für unser Volk zu sterben. Ich würde meinen eigenen Tod in diesem Moment mit offenen Armen begrüßen, könnte ich damit unsere Freiheit erhalten, und so denkt jede von uns. Soll unser Blut diese Erde tränken, bevor wir die Freiheit aufgeben, die wir lieben, damit wir uns weiter *tal Kyrte,* die Freien, nennen können.«

Tosender Beifall brandete auf. Tausende stimmten Eleuthera zu, während andere schrien, dass sie zu weit gegangen sei, es nicht die richtige Art sei, Gästen zu begegnen. Und Eleuthera, die erkannte, dass sie sich von ihren Gefühlen hatte hinreißen lassen, trat zurück und mäßigte sich.

Antiope meldete sich zu Wort. Sie schlug Theseus vor, er solle seine Lobrede fortsetzen und beenden. Danach könne Eleuthera ihm erwidern. Alle waren einverstanden.

»Ich achte unsere großartige Freundin«, fuhr Theseus mit einer Verbeugung vor Eleuthera fort, »und ihre leidenschaftliche Schilderung des Lebens in der Steppe. Geschlossen hat sie ihre Rede mit dem Thema Tod. Darauf nur möchte ich eingehen.

So verschieden wir auch sein mögen, eines verbindet uns: unsere Sterblichkeit. Wir müssen alle sterben, und das wissen wir. Und das unterscheidet uns vom Tier.

Von Natur aus sind wir alle Wilde. Aber das Wissen um unsere Sterblichkeit erhebt uns über das Tier, und es legt uns gleichzeitig die Pflicht auf, uns weiterzuentwickeln, weg vom Tier, hin zu mehr Menschlichkeit, hin zur Vernunft, weg von blinder Leidenschaft, hin zur Liebe und weg von der Angst.«

Theseus schloss mit dem Dank für Hippolytas und Antiopes Milde, und er dankte sogar Eleuthera und dem ganzen Freien Volk dafür, dass sie ihre Menschlichkeit gezeigt und in Zeus' Sinn gehandelt hätten, der den Fremden beschütze. Dann trat er in die Reihen der Seinen zurück.

Jetzt forderten die Zuhörer, dass Eleuthera ihm erwidere, doch dieser war nicht entgangen, wie aufmerksam Antiope Theseus bei dieser Debatte beobachtet hatte. Sie erkannte, wie die Worte des Fremden ihre Gefährtin bewegt und ihm geneigt gemacht hatten. Aus diesem und anderen Gründen verzichtete sie auf eine Erwiderung und rief stattdessen Antiope auf, sie solle als Kriegskönigin im Namen ihres Volkes entgegnen.

Eleuthera hoffte so, einen Keil zwischen Antiope und den Athener zu treiben, die Knospe der Zuneigung zwischen den beiden im Keim zu ersticken. Ich stand direkt links von Antiope. Und ich wusste, dass sie die Gefährtin durchschaut hatte. Dennoch war sie auf Grund des Beifalls der Stämme verpflichtet, dieser Aufgabe Genüge zu tun.

»Schwestern und Mütter, Töchter, Verbündete und Freunde«, begann sie, »ich war nicht darauf vorbereitet, hier unserem Freund aus Athen zu erwidern. Ich tue das nur, weil ihr es wünscht, nicht aus eigenem Antrieb. Aber mein Herz trägt mir auf zu sagen:

Die Menschheit mag durch Weiterentwicklung niemals zu Gott aufsteigen, wie unser Gast versichert, sondern wird sich ihm nur noch weiter entfernen. Unser Gast sieht auf Gottes Kreaturen herab und nennt sie wilde Bestien. Ich sage, wir verdienen diesen Namen. Lasst sie uns zu unseren Lehrern machen – die Erde und ihre Elemente, ihre vierbeinigen Kinder und die geflügelten Herrscher der Lüfte. Sie kommen direkt von Gott und sprechen seine Sprache. Nur wir sind abgefallen, und das gerade auf Grund der Künste und Fertigkeiten, die unser Freund von jenseits des Meeres als so kostbar und fortschrittlich bezeichnet. Er sieht in Himmel und Steppe und Meer das, was Gott geschaffen hat. Ich sehe darin Gott selbst. Er ist unser Lehrmeister. In seinem Buch steht alles, was wir wissen müssen.«

Theseus vermochte nicht den Blick von ihr zu wenden, während sie sprach. Und obwohl er keine Miene verzog, war deutlich zu erkennen, wie tief ihn die Worte Antiopes berührten, die aus einer unvergleichlichen Reinheit des Herzens kamen, und dass er jedes einzelne wie einen Kuss empfand. Nicht der Pfeil des Eros hatte ihn hingestreckt, wie man sagt. Er war Antiope verfallen, da er in ihr das gefunden hatte, was er bislang nicht gekannt, ja dessen Existenz er nicht einmal geahnt hatte: eine Seele, die ihm in ihrem Wesen und Geist ebenbürtig war.

»Glaubt unser Gast, dass die Völker der *tal Kyrte* mangels Klugheit nicht fähig gewesen sind, Städte zu bauen?«, fuhr Antiope fort. »Das ist ein Irrtum. Wir wollen keine Städte. In der krankhaften Enge von Massen zu leben, verbiegt die Seele. Gebt uns Ruhe und Einsamkeit, die den Geist reinigen und konzentrieren. Sollen wir den Göttern Tempel erbauen? Warum denn, wenn uns der größte Tempel überhaupt Tag und Nacht umgibt. Redet zu uns nicht von Verehrung der Götter, denn wir preisen sie mit jedem Schritt unserer Tage.

Das Leben in den Städten hat den Menschen verdorben. Und was eure Frauen betrifft, ich habe sie gesehen, diese bedauernswerten Geschöpfe. Es sind angemalte Dirnen, eure Frauen, die ihre Seelen getauscht haben für einen Platz im Trockenen. Nicht einmal verkauft haben sie sich. Sie sind leere Hülsen dessen, was Gott gewollt hat. Und das wisst ihr, warum sonst hättet ihr Meere befahren, um uns zu suchen, mondsüchtig wie die Kälber.

Und die Götter, denen ihr Tempel errichtet, Theseus, sind für mich nur ein Spiegelbild von euch selbst und ein lächerliches dazu. Hier vor euch liegt der Himmel. Sucht nicht weiter. Haltet ein und greint nicht länger nach eurer ›Vernunft‹. Ich verachte Vernunft, denn sie trennt mich von meiner Seele und von Gott.

Doch der größte Beweis, dass ich mit meinen Argumenten Recht habe, ist der, Theseus: Würdest du wirklich glauben, was du sprichst, wärst du jetzt zu Hause hinter einem Pflug. Aber das bist du nicht! Ihr seid hier. Bei uns!«

Tosender Beifall begleitete Antiopes Worte. Die Erde

schien zu beben. Theseus schloss sich dem an und sagte leichthin zu seinen Männern, dass sie zumindest in einer Fertigkeit der Stadtkultur übertroffen worden seien – in der Redekunst.

Antiope verstand die Bedeutung der Worte des Hellenen, noch bevor ich sie ihr übermitteln konnte, und ging darauf ein.

»Nicht die Kunst der Rede hat dich bezwungen, mein Freund, du bist durch deine eigene Waffe gefallen, die Vernunft. Ist das nicht euer Gott, Theseus? Dann gestehe, dass selbst wir Ungelehrten und Unzivilisierten Einsichten besitzen, von denen ihr lernen könnt.«

Der König stimmte dem mit einer Verbeugung zu. Rufe wurden laut, die sowohl seinem Eingeständnis als auch Antiopes Triumph Beifall zollten.

In diesem Moment donnerte eine Reiterin durch das Tor zwischen den Erdwällen. Es war meine Gefährtin der Trikona, Aiella, ein Mädchen von zwölf Jahren, deren Posten in dieser Jahreszeit in der nördlichen Steppe bei den großen Herden war, die auf die Sommerweiden geführt werden sollten. Sie galoppierte jetzt auf den Platz, ihr Pferd schweißbedeckt und mit Schaum vor dem Maul. Vor dem Rednerpodest hielt sie an. Bevor das Mädchen noch Atem geholt hatte, um zu sprechen, ahnten die Völker, welche böse Nachricht sie überbringen würde.

Borges und seine Skythen von den Eisenbergen waren ohne Vorwarnung zwei Nächte zuvor am Strom Hybristes erschienen, wo sie und die jungen Mädchen der Sippen aus den Weißen Bergen eine Herde von dreitausend bewacht hatten. Borges hatte sich dem Lager genähert und Zeichen der Freundschaft geboten. Sie waren willkommen geheißen worden. Seine Männer hatten sogar schon die Ochsen vor den Wagen der Frauen ausgespannt und das Nachtlager ausgebreitet. Doch auf ein Zeichen hatten sie sich erhoben und angegriffen. Ihre Zahl war über tausend, die Mädchen waren weniger als zweihundert gewesen. Die, die Borges nicht auf ihren Posten und im Lager hingeschlachtet hatte, wurden von seinen Männern gehetzt und in der Steppe getötet. Dann hatten sie die Herde, dreitausend vom besten Vieh, nach Osten in das Stammland der Skythen getrieben.

Die Menge geriet in Aufruhr. Theseus trat vor Antiope, Eleuthera und die anderen Anführerinnen. »Das ist meine Schuld. Lasst mich das bereinigen. Ich bin nicht ohne Geschick, und meine Gefährten sind Heroen und große Krieger, begierig darauf, sich vor euch zu beweisen. Gebt uns nur einen Führer und Pferde. Wir machen das wieder gut. Entweder wir kommen mit der euch gestohlenen Beute oder gar nicht mehr zurück.«

15

IM SPIEGEL GOTTES

Die Aufstellung und Ausrüstung der Racheschwadrone dauerte nicht länger als der Ritt über eine Parasange. Denn selbstverständlich war es ausgeschlossen, dass das Freie Volk Theseus' Hellenen Vergeltung für den gemeinen Mord an den Ihren allein überließ. Wir konnten ihnen höchstens gestatten, uns auf unserem Rachefeldzug zu begleiten. *Tal Kyrte* versorgte die Hellenen also mit Pferden. Ich gab Damon drei aus meiner Zucht. Er war so etwas wie mein Mündel, was bedeutete, dass ich sowohl für seine Sicherheit als auch für sein Verhalten verantwortlich war. In der Schlacht würde ich sein Leben verteidigen, in der Gemeinschaft dafür sorgen, dass er die Sitten achtete.

Meine erste Pflicht war es, ihn das Reiten zu lehren. Eine schwierige Aufgabe, wie sich herausstellte. Wenn er auch behauptete, in seiner Heimat einer der Besten unter den Besten zu Pferde zu sein (und ich ihm meinen klügsten und gelehrigsten Wallach gab), war ihm unsere Art der Kriegsreiterei völlig unbekannt. Er war nicht in der Lage, beim Angriff eine Reihe einzuhalten oder andere notwendigen Manöver durchzuführen, geschweige denn in gerader Linie über eine staubige Ebene zu traben.

Die Elevinnen nannten ihn *Motanis,* steinerne Hand, und begleiteten seine Bemühungen mit verhaltenem Kichern. Zu seiner Verteidigung muss ich anführen, dass kaum einer seiner Gefährten sich geschickter anstellte. Sie waren allesamt hoffnungslose Fälle. Es war ihnen nicht auszutreiben, die Pferde beherrschen zu wollen, sie wie hellenische Mähren unter ihre Knute zu zwingen. »Dein Pferd weiß von selbst, wie es traben muss, Damon. Du musst ihm das nicht beibringen.«

Insgeheim verfolgte ich die stumme Verzweiflung meines Angebeteten verzückt. Er war in mich verliebt, das spürte ich. Und er wollte auf keinen Fall in meinen Augen als unwürdig erscheinen. Aber darauf eingehen konnte und wollte ich nicht. Vor allem nicht jetzt, unter den Bedingungen eines Kriegszugs. Dennoch schmolz mein Herz im Bewusstsein, dass meine Liebe erwidert wurde.

Die Vorhut der Verfolger kam gut voran. Währenddessen wollte Damon unbedingt unsere Sprache lernen und mehr über uns wissen. Ich übte mich mit ihm in der hellenischen Sprache und erklärte ihm, so viel ich konnte. Der Tanais fließt von Nordost nach Südwest und lag gut hundert Parasangen weit vor uns. Bis zum diesseitigen Ufer erstreckte sich das Hoheitsgebiet der Amazonen. Am anderen Ufer begann das Land der Skythen. Borges musste also den Tanais überqueren, um in die Heimat zurückzukehren. Am Strom bot sich die Gelegenheit, ihn einzuholen und zu vernichten.

Auf dem Weg dorthin allerdings konnte Borges weiteren Schaden anrichten. Denn um den Tanais zu erreichen, mussten Borges und seine elfhundert das Hoheitsgebiet der Titaneia, der Amazonen des Ostens, durchqueren. Und auf den endlosen Weiden dort grasten noch mehr Herden der *tal Kyrte.* Wir mussten damit rechnen, dass die Skythen versuchen würden, auch diese Herden zu erbeuten und unsere jungen Mädchen zu töten, die sie bewachten. Außerdem bestand keine Hoffnung, die Hirtinnen rechtzeitig zu warnen.

»Wie viele Tagesritte sind es?«, erkundigte sich Damon.

»Vier oder fünf.«

Und was würde Borges mit den gestohlenen Pferden tun – wollte er wissen.

»Einige davon wird er behalten, um seinen Reichtum zu mehren, andere als Anerkennung an seine Fürsten verschenken. Die besten dreihundert allerdings sondert er aus, um sie am Grab seines Bruders Arsakes zu opfern. Sie sollen Arsakes' Vermögen im Jenseits begründen.«

Das Freie Volk pflegt seine Pferde des Nachts nicht einzupferchen, sondern frei grasen zu lassen, nur von berittenen Hirtinnen bewacht. Ich beobachtete, mit welcher Freude sich Damon unter den Tieren bewegte. Die Herden reagierten auf ihn. Sie sind furchtlos und voller Übermut. Das mutigste Tier nähert sich meist als Erstes, beschnuppert den Menschen von Kopf bis Fuß, steckt ihm die Nase zwischen die Beine, unter die Achseln und in die Ohren. Ihm folgt dann die restliche Schar. Schließlich umkreisen sie den Menschen, stecken ihre Mäuler in seine Taschen auf der Suche nach Leckerbissen, knabbern an seinen Fingern und dem Haar, stupsen und stoßen ihn herum. Gelegentlich sah es aus, als würde Damon von ihren Liebesbeweisen erdrückt. Ich sah seine Rührung, erkannte seine Euphorie. Ihre archaische Natürlichkeit bestach ihn.

»Kämpfen wir mit den Skythen, Selene?«

»Oh ja!«

Ich erklärte ihm, dass der Feind uns mit diesen großen

Herden im Schlepptau unmöglich entkommen konnte. Schließlich musste er Weidegründe für sie suchen, würde viel Zeit mit dem Durchqueren von Flüssen verlieren. Außerdem dauerte es, bis man durstige Pferde wieder vom kostbaren, geliebten Wasser loseisen konnte. Erschwerend kam hinzu, dass die Steppe auf diesem Abschnitt von tiefen Schluchten und Einschnitten durchzogen ist, von Flüssen in die Landschaft gegraben, deren Felsufer gelegentlich gut sechzig Fuß tief und schroff zu den Wasserläufen abfielen. Wollten die Skythen diese Gebiete ohne Kundschafter durchqueren, mussten sie lange Strecken am Ufer entlangreiten, bis sie eine geeignete Furt gefunden hatten. Und das konnte weite Umwege bedeuten.

Es war der dritte Morgen nach unserem Aufbruch. Die Truppe der Verfolger schwärmte über die Ebene aus, die in unserer Sprache *Tamir Nut*, Spiegel Gottes, heißt. Es war ein strahlend schöner Tag geworden, so als habe der Himmel selbst ihn für diese Gelegenheit geschaffen. Im Morgengrauen hatte es geregnet, und die Tiere schlugen wiehernd vor Freude ihre Kapriolen. Wohin das Auge auch schweifte, sah es Farbe und Überschwang. Nicht allein die Kriegerinnen erhoben sich in ihrer strahlendsten Ausrüstung von den Lagern, sondern auch der Tross mit den Reservepferden, die uns zu hunderten folgten, geführt von den Zehn- bis Dreizehnjährigen. Widersacher, die das Volk der *tal Kyrte* schlecht machen wollen, haben sich weidlich über die Körpergröße und die Ausformung der Muskeln unserer Kriegerinnen ausgelassen. Und tatsächlich steht unser Volk schon auf Grund des harten Lebens in der Steppe keinem Mann an Körperkraft nach. Doch was uns auszeichnet, sind nicht die Muskeln, sondern Kampfesmut und Furchtlosigkeit. Obwohl der Zweck unseres Waffengangs, nämlich die Vernichtung von Borges und seinen elfhundert, unsere Zahl und Waffen natürlicherweise eingeschränkt hatte, fürchtete keine von uns die Überzahl des Feindes in offener Steppe. Die Kriegerinnen Amazoniens kannten nur den Sieg, waren sie doch in der von ihnen beherrschten und an Gelände und Umgebung angepassten Kampfart anderen überlegen. Die Luft flimmerte vom Selbstbewusstsein unserer Kriegerinnen und glitzerte vor dem glänzenden Eisen ihrer Waffen, dem Gold ihrer Rüstungen, dem mit Elektrum und Elfenbein verzierten Zaumzeug ihrer Streitrosse. Umhänge aus Löwen- und Wolfsfell, Beinkleider aus Hirschleder, mit Kobalt eingelegte Helme aus Silber. Eine Gruppe ritt barhäuptig, mit Adler- und Reiherfedern im Haar, eine für jeden getöteten Feind. Andere trugen die phrygischen Lederkappen mit Hirschhorn und Bärenklauen.

An der Spitze ritt Antiope im schwarzen Leopardenfellumhang und dem Helm mit Wildschweinhauern, der sie unter hunderten kenntlich machte. Zur Seite hatte sie die Gefährtinnen ihres ranghöchsten Dreierbundes, Eleuthera und Stratonike, die im Wilden Land ihresgleichen suchten. Dahinter und vor den Kerntruppen ritten die Besten der Besten: Alkippe (Mächtige Stute), Skyleia (Herrin der Familie); Glauke (Grauauge); Tekmessa (Distel), Bremusa (Schimmer), Rhodippe (Fuchsstute), Xanthe (Blondhaar), Arge (Leichtfüßige), Leukippe (Weiße Stute), Aridela (Erleuchtete) und Lyssa (Kriegsfurie). Hippolyte befehligte ihre eigene Kriegstruppe, die so genannten Schwarzen Flügel, deren Zeichen der Rabe war und die ihre Gesichter schwärzten.

Die Behauptung, wir Amazonen lebten abseits der Männer in einer reinen Frauengemeinschaft, ist eine Legende. Zahlreiche Männer sind unter uns, als Lageraufseher und Maultiertreiber, Schmiede und Wagner, Holz-, Leder- und Eisenhandwerker. Viele haben ihre eigenen Frauen bei sich (aus anderen Völkern als dem der *tal Kyrte*). Sie bilden eine Gemeinschaft unter uns und sind doch von uns getrennt.

Letztere folgen im Tross mit einem Dutzend bunt bemalter Maultier- und Eselskarren. Sie haben ihre eigene Sprache, das *Kabash,* das selbst die *tal Kyrte* nicht verstehen, und gelten als Meister des Orakels und der Traumdeutung. Ihre Seher verstehen sich auf Deutung des Vogelflugs und der Eingeweide von Opfertieren. Die *kabar,* wie sie sich nennen, glauben, dass das Leben rückwärts und nicht vorwärts gewandt gelebt wird. Für sie wurde jede Stunde schon einmal durchlitten, alles, was man weiß, wurde schon einmal erfahren. Sie kennen weder Geiz noch Ehrgeiz oder Eifersucht. Ihr Gott ist Apollo Loxias, der Listige. Sie stellen Waffen her, führen jedoch keine Kriege. Keiner von ihnen würde je kämpfen, nicht einmal um Haus und Kinder zu verteidigen, oder fliehen, um sein Leben zu retten, sondern bietet dem Feind freiwillig seinen Tod. Also verteidigt unser Volk sie mit unüblichem Eifer.

Die Kerntruppe der *tal Kyrte* belief sich auf insgesamt sechshundert Kriegerinnen, mit der doppelten Zahl an Elevinnen, sodass je zwei von ihnen für eine Kriegerin zur Verfügung standen. Hinzu kamen Theseus' Athener und die Freiwilligen Gagarer und Küsten-Skythen, allesamt schwer bewaffnete Reiter.

Das Amazonenheer zog weiter auf den deutlich sichtbaren Spuren der Skythen. Die Steppe wimmelte von Antilopen und Gazellen. Jagdtrupps brachten frisches Fleisch, das über Ziegeln aus getrocknetem Dung geröstet wurde. Gebirgsbäche lieferten frisches Wasser, das besser schmeckte als Wein. Das Heer traf auf keinerlei Hindernisse, lediglich auf die verlassenen Kochfeuer des Feindes, in denen die Gedärme von erlegtem Wild lagen, die den Skythen als Kochgefäße für ihr Fleisch dienten, während sie die Knochen zum Anfeuern benutzten.

Damon war fasziniert von der Gebärdensprache unseres Volkes, jenem wort- und stimmlosen Mittel der Verständigung nach dem Vorbild der Pferde.

Und ich genoss es. Das Pferd liebt bedingungslos und will bedingungslos geliebt werden. Pferde sind neugierig, lehrte ich Damon, und schnell gelangweilt. Sie mögen Abenteuer und die Gesellschaft des Menschen und sind am glücklichsten, wenn sie etwas Neues lernen.

In den Weiten der Steppe locken Pferdeherden oder Reiter scharenweise Steppenhühner an, denn die Hühnervögel leben von den Insekten, die die Tiere mit ihren Hufen aufscheuchen. Die Amazonen haben aus diesem Phänomen einen Sport gemacht. Die ehrgeizigen Elevinnen lieben es, die Hühner zu jagen. Sobald sich die Mädchen mit ihren Pferden nähern, fliegen die meisten aufgeregt davon. Doch es bleiben immer ein paar übrig, die wegen eines gebrochenen Flügels oder eines anderen Gebrechens zurückbleiben. Diese so genannten Bodenhocker sind die gefundene Beute, wenn sie auch auf ihren zwei dünnen Beinen eine erstaunliche Geschwindigkeit entwickeln. Ihnen jagen die Reiterinnen dann hinterher.

Aiella, das junge Mädchen, das uns die Nachricht vom gemeinen Überfall auf ihre Herde überbracht hatte, besaß ein besonderes Geschick für diesen Zeitvertreib. Kaum hatten wir die Hühner entdeckt, sprengte sie in die vorderste Reihe. Die gefiederte Beute schoss mit Schwindel erregender Geschwindigkeit über den flachen Boden, doch die Mädchen, zuerst nur zwanzig, dann die doppelte Zahl, waren wie der Wind hinter ihnen her. Sie neigten sich in halsbrecherischem Galopp gefährlich tief seitlich aus ihren Sätteln, um die Hühner im vollen Ritt zu fangen. Aber die Vögel waren schnell und geschickt, entwischten ihnen immer wieder. Eine verwegene Reiterin nach der anderen fiel bei dieser Verfolgungsjagd beinahe vom Pferd. Die Mädchen waren jedoch so leicht und behände, dass sie sich, kaum dass ihre Füße den Boden berührt hatten, bereits wieder in den Sattel schwangen. Zu diesem Zweck hatten sie ihren Pferden eine Leine um den Hals gebunden, deren Ende lose herabhing und an der sie sich geschickt wieder in den Sattel zogen. Was dieses Spiel noch aufregender machte, waren die zahlreichen Bauten der wilden Hunde, die überall die Steppe unterhöhlten und nicht nur gefährliche Stolpersteine für die Pferde, sondern auch beliebte Fluchtburgen für die Hühnervögel darstellten. In einen solchen Bau duckte sich die Henne, hinter der Aiella her war. Zu spät. Aiella war flinker und bekam sie im letzten Augenblick zu fassen. Der Siegesschrei der Jägerin hallte weit über die Steppe. Aiella hielt ihre Trophäe hoch über den Kopf und ritt triumphierend die Reihe ihrer Gefährtinnen entlang, die ihr begeistert Beifall zollten. Am oberen Ende der Reihe zügelte Aiella ihr Pferd und widmete ihre Beute der Erde, dem Himmel und den vier Himmelsrichtungen mit den Worten:

»Gott hat dich mir gegeben, du flinkster aller Vögel. Jetzt gebe ich dich Ihm zurück. Und dafür, dass ich dein Leben gebe, verspreche ich, die Seele eines Sterblichen in die Hölle zu schicken, dass du dich von ihr nähren sollst.«

Damit schnitt sie dem Opfer die Kehle durch und trank das Blut, das ihr über Brust und Bauch spritzte. Als Belohnung für ihren Erfolg wurde sie mit den älteren Elevinnen zur Ablösung des Kundschaftertrupps ausgeschickt, der bisher der Spur des Feindes gefolgt war.

Als sich der Tross wieder in Bewegung setzte, wandte ich mich Damon zu. Und Damon stand nicht länger als unbeteiligter Beobachter abseits. So viel konnte ich erkennen. Er war mit bei der Sache. Voll und ganz.

FÜNFTES BUCH

DAS WILDE LAND

16

UNSER MEER

Damon fährt fort:
Der dritte Tag endete, der vierte begann. Die Amazonen setzten den Weg mittlerweile nicht mehr zu Pferd, sondern zu Fuß fort, um ihre Tiere zu schonen, die fünfmal pro Tag gegen frische ausgewechselt worden waren. Die flache Steppe, durch die wir seit Tagen gezogen waren, ging in eine zerklüftete Hochebene über, durchzogen von weiten Senken und tiefen Schluchten. Hier war an den Spuren des Feindes deutlich zu sehen, wie oft Abbrüche seine Flucht verzögert und ihn zu Umwegen gezwungen hatten. Schließlich ging es über Stock und Stein. Die Amazonen umwickelten die Hufe ihrer Pferde mit Ochsenhaut und schulterten ihr Gepäck selbst.

Ist man die an den heimischen Herd gebundenen Frauen Athens gewohnt, glaubt man hier, bei den Geschöpfen der Steppe, andere Wesen zu erleben. Und wenn ihr meint, es diesen Töchtern der Ebenen gleichtun zu können, lasst davon ab, meine Freunde. Sie reiten euch in Grund und Boden. Alkippe, zum Beispiel, an deren Seite ich einen Nachmittag lang ritt, entdeckte in einem Ahornhain einen jungen Zaunkönig. Er war aus dem Nest gefallen. Sie nahm den winzigen Federball zärtlich in die hohle Hand, griff mit der Linken den

Ast über sich und hangelte sich samt Streitaxt und Schwert in voller Bronze- und Lederrüstung einarmig nach oben. Als Nächstes forderte ich bei einer Wette Selene zum Wettkampf mit dem Bogen. Ich kam nie mehr als bis auf dreißig Fuß an ihren Schuss heran. Auch bei der Verfolgung der Skythen ... ich muss es gestehen, Freunde ... Nie im Leben habe ich so gelitten! Und diejenigen, die damals meine Gefährten waren, mögen es bezeugen: Theseus selbst musste all seine Kräfte aufbieten mitzuhalten.

Am Mittag des vierten Tages wurden die ersten Staubwolken von Borges' Nachhut gut sieben Parasangen vor uns gesichtet. Sofort machte sich eine Hundertschaft zur näheren Erkundung auf. Amazonen jagen ihre Beute in Staffeln, wobei sie ihre Pferde regelmäßig gegen frische Reittiere aus der Obhut ihrer Elevinnen austauschen. Ich hing mit meinem Bruder und mehreren anderen weit zurück, und als wir in der Abenddämmerung aufschlossen und auf Selenes Schwester Chryssa und sechs Gefährtinnen trafen, waren diese gerade dabei, zwei Skythen die Haut vom Kopf zu ziehen, deren Pferde sie unter ihren Reitern getötet hatten. Die Völker der Steppen glauben, mit dem Skalp des Feindes von dessen Seele Besitz zu ergreifen – und zu verhindern, dass diese in einem anderen Leben je Ruhe findet. Chryssa hielt uns ihre grausige Trophäe stolz unter die Nase. Wir wichen entsetzt zurück – und ernteten nur Kopfschütteln.

Allmählich bekamen wir einen tieferen Einblick in das Leben der Amazonen. Die Männer der *Kabar,* die Waffenschmiede und Handwerker, genießen jede Freiheit – mit zwei Einschränkungen: Sie haben im Rat der Ältesten keine Stimme, und es ist ihnen untersagt zu reiten. Die Amazonen billigen ihnen Maultiere und Esel als Zugtiere für ihre Karren zu, mehr nicht. Das Reiten ist allein den Kriegerinnen der *tal Kyrte* vorbehalten.

Amazonen essen kein Brot. Auch Wein rühren sie nicht

an. Fleisch und Stutenmilch, in früher Kindheit direkt von der Stute genossen, und später deren vergorene Form, die *Yourte,* sind zusammen mit Ziegenmilch und Käse, Honig, Beeren und dem Mark von Riedgras ihre einzige Nahrung. Bei akutem Wassermangel schneiden sie ihren Pferden die Adern auf, trinken ihr Blut und vernähen die Wunden kunstvoll. Sie kauen Ton und Kalk und verschlingen Antilopen oder Auerochsen samt den Knochen.

Die persönliche Bindung an ihre Pferde ist von geradezu mystischer Innigkeit. Jede Amazone kennt jedes Pferd aus tausenden in den Herden heraus, und jedes Pferd weiß um seine Stellung innerhalb seiner Schar und der Gruppe.

Amazonen verständigen sich mit Pfiffen und Lauten, die für die Ohren der Hellenen nicht von den Lauten der Pferde selbst zu unterscheiden sind. Unsere Art, ein Pferd zuzureiten, ist in dieser Gemeinschaft undenkbar, da die Tiere die Gesellschaft der Frauen allein aus Zuneigung zu ihnen suchen, was sie untrennbar aneinander bindet.

Bei Tagesanbruch setzten wir unseren Weg fort. Die Steppe, so begriffen wir allmählich, war für unsere Gastgeberinnen nicht nur Weite und Natur, sondern Behausung der Götter und Geister. Immer wieder stimmten die Reiterinnen eine Hymne an, wenn sie zu der Stelle kamen, wo nach ihrer Vorstellungswelt Mutter »Pferd« die Mutter »Erde« mit ihrem Huf berührt hatte, um Wasser hervorzubringen, oder wo Donner und Blitz des Zeus Kronos und die Seinen vertrieben hatte.

Amazonen und Hellenen sprachen nur wenig miteinander. Nachts schlugen sie getrennte Lager auf. Um diese Jahreszeit herrscht in der Steppe tagsüber sengende Hitze und nachts klirrende Kälte. Die Amazonen schlafen zu zweit und zu dritt unter einer Art Windschutz aus Hirschleder und betten sich auf Wolfs- und Schaffellen, die gleichzeitig als Sattelpolster dienen.

Von allen Hellenen und Amazonen machten außer Selene und mir nur noch zwei den Versuch, die Sprache des jeweils anderen zu erlernen. Dies waren Theseus und Antiope. Ich sah sie nie mehr als zweimal täglich im direkten Gespräch, denn offenbar hatten sie sich bewusst Zurückhaltung auferlegt. Dennoch wandten sich beide unabhängig voneinander immer wieder an Selene, die beide Sprachen beherrschte. Mein Bruder und ich waren in der dritten Nacht Zeuge, wie Theseus und Prinz Lykos darüber im Lager der Athener in Streit gerieten.

Wir hatten uns am Lagerfeuer versammelt. Lykos erging sich in verächtlichen Tiraden über die Sprache der Amazonen, nannte sie eine Ansammlung von Lauten, wie man sie sonst nur von Tieren höre.

»Was ist daran so falsch?«, ereiferte sich Theseus. »Die Amazonen gehen sensibel mit Sprache um, versuchen den Dingen nicht ihre Seele zu nehmen, indem sie diese mit Namen belegen.«

Rund um das Feuer wurden bedeutungsvolle Blicke gewechselt. »Aber schön sind sie, das muss man ihnen lassen«, bemerkte Philippus mit einem Lachen.

»Der Zauber dieser wilden Furien liegt zwischen ihren Schenkeln«, erklärte Lykos. »Wie bei allen Weibern. Und aus diesem und keinem anderen Grund fühlen wir uns zu ihnen hingezogen – wie alle Männer.«

Theseus musterte seinen Landsmann nachsichtig. »Ich habe die Jungfrau Selene gefragt, was ihr Volk meine, wenn sie sagen, sie ›träumen‹. Sie deutete auf die Steppe, die sie *aral nata* nannte, ›unser Meer‹. Es war mir sofort klar, dass sie nicht Erde und Himmel allein meinte, sondern vielmehr eine innere, allerdings unsichtbare Welt. ›Alles, was wir tun, kommt aus diesem Meer. Wir horchen auf seine Stimme. Das heißt träumen.‹«

»Ich nenne das Dummheit!«, schnaubte Lykos.

»Hast du sie schon mal gesehen, wie sie unter dem Himmel stehen, diese Frauen, wie Pferde, stundenlang und bewegungslos? Grenzt das nicht ans Wunderbare?«

»Es grenzt an Dämlichkeit, wenn du mich fragst«, erklärte Lykos.

»Sie stehen nur wortlos und bewegungslos da«, fuhr Theseus unbeirrt fort, »berühren sich nicht, beachten sich nicht und sind doch eng miteinander verbunden.«

»Dann sind sie noch dämlicher, als ich dachte.«

»Sie träumen.«

»Was soll dieses Meer schon anderes sein als das Meer der Unwissenheit und Dummheit? Ein Ozean der Barbarei und Rückständigkeit. Sie sind ein Stamm von Wilden, so wohlgeformt ihre Hüften auch sein mögen. Es steht einem König von Athen nicht an, sich solcher Gefühlsduselei hinzugeben. Die Sprache der Hellenen ist die erhabenste Errungenschaft der Menschheit. Sie hat uns aus dem Dreck der Vorzeit und über alles Niedrige und Tierische erhoben. Was verlangst du von uns, Theseus? Dass wir uns in diesem Meer ›der Träume‹ suhlen wie die gemeine Wildsau im Schlamm? Wenn du diese wilde Bestie unbedingt haben musst, dann nimm sie dir! Schaff sie nach Hause als deine Braut. Mir ist das egal. Aber erspar uns dieses Gewäsch, wenn ich bitten darf.«

Das Gespräch wurde Antiope Wort für Wort hinterbracht, dessen bin ich sicher. Es geschah wenig, das sie nicht erfuhr. Bereitete es ihr Kummer? Am Morgen danach ging ich zufällig in Selenes Nähe, als diese ihr Pferd striegelte. Dabei sah ich nicht, dass Antiope auf der anderen Seite des Tieres stand. Plötzlich hörte ich die Stimme der Königin. »Sind wir wirklich wilde Bestien, Selene?«

Jetzt erst bemerkte Antiope mich. Ich wurde rot und stammelte eine Entschuldigung. Sie nahm ihre Frage nicht zurück.

»Sind wir Barbaren, Hellene, wie euer Fürst Lykos behauptet? Ist Selene eine Wilde? Bin ich eine Wilde?«

An jenem Morgen stieß eine Reitereinheit Kaukasier aus dem Norden auf der Straße zum Tor der Winde zu uns. Sie berichteten, dass Borges' Männer eine weitere Herde gestohlen und die jungen Mädchen, die zu ihrer Bewachung abgestellt waren, grausam niedergemetzelt hätten. Die Skythen, so erzählten die Neuankömmlinge, hätten einer ganzen Reihe die Kopfhaut abgezogen und von den meisten die Schädel mitgenommen. Sie würden Trinkgefäße daraus machen und sie als Trophäen an ihre Kriegsgürtel hängen.

Plötzlich war die Stimmung des kleinen Heeres mehr als gedämpft. Die Amazonen ritten schneller, trieben alle zur Eile an. Die Kriegerinnen begannen sich und ihren Pferden Kriegsbemalung anzulegen und die mitgeführten Gegenstände und Tiere mit ihren Kriegsnamen zu benennen. Die Streitaxt *pelekus* wurde plötzlich zu *arapata,* dem »Seelentöter«. Pferde wurden zu »Adlern«, Schilde zu »Mauern«. Die Amazonen sprachen mit Lanzen und Speerspitzen laut wie zu Personen. Jeder Pfeil wurde mit einem Mal zu etwas Lebendigem.

Die Amazonen sprachen von sich jetzt in der dritten Person. Selene bedeckte Gesicht, Brüste und Schultern mit einem Gemisch aus Hirschfett, Kalk und Kohle. Die an sich schon wenigen Worte, die Amazonen sonst miteinander wechseln, wurden auf knappe Gesten beschränkt.

Spät am vierten Tag stieß das Heer auf Kochfeuer, in denen Pferdefleisch gebraten worden war. Der Feind jagte nicht mehr, sondern schlachtete die Tiere aus den Herden, die er mit sich führte. Offenbar hatten die Skythen es mit der Angst zu tun bekommen und das Tempo verschärft. Die Kundschafterinnen der Amazonen galoppierten weit voraus. Jetzt allerdings nicht mehr zu zweit oder zu viert, sondern in größeren Einheiten erfahrener Kriegerinnen.

Elias und ich folgten ihnen zusammen mit Philippus und anderen unter Fürst Peteos. Wir hielten das Tempo bis Einbruch der Dunkelheit, wobei wir in regelmäßigen Abständen absaßen und zu Fuß weitergingen. Den Anschluss an die Erkundungstrupps der Amazonen hatten wir längst verloren. Unsere Pferde waren erschöpft. Sie brauchten Rast und Wasser. Wir kamen an eine oberflächlich ausgetrocknete Wasserstelle und gruben so lange mit bloßen Händen im Sand, bis wir auf trübe Wasserreste stießen.

Plötzlich tauchte hinter uns ein Amazonenmädchen auf. Sie hielt ihr Pferd in einer Entfernung an, unsicher, ob wir Freund oder Feind wären. Wir winkten ihr zu und riefen etwas in unserer Sprache. Ihrer Kehle entfuhr ein quälender Schrei. Sie hob ihrer Lanze und deutete nach Norden, sodass wir annahmen, dass sich dort etwas Schreckliches ereignet haben musste. Dann riss sie ihr Pferd herum und galoppierte in diese Richtung davon.

Bis zum Morgengrauen hatten sich unsere Pferde so weit erholt, dass wir unseren Weg fortsetzen und dem Amazonen-Mädchen folgen konnten. Unsere Gruppe war der Kerntruppe noch immer weit voraus. Wir entdeckten ihre Staubwolken gut drei Parasangen hinter uns. Die Spur der Reiterin führte über eine Anhöhe. Wir überquerten diese bis zur Biegung eines ausgetrockneten Flussbetts unterhalb eines Kreidefelsens. Der Anblick, der sich uns hier bot, hat sich auf ewig in unser Gedächtnis gebrannt. Er machte uns stumm vor Entsetzen.

Auf den ersten Blick konnte man meinen, eine Feuersbrunst sei über die kleine Senke hinweggefegt, so als hätten achtlos verlassene Kochfeuer alles in Brand gesetzt und schwelten nun erschöpft vor sich hin. Erst bei genauem Hinsehen erkannten wir, dass das, was da in jeder Feuerstelle verkokelte, einmal ein Mensch oder vielmehr ein junges Mädchen gewesen war.

Wir saßen ab. Die Mutigsten unter uns gingen näher. Wir versuchten nicht hinzusehen, doch die grausige Szene schlug uns in ihren Bann. Unterhalb des Felsens lagen abgeschlachtete, ausgeweidete und enthauptete Pferde, siebenundfünfzig an der Zahl. Ihre Kadaver hatte man zu einem Kreis ausgelegt. Vor jedem Tier lag der verkohlte Leichnam eines Mädchens. Auch diese waren enthauptet worden. In der Kreismitte hingen über Kopf an einem notdürftig zusammengezimmerten Holzkreuz die sterblichen Überreste einer weiteren jungen Amazone. Auch ihr fehlte der Kopf. Ihr Körper war auf unbeschreiblich grausame Art geschändet, so wie die Skythen es wohl mit allen anderen vor dem Brandopfer gemacht hatten.

Das Mädchen in der Mitte war Aiella, die Gefährtin aus Eleutheras und Selenes Trikona, die Kundschafterin und Gewinnerin des Wettbewerbs um die Steppenhühner.

Die mörderischen Pferde der Skythen hatten das Knochengerüst des Mädchens zu Brei getreten, bevor man sie am Kreuz aufgerichtet hatte. Der Umkreis war mit tiefen Spuren und Symbolen des Bösen übersät.

Nicht lange nach uns traf die Kerntruppe der Amazonen ein. Wie immer ritt an der Spitze die Vorhut der einzelnen Einheiten. Und bei jeder Ankunft kam es zu denselben herzzerreißenden Szenen. Die Kriegerinnen brachen, überwältigt von Trauer und Wut, in lautes und anhaltendes Wehklagen aus. Sie schrien sich ihren Schmerz von der Seele und begannen sich in ihrer Qual selbst Wunden beizubringen, stachen sich Messer ins Fleisch, häuften heiße Asche auf ihre Häupter, schlugen sich mit spitzen Steinen Stirn und Gliedmaßen blutig, worauf sich bald feiner weißer Kalkstaub legte, der sie bei Einbruch der Nacht wie schaurige Ungeheuer aussehen ließ. Irgendwann entdeckte ich Selene, blutüberströmt und mit einem Feuer in den Augen, in dem Hass und beinahe göttlicher Zorn loderten.

In der Dunkelheit traf Eleuthera ein. Die anderen waren gerade dabei, den Leichnam Aiellas vom Kreuz zu nehmen, und ließen jetzt davon ab. Eleuthera lenkte ihr Pferd zur Hinrichtungsstelle der Gefährtin und verharrte dort die ganze Nacht.

Später erklärte man uns, dass die Skythen mit diesem barbarischen Akt – sie hatten ja nicht nur den Skalp, sondern gleich die Schädel der Amazonen mitgenommen – verhindern wollten, dass ihre Seelen Eingang in die Unterwelt fänden.

Die ganze Nacht über hielten die Amazonen Totenwache bei den Ihren. Es war ein schauriges, abstoßendes Spektakel, das alles übertraf, was ich bisher gesehen hatte. Ich fand meinen Bruder und Philippus. Gemeinsam ritten wir in die Steppe hinaus, bis das Schreien und Wehklagen allmählich hinter uns verhallte.

Im Mondschein tauchte noch ein einsamer Reiter vor uns auf.

Es war Theseus.

Er erkannte uns und winkte uns zu sich. Wir hielten neben ihm an. »Sie erflehen den Hass!«, sagte er.

Zuerst begriff ich nicht. Dann, als ich mich dem Ort der Trauer und des Grauens zuwandte und angestrengt horchte, hatten sich Ton und Stimmlage der Amazonen in der Ferne verändert. Die Amazonen riefen offenbar Hekate, Nemesis und Aidos an, die Töchter der Nacht, und Artemis, die Erbarmungslose. Ihre Gebete waren an Götter und Göttinnen gerichtet, die uns unbekannt waren, und an die phrygische Kybele, an Demeter und die Persephone der Dunkelheit, Herrin der Unterwelt. Und wie eine Erwiderung auf ihre Gesänge ertönte aus der Wildnis jenseits des Ortes des Grauens ein anderer Gesang: das Heulen der Wölfe, schaurig und ursprünglich.

»Was haltet ihr davon, meine Brüder?«, fragte der Herrscher Athens mit einer Stimme, so staubig wie der Kalk der Steppe. Wir wandten uns ihm zu. Theseus' Antlitz war grau im Mondlicht und von solcher Trauer, wie wir ihn nie zuvor gesehen hatten. Er deutete zurück zum Rund des Gemetzels und des Todes.

»So muss es gewesen sein«, bemerkte Theseus. »Tausend Jahrhunderte vor uns, in grauer Vorzeit.«

17

BLUTBAD IN DEN KARSTBERGEN

Der Tanais ist ein mächtiger Strom, Grenze zwischen Europa und Asien. Die schmalste Furt misst von einem Ufer zum anderen tausendachthundert Fuß. Hier mussten Borges und seine Skythen den Fluss queren. Und hier wollten die Amazonen den fliehenden Feind stellen. Hier wollten sie Rache nehmen.

Zwei Stunden vor Morgengrauen wurde der Leichnam des Mädchens Aiella verbrannt, ihre Gebeine mit Ocker bestrichen und in die Wolfsfelldecke eingeschlagen, in die Eleutheras Kriegsgepäck gehüllt gewesen war, jene Sammlung von Glücksbringern und Amuletten, die die heiligste Habe einer Amazonenkriegerin ist. Das Bündel wurde anschließend auf einen wadenhohen Holzrost gelegt. Siebenundfünfzig dieser kleinen Altäre waren auf der Erde errichtet worden, je einer für die sterblichen Überreste jedes Mädchens. Jedes Päckchen zierte eine Streitaxt. Um diesen Kreis nahmen Pferde und Reiterinnen Aufstellung, das Gesicht in den Farben des Todes geschminkt. Je eine Amazone stand vor einem Altar, für den sie als Priesterin verantwortlich war. Nach den Exzessen der Trauer und Verzweifelung der Nacht wirkten alle erschöpft, ausgezehrt, aber entschlossen. Vor jedem Altar defilierte eine Reitereinheit im Gänsemarsch.

Jede Reiterin hielt vor der Priesterin kurz an, diese hob die Streitaxt und spaltete der Gefährtin im Sattel mit der messerscharf geschliffenen Klinge die Zungenspitze. Das war das so genannte »Eisen-Ritual«, mit dem die Amazonen Ares anriefen und das nur wenige Männer je miterlebt hatten. Durch die Spaltung der Zungenspitze schmecken die Kriegerinnen das Salz des eigenen Todes, sodass kein Feind behaupten kann, als Erster ihr Blut vergossen zu haben.

Blut zu Eisen,
Eisen zu Blut.

Daraufhin wurden zwei Schnitte in die Wangen der Kriegerinnen geritzt und anschließend die Bündel mit den Gebeinen in einem Wagen des Trosses verstaut. Die Priesterinnen bestiegen ihre Pferde und gesellten sich wieder zu ihren Reihen.

In diesem Moment kamen die ersten Kundschafterinnen zurück. Sie berichteten von einem Wagen der Skythen, der mit gebrochener Achse in einer Entfernung von etlichen Parasangen zurückgelassen worden war. Das war ein Zeichen, dass der Feind keine Zeit mehr verlor. Weitere Reiterinnen aus der Vorhut tauchten auf. In einer Entfernung von noch einmal drei Parasangen hatte man Staubwolken gesichtet. Von dort waren es noch insgesamt fünf Parasangen bis zum Tanais. Der Kriegsrat der Amazonen trat zusammen. Die Athener waren bis auf Theseus und Lykos ausgeschlossen. Falls dabei Entscheidungen getroffen worden sind, habe ich davon nie erfahren. Ich ritt neben Selene, und da mich niemand von ihrer Seite vertrieb, blieb ich.

Die Sonne ist für die Amazonen, was die Musen für die Hellenen sind. Sie sieht alles und vergisst nichts. Schweigend betete jede Kriegerin zu ihr und erbat Mut für einen denkwürdigen Tag. Dann wurde der erste Sonnenstrahl am

Horizont mit einem haarsträubend klingenden Jubelgeschrei begrüßt. Selene sprengte an meiner Seite davon. Auf einer Breite von dreitausend Fuß setzte sich das Amazonenheer in Bewegung. Auch ich gab meinem Pferd die Sporen.

Die Schlachtordnung der Amazonen wird von ihrem System der Trikonai bestimmt. Die vordersten Reihen bilden die Ältesten der Dreierbünde. Diese Frauen reiten ihr zweitbestes Pferd und geben die Geschwindigkeit vor. Ihnen folgen die älteren Elevinnen, eine jede auf ihrem eigenen Pferd, das beste Schlachtross ihrer Ältesten mit sich führend. Als Letzte folgen die Jüngsten mit den restlichen Pferden in langsamerer Gangart.

Der Tanais lag mittlerweile noch gut zwölf Parasangen vor uns, was in unwegsamem Gelände normalerweise einen Tagesritt bedeutete. Die Amazonen allerdings hatten sich vorgenommen, die Strecke an einem Morgen zurückzulegen. Dementsprechend ritt das Heer in einem Tempo in die aufgehende Sonne, das mir den Schleim aus Nase und Mund trieb. In der Steppe drückt nie die Blase, denn jeden Tropfen Flüssigkeit, den du zu dir nimmst, schwitzt und spuckst du wieder aus.

In der Mitte des Vormittags hatten die Einheiten den verlassenen Wagen der Skythen passiert und anschließend weitere zwei Parasangen Boden gutgemacht. Dann kamen wir an kühles Wasser. Rast wurde angeordnet, da selbst die besten Pferde auch ohne Gepäck und Reiter erschöpft waren. Bis zur Tagesmitte war Borges unmöglich einzuholen. Die Kerntruppe hatte inzwischen zu uns aufgeschlossen. Die Pferde wurden gewechselt. Erneut setzte sich das Heer in Bewegung.

Es wurde Mittag. Bis zum Fluss waren es jetzt noch ungefähr drei Parasangen. Wir konnten die Staubwolken von Borges' Mörderbande jetzt deutlich sehen. Während jeder Reiter mittlerweile für sein Pferd nur noch den einfachsten Weg und Tritt suchte, fächerte sich das Heer in Marschsäulen auf. Ich blieb bei Selene und einer Gruppe von ungefähr dreißig Amazonen. Wir ritten durch hohes, trockenes Steppengras, das den Pferden bis zur Brust reichte. Plötzlich sprengte eine Gruppe von Kriegerinnen vor, schrie etwas, das ich nicht verstand. Dabei deuteten sie mit ihren Lanzen in die Richtung, wo die nachmittägliche Brise hinter Borges, seinen Leuten und Herden in einer Entfernung von drei bis vier Parasangen den Staub über der Steppe aufwirbelte.

Sofort erhoben sich die Amazonen aus ihren Sätteln, stellten sich im Trab auf die Rücken ihrer Pferde und spähten voraus. Was ihre Gefährtinnen auch gesehen hatten, Selene sah es ebenfalls. Sie stieß einen Pfiff aus, um die Elevinnen der Nachhut zu warnen. »Was ist passiert?«, rief ich ihr zu.

»Folg mir!«, schrie Selene nur und gab ihrem Pferd entschlossen die Sporen. Ich richtete den Blick geradeaus.

Feuer!

Borges hatte das trockene Steppengras angezündet.

Die Amazonen donnerten im Galopp nach Norden, im rechten Winkel zur bisherigen Marschlinie. Ich sah zurück.

Die Feuerwand, noch vor wenigen Herzschlägen nichts als ein dunkler Streifen Rauch am Horizont, hatte sich jetzt schon auf doppelter Breite gut dreitausend Fuß weiter in unsere Richtung gefressen. Ich suchte Selene. Sie war bereits weit vor mir. Als ich mich erneut umsah, war die qualmende Front wiederum ein gutes Stück näher gekommen.

Ein Nebenfluss des Tanais mäanderte gut zwei Parasangen weit in nördlicher Richtung. Dorthin nun flohen Selene und ihre Gefährtinnen. Frische Pferde hätten es möglicherweise geschafft. Als wir eine Senke durchquert hatten und den lehmigen Saum hinaufritten, verlor mein Pferd den Halt und knickte mit den Vorderläufen ein. Das geschah so langsam, dass ich sogar noch absteigen konnte, fast als ginge ich von Bord eines Schiffes. Hinter mir war jetzt das Rauschen der unerbittlich vorwärts rollenden Feuerwalze zu hören. Mittlerweile waren noch mehr Pferde erschöpft unter ihren Reiterinnen zusammengebrochen. Die Gefährtinnen machten nun kehrt, um sich der so Gestrandeten anzunehmen. Unter ihnen entdeckte ich Hippolyte, die mit ihren über sechzig Jahren mehr Energie zu haben schien als manche Junge. Und Hippolyte eilte mir zu Hilfe.

Mittlerweile hatte die Feuerwand uns überholt und fraß sich jetzt eine drittel Parasange weiter östlich weiter. Damit war uns der Weg abgeschnitten. Mit fünf oder sechs anderen stürzten Selene und ich uns in ein lehmiges, nahezu ausgetrocknetes Wasserloch. Alkippe begann allen voran sich dort einzugraben und bedeutete uns, ihrem Beispiel zu folgen. Mit Händen und Füßen wühlten wir uns in den feuchten, stinkenden Morast, in der Hoffnung, dass uns die Feuersbrunst hier verschonen würde. Die Amazonen hatten selbst ihre Pferde dazu gebracht, sich niederzulegen, hatten sich anschließend über deren Hälse geworfen und bedeckten nun mit beiden Händen sich und die Tiere mit schmierigem Schlamm.

Dann hatte uns die Feuerwalze erreicht. Als Erstes war der kühle Luftsog zu spüren, der sich in heulenden, tosenden Sturm verwandelte, je näher das Feuer kam. Selene und ich lagen dicht aneinander gepresst, mit lehmbedeckten Lederhäuten über den Köpfen, durch die wir atmeten. Mit einem Mal war es absolut windstill. Doch die unheimliche Stille dauerte nur wenige Augenblicke. Dann fiel der Sturm in tosenden Wirbeln erneut über uns her. Es war, als würde der Blasebalg eines Schmieds alle Luft und Gedärme aus unseren Körpern saugen. Die Lehmschicht, die uns bedeckte, war im Nu wie ausgetrocknet und erhitzte sich wie Ton in einem Brennofen.

Die Hitze raubte uns die Sinne. Jedes Geräusch erstarb, es war, als befänden wir uns im Auge eines Zyklons. Zu behaupten, wir hätten den Atem angehalten, wäre barer Unsinn. Nichts war in diesem Strudel zu halten. Es war ein Gefühl, als würden einem die Gedärme aus dem Leib fließen, und schnappte man nach Luft, atmete man Feuer. Selene klammerte sich an mich. Einmal fühlten wir uns samt den Pferden hochgehoben, dann wieder mit Macht auf die Erde niedergepresst. In einem Wirbel von Ruß und Rauch schließlich kam ich wieder zu mir. Jemand schlug auf mich ein. Mein Umhang hatte Feuer gefangen, und Selene versuchte ihn zu löschen. Schließlich zerrte sie ihn mir von den Schultern und schlug damit auf die qualmende verbrannte Erde. Dann erscholl Alkippes Stimme laut und deutlich: »Steht auf!« Taumelnd kamen wir auf die Beine.

Die Feuerwalze war über uns hinweggerollt. Aus zu Schlitzen zugeschwollenen Augen sahen wir sie undeutlich in nördliche Richtung weiterwandern, eine Schleppe von Qualm und Ruß hinter sich herziehend. Vor uns erstreckte sich verbrannte Erde, so weit das Auge reichte. Wir tasteten nacheinander, nur um uns zu vergewissern, dass wir noch lebten. Die Pferde rappelten sich mühsam auf. Wir zogen sie an den Zügeln aus dem Wasserloch und wandten uns in die Richtung, aus der das Unheil über uns hereingebrochen war. Die Erde qualmte und zischte unter jedem unserer Schritte. Es war ein Gefühl, als schritte man über einen Bratrost. Meine Schuhe waren aus Ochsenleder, dick wie ein Daumen. Die Hitze brannte sich durch die Lederschwarte, als sei sie Papyrus. Die Amazonen nahmen ihre ledernen Beinkleider ab, um sie wie Schuhe über die Hufe ihrer Pferde zu wickeln. Soweit ich sehen konnte, rauchte und glühte die Steppe wie die Kohle in einer Esse. Wir mussten fort von hier. Die Hitze trieb uns an.

Alkippe hatte das Kommando. Sie wollte als Erstes erkunden, wie es der Kerntruppe des Heeres ergangen war, die vermutlich vor uns den Seitenarm des Tanais erreichen konnte.

Zwei Kundschafterinnen wurden ausgeschickt, um von uns zu berichten und Befehle zu erbitten. Inzwischen wollten wir versuchen, so schnell wie möglich den Tanais und den Feind zu erreichen.

Plötzlich drangen aus dem Qualmnebel Schreie zu uns herüber, und Hippolytes Einheit tauchte unvermittelt auf, rußgeschwärzt, aber kampfbereit. Gemeinsam setzten wir unseren Weg fort. Wir waren vielleicht vierzig an der Zahl, Männer, Elevinnen und erfahrene Kriegerinnen. Ein dichter grauschwarzer Vorhang aus Aschestaub verdunkelte die Sonne. Um uns herum versank alles in Finsternis. Zum Glück fanden die Pferde allein den Weg. Die Tiere wussten instinktiv, wo Wasser war. Ich sah zu Selene und ihren Gefährtinnen, die schweigend und wachsam versuchten, die Rauchschlieren mit Blicken zu durchdringen. Wir näherten uns dem Feind aus einer Richtung, aus der er uns am wenigsten erwartete. Halb erblindet und kurzatmig setzte ich wie benommen einen Fuß vor den anderen. So legten wir Parasange um Parasange zurück. Schließlich nahmen die Konturen eines Wagens der Skythen Formen an. Ein Ausläufer des Feuers musste sich rückwärts gewandt haben. Das Gestell war in Holzkohle verwandelt. Desgleichen die Frauen und Kinder in seinem Inneren. Von den Ochsen waren nur noch die Skelette und die Schädel mit den großen Hörnern übrig.

Wir hörten einen Pfiff. Weitere Reiter lösten sich aus dem bleigrauen Dunst im Westen. Andere Amazonen schlossen von hinten zu uns auf. Innerhalb kurzer Zeit hatten wir Verstärkung von drei Einheiten des Nachschubs erhalten, die einen Tag nach der Kerntruppe die Bergfestung Lykasteia verlassen hatten. Auf dem letzten Abschnitt hatten sie plötzlich Rauch gesehen und waren uns zu Hilfe geeilt. Dann kamen die Jüngsten unserer Einheit mit den Ersatzpferden. Damit waren wir auf eine Zweitausendschaft angewachsen, mit besten Pferden und bis an die Zähne bewaffnet. Die

Nachschubeinheiten hatten auf ihrem Weg das blutige Schlachtfeld an den Kalkfelsen passiert. Ihr Blut kochte, sie trugen Kriegsbemalung und dürsteten nach Rache.

Inzwischen war es der Kerntruppe des Amazonenheeres, jenen Einheiten, die sich auf der Flucht vor der Feuerwalze nach Norden gewandt hatten, gelungen, dem Unheil durch Überqueren eines Seitenarms des Flusses zu entkommen. Anschließend waren sie nach Osten weitergeritten und hatten den Tanais an einer tiefen Furt nördlich des Überganges durchschwommen, den Borges ansteuerte. Damit hatte das Amazonenheer vor Borges und den Seinen das andere Ufer des Tanais erreicht, befand sich allerdings ein gutes Stück nördlich von seiner Zielrichtung. So kämpften sich im Augenblick achthundert berittene Bogenschützen auf dem unwegsamen gegenüberliegenden Ufer des Tanais zu Borges' Furt vor, trieben ihre erschöpften Pferde an, um diese vor den Skythen zu erreichen.

Borges ahnte von alledem nichts. Das galt auch für die Zweitausendschaft, mit der ich zum Tanais zog. Gut eine drittel Parasange westlich des Flusses vernachlässigten wir unsere Deckung, da wir uns für die einzigen Überlebenden hielten. Vor uns trieben Borges und seine Skythen die Herden in die Furt. Es müssen insgesamt viertausend gewesen sein, von denen ein Viertel bereits im Wasser stand.

Die Amazonen unter Hippolyte, Alkippe, Adrasteia, Enyo und Deino bildeten eine Front auf einer Breite von dreitausend Fuß. Die Älteste galoppierte auf ihrem großen Grauen an die Spitze. Der eisgraue Zopf hing über ihren Rücken. Am Arm trug sie den Leopardenfellschild, der wie durch ein Wunder von den Flammen verschont geblieben war. Dann zog sie ihre doppelte Streitaxt, die dem Donnergott Zeus heilige Waffe, aus der Hülle. Hippolyte hob die Waffe vor sich in die Höhe, Klinge und Spitze auf Borges' Skythen, den Fluss und die Pferdeherden gerichtet.

»Holt euch zurück, was euer ist, Schwestern!«

Nie zuvor hatte ich ein allein aus Reitern bestehendes Heer erlebt, und bestimmt keines, das den Angriff mit derartiger Vollkommenheit und mit solch herrlichen Pferden führte. Auch die Skythen waren verwegene Gestalten, Krieger, die in weiten Teilen der Steppe bisher unbesiegt geblieben waren. Und doch ergriffen sie die Flucht, kaum dass sie der Amazonen gewahr wurden, die sich ihnen mittlerweile in leichtem Galopp bis auf zweitausend Fuß genähert hatten. Die Amazonen nahmen stumm und schnell ihre berühmte »Mond-Formation« ein. Jede Einzelne kannte blind ihren Platz. Noch war die Gangart der Pferde verhalten. Die Amazonen schonten sie für den Sturm auf der letzten Strecke.

Unvermittelt tauchte Selene an meiner Seite auf. »Mach einen Bogen um den Feind!«, befahl sie mir und deutete auf die Horden der Skythen, die sich in wilder Hast in den Fluss stürzten. »Denen bist du nicht gewachsen.« Unwillkürlich fiel mein Blick auf das scharfe Messer, mit dem die Amazonen ihren Feinden die Kopfhaut abzogen und das sie in einem Schenkelgurt trug. Dann galoppierte sie davon und war im nächsten Moment in der Menge der Kriegerinnen untergetaucht. Eine Woge aus Hufen und Pferdehintern hatte sie verschlungen. Ich starrte angestrengt nach vorn, versuchte vergeblich, die Skythen durch die Staubwand auszumachen, die hinter den Hufen der Amazonenpferde aufstieg. Später habe ich nie wieder ein solches Donnern und Beben erlebt wie damals, als das Amazonenheer zum Angriff ritt. Die Luft erzitterte von ihrem tausendfachen Kriegsschrei, der das Blut eines jeden Mannes in den Adern gefrieren lässt.

Die Reihen von Erlen und Ahornbäumen lichteten sich und gaben den Blick auf Fluss und Furt frei. Eine schier endlose Wasserfläche tat sich vor uns auf. Aus der Strommitte ragte eine schmale Insel, an deren flachen Ufern hunderte herrenloser Pferde aufgeregt durcheinander stoben. Die Skythen hatten mit der ersten Welle die Wagen mit Frauen und Kindern über den Fluss in Sicherheit gebracht, wovon die ersten gerade mühsam die Uferböschung hinaufgeschoben wurden. Die Kerntruppe ihrer Reiterei, über siebenhundert Mann, sprengte in das chaotische Knäuel von Pferden in der Strommitte und versuchte die Tiere mit Peitschen und der flachen Seite ihrer breiten Säbel in eine Ordnung zu zwingen. An der uns zugewandten Uferseite sammelte sich die zurückgebliebene Nachhut des Feindes und versuchte eine Verteidigungslinie aufzubauen. Sie kippten die restlichen Wagen zu notdürftigen Schutzwällen auf die Seite, schlugen den Zugochsen noch im Geschirr die Köpfe ab und türmten ihren Kadaver auf das notdürftige Bollwerk aus den Wagen.

Jetzt rollte die erste Angriffswelle der Amazonen in gestrecktem Galopp auf sie zu. Eine Reiterin nach der anderen, die Zügel zwischen den Zähnen, zückte mit der Linken ihren großen Bogen aus Horn und Esche und griff aus dem Köcher am Bauchgurt ihres Pferdes jenen ersten Pfeil mit messerscharf geschliffener Spitze, dessen todbringenden Flug sie Ares, Hekate und Artemis der Erbarmungslosen geweiht hatten. Weit vorn entdeckte ich Selene an der Seite ihrer Befehlshaberin Alkippe. Gemeinsam mit Hippolyte ritten sie mitten in die Horden des Feindes. Als ich das Ufer erreichte, waren von den Skythen nur noch Leichenberge übrig, auf denen Amazonen standen und reihenweise begannen, den Toten die Kopfhäute abzuziehen. Der Fluss schäumte von Blut und Borges' fliehenden Männern.

In den Erzählungen und Liedern über diese Schlacht heißt es, die Skythen seien in der Flussmitte überwältigt und hingeschlachtet worden. Das ist nicht die ganze Wahrheit. Das Gemetzel fand unterhalb der steilen Böschung auf dem Ostufer statt, wo der Feind zu hunderten versuchte, die Hänge zu erklimmen, um unvermittelt jenen Einheiten der Amazonen in die Arme zu laufen, die unter Antiope, Eleuthera, Skyleia und Stratonike den Tanais an der weiter flussaufwärts gelegenen Furt durchschwommen hatten und die Skythen bereits rachedurstig erwarteten. Ich war zu diesem Zeitpunkt am flachen Ufer der Flussinsel gestrandet, wo mein Pferd vor Erschöpfung unter mir zusammengebrochen war.

Die Kriegerinnen der Amazonen standen also auf einer Länge von gut neunhundert Fuß über dem Steilufer und versperrten den Skythen den Weg in die Freiheit. Aus der Höhe deckten sie den Feind mit einem wahren Pfeilhagel ein. Die Skythen erwiderten den Angriff mit Pfeil und Bogen, Lanzen, Knüppeln, Langspießen und Streitäxten, kämpften mit Peitschen und den bloßen Händen. An einigen Stellen zwang die schroffe, kaum bezwingbare Uferböschung den Feind, sich zehn Fuß unter den Amazonen seiner Haut zu wehren. Hier wurde er zu hunderten wie Fische in einem Teich abgeschlachtet. An anderen Abschnitten neigte sich das Ufer sanfter. Hier versuchten die Skythen immer wieder massiert die Böschung zu ersteigen, um ihr Heil im Zweikampf zu suchen. Die dicht stehenden Reihen der Amazonen schlugen sie unerbittlich zurück, machten Angriffsreihe nach Angriffsreihe nieder und trieben sie zurück in den Fluss, wo sich die Toten stapelten.

Dann schloss Hippolytes Zweitausendschaft von hinten auf den Feind auf. Brusttief im Wasser stehend, ließ diese Einheit einen wahren Eisenregen auf Borges' elfhundert niedergehen, die jetzt zwischen den beiden Ufern in der Falle saßen, während Antiopes Reihen sie von der anderen Seite aus unablässig unter Beschuss nahmen. Die Schreie der Männer, das Wiehern der Pferde, der dumpfe Klang, wenn sich Schäfte ins Fleisch gruben, und der metallisch hohe Ton beim Abprallen der Pfeilspitzen von Rüstungen und Schilden vereinigten sich zu einer schaurigen, alles übertönenden Kakophonie. Männer wurden von fünf, zehn und fünfzehn Pfeilen oder Speerhieben durchbohrt. Brust, Arme und Beine waren gespickt mit Pfeilen. Dennoch kämpften sie weiter.

Der Fluss wurde zum riesigen Grab ineinander verflochtener Leiber und Gliedmaßen. Beide Seiten starben und töteten um die Wette, trunken von Kampfesmut und Kriegslust. Ich sah Theseus blutüberströmt und Antiope und Eleuthera gierig nach Blut. Beide Frauen sahen sich immer wieder um, wollten Borges' Kopf. Doch er war nirgends zu sehen. Die Lage des Feindes der Amazonen schien aussichtslos. Die Skythen saßen in einer tödlichen Falle. Aber der Tanais hatte noch bis wenige Tage zuvor mehr Wasser als sonst geführt, das sich in einem neuen Seitenarm weiter flussabwärts gesammelt hatte. Im anfänglichen Chaos war es einer Einheit der Skythen tatsächlich gelungen, sich mit Frauen und Kindern auf diesem Weg in das zerklüftete Land der »Karstberge« zu retten, das auf der gegenüberliegenden Uferseite begann. Offenbar war Borges einer von ihnen gewesen.

Endlich erreichte auch ich das andere Ufer. Theseus verlangte von den Amazonen, die Schlacht zu beenden. Doch die Frauen beachteten ihn nicht. Angeführt von Antiope und Eleuthera hatten sie nur noch ein Ziel: Borges und seine fliehenden Wagen zu finden. Sie wollten die Köpfe ihrer Töchter zurück. Und die hatten die Skythen als Trophäen mitgenommen, die das Hügelgrab säumen sollten, das sie über dem Leichnam ihres Prinzen Arsakes errichten würden.

Durch die Karstberge führt ein schmaler Pfad, über den die Schaf- und Ziegenhändler normalerweise zu dieser Jahreszeit, so erzählte man mir später, ihre Herden treiben. Auf diesem halsbrecherischen Steig gelang es den Amazonen, ihre Beute einzuholen. Die Amazonen waren dreitausend, die Überlebenden der Skythen dreihundert. Die Kriegerinnen griffen die Marschsäule ihrer Feinde an, als deren Zug vor einem schmalen Durchstieg ins Stocken geriet. Sie schlachteten die hinteren Verteidigungsreihen der männlichen Krieger ab, die ihnen mit unglaublichem Mut und Kampfeseifer bis zum Tod widerstanden, und fielen über die Kerntruppe her, als diese sich in Angst und Schrecken in der Mitte der schmalen Felsenge sammelte.

Borges schien geflohen, hatte seine Untertanen im Stich gelassen. Die Amazonen jagten die Skythen zu Pferde, töteten Männer, Knaben und Frauen gleichermaßen, nahmen sich ihre Kopfhäute oder schlugen jedem den Kopf ab, der sich ihnen in den Weg stellte. Inmitten des grausigen Gemetzels hielten Theseus und die Athener unwillkürlich ihre Pferde an. So blutig und grausam war das Schlachten um sie herum, dass sie wie gelähmt vor Entsetzen zusahen, wie die Amazonen zuerst wie im Blutrausch, dann kühl und mit Vorbedacht alles Lebendige jagten und töteten, das sie finden konnten. Sie metzelten jedes Zugtier des Feindes wie Esel und Maultiere, hackten ihnen mit der Streitaxt die Schädel ab, dass das Blut weithin spritzte und überall rote zähflüssige Lachen die ausgedörrte, durstige Erde aufweichten.

Ich sah Amazonen, blutbedeckt und so erschöpft, dass sie weder reiten noch ihre Streitaxt heben konnten und dennoch mit letzter Kraft zwischen den Wagen von Borges' Tross hindurchwankten, Kinder und sogar Kleinkinder hervorzerrten, sie abschlachteten wie Vieh, Mädchen ausweideten und in ihrem Blut badeten. Am schaurigsten anzusehen war der geradezu vor Freude verklärte Ausdruck der Amazonen, während sie sich diesem grausamen Treiben hingaben.

Am Kreuzungspunkt zweier Hohlwege befand sich eine kleine Senke. Über diese hatten sechs aus Antiopes Einheit die Lederbedachung eines skythischen Karrens gespannt, sodass diese eine Art Wanne bildete. Über der Lederwanne hatten sie einen grob gezimmerten Galgen aufgestellt. An diesem wurden Frauen und Kinder des Feindes aufgeknüpft. Dann schnitten sie ihnen die Kehlen durch, dass sich das

Blut in Kaskaden in das Becken ergoss, während die noch lebenden Opfer ihre Götter anriefen und um Gnade winselten. Als ich dazukam, war die Wanne kniehoch mit Blut gefüllt.

Die Amazonen hatten schließlich die Schädel ihrer Töchter in den Wagen entdeckt und wuschen sie nun im Blut der Feinde. Dies war der Akt der Gerechtigkeit, zu dessen Erfüllung sie gekommen waren. Als ich vom Sattel meines Pferdes wie versteinert angesichts der Unermesslichkeit des Grauens zusah, sprang ein Knabe der Skythen aus seinem Versteck und rannte, um Gnade flehend, auf mich zu. Noch bevor ich mich zu ihm hinunterbeugen konnte, wurde er gepackt und ihm so schnell von einer schwarzmähnigen Kriegerin die Kopfhaut abgezogen, als schäle sie einen Apfel.

Alles um uns herum war in helles Rot getaucht. Kein Stein in der Schlucht, so schien es, war im Blutrausch der Amazonen trocken geblieben. Selbst die Felswände bedeckten blutige Hand- und Fußabdrücke der Opfer, die verzweifelt versucht hatten zu entkommen. Und mittendrin in diesem Spektakel des Schreckens stand Antiope, die Streitaxt in der einen, den abgetrennten Schädel eines Skythen in der anderen Hand, die Beine bis zur Hüfte mit Blut getränkt. Blut, Speichel und Gekröse tropften von der Klinge ihrer Axt. Ihr Haar und selbst die Zähne waren dunkel verfärbt von Blut.

Der Athener Lykos ging plötzlich auf sie zu, was angesichts des blutrünstigen Leuchtens in den Augen der Amazone an Todesmut grenzte.

»Wie nennst du das hier, du wilde Furie?« Der Fürstensohn deutete auf die blutige Brühe, die den Boden der Schlucht bedeckte. »Ist das die Spur der Götter? Ist das der heilige Pfad, auf dem sich deine Rasse wähnt?«

Theseus lenkte eilig sein Pferd an die Seite seines Landsmannes.

»Das ist kein Krieg!«, brüllte Lykos. »Das ist ein Schlachtfest des Wahnsinns!«

Theseus versuchte etwas zu sagen, offenbar suchte er nach einer Entschuldigung für das Tun der Amazonen. Lykos schnitt ihm das Wort mit einem Fluch ab. »Du kannst das Unentschuldbare nicht entschuldigen!«

Damit gab der Prinz seinem Pferd die Sporen, sprengte davon und ließ Antiope und Theseus allein im Epizentrum des blutigen Irrsinns. Die Blicke der Amazone und Theseus' trafen sich. Und Antiope las in seinen Zügen solches Entsetzen, dass es wie ein Ruck durch sie ging. Sie kam zu sich wie aus einem Rausch, aus jenem Urzustand des archaischen Menschen, in den sie zurückgefallen war. In Theseus' Augen las sie ihr Urteil: »Wilde Furien! Unmenschen.«

Hinter Antiope ertönte das Dankgebet des Amazonenheers.

Es ist vollbracht, es ist vollbracht.
Seht her, und vergesst es nimmermehr.
Es ist vollbracht!

Die Worte begleiteten Laute, die man wohl kaum Gesang nennen konnte, da sie eher dem Heulen wilder Tiere ähnelten. Antiope betrachtete ihre Schwestern und erkannte in ihnen das eigene Spiegelbild. Ihr verzweifelter Blick schweifte erneut zu Theseus. Die Amazone suchte, so viel war deutlich, nach einer Rechtfertigung oder Entschuldigung, die Theseus' offensichtliches Urteil mildern sollte. Doch sie brachte kein Wort heraus. Nur das gottlose Geschrei ihrer Schwestern war zu hören.

Die Nacht senkte sich über die Karstberge, und mit ihr kamen ihre Töchter Hekate, Nemesis und Aidos, zu denen die Amazonen wie die Wölfe heulten. Theseus las in Antiopes Zügen die Trauer der Erkenntnis. Er versuchte, das sah man, ihr Herz zu erleichtern, sie von Schuld freizusprechen, nicht so sehr als Liebender, sondern als König der Athener zur Königin der Amazonen, als Gleicher zur Gleichen, als Führer eines Volkes, der sich inständig gewünscht hätte, dass alles anders gekommen wäre, der jedoch wie Antiope wusste, dass sie allein als Oberbefehlshaberin die Verantwortung trug.

In diesem Augenblick, als Amazone und Athener sich so gegenüberstanden, drang ein Schrei aus einem der Karren, in dem ein kleines skythisches Mädchen bisher unbemerkt überlebt hatte. Und dieses Mädchen sprang nun wie ein Hase aus dem Versteck und im Zickzack auf einen Hang zu, der für Pferd und Reiter zu steil schien. Aber das Mädchen kannte die Pferde der Amazonen nicht. Drei Kriegerinnen stürmten hinterdrein und hatten sie nach wenigen Herzschlägen eingeholt. Die erste packte das Kind im Lauf, zog es kopfüber mit einem Freudenschrei hoch, der den klagenden Trauergesang der übrigen Amazonen übertönte, und spaltete dem Kind mit einem Schlag ihrer Streitaxt den Schädel.

SECHSTES BUCH

DER RAUB DER ANTIOPE

18

ANTIOPES ABSETZUNG

Selenes Vermächtnis:
Allgemein wird behauptet, dass Eleuthera den Beinamen Molpadia, »Gesang des Todes«, nach der Belagerung Athens erhielt. Das ist falsch. Es waren die Skythen, die ihr diesen Namen als Folge des Blutbades in den Karstbergen gaben.

Unmittelbar nach dem Gemetzel in der Schlucht zogen sich die Sieger eiligst wieder zu den Ufern des Tanais zurück, wo die ausgelöschte Kerntruppe des Feindes zu hunderten über- und untereinander tot im seichten Wasser lag.

Wir wollten ihre Skalpe, unsere Trophäen.

Ich selbst hatte Teil am Rausch der Stunde. Hier erwartete uns der verdiente Lohn, der Preis für unseren Heldenmut in der Schlacht, Ziel unserer Begierde, jede für sich und alle zusammen, sodass keine geringer geschätzt werde, als es ihre Verdienste erforderten. Was mich betraf, so galt es, mich vor Damon auszuzeichnen, um ihn als Liebhaber zu fordern. Nur der ungewöhnliche Verlauf des Kampfes hatte es zwingend notwendig gemacht, das Einsammeln unserer Trophäen zu unterbrechen, um die Verfolgung des Feindes aufzunehmen, der mit den sterblichen Überresten unserer Töchter geflüchtet war. So waren wir vorerst um diesen Augenblick des Triumphes betrogen worden. Jetzt war es an der

Zeit, dies nachzuholen. Die Kerntruppe unseres Heers schwenkte zurück zum Fluss.

Unter den Stämmen der Steppen ist die Angst vor Wasser groß, aber für die Skythen ist der Tod im kühlen Nass das schlimmste vorstellbare Schicksal. Sie hassen Seen und Meere, weigern sich sogar zu baden, aus Furcht, ihre Seele käme ihnen in dieser Flüssigkeit abhanden. In einem Fluss das Leben zu lassen und skalpiert zu werden war die unheiligste aller Schändungen. Und die *tal Kyrte* war begierig darauf, es den Skythen genau so heimzuzahlen.

Über dem Steilufer jedoch gebot Antiope ihrem Heer anzuhalten. Sie ließ es am Ufersaum Aufstellung nehmen, ritt die Reihen entlang und forderte ihre Gefährtinnen auf, sich zu zerstreuen, die Toten unbehelligt zu lassen. »Genug!«, rief sie. »Es ist genug! Wir haben der Rache reichlich gehabt!«

Ein wütender Aufschrei ging durch die Reihen. Die Empörung war groß. Warum sollten wir auf unseren Siegeslohn verzichten, den Ares uns geschenkt hatte? Es ist ein Sakrileg, die Gnade der Götter zurückzuweisen! Eigentlich, so fanden wir, waren wir noch vergleichsweise nachsichtig. Wollten wir diesen miesen Säcken doch nur die Kopfhaut abschälen. Denn wären die Skythen am Ende des Tages siegreich gewesen, hätten sie unsere Toten noch ganz anders geschändet. Das hatten sie mit den Gräueltaten an den Jungfrauen bewiesen.

Ich befand mich auf dem linken Flügel der Einheit, konnte Antiope daher nicht hören, als sie auf die Gefährtinnen in der Mitte einredete. Aber ihre Haltung sprach eine deutliche Sprache, während sie die Streitaxt über ihr Haupt hob. *Haltet ein! Reitet nicht in den Fluss!*

In diesem Augenblick sprengte Eleuthera aus den Reihen an die Spitze. Ich war zu weit entfernt, um zu hören, was sie Antiope zu sagen hatte. Ich sah lediglich, wie sie Antiope umrundete, dann mit einem Aufschrei an ihr vorbei, das Ufer hinunter und in das Flussbett galoppierte.

Die Truppe folgte ihr ohne Ausnahme. Auch ich stürmte die Böschung hinunter, und die Hufe unserer Pferde hinterließen tiefe Furchen, wo der Feind im Todeskampf den Hang in blutigen Morast verwandelt hatte. Dann fielen wir wahllos über die Toten her, die wir als unseren Besitz betrachteten.

Tal Kyrte gebärdete sich wie ein Wolfsrudel, dessen Leitwölfin bei der Jagd versagt hatte. Ihr Niedergang war daher unumgänglich und endgültig.

Antiope hatte dieses Schicksal selbst verschuldet. Sie hatte sich gegen Gottes oberstes Gesetz vergangen: Niemals Milde gegen den Feind walten zu lassen! Sich dem zu widersetzen war ein Verstoß gegen Ehal, die heilige Natur, in deren Wortschatz der Ausdruck »Schonung« nicht existierte. Und schlimmer noch! Es war *netome,* ein Akt des Bösen, Ausdruck und Frucht des verhängnisvollen Einflusses der Hellenen im Allgemeinen und ihrer Liebe zu Theseus im Besonderen. Innerhalb eines Herzschlags war sie erledigt, und das ganze Volk wusste es.

In jener Nacht, als das Lager aufgeschlagen war und sich das Heer satt vor Ruhm und Glück versammelte, wurde Eleuthera als Heroin und beste Kämpferin geehrt. Nicht nur ihr Mut in der Schlacht, sondern auch ihr Widerstand gegen die von Antiope verordnete Nachsicht gegenüber dem Feind hatte den Ausschlag gegeben. Zwei Morgendämmerungen später, als die Stammesangehörigen der Skythen eintrafen, um die Leichen ihrer Gefallenen einzufordern, und das grausame Blutbad sahen, das Eleutheras Hass angerichtet, gaben sie ihr in ihrer verzweifelten Trauer jenen Beinamen, der ihr von da an bleiben sollte, Molpadia, »Gesang des Todes«.

Dass dieser »ehrenvolle« Name von Feinden wie den Skythen kam, brachte Eleuthera ungeahnte Bewunderung und

Achtung ein. Ihr Zustand als *anandros* (nie von einem Mann Besessene) stärkte ihren Stand als Ikone der Unnachgiebigkeit gegenüber allen Feinden ihres Volkes. Und selbst mir war schon damals klar, dass sich die Erhöhung meiner Freundin auch günstig auf mich auswirken konnte. Ich war trunken von unserem Triumph. Wir allein hatten die unheiligen Frevel unserer Feinde gerächt, die Gebeine unserer Töchter im Blut ihrer Folterknechte gebadet und ihnen damit ihre Seelen für das Leben in der Unterwelt zurückgegeben.

Weiterhin sollte unsere entschlossene Vergeltung – wie Eleuthera in jener ersten Rede nach der Schlacht betonte – den Feinden die Lust nehmen, sich mit uns anzulegen. Mit einem Schlag hatte *tal Kyrte* seinen Ruf als Schrecken und Ruhm der Steppe wiederhergestellt. Und dieser Sieg, so meinte Eleuthera, sollte uns eine Verschnaufpause verschaffen, alle abschrecken, die mit begierigen Blicken auf unser Hoheitsgebiet schielten. Auch bei den Skythen der Eisenberge, unter denen wir so blutig gewütet hatten, würde das unserem Ansehen kaum schaden. Im Gegenteil. Sollten wir Abreden mit ihnen treffen wollen, war das sicher nur zuträglich. Der einzig dauerhafte Friede gründe sich auf Angst, erklärte Eleuthera.

In meinem Überschwang konnte ich meine Freude kaum bändigen. Ich hatte das Gefühl, die Erfüllung all meiner Träume stünde bevor. Ich brannte nur darauf, zum Lager der Athener zu reiten, Damon meine Trophäen zu unterbreiten und seine Liebe einzufordern.

Als ich mich jedoch nach den ersten Feierlichkeiten zurückziehen wollte, fing mich eine junge Verwandte Antiopes ab und überbrachte mir die Nachricht, Antiope wolle mich so schnell als möglich sehen. Sie erwarte mich draußen in der Steppe. Zähneknirschend machte ich mich auf den Weg. Antiopes Stern war untergegangen. Ich fürchtete, mit ihr in Verbindung gebracht zu werden, könne mir schaden.

Antiope erwartete mich im Mondschein allein, und zu meiner Überraschung nicht im Sattel ihres Pferdes. Ihr Lieblingspferd, Leckermaul, graste abseits. Nie war ich ihr in so entwürdigendem Zustand gegenübergetreten. Ihr Lieblingspferd war das schönste, edelste und kampferprobteste Reittier des ganzen Stammes. Untrennbar und aufs Innigste verbunden mit seiner Reiterin.

Jetzt wollte der Hengst nicht einmal mehr auf ihren Zuruf reagieren. Ich hatte die vier Pferde bei mir, um die sie mich gebeten hatte. Leckermaul, so berichtete sie, würde beim Nahen ihrer Schritte sofort Reißaus nehmen. Sie machte mir ein Zeichen, die Reaktionen meines ihr ebenfalls sehr vertrauten Pferdes und der anderen Reittiere prüfen zu wollen, die ich auf ihr Geheiß mitgeführt hatte. Kein einziges der Tiere duldete sie im Sattel oder hörte auf ihr Kommando.

Antiope hatte ihre *hippeia,* ihre Fähigkeit, das Pferd in freiwilligem Gehorsam an sich zu binden, verloren.

Der Verlust der *hippeia* ist ein böses Omen, Vorbote eines schrecklichen Unglücks. Es bedeutet den Entzug des Wohlwollens der Götter als Strafe für Verbrechen gegen das Volk.

Für Antiope eine niederschmetternde Erkenntnis. Sie trug mir auf, ins Lager zurückzukehren und dem Amazonenheer den Schuldspruch zu übermitteln, den Mutter Erde gesprochen hatte. Eleuthera, so sagte sie, solle als Älteste der Erhabenen Trikona ihre Nachfolgerin als Kriegskönigin werden.

Antiope würde noch in dieser Nacht in die Verbannung gehen, sich zum Fasten und Beten in die Berge zurückziehen.

Ob sie je zurückkehren würde, wollte ich wissen.

Sie antwortete nicht.

Ich beobachtete, wie sie davonritt, ihr Pferd mit Peitsche und Zügeln zwang, sie im Sattel zu dulden. Dieses Bild von Ross und Reiterin, die einmal eine unzertrennliche Einheit gebildet hatten, machte mich schaudern. Kommendes Unheil schien unabwendbar.

Im Lager machte Eleuthera ihre Nachfolge rechtskräftig, indem sie den Kriegsgürtel anlegte, den Antiope mir für sie übergeben hatte. Das Heer der *tal Kyrte* wies mit einer Hymne an die Unterwelt jede Verantwortung von sich, sollte ihre abgesetzte Königin in den Freitod gehen.

Zu meiner Schande muss ich gestehen, dass ich alles unwidersprochen geschehen ließ. Kein Wort zu Antiopes Verteidigung kam mir über die Lippen. Alles, was ich wollte, waren Eleutheras Gunst und Damons Liebe. Noch in jener Nacht suchte ich ihn bei den Hellenen auf und zeigte ihm die vier Trophäen am Schaft meiner Lanze. Ich erwartete Stolz und Freude und erntete Abscheu und Ekel. Verwirrt und wütend suchte ich unter Beleidigungen und heißen Tränen das Weite.

Am nächsten Morgen sammelten wir uns für den Zug in die Heimat. Zu meiner Überraschung war ich offenbar nicht die Einzige, die am Vorabend mit ihren Trophäen bei den Athenern eine herbe Enttäuschung erlitten hatte. Kühl und abweisend waren sie plötzlich geworden, diese Hellenen, und musterten all jene voll Abscheu, die sie noch Tage zuvor grenzenlos bewundert hatten. Glauke, so erzählte man, habe ihrem Liebhaber ein Elfenbeinamulett ins Gesicht geschleudert. »Was ist los mit deinem Phallus? Immer hat er mich lebhaft begrüßt! Seit wann bist du ein Schlappschwanz?«

Mir war vorher nicht bewusst gewesen, wie viele von meinem Volk sich Liebhaber unter den Hellenen genommen hatten. Jetzt, auf dem Zug nach Hause, hatten sich viele Verbindungen gelöst. Die Athener waren heimwehkrank. Schon zu lange waren sie fern der Heimat. Sie bereuten ihre Ausschweifungen und sehnten sich nach dem vertrauten Himmel. Theseus musste bald mit ihnen in See stechen, wollte er eine Meuterei verhindern.

Was Antiope betraf, so war es, als habe es sie nie gegeben. Niemand fragte nach ihr, niemand sprach von vergangenen

Zeiten. Auf dem Zug in die Heimat nahm Eleuthera ihren Posten an der Spitze der Reitersäulen ein. Schlugen wir ein Lager auf, stand ihr der erhöhte Schlafplatz zu, der sonst ihrer Vorgängerin vorbehalten gewesen war. Der Machtwechsel war glatt und reibungslos vor sich gegangen. Zumindest an der Oberfläche. Dennoch war eine unterschwellige Unruhe zu spüren. Ohne Antiope war nichts mehr wie zuvor. Die Tage hatten ihre Farbigkeit verloren.

Eleuthera war eine Meisterin der Kriegskunst, und Hippolyte, die Friedenskönigin, besaß große Weisheit. Auch fehlte es beiden nicht an politischem Geschick. Besonders Eleuthera verstand sich darauf. Sie hatte bereits Meldereiterinnen zu den Völkern der Massa Getai und Thyssa Getai, den Chalybern und den Skythen vom Kupferfluss geschickt, sie zum Rat in der Burganlage von Lykasteia zu laden. Eleuthera schmiedete Pläne für neue Bündnisse und einen neuen Krieg, um den Sieg über Borges und die Sippen der Eisenberge weidlich auszuschlachten. Dennoch fehlte dem neuen Herrscherpaar ein Element, das nur Antiope dem Volk hatte geben können und ohne das wir entartet und entzaubert schienen.

Vielleicht fiel es sonst niemandem auf. Aber auf dem Zug in die Heimat schweifte mein Blick jeden Tag wieder suchend über die Bergketten. Ich hielt Ausschau nach der Staubwolke, die den einsamen Reiter verriet, nach einem Zeichen von Antiope und ihrer Rückkehr zum Stamm. Tage vergingen. Der Tross ließ sich Zeit, erlaubte den Herden zu grasen, wieder zu Kräften zu kommen.

Und noch jemand hielt stumm Wache: Theseus. Obwohl er sich mir nie näherte, sah ich ihn Tag um Tag die nördlichen Hänge mit den Blicken abtasten. Er wachte im Morgengrauen und bei Sonnenuntergang, in jenen Stunden, an denen die Sicht in der Steppe besonders klar ist. Er ritt abseits der Marschsäulen, oft eine ganze Parasange von uns entfernt, entlang der höchsten Erhebungen, blieb dort bis zum Einbruch der Dunkelheit oder bis sich der Tross morgens in Bewegung setzte. Ich wusste, er hatte durch sein Kommen das Böse über das Freie Volk gebracht, wie Eleuthera wiederholt erklärte, und hatte dennoch Mitleid mit ihm. Er liebte Antiope. So viel war eindeutig.

Am zehnten Tag lenkte er sein Pferd unauffällig in meine Richtung. Inzwischen hatte er gelernt, sich unseren Gepflogenheiten anzupassen. Er ritt in respektvollem Abstand neben mir her und bedeutete mir unauffällig, dass er näher kommen wolle. Ich machte ihm ein Zeichen, dass ich einverstanden sei. Theseus hatte im Gegensatz zu manch anderem unter den Hellenen begriffen, dass es sich nicht gehörte, ein Thema unumwunden anzusprechen. Alles bedurfte einer sorgfältigen Einführung. Mehrfach war er nahe daran, mit seiner Frage herauszuplatzen, die ihm wie Essig auf der Zunge brennen musste, doch er unterdrückte seine Ungeduld.

»Ich bringe dich zu ihr«, bot ich schließlich an.

Noch an diesem Abend, nachdem die Herde versorgt war, rollte ich mein Bündel zusammen und stieg auf mein Pferd. Ich hatte Theseus weder eine Nachricht zukommen lassen noch einen bedeutungsvollen Blick zum Lager der Hellenen geworfen. Dennoch, als ich langsam aus dem Lager ritt, hörte ich augenblicklich den Tritt seines Pferdes. Er folgte mir in züchtigem Abstand.

Wir ritten zwei Tage, bis wir die Vorberge erreicht hatten. Es war kaum zu übersehen, wie sehr er darauf brannte, mir Fragen zu stellen. Und wieder hütete er seine Zunge. Am zweiten Mittag erklärte ich ihm, dass wir auf der Suche nach einer natürlichen von allen Seiten umschlossenen Mulde seien, geeignet, sich ohne Ablenkung in Gebete zu versenken. »Dort wird sie sein.«

Nachts ist es empfindlich kalt in den Bergen. Als ich sah,

wie er litt, zwang ich ihn, unter meiner Decke zu schlafen. Seine Verlegenheit war geradezu komisch.

»Antiope glaubt, sich gegen das Freie Volk vergangen zu haben, nicht wahr, Selene?«, fragte er irgendwann. Und dann: »Wird sie sich das Leben nehmen?«

Theseus erhob sich schon vor Morgengrauen vom Lager. Er hatte Angst um sie und wünschte sie so schnell wie möglich einzuholen.

Am fünften Morgen, noch in der Dämmerung, schließlich sahen wir sie. Sie kam über eine sanft geneigte Weide mit Silberpappeln herabgeritten, ungefähr tausend Fuß über uns. »Siehst du sie?« Als ich mich umdrehte, blinzelte er, als trieb ihm der Wind das Wasser in die Augen. Doch es regte sich kein Lüftchen.

Ich verließ ihn, wartete nicht, um Antiope zu begrüßen. Eigentlich führte mein Weg über den Hang zurück, den wir heraufgekommen waren, aber ich wollte die beiden zartfühlend allein lassen. Deshalb wählte ich unwillkürlich eine Traverse, die mich höher hinauf zu einem Kamm führte. Dort oben wandte ich mich um. Unter mir in der Ferne ritten Antiope und Theseus aufeinander zu.

Theseus hielt sein Pferd an und schwang sich aus dem Sattel. Antiope blieb auf ihrem Pferd. Theseus trat an ihre Seite, legte die Arme um ihre Taille und barg das Gesicht an ihrer Hüfte. Erst nach geraumer Zeit ließ er sie los und saß wieder auf.

Der Anblick verwirrte mich. Ich hatte Antiope, Bollwerk des Volkes, nie so verloren gesehen. Auch ich erlebte dieses Gefühl, wusste nicht mehr, wohin ich gehörte. Es wäre meine Pflicht gewesen, Eleuthera umgehend zu berichten, was geschehen war, ich konnte jedoch nicht über meinen Schatten springen. Denn Antiope und mich verband dasselbe Wunder, hatte die Königin und mich gleichermaßen verzaubert: Wir hatten unsere Herzen einem Mann unterworfen.

Wie sehr ich mich dafür geißelte. Ich verabscheute meine Schwäche und war mehr als einmal versucht, mir das Leben zu nehmen. Würden mich die Götter ebenfalls strafen, mir die *hippeia* nehmen, wie sie sie Antiope genommen hatten?

Doch die einzige Lösung, auf den Mann, den ich liebte, zu verzichten, ihn nie mehr wieder zu sehen – das brachte ich nicht über mich.

In Lykasteia schließlich ging ich des Nachts zu Damon. Neben den Schiffen, wo die Hellenen ihr Lager aufgeschlagen hatten, rief ich ihn zu mir und offenbarte ihm meine Gefühle, weinte über meine Schwäche und fürchtete seine Zurückweisung mehr als die Qualen der Hölle. Wir waren etwas beiseite gegangen, dorthin, wo sich zwischen zwei Schiffsrümpfen ein dürftiger Unterstand für empfindliche Gerätschaften und Werkzeug befand. In den Schutz dieses Raumes zog mich mein Geliebter, und dort brach aus ihm heraus, was ich ihm zuvor gestanden hatte, und er sprach von seinen Qualen damals in den Karstbergen. Ja, ich hätte ihn erschreckt mit meiner Kriegslust und Blutgier, sagte er. Doch er habe mir mit seiner Zurückweisung nicht wehtun wollen. Er schwor, mich vom ersten Augenblick an geliebt zu haben. Und bei diesen Worten zerfloss mein Herz wie das Eis der Winterströme in der Frühjahrssonne. Der Duft seiner Haut, die Zärtlichkeit seiner Berührung ... Damon wollte mir meine Jungfräulichkeit nehmen, dort in diesem Schuppen, aber das hätte ich nicht ertragen. Ich ritt mit ihm in die Steppe hinaus. Nur der Himmel war Zeuge, als wir uns in Leidenschaft vereinten, denn Gott hat den Himmel gemacht, und der Himmel ist Gott.

Nie zuvor hatte ich solche Verzweiflung empfunden wie nach diesem Akt. Denn ich wusste, als ich den Schlag meines Herzens in seinen Armen hörte, dass ich das Freie Volk für ihn verlassen, ja sogar verraten würde, wenn er das von mir verlangte.

Ich stieg auf mein Pferd und sprengte davon, ritt, bis der Wallach schweißbedeckt war, so als könne ich vor meiner Angst fliehen, dass mein Reittier mir den Gehorsam verweigerte.

Tage vergingen. Antiope und Theseus kehrten nicht zurück. Ich schwor, niemals wieder mit Damon zu sprechen oder mich ihm zu zeigen. Und doch lenkte ich mein Pferd jeden Abend wieder zu unserem Lager in der Steppe. Ich glaubte allmählich den Verlust meiner Eigenständigkeit verschmerzen zu können, solange ich damit meinem Volk nicht schadete. Aber was sollte ich tun, wenn Theseus seinen Männern befahl, die Schiffe zu besteigen? Wie sollte ich weiterleben, ohne je wieder seine Stimme zu hören, seine Berührung zu spüren? All das, was mir vor seiner Zeit teuer gewesen war, wie zum Beispiel Reiten und Jagen, hatte seinen Reiz verloren. Ein Abschied von meinem Geliebten würde der Nacht den Mond nehmen. Für ihn wollte ich Himmel und Erde, die Sonne und die Sterne aufgeben. So viel schwor ich, und er schwor es mir. Ich war entschlossen, mit ihm in See zu stechen, während er bereit war, hier zu bleiben.

Eines Morgens plötzlich war Theseus wieder bei den Schiffen. Ohne Antiope. Ich ritt hinein in die Bergstadt. Dort war sie dann, auf der Reitbahn, machte allein ihre Übungen. Später nahm sie ein Bad in den Thermalquellen und erschien in der Ratsversammlung. Die Nachricht von ihrer Rückkehr verbreitete sich wie ein Lauffeuer, und die Stadt kannte nur ein Thema.

Aber die Menschen hatten sich von ihr abgewandt. Wäre sie nur liebeskrank gewesen, *tal Kyrte* hätte ihr vermutlich verziehen. Einen Mann unter freiem Himmel zu beschlafen, war entschuldbar. Doch Antiope hatte Theseus gegeben, was dem Volk gehörte. Das war der Unterschied. Und das hasste *tal Kyrte,* wie es sie dafür hasste.

Unter den Herden der Steppe rotten sich die Tiere zu einer

Phalanx zusammen, um ein Tier auszustoßen, das »von der Axt Gottes gestreift«, also ein Krüppel, eine Missgeburt war. Und so verstieß das Freie Volk jetzt die, die einst ihre Königin, die Beste der Besten gewesen war.

Niemand stellte sich Antiope öffentlich entgegen. Kein hartes Wort traf sie. Aber jedes Paar, jede Trikona wandte sich ab, sobald sie sich näherte. Kniete sie nieder, um aus dem Fluss zu trinken, entfernten sich die anderen vom Ufer. Sogar die Pferde scheuten sie. Und auch ich hielt mich fern. Das muss ich gestehen.

Antiope ertrug diese Feindseligkeit schweigend. Sie machte um Theseus einen großen Bogen, änderte jedoch nicht ihre Lebensgewohnheiten. Jeden Morgen arbeitete sie mit ihrer Herde draußen in der Steppe, allein, und allein schlug sie am Abend abseits der Festung ihr Lager auf.

Eines Nachts kam es dann auf dem sechseckigen Platz zu einem heftigen Wortwechsel zwischen ihr und Eleuthera. Es war das erste öffentliche Aufeinandertreffen nach dem Wechsel an der Spitze des Volkes. Sofort waren die beiden von einer Menge umringt.

Die Athener, so erklärte Eleuthera, bereiteten ihre Abreise vor. Wirst du, Antiope, so fragte sie, mit ihnen fahren?

Antiope: »Falls ich das tun will, bist du die Letzte, die mich davon abbringen könnte, Schwester.«

Eleuthera: »Du sprichst mit deinem Schoß, Schlampe. Ich rieche den Hengst an dir. Es macht mich krank!«

Antiope: »Was erregst du dich so, Schwester? Meine Liebe zu dir wird nie vergehen. Selbst das, was ich für diesen Mann empfinde, den du nur aus Eifersucht hasst, kann daran nichts ändern.«

Eleuthera: »Ich kenne das Objekt deiner Begierde, Schwester. Es hängt zwischen den Lenden dieses Eindringlings. Was ist schon Liebe anderes als eine Geisteskrankheit? Wir beide haben als Kriegerinnen geschworen, auf immer frei zu sein, uns weder Angst noch Wut zu beugen. Der Wunsch zu besitzen ist es, der das Herz zersetzt. Und Liebe ist die höchste Form des Besitzanspruchs. Ich sehe, sie hat von dir Besitz ergriffen, und das verabscheue ich.«

Antiope: »Was ist diese Freiheit, die du so hochhältst, Eleuthera? Was ist diese Freiheit, die wir und alle von *tal Kyrte* so hüten, außer Ausgestoßensein vom Rest der Menschheit, außer bedingungsloser Hingabe an die Natur, die uns Satyrn und Zentauren gleich zu Entarteten macht? Gott hat Mann und Frau als Hälften eines Ganzen erschaffen ...«

Eleuthera: »Als Hälften, du sagst es.«

Antiope: »Wirst du mich zum Feind erklären?«

Eleuthera: »Wirst du mich verraten?«

Die Menge begann zu lärmen. Niemand ergriff Antiopes Partei, jeder Zwischenruf, jede Geste unterstützte Eleuthera.

Eleuthera: »Dieser Hengst hat dich verhext, Schwester. Komm zu dir! Er hat deinen Duft aufgenommen, wie es alle Hengste tun, nur um dich seiner Herde einzuverleiben, wie viele andere vor dir und nach dir. Er liebt nicht dich, sondern seine Macht über dich. Wie ich seinen Stolz hasse, seinen grenzenlose Hochmut ...«

Antiope: »Wirst du die Waffen gegen mich erheben, Eleuthera ....?«

Eleuthera: »Wirst du dich an der Seite des Fremden gegen dein Volk stellen?«

Antiope: » ...denn im Kampf bin ich dir ebenbürtig.«

Eleuthera: »Antworte! Damit das Volk erkennt, was aus dir geworden ist!«

Antiopes Schweigen sprach für sich.

Eleuthera: »Dann geh zu ihm! Aber eines sollst du wissen: Von dem Moment an, da deine Sohle die Planken des Schiffes dieser Ausgeburt des Bösen berührt, bist du mein Feind.«

Eleuthera machte kehrt und verließ den Ort, ohne einen Blick zurück.

19

ÜBER DIE GRENZEN DER LIEBE

War Antiope damals schwanger? Ich weiß es nicht.

Wusste sie es denn selbst in jenen Tagen? Auch das vermag ich nicht zu sagen. Dass sie gut zwölf Monde später in Athen einen Sohn zur Welt brachte, den sie Hippolytos nannte, mögen alle bestätigen.

Ich für meinen Teil erinnere mich, dass in den Tagen unmittelbar nach dieser Auseinandersetzung zwischen Antiope und Eleuthera im Volk der *tal Kyrte* eine geradezu unheimliche Unruhe um sich griff. Unwillen grassierte unter den Stämmen. Dessen ungeachtet wurden Wettkämpfe und Opfer im Zusammenhang mit dem Sieg am Tanais fortgesetzt. Die Volksseele stand in Flammen. Jene, die den Sieg gekostet hatten, gierten nach mehr. Und die, die ihn versäumt hatten, brannten darauf, es ihren Gefährtinnen gleichzutun und ihre Schwertklingen in Blut zu baden.

Theseus und seine Männer rüsteten sich zügig, wenn auch vorerst nicht, um in die Heimat zurückzukehren, so doch zumindest das Land der Amazonen zu verlassen, bevor sich die allgemeine Stimmung gegen sie wandte und die Amazonen Lust verspürten, Jagd auf ihre Köpfe zu machen. Eine Gruppe berittener Kriegerinnen hatte bereits begonnen, am Strand bei den Schiffen Wettspiele durchzuführen. Sie entzündeten Freudenfeuer, sangen und lärmten die ganze Nacht. Die Atmosphäre war so geladen, dass die Hellenen ihre Waffen stets in Reichweite hielten, ja sogar eine Palisade erstellten. Gleichzeitig verdoppelten sie ihre Anstrengungen, sich und die Schiffe reisefertig zu machen.

Mich quälten nun die Angst um Damon und die Aussicht, ihn zu verlieren.

Dann kam das Gerücht auf, die Hellenen planten Eleutheras Ermordung und Antiopes Wiedereinsetzung als Kriegskönigin. Theseus, so hieß es, beabsichtige durch seine Beziehung zu unserer ehemaligen Königin, Hellas' Macht auf unser Land auszuweiten, uns zu berauben und unsere Feinde gegen uns aufzubringen. Sogar die Nacht und die Wache, in der dies geschehen sollte, samt den Namen der Verschwörer flüsterte man sich zu.

Empörung und Aufruhr waren die Folge. Auf dem Höhepunkt der Erregung griff Eleuthera ein. Sie untersagte die weitere Verbreitung des Gerüchts, vermied es jedoch, seinen Wahrheitsgehalt zu leugnen. Schließlich ließ sie mich zu sich rufen. Ich sollte Antiope eine Nachricht überbringen

»Unsere Freundin ist in Gefahr, Selene. Du hast die Leute gehört. Du weißt, was sie umtreibt. Bring Antiope zu mir. Zu ihrem Schutz.«

Ich fragte Eleuthera, weshalb sie es nicht unternähme, Antiope persönlich aufzusuchen.

Meine Gefährtin musterte mich mit seltsamem Blick. »Ich möchte nicht, dass man mir einen solchen Besuch als Schwäche auslegt. Das Volk soll uns erst zusammen sehen, wenn wir wieder vereint sind, der Streit begraben ist.«

Ich fand Antiope auf der Rennbahn, wo sie allein mit den Pferden arbeitete. Offenbar hatte sie ihre *hippeia* noch immer nicht wiedererlangt. Allerdings fiel mir auf, dass sie für ihre Übungen die Bahn gewählt hatte, die unmittelbar an die offene Steppe grenzte. Hier konnte eine Kriegerin wie sie nicht aus dem Hinterhalt überrascht werden – und jederzeit ungehindert fliehen.

Ich hielt mein Pferd in einiger Entfernung an, verharrte kurz und lenkte es dann hinter die Schulter eines Hügels. Ich musste nicht lange warten, bis Antiope hinter dem Vorsprung auftauchte.

Sie ritt ihr Lieblingspferd und führte zwei weitere Tiere hinter sich her. Das eine trug ihre Habseligkeiten, das andere war für den Kampf gerüstet. Ihre Blicke suchten nach Zeichen für einen Hinterhalt.

»Eleuthera hat dich geschickt«, bedeutete sie mir durch Zeichen.

Ich nickte.

»Mir zu versichern, es sei sicher, zu ihr zu kommen?«

Auch das bestätigte ich.

Antiope lächelte traurig.

»Zeit für uns, die Grenzen zu überschreiten, Selene.«

Ich wagte nicht zu fragen, welche Grenzen sie meinte. Dennoch ahnte ich, dass sie auf die Notwendigkeit anspielte, den Tatsachen ins Auge zu sehen, zu begreifen, dass aus Freundschaft unversöhnlicher Hass werden konnte.

»Sag mir, meine Freundin«, sagte die ehemalige Königin, »sind denn alle gegen mich?«

»Nicht alle, aber ...«

Sie lächelte erneut.

»Ach, Selene! Falschheit liegt dir nicht!«

Ich las Erschöpfung und Sorge in ihren Zügen.

»Wundere dich nicht über meine Offenheit, Kind«, fuhr Antiope fort. »So enge Freundinnen sind wir nie gewesen. Das Schicksal hat uns zusammengeworfen. Fürchtest du mich? Hast du Angst, die Verbindung zu einer wie ich, die so tief gefallen ist, könnte deinem Ehrgeiz schaden?«

Die Antwort schien mir ins Gesicht geschrieben. Antiopes kummervolle Miene sprach Bände.

»Ich bin siebenundzwanzig«, sagte sie. »Das ist in unserem Volk uralt. Von uns haben viele mit zwanzig ihr Schicksal erfüllt und legen mit dreißig ihre Kriegsrüstung ab. Dennoch bin ich bis jetzt *anandros* geblieben. Nie hatte mich ein Mann besessen. Weißt du weshalb?«

Ich wusste es nicht.

»Weil ich keinen gefunden habe, der es wert gewesen wäre.«

Sie lachte.

»In dieser Beziehung bist du mir zuvorgekommen, Selene. Du musstest nicht so lange warten.«

Ich verstand. Weil wir beide liebten, konnte ich den Konflikt ihres Herzens besser verstehen als alle anderen.

»Weißt du noch, wie wir unsere Dolche gekreuzt in die Erde gestoßen haben, Selene? Damals haben wir einen Eid geschworen. Wir haben uns versprochen, uns gegenseitig zu töten, sollten ich oder du aus unvernünftiger Liebe zu einem Mann unsere Pflicht unserem Volk gegenüber vergessen.«

Antiope musterte mich ernst. »Theseus ist ein großer Mann, Selene. Nicht allein als gefeierter Kriegsheld. Es ist das Feuer, das er in sich trägt, die Last der Königswürde, die ihn groß macht. Und Letztere ist eine schwere Last. Was er in Athen geschaffen hat, ist bislang unerreicht. Die Götter sind mit ihm, Selene. Vielleicht ist er wirklich Poseidons Sohn, wie man sich erzählt. Dennoch ist er allein mit seiner Verantwortung, umringt von Feinden, die seine Ideale nicht teilen. Vielleicht bin ich für ihn geschaffen. Ich weiß, was es heißt, das Schicksal eines Volkes auf den Schultern zu tragen und dieser Pflicht alles unterzuordnen. Mache ich dir Angst, Selene? Du wurdest ausgeschickt, nur eine Nachricht zu überbringen. Willst du fliehen?«

Was sollte ich antworten? Damals wurde mir klar, dass Antiope, deren Schicksal plötzlich so eng mit dem meinen verwoben war, die edelste Seele war, die unser Volk je hervorgebracht hatte.

Ihr Blick ließ mich nicht los. »Die Kriegerin auf dem Weg in die Schlacht überschreitet eine Grenze, Selene, wie wir von *tal Kyrte* sagen. Und jenseits davon sprechen wir sogar eine andere Sprache. Es ist die Nähe des Todes, die uns verändert. Dasselbe gilt für die Liebe. In der Liebe überschreiten wir eine Grenze. Und jenseits dieser Grenze ändert sich alles. Auch wir selbst sind nicht mehr dieselben. Du verstehst das, Selene. Auch dich hat die Liebe verändert. Deshalb bitte ich dich inständig: Verlass mich nicht, weil ich geworden bin, wie du mich nie gekannt hast.«

Unvermittelt verstummte Antiope. Ich hörte Hufgetrappel, das näher kam. Dann begann die Erde zu beben, als Damon in gestrecktem Galopp den Hügel umrundete.

Dass er die Schiffe verlassen hatte, konnte nichts Gutes bedeuten.

»Zweihundert sind hinter Euch her!«, rief Damon Antiope in seiner Sprache zu. Sie war nicht überrascht, zeigte keine Angst. Sie dankte Damon und drängte ihn, zu den Schiffen zurückzukehren, bevor ihm jemand Schaden zufügen könne. Sein Blick schweifte hastig und besorgt zu mir. Ich hörte Antiopes Stimme hinter mir sagen: »Geh mit ihm, Kind.«

Ich hätte es wissen müssen. Der Augenblick war gekommen, mit meinem Geliebten zu fliehen. Jetzt oder nie. Doch Antiope ein zweites Mal allein zu lassen, wie ich es schon einmal getan hatte, das brachte ich nicht über mich. Ich konnte die Staubwolke bereits sehen, die die Zweihundertschaft wie eine Schleppe über der Steppe hinter sich herzog. Wenn sie entdeckten, dass ein Hellene ihre Königin gewarnt hatte, würden sie ihn in Stücke reißen. »Geh! Geh!«, hörte ich meine Stimme rufen und fühlte, wie ich meinem Pferd die Sporen gab, um ihn zur Flucht zu treiben.

Antiope hielt ihr Pferd mit eisernem Griff. Als ich mich nach ihr umdrehte, wirkte sie gelöst und erleichtert, wie jemand, der angespannt auf etwas gewartet hatte, dass sich endlich erfüllte.

»Dein Schicksal hat dich mir zur Seite gestellt«, sagte sie, und ihr Blick folgte meinem Geliebten, der widerwillig floh. »Mögen die Götter uns beide schützen.«

20

DIE RÄNKE DER HELLENEN

Die zweihundert Reiterinnen preschten hinter dem Hügel hervor und zügelten ihre Pferde beim Anblick von Antiope. Es waren junge Kriegerinnen meiner Altersgruppe, dieselben, die ihre Machtspiele vor dem Lager der Hellenen am Strand getrieben hatten. Ich erkannte Glauke, Tekmessa, Xanthe und meine Schwester Chryssa. Alle waren bewaffnet und trugen Kriegsbemalung. Was wollten sie? Was hatten sie vor? Hatten sie gehofft, ihre Königin würde die Flucht ergreifen und ihnen damit Gelegenheit geben, sie endgültig zu vertreiben oder gar zu töten? Doch Antiope bot ihnen die Stirn. Sie war allein gegen zweihundert. Antiope forderte sie auf, eine ihrer Besten vorzuschicken und ihr zu sagen, weshalb sie gekommen seien. Niemand wagte vorzutreten. Achtung und Bewunderung für die ehemalige Königin schienen sie zu lähmen. »Nun gut. Folg mir!«, befahl Antiope zu mir gewandt.

Sie sprengte auf die Schar zu. Niemand machte Anstalten, sie aufzuhalten. Die Reihen teilten sich, um sie durchzulassen. Dann machten sie kehrt und folgten ihr, schnitten ihr damit den Weg zurück in die Steppe ab, machten jedoch keine Anstalten, sie anzugreifen oder gefangen zu nehmen. Ich ritt als Letzte hinterdrein. Antiope hielt in leichtem Galopp auf die Bergfestung zu. Was hatte sie vor? Wollte sie Eleuthera herausfordern? Das Volk auf die Probe und vor die Wahl stellen? Suchte sie ihr Heil in einem ehrenvollen Tod, weil sie wusste, dass sie verdammt war? Und ihre Verfolgerinnen? Was bezweckten sie, jetzt, da ihnen ihr Mut abhanden gekommen zu sein schien? Wir sollten es nie erfahren. Denn auf halbem Weg zur Burgfeste von Lykasteia kam uns Theseus mit einer Schar seiner Hellenen, verstärkt durch einige

Söldner, die zufällig in der Gegend waren, entgegen. Es kam zu einem Scharmützel, bis Theseus und die Seinen, die sich schützend vor Antiope gestellt hatten, plötzlich mit der Königin seitlich ausbrachen und zurück zu den Schiffen flohen. Einige Kriegerinnen der Amazonen waren verwundet worden. Blut war geflossen.

Die untergehende Sonne sorgte für weitere Verwirrung. Ich fand mich an der Seite meiner Schwester und Glaukes wieder, die wir Theseus, Antiope und die anderen verfolgten. Mit einem Mal war ich mitten unter den zweihundert, die völlig in Unordnung geraten und ratlos schienen. Und was trieb mich? Sollte ich mich auf Antiopes Seite schlagen und sterben? Mit Damon und Theseus übers Meer fliehen? Ich sah zu Chryssa und Glauke hinüber. Sie ahnten nichts von meinen Gewissensbissen. In ihren Augen war ich eine von ihnen. Doch sollte ich versuchen, zu fliehen und mich Damon oder Antiope anzuschließen, würden sie nicht zögern, mich als Verräterin zu töten, wie es unser Stamm verlangte. Ich rang nach Luft und betete um Vernunft.

Wo sich die nördlichen Bollwerke zur Steppe hin neigen, verschwanden die Hellenen hinter dem Wall und damit aus unserem Blickfeld. Der Abend dämmerte bereits. Plötzlich tauchte von Westen her eine große Reitereinheit der Amazonen auf. Es mussten mehrere hundert sein, mit Eleuthera an der Spitze. Antiope und die Hellenen flohen jetzt in Richtung Strand. Wir folgten ihnen. Am Löwentor befahl Eleuthera den zweihundert, sich nach Westen zu wenden, um Theseus auf dem Weg abzufangen, den er und seine Gefährten zum Strand nehmen mussten. Ich blieb bei dieser Gruppe. Ob die, die hinter Antiope her waren, nur ihre Entführung verhindern oder ihren Tod wollten, wusste ich nicht. Allerdings schien Eile geboten. Wir flogen dahin. Wenn wir dieses Tempo beibehielten, war das Schicksal der Hellenen besiegelt. Sie würden ihre Schiffe niemals erreichen.

Die zweihundert ritten in Doppelsäulen über das Schwemmland zwischen der Aryan-Straße und den Gräbern der Heroinnen. Wir preschten im Galopp durch das seichte Wasser und scheuchten Kraniche und Wasserläufer auf, die aufgeregt durch die Dunkelheit flatterten. Unser Ziel war der Felsvorsprung Kynozephalus. Unterhalb der Felsformation lag der Strand mit den Schiffen der Hellenen. Als wir den Scheitelpunkt des Weges erreicht hatten, konnten wir zum Strand hinuntersehen.

Die Schiffe waren fort.

Völlig verwirrt zügelten wir unsere Pferde. Jetzt kamen auch Eleutheras Einheiten in Sicht, die den Weg entlang der Küste genommen hatten, um die Falle zuschnappen zu lassen, falls die Hellenen versucht hatten, auf diesem Weg den Strand zu erreichen. Donnernd nahmen die ersten Reihen im Halbdunkel der Abenddämmerung Gestalt an. Plötzlich hielten auch sie abrupt an.

Theseus hatte seine Schiffe schon Stunden zuvor unbemerkt zu einem anderen Landeplatz gebracht. Die Hellenen waren mit Antiope nicht zum Strand unterhalb des so genannten Hundskopfs geflohen, wo die Schiffe noch bis zu den frühen Nachmittagsstunden gelegen hatten, sondern zu einem Küstenstrich, das »Flache Eisen« genannt, der fast eine Parasange weiter östlich lag und an dem beide Verfolgertruppen in ihrem Übereifer vorbeigaloppiert waren. Prompt machten wir kehrt und jagten über das Marschland und zu diesem zweiten Strandabschnitt zurück. Mittlerweile war es dunkel geworden. In der Ferne konnte man das sanft auf und ab hüpfende Licht mehrerer Schiffslaternen erkennen. Theseus und die Seinen waren bereits auf See.

Einige Einheiten der Reiterei hatten jetzt die Anhöhe über dem Strand erreicht und sprengten auf das schmale Band am Wassersaum zu, den wir das »Flache Eisen« nannten. Allen voran Eleuthera. Die endlos lange Reihe der Reiter kam schließlich zum Stehen, die Pferde schweißbedeckt und mit Schaum vor dem Maul. Von der rechten Mitte aus, wo ich mich befand, konnten wir die Umrisse von vier Schiffsrümpfen ausmachen, die bereits außerhalb der Reichweite unserer Pfeile sanft über das Wasser glitten. Trotz meines heftig bis in die Ohren klopfenden Herzens hörte ich den monotonen Sprechgesang der Steuermänner, in den sich das unruhige Stampfen der Pferde mischte. Dann erreichten die Schiffe das offene Meer. Die Matrosen setzten Segel. Hinter uns tauchten jetzt die letzten Reiterinnen aus dem Schwemmland auf, die Pferde schweißnass und erschöpft. Im schwindenden Licht sah ich, wie die Segel von Theseus' Schiffen sich vor dem Wind blähten.

Hoffnung ist eine eigensinnige Göttin. War unsere Königin noch bei uns? War Damon von Bord gesprungen, um bei mir zu bleiben? Ich kannte sein Schiff und seinen Platz auf der Ruderbank. Angestrengt spähte ich in die Dunkelheit und fand die Stelle. Auf der Ruderbank war keine Lücke zu sehen. Alle Ruder bewegten sich in kraftvoller Harmonie.

Alles Gefühl wich aus meinem Körper. Bleiern legte sich Erschöpfung auf meine Glieder. War das das Ende der Welt? War es die Hölle? Die Zähne schlugen mir aufeinander, ich schwitzte und fröstelte gleichzeitig, und ich war hungrig. Mein Wallach glänzte wie ich schweißnass. Ich musste ihn trocken reiben. Das war mein einziger Gedanke.

Plötzlich entstand um mich herum Bewegung. Etwas schien unten am Strand die Aufmerksamkeit der Kriegerinnen erregt zu haben. Zwei Pferde, das letzte herrenlos, kamen im leichten Trab vom Strand zu der Anhöhe herauf, wo wir standen. Die Reiterin war ein junges Mädchen namens Sais, Eleutheras bevorzugte Melderin. Sie sprengte an mir vorbei. Mit sich führte sie Antiopes Lieblingspferd. Der Sattel unserer Königin war leer, ihr *goryt*, der skythische Köcher, verschwunden.

21
AMAZONEN UND VERBÜNDETE

Selenes Vermächtnis: Fortsetzung
Dort, wo die Vorberge des Taurischen Kaukasus sanft zum Amazonenmeer auslaufen, liegt die Enge, die als der Kimmerische Bosporus bekannt ist. Dort an der asiatischen Küste versammelten sich zwei ein viertel Jahre später die hundertneunundzwanzig Sippen der *tal Kyrte* zum Marsch auf Athen. Es war das größte Reiterheer, das die Menschheit bisher gesehen hatte, und das erste Mal, dass sich alle vier Stämme der *tal Kyrte* – die aus Themiskyra, Lykasteia, Chadisia und Titaneia – unter gemeinsamem Oberbefehl zusammenfanden.

Die Kerntruppe der Amazonen wurde von den aus Männern bestehenden Einheiten der verbündeten Stämme der Rhipäischen Kaukasier, Chalyber, Issidoner, Araner, Alaner, Skythen, wie auch unserer Hilfstruppen der *kabar,* sowie Stämmen der Thraker vom Strymon, der Saii, Tralliai und Androphagi (die Menschenfresser, die Theseus und den Seinen so zugesetzt hatten) verstärkt. Weiter vergrößert wurde sie durch Reitereinheiten der Lyker, Phryger, Myser, Kappadoker und Dardaner, der Massa Getai und Thyssa Getai, der Maioter, Gagarer, Taurer, den Sippen des Armenischen Kaukasus und anderen Stämmen.

Die Einheiten der *tal Kyrte* bestanden ausschließlich aus berittenen Bogenschützen. Die verbündeten Stämme der Steppe schickten zum Teil gepanzerte schwere Reiter, die Bergsippen Bogenschützen und leicht bewaffnete Fußkämpfer, Schleuderer und Speerschützen. Die Skythen kämpften sowohl beritten als auch zu Fuß und mit einem schweren Bogen, der mit dem Fuß gespannt werden musste und eine Reichweite von über tausend Fuß hatte. *Tal Kyrtes* Reitereinheiten verfügten über dreizehntausend erste Pferde, unterstützt durch ein Dreifaches an Ersatzpferden, wobei die Ältesten und die Jüngsten die Herden anführten und betreuten. Befehlshaber waren Hippolyte und Eleuthera, die sich den Oberbefehl teilten. Erstere war mittlerweile dreiundsechzig, die Jüngere vierundzwanzig. Das Amt der Friedenskönigin blieb unbesetzt. Und wie Eleuthera vorausgesagt hatte, waren die Skythen aus den Eisenbergen trotz des Blutbades bei den Karstbergen die eifrigsten Verbündeten, steuerten sie doch den größten Teil an Vorräten und Pferden bei. Ihr Befehlshaber war Borges persönlich, mit seinem Sohn Prinz Maues an der Seite, einem siebzehnjährigen Besten, und seinem Neffen Panasagoras, Sohn des Sagillus, uneingeschränkter Herrscher über ganz Thrakien, der drei Wagenladungen Gold, seinen persönlichen Seher und Heiler und eine Rüstung für jenen besten Kämpfer geschickt hatte, der seine Fahne als Erster auf der Akropolis hisste.

Damit erwartete uns, sollte sich Athen uns stellen, der größte Krieg der Geschichte.

Das Heer brach mitten im Winter auf, sodass die Engen in südliche und nördliche Richtung auf einer Eisdecke überquert werden konnten. Die Kerntruppe von *tal Kyrte* hatte den Sommer in Themiskyra an der Südküste des Amazonenmeeres verbracht und von dort aus die südlichen Stämme an sich gebunden. Das Heer sollte über die Engen setzen, das Wilde Land bis nach Lykasteia durchqueren, sich dort mit den Stämmen der Maiotis-See und der Skythischen Ebenen verbinden, sich auf dem Chersonesos am Hellespont mit Proviant versorgen, anschließend an der Küste und weiter landeinwärts durch Thrakien und Makedonien ziehen und sich nach Süden und Thessalien wenden, gerade wenn die Weiden des Pferdelands im besten Grün standen. Dort wollte das Heer über einen Mond verweilen und es den Herden gestatten, sich vom Marsch zu erholen und Kräfte zu sammeln, während man neue Verbündete suchte, ehe man Athen angriff.

Am Sieg zweifelte niemand. Eleutheras Hass auf die Hellenen und ihr Kriegsgeschick schlug uns alle in den Bann.

Den Fürsten, deren Hoheitsgebiete wir durchziehen mussten, brachten wir Geschenke, herrliche Streitrosse, Waffen aus Eisen, Zaumzeug und Helme aus Gold, Amulette aus Silber und Elektrum, Bernstein, Kobalt und Bronze, verlangten jedoch nie, dass sie sich mit uns verbündeten.

Und der Anblick unseres Heeres mit Eleuthera und Hippolyte, der Vorhut aus den Besten der Besten, machte sie uns alle gewogen.

Es war mir unbegreiflich, dass diese Gebietsfürsten uns ziehen ließen. Nie hatten sie Böses von den Athenern erlitten. Eigentlich hätten sie die Pässe vor uns verschließen, uns in den Ebenen entgegentreten müssen. Doch nichts dergleichen geschah. Im Gegenteil. Sie öffneten uns ihre Durchgangswege und Lagerhäuser. Sie überschütteten uns mit Nahrungsmitteln und erlaubten es den nobelsten ihrer jungen Kämpfer, mit uns zu ziehen. Warum?

»Weil«, so erwiderte Eleuthera, »sie Theseus mehr fürchten als uns.«

Und ich wusste, sie hatte Recht. Diese Fürsten hatten sofort begriffen, dass die Zukunft nicht bei ihnen und dem freien Leben der Steppen und Ebenen, sondern in der Stadt lag mit ihren Mauern und Schiffen, und vor allem mit dem Antrieb ihres Aufstiegs, den Massen des gemeinen Volkes.

Aber ich greife vor. Gehen wir zwei Jahre zurück und sehen wir, wie der Kriegszug nach Athen zu Stande kam.

An dem Abend, da Antiope floh, musste das Amazonenheer in machtloser Wut zusehen, wie ihre Königin, die Athener und ihre Schiffe ihnen entglitten, und kehrte kleinlaut und hilflos nach Lykasteia zurück. Alle spürten, dass etwas Entscheidendes geschehen war, nur wusste keiner, wie sich das für die Zukunft auswirken würde. Wir waren ratlos, wussten nicht, was tun.

Die wildesten Gerüchte machten die Runde.

Eleuthera berief eine Versammlung ein, um Ruhe und Ordnung wiederherzustellen.

Und vom Rednerpodium aus erklärte sie den versammelten Amazonen, ihre Königin Antiope sei geraubt worden.

Mit vorgehaltenem Schwert und mit Hilfe einer Schar bewaffneter Männer habe Theseus, der Freibeuter, Antiope in den Bergen beim Gebet entführt, wo sie sich nach dem Sieg in den Karstbergen mit den Göttern beraten habe.

Theseus habe sie also unbewaffnet angetroffen. Doch der Raub Antiopes, so fuhr Eleuthera fort, sei noch das geringste Übel dieses Bösewichts, denn er habe nicht nur die Jungfräulichkeit unserer Herrin, sondern auch ihren Verstand geraubt.

Geraubt und entführt habe er sie.

In Fesseln über die Meere verschleppt!

Natürlich wusste ich, wie unsinnig das war. Doch die anderen schluckten es, nahmen es für bare Münze. Alle Befürchtungen, alle Unsicherheit fielen von den Amazonen ab und wurden durch Hass und Kriegsrausch ersetzt. Das Volk schrie nach Rache und forderte Eleuthera auf, es anzuführen, das gemeine Verbrechen zu vergelten.

Und dann trafen noch mehr Besorgnis erregende Nachrichten ein. Der Freibeuter Theseus war nicht nach Westen und in die Heimat gesegelt, sondern hatte sich außer Sichtweite der Amazonen nach Kolchis und zu dem Fluss Phasis gewandt. Dort waren die Hellenen jetzt und tauschten Eisen bei den Chalybern und Getreide bei den Skythen, Gold bei den Rhipäischen Kaukasiern ein. In jedem dieser Gebiete, so hieß es, habe die Gegenwart unserer Königin Theseus großes Ansehen verschafft, während er keine Gelegenheit ausgelassen habe, uns als schwach und verwundbar zu verleumden.

Das bedrohte unsere Gemeinschaft. Eleuthera und ihre Gefährtinnen, ich unter ihnen, begaben sich zehn Tage nach Antiopes Flucht zum Berg des Ares, wo der Rat sich versammelte.

Und bei dieser Gelegenheit unternahm ich den einzigen Versuch, Eleuthera vor den Gefährtinnen unseres Dreierbundes mit ihrer Lüge in Bezug auf Antiopes Entführung zu konfrontieren.

Die Gefährtinnen staunten nicht schlecht. Doch Eleuthera wischte alles mit wenigen Sätzen vom Tisch.

»Antiope zieht Theseus uns vor. Sie hält ihn und seine Kultur für wertvoller als uns und die unsrige. Und noch eine Wahrheit, Selene, die du Ehrlichkeit so hoch achtest: Wenn unser Volk das erfährt, wird es das nicht verkraften. Zweifelst du daran? Dann erzähl deine Geschichte. Und sag ihnen, dass es keine Entführung gewesen ist. Sag ihnen, deine Herrin sei geflohen, ohne jeden Zwang, aus freien Stücken. Und wenn du schon mal dabei bist, sag ihnen auch, dass sie ein Kind in sich trägt. Theseus' Kind. Sag ihnen, dass sie, als sie das merkte, geflohen ist, um das Kind in Athen zur Welt zu bringen. Sag es ihnen. Weißt du, was passieren wird? Sie werden dir nicht glauben. Sie töten dich auf der Stelle, dafür, dass du ihre Königin verleumdest, selbst wenn sie im Herzen ahnen, dass du Recht hast. Nur aussprechen darf es niemand.«

Eleuthera wandte sich an die Gefährtinnen. »*Tal Kyrtes* Lebensart ist rein und doch verwundbar. Das unbefleckte Herz ist am leichtesten zu verführen. So wie Antiope abgefallen ist, mögen andere abfallen und durch dieselbe Seuche. Also mache ich es dem Volk leicht. Ich sage ihnen, der Feind habe Antiope Gewalt angetan. Das ist genug. Das verstehen sie.«

Eleuthera wandte sich ab. Ich erkannte, dass der Verlust von Antiopes Liebe – und vielleicht auch meiner Liebe – sie bis ins Mark getroffen hatte. Ich hätte Mitleid für sie gehabt, wäre sie nicht so gefährlich und Furcht einflößend gewesen. Ebenso gut hätte ich Milde gegenüber einer Löwin walten lassen können.

Dann versammelte sich der Rat der *tal Kyrte.* Und Eleuthera hielt eine flammende Rede für den Krieg, für die Suche nach Verbündeten und für den Marsch auf Athen.

»Das Ziel ist Theseus!«

»Das Ziel ist Athen!«

Und Hippolyte unterstützte sie entgegen aller Vernunft, überreichte ihr den Flügel des schwarzen Raben, der seit undenklichen Zeiten unser Symbol für den Krieg ist.

Zwei Jahre hat es gedauert, die Bündnisse zu schmieden. Dann endlich war die Stunde des Aufbruchs an den Engen des Kimmerischen Bosporus gekommen.

Ich ritt mein Pferd »Morgenröte« und führte »Knorriger Ast« und »Drossel« mit, wobei Ersterer mit meinem Bettzeug, Rüstung und Ersatzwaffen beladen war. Darüber trug er eine Bärendecke, die auch seine Brust bedeckte, als Schutz vor den eisigen Winden. Kalkia und Arsinoe waren meine Elevinnen. Sie führten elf weitere Pferde mit sich. Drossel hatte einen Überwurf aus Hirschleder und Nerz, auf dem Säcke mit Hafer und Roggen sowie Decken aus Pferdehaar, Zeltstangen und Seile, Windschutz aus Ochsenhaut und Steinbockleder befestigt waren. Letztere dienten nachts als Schutz für Vorrat und Tiere. Alle drei Pferde trugen Augenbinden gegen Schneeblindheit und Eis- und Schneestürme.

Was meine Ausrüstung betraf, so ritt ich auf einem Sattel aus Wolfsfell, an dem ich hinter dem linken Oberschenkel meinen Mondschild befestigt hatte. Er trug mein Kriegszeichen, den Vollmond, in Intarsien aus Elfenbein und Gold. Köcher und Bogenhülle hingen über der rechten Schulter meines Pferdes, beide aus Hirschleder mit Verbrämungen aus Fuchspelz, Hermelin und Nerz. Insgesamt hatte ich siebenundzwanzig Pfeile mitgenommen, für deren Herstellung ich zwei Jahre benötigt hatte, und weitere vierundzwanzig bei der Ersatzausrüstung auf dem Rücken von »Knorrigem Ast«. Mein Bogen war aus Esche und Horn mit einem Griff aus Wildschweinleder. In meiner Rechten trug ich die Lanze meiner Einheit mit sechs Falken- und Reiherfedern für Gefährtinnen, die ins Jenseits übergegangen waren. Über meinem Rücken hing ein Trophäenband aus Wildleder mit sieben kunstvoll angeordneten Skalpen, die im Wind flatterten. Meine Stiefel waren feuerfest und aus Ochsenleder, mit einem Futter aus Nerz- und Fuchspelz. Darüber trug ich unter Lederschonern Beinkleider aus Wolfsfell. Zwanzig Amulette aus Elektrum und Silber waren in einen Streifen an jedem Bein eingewoben. Es waren jene Glücksbringer der Götter und Heroinnen, denen ich während der Wettspiele in meiner Jugend meine Seele empfohlen hatte. Um die Hüfte trug ich den aus sieben Teilen geflochtenen Sternengürtel, ein Geschenk von Eleuthera. Die Brust schützte eine Weste aus Fuchspelz und Filz, handdick, mit einem Überwurf aus Bärenfell gegen die Nässe. Die Kapuze war mit weißem Marderfell ausgeschlagen. Über der rechten Schulter lag das Fell eines schwarzen Panters mit Kopf, welcher auf meinem Rücken als Tasche für mein Mondbündel diente. Auf dem Kopf hatte ich die Hirschlederkappe der Phryger mit Otterfutter und Ohrenklappen. Dazu gehörte ein durchsichtiges Gesichtstuch aus Pferdehaar, das ich um Mund und Augen gebunden hatte und selbst grellstes Licht dämpfte. Meine Streitaxt trug ich nicht wie die anderen in einer Scheide zwischen den Schulterblättern, sondern hatte sie in einer Hülle aus mit Wolle ausgeschlagenem Antilopenleder lose auf die Schenkel gelegt. »Morgendämmerung« hatte ein zottiges Winterfell, das stellenweise so dicht war, dass man sich daran festhalten konnte. Von allen Seiten strömten Krieger und Kriegerinnen von so stolzer Haltung und Zahl herbei, wie sie der Himmel so strahlend noch nie gesehen hatte.

Hippolyte und Eleuthera hatten die Absicht gehabt, ein Drittel des Volkes zurückzulassen, um unser Hoheitsgebiet und die Herden zu sichern. Letztendlich konnte die Hälfte davon nicht zurückgehalten werden, uns zu folgen. Altgediente Kämpferinnen und Elevinnen schlossen sich in Tausenden den Marschsäulen an.

An der Spitze des Heers ritt eine von Hippolyte handverlesene Einheit, Antiopes Gefährtinnen, die ihr Pferd »Leckermaul« mit sich führten. Vor den Mauern Athens sollte diese Truppe ihre Gebieterin auffordern, zu ihnen herunterzusteigen und ihre Führung zu übernehmen.

Ich nahm meine Stelle zwischen meiner Schwester Chryssa und Stratonike innerhalb der Kerntruppe unseres Volkes, der Lykasteiischen Amazonen, ein. Niemals war ich stolzer gewesen. Mein Blick fand schließlich Eleuthera an der Spitze der Marschsäule. Sie hatte Recht: *Tal Kyrte* hatte zu lange keinen Krieg geführt. Und zum Krieg sind wir geboren, die Töchter des Ares. Wir waren uns selbst untreu geworden, indem wir vom Krieg abgelassen, auf die Grundfeste unserer Größe verzichtet hatten.

Die Marschsäule trabte über die Eisfläche an den Engen. Plötzlich tauchte Damons Bild vor mir auf. Ich verdrängte es voll Hass. Was war er schon für mich denn ein *daimon,* wie sein Name schon sagte, der mein Herz verhext und mich von meinem Volk entfremdet hatte? Sollte er von meiner Axt fallen und die Hölle ihn verschlingen.

Das Heer betrat in Säulen die gefrorene Eisfläche an den Engen. Alle sahen nach rechts und links und erkannten die großartige und gewaltige Macht, die wir darstellten, und Ehrfurcht und Demut übermannten uns. Ich sah zu Stratonike, die weinte. Ich sagte nichts. Nichts bis zum gegenüberliegenden Ufer, das zu erreichen wir den ganzen Morgen unterwegs waren, wo sich das Heer immer wieder verdoppelte, während die Sippen der Taurer und der nördlichen Steppe und die großen Einheiten der Rhipäischen Skythen und der Skythen aus den Eisenbergen zu uns stießen.

Ich fiel neben Stratonike in den Trab. »Warum hast du geweint, Schwester, dort hinten, als das Heer die Eisfläche betrat?«

»Als ich diese Heerscharen gesehen habe«, antwortete sie, »und mir über ihren Wagemut klar wurde, kam mir der Gedanke, dass keine der *tal Kyrte* je zu diesem Ort zurückkehren wird, wie sie ihn heute verlassen hat. Selbst wenn uns die Götter den Sieg schenken – das Leben, das wir kannten, wird es nie mehr geben.«

Stratonikes Worte jagten mir einen eisigen Schauer über den Rücken, und meiner Schwester, das spürte ich, ging es ebenso. Einige Momente ritten wir drei schweigend nebeneinander her. Dann gab Chryssa ihrem Pferd die Sporen, richtete sich auf und starrte in den Wind.

»Deshalb mag die Hölle mich in der Schlacht vor den Mauern des Feindes verschlingen, denn ich möchte auf der Erde nie ein anderes Leben leben als das, das ich liebe.«

SIEBTES BUCH

ATHEN

22

KRIEGSTAUMEL

Damon:
Die ersten Stammeseinheiten, die in Attika auftauchten, waren Thraker. Etwa hundert an der Zahl. Sie brannten Bauernhöfe in Aphidna und Hekale nieder, zogen über den Parnes nach Paionidai und in die entlegenen Dorfgemeinschaften. Gleichzeitig brachen Skythen südlich von Theben durch, überquerten den Gebirgszug des Kithairon bei Eleutherai und Oinoi, rückten bis Acharnai durch die Lücke zwischen Parnes und Ägalios vor. Das geschah am dreizehnten Munychion, zwei Jahre und sieben Monde nachdem Theseus' Schiffe gezwungenermaßen von Lykasteia aus in See gestochen waren und Antiope als Braut unseres Königs nach Hause gebracht hatten. Angesichts der Größe des Heeres, das ausgezogen war, Rache an uns zu nehmen, hätte man meinen können, dass die zahllosen Berichte über seinen Vormarsch Athen veranlasst haben müssten, sich unverzüglich daranzumachen, die Stadt und ihre Bürger für den Angriff zu rüsten. Aber das Gegenteil war der Fall! Die Nachrichten von der Mobilmachung der Steppenvölker wurden als Legende und Fabel abgetan. Jedes Schiff bringt Geschichten irgendwelcher Art mit, so verlautete es in Athen, und die Dichter singen Unmengen von Kindern täglich mit Fabeln von Zen-

tauren und Amazonen in den Schlaf. Allein das Ausmaß der Anstrengungen des Feindes machte diese schon wieder unglaubwürdig. Dass ein Flechtwerk aus Bündnissen wilder Stämme, die sich notorisch untereinander bekriegten, so viel Einigungswillen aufbrachte, dass sie ihre Siebensachen packten und die Heimat verließen und mitten im Winter drei Monde durch feindliche Gebiete und gegen eine Stadt zogen, die für sie das Ende der Welt bedeutete, um Vergeltung zu üben für ein einziges abgängiges Weib – das war absurd. Was nicht sein konnte, durfte nicht sein.

Richtig, meine Freunde! Ich kann mir eure nächste Frage schon denken. Berichte über fünfzehnhundert, in unendlich weiter Entfernung auf der Halbinsel Chersonesos und auch noch zweihundert Parasangen hinter Thrakien, ja, das konnte man missachten in Anbetracht der Fragwürdigkeit der Nachrichtenquellen und der üblichen Übertreibungen aller Geschichtenerzähler aus fremden Landen. Aber als sich die Amazonen tagelang in einem Umkreis von dreißig Parasangen um Athen selbst herumtrieben – ist da denn niemandem in unserer Stadt angst und bange geworden? Hat niemand in Thessalien oder Theben die Athener gewarnt?

Die Antwort ist folgende: Bei uns Hellenen wartet die Vorhut stets, bis die Kerntruppe des Heeres aufschließt, bevor ein Angriff erfolgt. Amazonen und Skythen kämpfen nach einer anderen Strategie. Haben ihre Voraustruppen erst einmal die Grenze des Feindes erreicht, kann sie nichts mehr zurückhalten. Sie machen sich über jede Beute her, die sie zu fassen kriegen.

Und warum hatte Theben Athen nicht gewarnt? Ganz einfach: Das Hauptheer des Feindes hatte Theben noch nicht einmal erreicht! Seine Vorhut zog im Eiltempo vorbei. Warum eingefriedete Städte auf dem Vormarsch angreifen? Man schneidet sie von ihren Vorratswegen ab und hungert sie aus. Und macht den Reibach auf dem Rückweg.

Am zweiten Tag endlich ließ sich die athenische Reiterei auf dem Land blicken, falls man eine unterausgestattete Erkundungstruppe aus Wettkampf- und Paradereitern überhaupt so bezeichnen konnte. Ich ritt mit Philippus allein. Wir erkannten Rhipäische und Keraunische Kaukasier später an jenem Tag und stießen gegen Einbruch der Nacht auf die ersten Sippen von Groß-Skythien. Diese waren allesamt Männer. Und sie ritten nicht in großen massierten Reihen, sondern in kleinen Stoßtrupps. Mein Gefährte und ich flüchteten zuerst vor ihnen. Doch sie interessierten sich nicht für uns, denn sie waren hinter fetterer Beute her – Vieh und Bauernhöfe und Gutshäuser waren ihr Ziel. Und jede Bande trat dabei in Wettbewerb mit den eigenen Kumpanen. Eine Gruppe machte den Anfang, setzte einen Hof in Brand. Die andere galoppierte schreiend und lachend vor Vergnügen daran vorbei. Nun fürchteten die Ersten, fettere Beute zu versäumen, ließen von ihrem Hof ab und sprengten den anderen hinterdrein, um ja nicht zu kurz zu kommen.

Das war kein Witz. Denn die Zahl des Feindes und die erstaunliche Schnelligkeit seiner Überfälle hatte ihnen die Vorherrschaft über das Umland Athens beschert, bevor die Bürger überhaupt gewarnt, geschweige denn aus der Stadt geschafft werden konnten. Unserer Landbevölkerung blieb also nichts anderes übrig, als in die Stadt zu fliehen, und das nicht auf sicheren Straßen, die von Athen kontrolliert wurden, sondern durch ein Umland, das der Feind bereits überrannt hatte.

Und die Situation wurde immer absurder. Die Bauern wollten ihr Land nicht verlassen. Ihr kennt Nord-Attika, meine Freunde. Der Landmann dort lebt von Lauch und gesottenem Hasenfleisch. Sie sind wie die Erde. Sie weichen nicht. Den ganzen Tag jagten Philippus und ich von Hof zu Hof und machten die Gefahr bekannt. Ohne Erfolg! Niemand glaubte uns, oder wenn sie uns glaubten, sagten sie, wir sollten uns zur Hölle scheren. Sie wollten bleiben und, wenn es sein musste, sterben. Diese Bauern sind störrischer als Esel.

Gegen Sonnenuntergang erreichten wir das Gut meines Bruders. Alles war niedergemacht. Die Plünderer, Skythen vom Kupferfluss, hatten zwei Arbeitern die Kopfhaut abgezogen und Elias' Braut in einen trockenen Brunnen gejagt und mit Steinen beworfen, bis sie dieses Zeitvertreibs überdrüssig wurden. Sie hat es überlebt, wenn auch mit schlimmen Wunden.

Im zweiten Morgengrauen sahen wir Amazonen. Keine Sippen aus Lykasteia und Themiskyra, die wir kannten, sondern von den Stämmen aus Chadisia und Titaneia. Sie zogen nach Süden, aber auf der Suche wonach? Die Stadt? Die südlichen Pässe? In Acharnai, wo Philippus und ich weiter die Landbevölkerung mobilisierten, begegneten wir allerdings keinen Amazonen, nur Skythen. Und die Landbewohner hatten endlich begriffen. Ihr Starrsinn ließ sie aber nicht nach Athen fliehen, sondern in die Berge, zu den Festungen der Gebietsfürsten. Diejenigen, die allerdings Richtung Athen flohen, mussten ihre Verspätung teuer bezahlen. Die Skythen überrannten sie in Massen. Der Skythe liebt das Aufspießen. Er spießt Schädel auf und nagelt Häute an die Bäume. Viele versuchten sich in Getreidespeichern und Rübenkellern zu verstecken. Für den Skythen ein gefundenes Fressen. Sobald er auf ein mögliches Versteck trifft, setzt er es in Brand. Wer flieht, wird aufgespießt. Wir haben Männer gesehen, denen bei lebendigem Leib die Kopfhaut abgezogen worden war und die man ausgeweidet hatte, die nun, die eigenen Eingeweide in den Händen, weitertaumelten.

Hysterie machte sich unter der Bevölkerung breit. Das Schlimmste war, wenn die Angreifer in blinden Rausch gerieten, ihre Kriegslust auslebten. Dieser Sinnestaumel, der meist in einem Blutbad endete, löste blankes Entsetzen aus.

Und unsere Truppen, die uns verteidigen sollten, waren kaum ein Heer zu nennen. Es waren eher Bürgermilizen aus Bauern, Ladenbesitzern, Wäldlern und Weinbauern, viele nur mit Hacken und Hippen bewaffnet. Lediglich die Landbesitzer und die Herrenschicht konnte man als Krieger bezeichnen. Letztere zumindest konnten reiten und kämpfen. Doch je größer die Gefahr wurde, desto dringender war der Wunsch eines jeden Gebietsfürsten, das eigene Besitztum zu verteidigen und Athen den Rücken zu kehren. So kam es, dass eine Reihe der Adeligen, auch enge Gefährten und Wegbegleiter von Theseus, ihr angestammtes Land nicht verließen. Letztendlich waren es kaum fünfzehnhundert ausgebildete adelige Kämpfer, die sich hinter den Stadtmauern zusammenrotteten.

Am dritten Tag schlossen Philippus und ich uns ihnen an. Theseus führte den Trupp. Die Reiter waren allesamt gute Männer, schwer bewaffnet und in Untereinheiten aufgegliedert. Aber die Amazonen spielten nur mit uns. Ich ritt mit einem Zug in der Ebene bei Thria, als zwei Flügel mit dreißig Kriegerinnen über uns herfielen. Wir formierten uns zu einer Kampfreihe, mit Säbeln und Speeren bewaffnet. Uns gegenüber standen Amazonen aus Titaneia, die unsere Schar mit solcher Verachtung straften, dass sie ihre Elevinnen auf uns hetzten. Sie griffen mit Bogen und Streitäxten an. Wir konnten ihnen nichts anhaben. Jede der Feindinnen schoss drei Pfeile ab, den ersten schon aus großer Entfernung, den zweiten im Galopp beim Näherkommen und den dritten aus nächster Nähe, sobald sich unsere Wege kreuzten. Fand einer der Pfeile sein Ziel, riss die Reiterin ihr Pferd herum und stürzte sich auf die Beute, stach mit dem Wurfspeer auf den Mann ein. Sobald er tot war, fiel sie mit der Streitaxt und dem Enthäutungsmesser über ihn her.

In der Stadt arbeiteten die Männer Tag und Nacht an Verteidigungsbauten, errichteten Mauern und Brustwehren und schleppten Nahrung und Material hinter die Schanzwerke. Auf den Küstenstraßen drängten sich die Flüchtlinge. In jeder Bucht und an jedem Strand zwischen Phaleron und Marathon verfrachteten Ehemänner ihre Frauen, Kinder und Habseligkeiten auf Fischerboote, Lastkähne, Nussschalen oder in große Bottiche, auf alles, was schwamm, um sie rüber nach Euböa und in Sicherheit zu bringen. Tag und Nacht pendelte die kleine Flotte zwischen dem Festland und der Insel hin und her. Am Strand pickten sich Theseus' Beamte die Kampffähigen heraus und beschlagnahmten jeden Wertgegenstand. Jeder Becher, jedes Schmuckstück wurde zurückbehalten, um die Stadt und ihre Verteidigung zu finanzieren, den Feind zu bestechen, die Mauern zu verstärken.

Unter der bunten Mischung der Bürgerschaft, die zurückblieb, kam es zu Aufruhr und Unmutsbekundungen vor dem Tempel des Hephaistos.

Die Menge forderte Antiopes Auslieferung.

Schließlich stellte Theseus sich dem aufgebrachten Pöbel. Antiope sei seine Gemahlin, erklärte er, die Mutter seines Sohnes. Wenn sie ging, ginge auch er.

Jetzt ergriff Panik die Massen, sie wagten es nicht, ihren König beim Wort zu nehmen. Ohne ihn waren sie am Ende, und das wussten sie. Sie ließen das Thema Antiope sofort fallen und forderten stattdessen das Ende der demokratischen Volksversammlung und die Ernennung von Theseus zum alleinigen Oberkommandierenden, zum *autokrator.*

Theseus lehnte ab.

Es solle demokratisch abgestimmt werden. Flucht oder Ausharren und Kämpfen war die Entscheidung, vor die Theseus die Athener stellte.

Dreimal wiederholte er seine Alternative, aber die aufgebrachte Menge wollte nicht hören, forderte immer wieder ihn als Oberkommandierenden.

Theseus weigerte sich standhaft.

Er wollte das Volk zwingen, für sich selbst zu entscheiden.

Vergesst nicht, meine Freunde, dass zu dieser Stunde nicht einmal sicher war, dass die Stadt überhaupt verteidigt werden würde. Die Hälfte der Bürger war dabei, ihre Sachen zu packen, denn der Feind hatte die Rückzugswege in Attika noch nicht restlos abgeschnitten. Noch konnte man durchkommen, konnte noch raus.

Theseus beharrte auf einer Entscheidung. Flucht oder Verteidigung.

Die Menschen waren hin- und hergerissen. Mittlerweile hatten sich zwei Fünftel der Bevölkerung auf den Weg gemacht, sich auf ihren Festungen im Hinterland zu verschanzen. Zweitausend waren zum Hymettos, ins Gebirge nach Süd-Attika, geflohen. Andere kampierten am Ardettos und Lykabettos und in der Festung am Parnes. Weitere suchten mit Booten nach Salamis oder Troizen zu fliehen.

Bis weit nach Mitternacht trafen Meldereiter in der Stadt ein. Jetzt hatte der Feind auch die letzten Pässe am Parnes und im Kithairon-Gebirge eingenommen. Eleusis war gefallen. Der Gegner kontrollierte die wichtigsten Verbindungsstraßen.

Damit war ganz Attika in Feindeshand. Athen war von der Außenwelt abgeschnitten, vom Feind belagert. Hatte Theseus das vorhergesehen? Hatte er die Versammlung so lange hingehalten, bis der Feind die Arbeit für ihn erledigt hatte? Viele haben ihn das im folgenden Jahr gefragt. Seine Antwort lautete stets: »Das Volk hat die richtige Wahl getroffen.«

Ja, das hat es tatsächlich, jetzt, da es keine andere Wahl mehr hatte.

Bleiben und Kämpfen.

Die Stadt verteidigen.

Theseus scheuchte die Ritter noch vor Sonnenaufgang aus dem Schlaf. Die Kerntruppe marschierte auf dem Abreitplatz am Musenhügel auf. Verbündete waren über Nacht eingetroffen: aus Thessalien, Pirithous und Peleus mit einer Hundertschaft von Reitern und vierhundert Lanzenträgern. Aus Kreta der noch knabenhafte Prinz Triptolemus mit dreihundert der berühmten Bogenschützen; aus Sparta der Speerschleuderer Amopharetus mit achtzig gepanzerten Fußkämpfern. Der Anblick dieser Einheiten machte den Verteidigern mächtig Mut.

Theseus begrüßte sie alle und hatte seine Ansprache kaum beendet, als aus den Reihen an der Westflanke plötzlich ein Schrei ertönte. Männer gestikulierten aufgeregt und rannten zum Abhang. Ich spurtete meinem Bruder nach. Wir kletterten auf den Felsvorsprung, der noch kühl im Schatten der aufgehenden Sonne lag. Ihr kennt den Gipfel des Musenhügels. Die Akropolis erhebt sich bis zu seiner halben Höhe, sodass man über die mit Wäscheleinen bespannten Dächer des Weberviertels, das die Straße der Töpfer teilt, den Hügel des Ares sehen kann, der sich als Nachbar der Akropolis auf dieser Seite mit schroffer Felswand über die Stadt erhebt.

Über diesen Kamm nun kamen die Amazonenreiterinnen. Zuerst eine Hundertschaft, mit Helm und Rüstung, dann weitere hundert, und wieder eine Hundertschaft und so weiter. Mit dumpfem, unheilvollem Klang sammelten sich Truppen in solcher Zahl, dass der Blick auf die Hügelspitzen des Kerameikos bis hin zum Dipylontor versperrt war. Tausend und weitere tausend, dreitausend und fünf und sieben und zehn. Diese griffen nicht an, sie näherten sich in gemessenem Schritt, ohne jede Hast und in solchen Myriaden, dass der Boden unter jedem ihrer Schritte bebte und wir selbst, die aus der Entfernung zusahen, Schüttelfrost bekamen.

Und an der Spitze ritten die Befehlshaber. Wir erkannten die Fürsten-Reiter der Skythen und Issidoner, die Reiterei zahlloser anderer Steppenstämme wie der Kerauner, Maioter, Taurer, Rhipäischen Kaukasier, Reiterführer der Phryger, Lyker und Dardaner, Chalyber und Myser und Kappadoker, der Thraker, Gagarer und der von der Halbinsel Chersonesos. Stamm nach Stamm tauchte auf, und in der Mitte über die Hügelkuppe des Areopag ritten die Amazonen von Themiskyra und Lykasteia, Chadisia und Titaneia.

Eleuthera und Hippolyte ritten voran. Man konnte den dreispitzigen Helm der Ersteren erkennen, die Ältere, barhäuptig, an ihrem eisgrauem Zopf und der Streitaxt am Schultergurt. Hinter ihnen tauchte ein Rang nach dem anderen auf. Die aufgehende Sonne machte ihre Bronzerüstungen zu einem einzigen, glühenden Strahlenkranz, eine unheilige Wand blendenden Lichts, glatt, gesichtslos und undurchdringlich. Die Reihen des Feindes erstreckten sich weiter in Richtung Norden über das, was einst die Agora und das Gräberfeld gewesen, jetzt jedoch zum Schlachtfeld geebnet war, von unseren Männern bereits das Amazonium genannt, und weiter bis außerhalb unseres Gesichtsfeldes nördlich der Akropolis und nach Süden, sodass wir, die Verteidiger, den Eindruck hatten, auf ein wogendes goldenes Meer zu blicken.

Von unserem Standort aus stachen die Hügel unserer Stadt wie armselige Inseln aus dieser See. Es war ein seltsamer Anblick. Einerseits war dieser massierte Aufmarsch von Menschen und Waffen nur dazu angetan, uns das Grauen zu lehren. Wie sollten wir je gegen diese Massen bestehen? Und doch konnten wir uns einer gewissen Bewunderung für dieses faszinierende Spektakel nicht erwehren. Keine Trompete ertönte. Keine der Amazonenführerinnen schrie einen Befehl. Der Feind rührte sich nicht, stand nur bewegungslos vor denen, die er belagerte, eine Flut aus Bronze und Eisen, vor der kein Schanzwerk, nicht einmal der Fels von Athen, hoffen konnte zu bestehen.

23
BELAGERUNG

Vorerst erfolgte kein direkter Angriff gegen die Stadt. Die einfallenden Stämme der Steppe begnügten sich vorläufig damit, das Umland zu verwüsten. Attika ist groß. Selbst die Horden der Amazonen und Skythen brauchten Zeit, es gründlich zu plündern. Oben vom Felsen aus konnte man das Schauspiel beobachten. Es war Sommer, und es wehte kein Wind. Bald erstreckte sich eine geschlossene Rauchdecke von Eleusis nach Dekeleia.

Das Viertel aus Wohnungen und Häusern unmittelbar unter der Akropolis wurde damals wie heute die »Innere Stadt« genannt. Die Bevölkerung belief sich auf ungefähr zehntausend, eingepfercht in ein Labyrinth von Gassen und Hinterhöfen, die sich an die Hänge unterhalb des Akropolisfelsens schmiegten. Davor breiteten sich die Vorstädte aus.

Die Stadt in ihrer Gesamtheit war damals offener und hatte mehr Einwohner. Die großen Häuser der Reichen und Wohlhabenden beherrschten die Hügel der Pnyx, den Nymphen- und den Musenhügel. Die weiten Plätze vor dem Museion, dem Palladion und dem Heroentempel der Söhne des Pandion waren Treffpunkte für Bürger und Aufmarschplätze für Truppen. Während die drei großen Verkehrswege, die Heilige Straße, die Straße der Töpfer und die Panathenaia, die wichtigsten Quartiere miteinander verbanden. Ungefähr zwanzigtausend (fünfzigtausend mit Frauen, Kindern und Sklaven) wohnten damals im inneren Stadtgebiet. Daran schlossen sich die Flächen der Vororte an, die wiederum an das ländliche Umland mit seinen Bauernhöfen und großen Gütern grenzten.

Die Innere Stadt war damals ummauert, das gesamte Stadtgebiet war es nicht. Eine uralte Festungsmauer pelasgischen Ursprungs, zu unserer Zeit die Mauer des Aigius genannt, umschloss die heutigen Quartiere Melite und Itoneia. Das Schanzwerk war im Lauf der Jahrhunderte jedoch auf großen Strecken eingebrochen und so achtlos wiederhergestellt worden, dass die Mauer auf einem Drittel ihrer Länge unbrauchbar, um nicht zu sagen unauffindbar war. Entlang der restlichen zwei Drittel hatte man ein Gewirr von kleinen Häusern und Verschlägen direkt an die Mauer gebaut, sie also regelrecht in die Bauwerke mit einbezogen, Türen und Durchgänge, sogar Gassen und Karrenwege hineingehauen. Theseus hatte vorgeschlagen, diese alte Stadtumrandung wieder aufzubauen, die Mittel sogar aus seiner Tasche zur Verfügung gestellt. Doch wer hatte geglaubt, dass sie je gebraucht werden würde?

Das Auftauchten der Skythen und Amazonen änderte das schlagartig. Unter dem Eindruck der Übermacht des Feindes mauerten die Bürger in großer Hast Gassen und Durchgänge zu, errichteten Schanzwerke und Zinnen. Als Streit entstand, wo und wie die Stadt durch Mauern geschützt werden sollte, übernahmen Theseus' Beamte, unter anderem auch ich, die Aufgabe, diese Arbeiten zu leiten und zu lenken. Die außen vor der Mauer liegenden Gebäude mussten abgebrannt werden, um dort offenen Raum zu schaffen und es dem Feind unmöglich zu machen, über Dächer und Stützbalken das Bollwerk zu erklimmen. Das Abbruchmaterial wurde für Ausbesserungen an der Mauer verwendet. Die Vorstädte überließ man kampflos dem Feind.

Athen hatte damals zwei intakte Befestigungen: die Lykomedische oder Äußere Mauer, welche die Innere Stadt gänzlich umschloss und so lückenhaft gewesen war, und die Ringmauer, jene monumentale Festungsmauer, die die Akropolis selbst umgab. Bei beiden handelte es sich um Doppelmauern mit Ausfalltoren in regelmäßigen Abständen. Am westlichen Fuß des Akropolisfelsens befand sich ein massives Verteidigungssystem, das so genannte Enneapylon, die Neun Tore. Dieses Bollwerk bestand aus hintereinander gestaffelten ummauerten Höfen oder Zwingern und schützte die Akropolis an ihrer verwundbarsten, weil sanft anlaufenden Flanke, direkt unter den Dreihundert Stufen. Die Mauer der Akropolis, Halbring genannt, umschloss nur den westlichen Teil des Felsens. Die schroff und fast senkrecht abfallenden Felswände im Osten waren unbezwingbar und daher ungeschützt geblieben.

Die Akropolis selbst war oben noch von einem massiven, archaischen Bollwerk, der Festungsmauer, umgeben. Elf Türme überragten diesen Mauerring, jeder so angelegt, dass den Nachbartürmen zur Linken und Rechten Bedeckung gegeben werden konnte. Die Ummauerung wurde von Schießscharten für Bogenschützen und zusätzlichen siebenundvierzig Ausbuchtungen für schwere Geschütze unterbrochen, bestreichbare Räume, von deren Fallbrücken jeder Abschnitt, der für einen möglichen Angriff geeignet war, kontrolliert werden konnte. Innerhalb des Festungsringes lag eine große Zisterne, in der das ganze Jahr über Trinkwasser aufgefangen wurde. Eine Treppe führte in ihr Inneres, breit genug für zwei Wasserträger. Außerdem lagerte hier Getreidevorrat für sechs Monde. Zusätzlich gab es genügend Steine, um den Feind eine Zeit lang unter Beschuss zu nehmen.

Ich hatte Selene bei einer Einheit in den Vorstädten südlich von Koile gesehen und schöpfte neuen Mut, trotz des kriegerischen Gehabes ihres Stammes und ihrer offensichtlichen Begeisterung dafür. Unschwer erkannte ich, dass sie sich gegen jedes zärtliche Gefühl mir gegenüber gewappnet hatte, war aber dennoch zuversichtlich, dies eines Tages ändern zu können, vorausgesetzt, ich bekam die Gelegenheit. Ich liebte sie noch immer von ganzem Herzen, mehr sogar als damals in Amazonien. War das eine Art geistiger Verwirrung? Ich wusste nur, dass ich von der Krankheit, die mich seit zwei Jahren, also seit unserer Rückkehr vom Amazonenmeer, geplagt hatte, beim Anblick nicht nur meiner Geliebten, sondern des gesamten Amazonenheers wie durch Zauberhand genesen war. Das Leben hatte mich wieder. Auch wenn ich dem Tod bei der Verteidigung der Stadt ins Auge sehen musste, war ich guten Mutes.

Die Amazonen hassten jeden Stein unserer Stadt. Während die Skythen nach Trophäen und Beute lechzten, schienen die Töchter des Ares nur darauf aus, die Stadt auszuradieren. Sie rissen gepflasterte Wege auf und machten Gebäude dem Erdboden gleich. Und ihre Verwüstungen beschränkten sich nicht allein auf Attika. Sie fochten in Theben eine große Schlacht, wie wir hörten, bei Chaironeia am Fluss Haimon. Eine Truppe der Titaneia-Amazonen verlor Hunderte in Thessalien, bevor sie sich mit der Hälfte des besten Weideviehs dieser Region aus dem Staub machten. Eine Einheit unter Hippolyte und Skyleia verwüstete den Peloponnes von den Engen von Korinth bis Patrai. Sie nahmen Nisa unzerstört mit den beiden Häfen Nisaia und Kenchreai sowie Troizen, Sikyon und Orchomenos und besetzten ganz Korinth, mit Ausnahme der Festung Akrokorinth, denn Amazonen sind keine Plünderer. Gold, Sklaven oder andere Reichtümer bedeuten ihnen nichts. Der einzige Reichtum, den sie schätzen, sind Pferde. Sie hatten mittlerweile so viele, dass die Weiden in ganz Hellas nicht ausreichten, um sie zu ernähren. Sie stauten den Ilyssos und Kephisos und verwandelten den Eridanos, so wenig Wasser dieser auch führte, in eine einzige Pferdetränke. Aus dem Heumarkt machten sie eine Rennbahn. Mittlerweile beherrschten sie sämtliche Quartiere im Umkreis der Inneren Stadt. Des Nachts bedeckten ihre Feuer den Areshügel, den Nymphenhügel und die Pnyx. Wir kampierten ihnen gegenüber auf dem Musenhügel und dem Ardettos. Das Gräberfeld vom östlichen Melite und das ganze Quartier Itoneia hielten wir.

Zu diesem frühen Zeitpunkt der Belagerung waren die Kerntruppen der Verteidigungsverbände Athens, die unter Waffen standen, alle noch in der Stadt. Die Pferde unserer Reiterei waren am Südhang des Museions angepflockt, andere vor dem Palladion und Ioneion. Erstaunlicherweise besserte sich die Moral der Verteidiger beständig. Jetzt, da Frauen und Kinder sicher nach Euböa verfrachtet worden waren, machten sich die Männer beruhigt an die Pflicht, ihre Stadt zu verteidigen. Adelige Grundbesitzer und Bauern arbeiteten gleichberechtigt Seite an Seite, um die Stadt mit Mauern und Bollwerk zu schützen. Man rackerte sich in Zwei-Stunden-Schichten ab, und das dreimal täglich. Alle packten mit an, der König eingeschlossen.

An einem solchen Mittag, vielleicht zwanzig Tage nach dem Beginn des Einfalls der Amazonen, rief mich Königin Antiope zu sich. Ein Diener brachte mich zu ihr.

Man führte mich in den Palast des Königs. Gelegenheit zu waschen gab es für mich nicht. Dazu war kein Wasser da. Vor den Gemächern Antiopes bürstete mir ein Diener mit einer Bürste den Staub von den Kleidern.

Unsere Königin empfing mich im Kindertrakt, eine hoch oben gelegene, nach zwei Seiten offene Galerie, in der trotz sommerlicher Hitze eine kühle, angenehm frische Brise wehte. Hier hatte man von der einen Seite einen Blick auf den Ardettos und von der anderen auf die Neun Tore.

Als ich eintrat, entließ die Königin gerade zwei Ritter, in denen ich Meldereiter des Rats der Fünfhundert und des Königs erkannte. »Willkommen, mein Freund der Steppen! Komm herein, Damon. Verzeih mir, dass ich nicht schon früher eine Stunde mit dir teilte.«

Wie immer verschlug es mir angesichts der Schönheit unserer Königin im ersten Moment die Sprache. Außerdem war ihr Blick dunkel vor Trauer und Sorge. Ein seltener Anblick.

»Hasst du mich, Damon?«, fragte sie leichthin und unvermittelt. »So viele hassen mich. In Athen wie in Amazonien. Besser, ich wäre tot, solch Unglück habe ich über unsere beiden Völker gebracht.«

Antiope legte ihr Kind, das sie bisher gehalten hatte, in meine Arme. Unten hörten wir die Pferde der Meldereiter davongaloppieren. Antiope durchquerte das Kinderzimmer und trat auf die Galerie hinaus. Ich folgte ihr.

»Zählst du dich zu den Freunden Athens, Damon?«

Sie meinte, zu den Freunden des Theseus. Ich bestätigte das nachdrücklich.

»Du bist mit ihm zum Amazonenmeer gefahren und hast seither stets seine Sache vertreten. Liebst du ihn?«

Ich stammelte Unverständliches.

»Ich liebe ihn«, schwor sie. »Mehr, als ich glaubte, je etwas und jemanden lieben zu können. Mehr als mein Volk, mehr sogar als dieses Kind, Fleisch von meinem Fleisch.«

Sie sah blinzelnd hinunter zur Mauer des Halbrings, wo irgendwo auch Theseus mit Hand anlegte.

»Als ich mein Land an seiner Seite verließ, hielt ich ihn für einen großen Mann. Aber jetzt, da ich ihn kenne, wie nur eine Frau oder ein Freund ihn kennt, weiß ich, dass dieses Urteil zu niedrig gegriffen war. Wer jemals hat als König so viel Herzensgröße gezeigt? Theseus wagt, was nicht einmal die Götter sich zutrauten: die menschliche Rasse auf eine höhere Ebene zu heben. Jedem Einzelnen die Souveränität über sein Herz zu geben und den Staat als solchen sich allein regieren zu lassen. Weißt du eigentlich zu schätzen, was du hier in Athen hast, Damon? Nie zuvor hat es ein solches Staatsgebilde gegeben, und wenn es einmal ausgelöscht ist, wird es vielleicht nie wieder entstehen.

Neu ist auch das, was zwischen Mann und Frau entstand, zwischen meinem Gemahl und mir. Ich weiß, es ist recht, denn so viele hassen es. Es ist die Hoffnung der ganzen Welt.

Und doch ist es zum Untergang verdammt, und ich muss sorgen, dass es untergeht. Verstehst du, mein Freund?«

Ich verstand nichts.

»Mein Volk will mich. Ich muss zu ihm zurück. Tot oder lebendig. Es gibt weder für sie noch für mich einen anderen Ausweg.«

Inzwischen war Antiope wieder ins Haus gegangen. Sie trat vor eine Truhe, deren Umrisse ich nach dem grellen Sonnenlicht im Halbdunkel des Raumes kaum erkennen konnte. Sie steckte einen Schlüssel ins Schloss, den sie an einer Kette um den Hals getragen hatte, und öffnete sie. Heraus nahm sie ihren *pelekus*, die Streitaxt, mit der sie Prinz Arsakes im Zweikampf in Lykasteia getötet hatte.

»Nur eines kann diesen Krieg beenden: der Tod Eleutheras. Sie ist das Herz dieses Einfalls der Amazonen. Ist sie tot, kehrt das Heer in die Heimat zurück.«

Sie sah mich an. »Aber wer sollte gegen diese größte aller Kriegerinnen bestehen können? Theseus nicht, trotz all seiner Kraft und seines Kampfesmuts. Eleuthera ist zu schnell für ihn. Ich lasse ihn nicht in ihre Nähe. Er ist ihr nicht gewachsen, daran ändert auch sein überragendes Geschick im Zweikampf nichts. Sie würde ihn schlagen. Und sein Stolz verbietet es ihm, sich anders als im Zweikampf mit ihr zu messen.«

Antiope hatte mich dabei nicht angesehen. Es war, als führe sie Selbstgespräche.

»Nur eine Beste der Besten ist ihr ebenbürtig.«

Sie meinte sich.

»Aber mein Gemahl verbietet mir das. Er hat mir das Versprechen abgenommen, niemals eine solche Lösung zu suchen – auch nicht, wenn die Stadt oder er fallen sollte.«

Endlich wandte sich die Amazone mir zu.

»Weißt du, weshalb ich dich habe kommen lassen, Damon?«

Ich schüttelte den Kopf.

»Ich wollte dich töten.«

Sie hob den *pelekus* in seiner Hülle aus geölter Wolle. »Du hast meine Größe. In deinem Überwurf hätte mich niemand erkannt. Ich hätte mir das Haar wie das deine gebunden, und der Schatten deines Helms hätte mein Gesicht verborgen. Ich hätte durch das Tor gehen und meinen Platz unter meinem Volk einnehmen können. Nichts anderes kann sie bewegen, den Rückzug anzutreten.«

Sie sah mir in die Augen.

»Aber ich bringe es nicht über mich. So schwach bin ich geworden.«

Sie betrachtete ihre Streitaxt. Ich habe viele mit dieser tödlichen und schweren Waffe kämpfen sehen, aber keine hat sie beherrscht wie Antiope. Sie hob den Blick zu mir auf.

»Es gibt noch eine Möglichkeit, diesen Krieg zu beenden.«

Ich wartete.

»Ich muss sterben.«

Ich bat sie inständig, nicht davon zu sprechen.

»Mein Tod macht Sinn und Zweck dieses Einfalls des Amazonenheers nichtig. Dennoch darf ich nicht durch eigene Hand sterben. Niemand würde das anerkennen. Und Mord würde den Hass meines Volkes nur noch mehr anstacheln. Nur auf eine einzige Weise kann mein Tod diesem Wahnsinn ein Ende machen. Ich muss in der Schlacht fallen. In der Schlacht gegen mein Volk.«

Mit einer schnellen Bewegung löste sie das Band der Hülle ihrer Streitaxt.

»Mein Gemahl hat das vorausgeahnt. Deshalb hat er befohlen, dass niemand mir die Rüstung anlegen, mich bewaffnen noch mich auf irgendeine Weise in Gefahr bringen darf. Weißt du, warum er das tat?«

Erneut blieb ich ihr die Antwort schuldig.

»Um meine Seele zu retten. Denn die wäre verloren, so

glaubt er, wenn ich meine Hand gegen die erhebe, die mich lieben.«

Sie zwang mich, ihr in die Augen zu sehen.

»Die Stunde kommt, Damon, da ich dieses Gelöbnis brechen muss, das ich meinem Gemahl gegeben habe, und mich bewaffne, um gegen die Meinen zu kämpfen. Wenn es so weit ist, lasse ich dich rufen. Wirst du kommen?«

Die Königin muss die Frage gelesen haben, die in meinem Blick brannte. Warum ich? Warum nicht irgendein Diener oder eine Dienerin?

Mit spielerischer Zärtlichkeit, so als streiche sie einem Kind eine Locke aus der Stirn, zog Antiope die Hülle von ihrer Streitaxt. »Eine Kriegerin der *tal Kyrte* darf sich nur von einer, die sie liebt, zum Kampf rüsten lassen. Aus diesem Grund habe ich Selene vor dem Zweikampf in Lykasteia berufen. Und deshalb berufe ich jetzt dich.«

Ich errötete leicht bei diesen Worten.

»Du liebst das wilde, freie Leben, Damon, wie du Selene liebst. Diese Liebe verbindet euch und mich und unseren König – und dieses Kind.«

Sie trat vor mich hin. Erschrocken stellte ich fest, dass ich das Kind noch immer im Arm hielt. Vor ihm reckte die Königin nun die blinkende Axt wie einen Spiegel. Das Kind gluckste vor Vergnügen und streckte die Hand aus. Antiope nahm die Waffe aus seiner Reichweite.

»Im Namen dieser Liebe und unserer beiden Völker bitte ich dich inständig, Damon: Komm, wenn ich dich berufe! Kleide mich, ich flehe dich an, in meine Totenrüstung.«

Steinerne Stufen führten vom Palast hinunter zum Platz vor dem Erechtheion, wo jetzt die Zelte und Küchen unter freiem Himmel aufgebaut waren, dem Tempelbezirk der Athena Polias zugewandt, der Schutzgöttin der Stadt. Ein Diener erwartete mich, als ich aus dem Palast trat. Er führte mich die Hundert Stufen hinunter, am Heiligtum der

Aphrodite Pandemos vorbei, der Göttin, durch deren Hilfe unser König die sich bekriegenden Gebietsfürsten Attikas geeint hatte, und über die zahlreichen Verteidigungsanlagen zu der Stelle, wo Theseus jetzt am Enneapylon an der Verstärkung des Siebten Tores arbeitete. Zu hunderten schwitzten hier die Männer Athens in der Sonne.

Theseus warf nur einen flüchtigen Blick in meine Richtung, doch die Botschaft war deutlich: Die Melder hatten ihm von meinem Empfang bei der Königin Antiope berichtet. »Woran hat sie bei dir appelliert, mein Freund? An deine Liebe zu Athen oder deine Liebe zu Selene?«

»An beides, mein König.«

Bevor ich mich noch selbst bezichtigen konnte, zog Theseus mich vom Gerüst.

»Ich kann es nicht zulassen, dass Antiope sich zur Schlacht rüstet, Damon. Nicht nur aus Gründen der Ehre, um zu vermeiden, dass sie in den Augen ihres Volkes und vor sich selbst Hochverrat begeht, noch aus Eigennutz, denn den Verlust ihrer Liebe könnte ich nicht ertragen, sondern um diesen Staat zu retten. Und mehr noch: das Ideal der Selbstbestimmung des Volkes, für das Athen ein Vorbild und Symbol geworden ist.«

Er musterte mich todernst.

»Ich hätte Antiope ihrem Volk niemals wegnehmen dürfen«, fuhr er fort. »Ein Gott muss mir die Sinne verwirrt haben. Doch da es nun mal geschehen ist, will ich sie verteidigen – bis zum Äußersten. Das ist die Pflicht der Könige und das Gesetz eigenständiger Staaten.«

Sein Blick war fragend auf mich gerichtet.

»Wenn ein König seine Familie nicht verteidigen kann«, sagte er, »dann kann er auch sein Königreich nicht verteidigen. Fehlt er, fällt Athen. Lasst mich meine geliebte Gefährtin verteidigen, lasst die Stadt fallen – Athens Ideal lebt weiter. Aber dass ich überlebe, damit die Stadt fortdauere, ich aber Antiope verliere? Das ist etwas, das ich nicht dulden kann. Verstehst du, Damon? Schwörst du mir, Antiope nicht zu rüsten?«

Ich gab ihm mein Wort. Der König legte die Hand auf meine Schulter.

»Du hast geglaubt, wir betreten unbekanntes Land, mein Freund, als wir über das Meer zu den Amazonen segelten. Aber das war nichts im Vergleich zu den Grenzen, die ich allabendlich mit dieser Frau überschreite, die meine Gleiche ist. Bei jeder Morgenröte erreiche ich neue Erdkreise. Jede Nacht lande ich an Gestaden, die noch kein Mann vor mir betrat.«

Er lachte und sah blinzelnd zum Areshügel, dem Areopag, hinauf, kaum einen Bogenschuss entfernt, auf dem die Amazonen ihr Hauptlager aufgeschlagen hatten. »Hast du Selene schon gesehen?«

Mehrfach, antwortete ich. In Koile und weiter südlich jenseits des Tempels der Herse und der Pandrosos.

»Meine Königin hat dich heute rufen lassen«, erklärte mir der König, »weil du Selene liebst, wie ich sie liebe und sie mich liebt. Parallele Geschicke!« Er klopfte mir lachend auf den Rücken. »Danke den Göttern, wenn du auf Selene nur im Zweikampf triffst. Gott helfe dir, wenn du sie lieben musst.«

Es ist ein Elend, König zu sein, besonders noch ein großer König, denn er muss geistigen Idealen dienen, dafür auf Buhlen aus Fleisch und Blut verzichten. Wer hat schon Vorteile von der Treue eines Königs, es sei denn ferne Generationen, und an welches seiner Worte werden sie sich nach all der Zeit noch erinnern, die sie berühren?

ACHTES BUCH

SCHWESTERN IN WAFFEN

24

EINE ARMEE VON ZIMMERLEUTEN

Selenes Vermächtnis:
Die Athener bekämpften uns einen weiteren Mond lang. Falls man ihre Art der Kriegsführung überhaupt als Kampf bezeichnen kann.

Skyleia machte ihrer Empörung im nächtlichen Rat Luft. »Gott muss diese Hellenen aus seinem Arsch geboren haben! Haben sie kein Schamgefühl? Mir fallen keine Unflätigkeiten mehr ein, diese Ratten aus ihren Löchern zu locken. Wer hat so was schon mal erlebt? Nicht mal Ratten kämpfen mit so wenig Anstand.«

Sie erntete tosenden Beifall. Jetzt meldete sich Stratonike zu Wort: »Worin liegt die Ehre, jemanden zum Zweikampf herauszufordern, der sich hinter Mauern und in Erdlöchern verkriecht? Bei Tageslicht krabbeln sie wie Käfer hervor, schieben ihre Schilde wie Kotbälle vor sich her!« An jenem Tag, dem neunten in Folge, hatten unsere Einheiten den Feind in offener Schlacht in die Flucht geschlagen, mit dem Erfolg, dass er sich mit eingezogenem Schwanz wieder hinter seinen Mauern verschanzt und von den Zinnen, von Fallbrücken und mit Geschützen Steine auf uns herabgeschleudert hatte. Stratonike jaulte vor Wut über diese Feigheit laut auf. »Ich will nicht zerquetscht werden wie ein widerliches Insekt! Wo liegen Ruhm und Ehre in einem solchen Tod?«

Die Skythen und Massa Getai stimmten empört in die Unmutsbekundungen der Amazonen ein. Allerdings aus anderen Gründen.

»Kein Gold in diesem Land!«, klagte Borges, der sich drei Stunden vor Mitternacht fast besinnungslos gesoffen hatte. Seine Männer hatten in diesem gottverlassenen Landstrich weder Pferde noch andere Beute entdecken können, behauptete er, nur Grünzeug und Ziegen.

Nachdem alle ihrer Wut und Frustration Luft gemacht hatten, erhob sich Eleuthera.

»Schwestern, nichts würde mir mehr Zufriedenheit bescheren, als diesem Dreckloch den Rücken zuzukehren. Ich pisse auf Athen!«

Lautstarker Beifall begleitete diese Äußerung.

»Ich würde augenblicklich die Sachen packen und diese Lustknaben an ihrem eigenen Dreck ersticken lassen. Aber hört mich, Schwestern und Verbündete! Wenn wir jetzt abziehen, werden diese schamlosen Kerle den Sieg für sich beanspruchen.«

Wütendes Geschrei erhob sich. Mit einer Handbewegung brachte Eleuthera die Menge zum Schweigen.

»Ja, den Sieg. Denn was ist Sieg anderes, als den Feind vom Schlachtfeld zu vertreiben? Eines muss man Theseus lassen: Er ist ein kluger Kopf! Und seine List besteht darin, auszuharren und die Ehre auf dem heiligen Altar der Vernunft zu opfern. Das ist die neue Errungenschaft der Athener. Und damit vernichten sie alles, was frei und edel ist in dieser Welt.«

Die Menge tobte vor Wut.

»Deshalb sage ich: Wir ziehen uns nicht zurück! Wir erlauben es diesen elenden Kriechern nicht, den Sieg für sich zu beanspruchen, indem sie uns zu Tode langweilen oder uns mit ihrer Tatenlosigkeit einschläfern!«

Im Morgengrauen des sechsunddreißigsten Tages griff Eleuthera an. Bevor sich noch der Fels der Akropolis aus dem Schatten der Nacht gelöst hatte, gerieten Theseus und seine Besten in wilde Panik. Einheiten der *tal Kyrte* durchbrachen die Schutzwälle an zahllosen Stellen. Die Fußkämpfer der Taurer und Lyker drängten in die Stadtteile von Ost-Melite. Die Stämme unter Borges schnitten eine Zweitausendschaft des Feindes auf dem Musenhügel von den Ihren ab. Die Skythen überschwemmten Itoneia. Der Feind zog sich an allen Fronten zurück. Es hatte den Anschein, als dränge ihn die Macht des Angriffs bis zum Fuß des Kalkfelsens der Akropolis zurück. Dennoch hielten sich einige Nester des Widerstandes in den Zwingern der Festungsmauer. Im Labyrinth städtischer Gassen und Wege konnte die Reiterei ihre Taktik nicht entfalten. Die meisten Einheiten gerieten in Unordnung, der Kampf drohte in Chaos auszuarten. Am Nachmittag hatten die Athener, die sich uns mit unerwarteter Hartnäckigkeit widersetzten, zwei Schlüsselpositionen zurückerobert – die Tempel der Herse und der Pandrosos und den Platz der Wiederkehr. Von diesen Stellungen aus – sollten sich die Einheiten erneut mit den von ihnen abgeschnittenen Truppen auf dem Musenhügel vereinigen – war der Feind in der Lage, die verwundbaren Flanken unserer vorrückenden Verbündeten anzugreifen. Und eines musste man den Athenern lassen: Sie gaben nicht auf. Wir hatten bis zum Einbruch der Dunkelheit alle Hände voll zu tun, um sie vom Musenhügel und zurück hinter den inneren Ringwall der Stadt zu treiben. Eleuthera gab den Befehl, die äußeren Viertel dem Erdboden gleichzumachen. Das war leichter gesagt als getan, denn die besten Kämpfer der *tal Kyrte* wollten sich dazu ebenso wenig herablassen wie Borges' Skythen oder die anderen berittenen Kämpfer der Steppenstämme, bei denen eine derartige Plackerei als erniedrigend und entwürdigend gilt. Dennoch musste es getan werden, denn solange die

Stadtviertel nicht eingeebnet wurden, waren unsere Heerlager – die mittlerweile dicht gedrängt die Stadt überzogen – für Ausfälle der Athener verwundbar. Falls Theseus mit seinen Truppen das Bollwerk verließ und zum Angriff überging (und ihm war alles zuzutrauen), waren wir gezwungen, uns mit dem athenischen Abschaum im Gewirr der Gassen herumzuschlagen. Und wie sollten Reitereinheiten mit Schilden herumfuchtelnde Hellenen in einem Kaninchenbau bekämpfen? Das schien nahezu unmöglich. Wir waren wieder genau da, wo wir angefangen hatten: beim städtischen Kleinkrieg, bei dem die Übermacht unserer berittenen Truppen durch die Gegebenheiten praktisch neutralisiert wurde. Wir mussten den Athenern zuvorkommen. Das hieß, unser Angriff musste sich gegen die Festungsmauern richten, hinter die wir den Feind – vorerst – zurückgetrieben hatten. Und das waren die Ringmauer um die Innere Stadt, die Neun Tore und die Wehrtürme des Halbrings um die Akropolis. All diese Festungsanlagen sollten fallen. Unser Ziel musste es sein, den Feind hinauf zum Gipfel der Akropolis zu treiben.

Bei *tal Kyrte* bilden elf Kriegerinnen die kleinste Reitereinheit, eine so genannte »Gerte«, deren Zahl jedoch entsprechend den Aufgaben zwischen vier und dreißig Mitgliedern variieren kann. Die Ersatzpferde für eine solche »Gerte« belaufen sich auf vierundvierzig Reittiere, vier Pferde für jede Kriegerin. Jede dieser Einheiten kann sich auf eine Hilfstruppe aus zweiundzwanzig Elevinnen stützen, ebenfalls beritten und mit der Pflege, Fütterung und Bereitstellung der Pferde betraut.

An dem Tag, als die Truppe unter Eleuthera die Äußere Mauer angriff, waren die Kriegerinnen meiner »Gerte« Antheia, Arge, meine Schwester Chryssa, Bremusa, Hesione, welche mit der *makerra,* der zehn Fuß langen Lanze, kämpfte, Kalliste, Euippe, Theodora, über vierzig und die stärkste der Gruppe, Skotia, Rhodippe und Dosteia.

Meine eigenen Pferde waren Morgenröte, Knorriger Ast, Sturm und Schlangenbiss, wobei ich letzteres Pferd nur bei Dunkelheit ritt, obwohl Knorriger Ast nachts einen ebenso sicheren Tritt hatte.

Ungefähr tausend »Gerten« bildeten die Kerntruppe des Amazonenheers, zusammen mit siebenhundert Reitern unserer männlichen Verbündeten. Mit meiner Gerte allerdings konnte ich es mit der doppelten Zahl an Feinden aufnehmen, den Besten eines jedes Volkes.

Der Angriff kam am einundvierzigsten Tag.

Die Gebäude des äußeren Stadtgebiets waren dem Erdboden gleichgemacht; jedenfalls so weit, wie man dieser immensen Steinhaufen überhaupt Herr werden konnte. Damit war die Innere Stadt hinter dem archaischen Mauerring, der sie umgab, von der Außenwelt abgeschnitten. Allerdings war diese Mauer bei weitem kein einheitlich intaktes Bollwerk. Dafür jedoch hatte der Feind an den verwundbaren Stellen Schanzen und Zwinger gebaut. Die Zugänge schützten mit spitzen Pfählen gespickte Gräben und Palisaden. Im westlichen Teil hatten die Verteidiger drei Vorposten: auf den Hügelkuppen vor dem Heiligen Tor, dem Panathenaia-Tor und am äußeren die Neun Tore schützenden Schanzwerke. Jeweils zweitausend Männer hielten diese Stellungen, denen ebenfalls gepfählte Gräben und Palisaden vorgelagert waren. Die Hänge nördlich und östlich der Akropolis hatte *tal Kyrte* aufgegeben. Sie waren unbezwingbar. Unser Angriff sollte sich also auf den Süden und Westen unterhalb des Areshügels konzentrieren. Die nördlichste Schanze gegenüber den Neun Toren, die »Vorschanze« genannt, war das Angriffsziel meiner Gerte.

Die Ehre, die erste Angriffswelle zu bilden, erhielten die Themiskyra-Amazonen, Hippolytes Einheit, in Gemeinschaft mit den Thrakern von Prinz Sadukes, sämtlich berittene Bogenschützen, und verstärkt durch Teile der gepanzerten Reiter der Saii und die Fußkämpfer der Massa Getai und Thyssa Getai. Meine Einheit war Teil der dritten Angriffswelle, zusammen mit sechs Gerten der Lykasteia-Amazonen und acht der Titaneia-Amazonen. Unser Plan war, den Angriff mit Fußkämpfern der männlichen Stämme zu eröffnen. Die Flügel der Reiterei sollten folgen, sobald diese den Durchbruch erreicht hatten. In der Theorie war es uns als ein perfekter Plan erschienen. Wir legten Kriegsbemalung an und sprachen unsere Gebete. Ich betete darum, den Mut zu haben, Damon zu töten, sollte ich ihm im Kampf begegnen. Zwischen dem Hügel der Pnyx und dem Musenhügel bot Eleuthera viertausend Pferde und eine gemischte Einheit aus Lykern, Dardanern und Amazonen auf. Diese sollten nachrücken und dem Feind den Garaus machen, sobald unser Angriff Erfolg zeigte.

Vor der Schlacht noch hatte Eleuthera Antiopes Truppe zusammen mit dem reiterlosen »Leckermaul« an der Spitze aufgestellt und zum Lager des Feindes hinaufgerufen, Antiope solle sich zeigen. Verwünschungen waren die Antwort gewesen. Vor den Reihen opferte die Priesterin Hekate einen schwarzen Schafbock. Die Hymne zu Ares, dem Gott des Krieges, erscholl. Der Angriff konnte beginnen.

Nie zuvor hatte ich den Befehl über eine »Gerte« im Kampf innegehabt. Nie zuvor war mir die Verantwortung für andere Leben als das meinige übertragen worden. Das machte mir Angst. Ich ritt die Reihen ab, als die Truppe Aufstellung nahm, ermahnte alle eindringlich zu Wachsamkeit und Umsicht. »Mach kein so ernstes Gesicht«, sagte meine Schwester. »Wir verlassen dich schon nicht.«

Mit einem ohrenbetäubenden Schrei aus Hunderten von Kehlen begann der erste Sturm der Fußkämpfer. Nie hatte ich Männer so trunken gesehen. Hinter den Reihen blieben unzählige leere Weinschläuche zurück. Dennoch waren sie herrlich anzusehen, die Getai mit ihren Fuchspelzhelmen und den zehn Fuß langen Lanzen, die Saii mit ihren Brandkarren mit Rammböcken, größer als Schiffe. Unsere Reitereinheiten sollten sich zurückhalten, bis die Fußkämpfer den Feind in Gefechte verwickelt hatten. Aber Reiter und Pferde waren viel zu aufgeregt und kampfeshungrig, als dass sie sich länger gedulden konnten. Gerten der Titaneia, die beiden ersten Reihen, stürmten vorzeitig los, überholten die Fußtruppen, bevor diese auch nur bis auf sechshundert Fuß an die Mauer herangekommen waren. In wenigen Herzschlägen war die ganze Taktik unseres Angriffs Schall und Rauch.

Wir ritten den Angriff bergauf, auf seifigem weißem Kalkstein voller Furchen und Unebenheiten, tödliche Voraussetzungen für eine Reitereinheit. Die Hufe der Pferde verloren immer wieder den Halt, glitten aus. Pferde stürzten über- und voreinander. In wenigen Augenblicken war das Chaos perfekt. Und der Feind konnte sich in aller Ruhe die ungeschützten Pferde als Zielscheiben vornehmen, wobei er den Vorteil hatte, von oben schießen zu können. Unsere Angriffsreihen hatten also den bestrichenen Raum bis auf hundert Fuß erreicht, bevor sie überhaupt dazu kamen, ihre Waffen einzusetzen. Und unter ständigem Beschuss sind hundert Fuß eine Ewigkeit. Die Athener brüllten und schrien von oben und deckten uns mit einem wahren Geschosshagel ein. Weder Skythen noch Thrakern gelang es, bis an das Schanzwerk heranzukommen, sie gaben schließlich auf und rannten traversal die Hänge entlang und schleuderten dabei ihre Lanzen, sodass kaum ein Schaft unter hunderten sein Ziel erreichte. Lediglich die panische Angst der Athener verhinderte eine Katastrophe unsererseits.

Dreimal warfen sich die führenden Einheiten der Amazonen und Skythen in den Angriff. Dreimal wurden sie zurückgeschlagen. Meine Gerte war noch kein einziges Mal gewichen. Wir waren gerade abgesessen und hatten unseren Pferden Ochsenhäute um die Hufe gewickelt, um ihren Tritt zu sichern, als ein Schrei vom Hang zu unserer Linken ertönte. Die Reihen bewegten sich. Ich sah nichts. »Aufsitzen!«, brüllte ich, mehr, um den Meinen Mut zu machen, als aus Kenntnis dessen, was geschehen war. Wir galoppierten den Hang hinauf.

Der felsige Anlauf war von natürlichen, fast kniehohen Stufen durchzogen, sodass jeder Reiter sich mit Fersen, Knien und Schenkeln krampfhaft im Sattel halten musste, um beim Sprung auf jeden neuen Tritt nicht über das Hinterteil des Pferdes abzurutschen. Ich fühlte, wie meine Pfeile im Köcher wie Stäbchen durcheinander geschüttelt wurden, den Bogen hielt ich bereits mit den Zähnen, und meine Streitaxt schlug so heftig gegen meinen Rücken, dass ich merkte, wie die messerscharfe Klinge die Hülle durchtrennte und mir das Fleisch ritzte.

Die Schanze, die meine Schar angriff, bestand aus drei miteinander verbundenen Verteidigungslinien. Die erste war eine Palisade aus Eichenholz und Ochsenhäuten auf dem Scheitelpunkt einer Erhebung. Unmittelbar darunter lagen mit Pfählen gespickte Gräben, und darüber und zur Linken befand sich unter dem nördlichsten Flügel des Enneapylon ein Felsvorsprung. Von dort aus bedeckten die Verteidiger die Flanken der Schanze zusammen mit einer dritten Stellung weiter im Vordergrund.

Fußtruppen der Saii hatten den Graben vor dem Felsvorsprung erreicht. Es war ihnen gelungen, einen Brandwagen bis zum Rand zu schaffen, was angesichts des Steine- und Bleiregens, der auf sie herabging, einen bewundernswerten Kraftakt darstellte. Am Grabenrand jedoch, so erfuhren wir später, gelang es den Saii trotz aller Anstrengungen nicht, diesen in Brand zu stecken. Enttäuscht und verärgert rammten die Kämpfer den Wagen in den Graben, wo er sich zwischen den Pfählen überschlug und wundersamerweise mit seiner Unterseite plötzlich eine Brücke für die Krieger über den Graben bildete.

Und über diesen Übergang nun stürmten die Fußkämpfer. Unsere Gerte und andere rückten nach. Der Verteidigungsturm war zwei Stockwerke hoch, sechseckig mit Unterständen an drei Ecken. Die Holzstämme waren vertikal angeordnet. Die Lücken dienten als Schießscharten. Und durch diese feuerte der Feind Pfeile mit Bronzespitzen, Wurfspeere und die kurzen Lanzen der Seekämpfer. Eiche brennt nicht und ist zu hart, um von der Axt zersplittert zu werden. Die einzige Möglichkeit war, das Schanzwerk hinauf- und hinüberzuklettern.

Die junge Dosteia aus meiner Gerte trieb ihr Pferd kurzerhand dicht an das Schanzwerk heran, sprang mit einer Streitaxt in jeder Hand von seinem Rücken auf die Palisade zu, hakte die eine Axt in das Holz und hangelte sich so mit einer Schnelligkeit die Wand hoch, dass uns allen der Atem stockte. Oben am Rand verschwand sie. Im nächsten Moment tauchte ein Feind über der Palisade auf, hielt sich den Leib und kippte kopfüber in die Tiefe. Dosteia war in die Schanze eingedrungen. Sie half Anteia und meiner Schwester nach oben. Ich und vier der Unseren griffen zu Fuß an.

An der Südwand des Schanzwerks hatte eine Gerte der Titaneia-Amazonen eine Verteidigungslinie durchbrochen und drang nun auf dieser Seite ein. Die Festungsanlagen waren an der Stelle ohne Tore oder andere Zugänge. Die Verteidiger mussten über Leitern hinein- und hinausklettern. Ich schrie Dosteia zu, sie solle eine Leiter herunterlassen. Doch sie hörte mich nicht. Wir waren an der Nordseite. Verteidiger schossen durch die Scharten mit langen Lanzen. Rhodippe zersplitterte eine davon mit ihrer Axt. Ich ergriff den Schaft einer anderen mit beiden Händen und zog mit aller Macht. Der Speerwerfer drinnen hielt dagegen. Ich war stärker und entwand ihm die Lanze. Bremusa und Hesione waren ebenfalls aus dem Sattel gesprungen. Wir schlugen die Speere des Feindes mit unseren Streitäxten zurück und schossen dann Pfeile mit Eisenspitzen durch die Scharten. Das Hochgefühl war nicht zu beschreiben. Wir durchschlugen die Seile, die die Pfähle hielten, banden unsere Pferde davor und brachten die Mauer zum Einsturz. Über uns stießen die Saii oben auf dem Felsvorsprung ihr Siegesgeheul aus.

Wir waren in der Inneren Stadt. Das Schanzwerk der Äußeren Mauer fiel. Die Türme des Halbrings erhoben sich drohend über uns. Das Quartier, das sich uns so eröffnete, war ein reines Wohnviertel gewesen. Und wieder stießen wir auf neue Hindernisse. Der Feind hatte Gassen und Höfe wahllos zugemauert, sodass die Angreifer, die zu Pferd in einen Durchgang sprengten, nie wussten, ob sie in einer Sackgasse landeten. Mehr als einmal geriet unsere Reiterei in die Falle, fand sich auf der Jagd nach feindlichen Trupps plötzlich in einem Labyrinth von Mauern wieder, aus dem es kein Entrinnen zu geben schien. Heckenschützen, die von Haus zu Haus rannten und ständig ihren Standort wechselten, nahmen die Eingeschlossenen hinter Fenstergittern oder von Dachfirsten aus unter Beschuss.

Wir galoppierten über die Ring-Straße. Die Verteidiger hatten sie mit Gruben, gepfählten Gräben und Fußbrechern präpariert. Zelte und Verschläge des Lagers verhinderten zusätzlich ein schnelles Fortkommen unserer Truppe. Ich sah, wie Hesiones Pferd in vollem Galopp in einen Graben sprang, sich beide Vorderläufe zertrümmerte und die Reiterin wie eine Puppe durch die Luft segelte.

Auf der ganzen Länge der Äußeren Mauer waren Durchbrüche gelungen, und durch diese stürmten nun die Saii, die Thraker und die Amazonen. Allerdings hatten die Athener, abgesehen von ihren anderen Ränken, auch noch gegenläufiges Schanzwerk und Feuermauern im rechten Winkel zur Verteidigungsmauer errichtet, die die Ring-Straße immer wieder kreuzten und abriegelten. Hinter diese zogen sich die Athener jetzt zurück, schleuderten Steine und Wurfgeschosse, sodass unsere Einheiten Zwinger um Zwinger ausräuchern mussten, um überhaupt weiterzukommen. Und die ganze Zeit über waren wir dem unablässigen Beschuss von den Zinnen der Akropolis ausgesetzt.

Was uns rettete, war nur das Chaos, das beim Feind herrschte. Angst war der gefährlichste Feind der Hellenen. Die erste gegenläufige Barrikade, die wir stürmten, war ein mit Steinen gefülltes Weidengeflecht. Pferde und Kriegerinnen sprengten hindurch, bereit zum Gemetzel, doch als der Beschuss von oben begann, waren es nicht wir, sondern die Athener, die in Panik gerieten. Wir jagten sie hinter immer neue Mauern und Schutzwälle. »Keine Trophäen!«, schrie ich. »Macht sie einfach nieder!«

Bei jedem weiteren Durchbruch floh der Feind. Der Bogen war als Waffe nutzlos. Das schwierige Gelände machte es uns unmöglich, freihändig zu reiten. Blieb nur die Streitaxt. Wir kämpften mit der Axt und den Hufen unserer Pferde, trampelten jeden nieder, der sich uns in den Weg stellte. Die Hellenen kämpften aus Gräben und Höhlen, auf den Knien, stießen ihre Speere und Lanzen in die Leiber unserer Pferde, während Steine von jeder Größe auf uns herabdonnerten. Abpraller flogen krachend durch die Luft, versetzten die Pferde in Panik, gleichgültig, ob sie trafen, denn die Tiere scheuen vor allen Gegenständen, die sich außerhalb ihres Gesichtskreises schnell bewegen.

Ich weiß nicht, wie viele Schanzwerke wir angriffen. Das Getümmel schien nicht enden zu wollen. Der Höhepunkt kam auf dem Scheitelpunkt einer Anhöhe. Unsere Gerte schlug sich mit einem Dutzend Athener, das sich in den brennenden Ruinen eines Badehauses an der Biegung einer Gasse verschanzt hatte. Drei waren auf das Dach geklettert, der Rest lauerte hinter der Hofmauer. Aus dessen Mitte ragte ein schöner Olivenbaum. Chryssa, Anteia, Dosteia und ich setzten über die Mauer.

Die drei auf dem Dach schleuderten Ziegelsteine auf uns. Im Hof unten kämpften sie mit den Schaftenden zersplitterter Speere und Lanzen. Einer schwang einen großen Knüppel gegen Morgenröte. Ich trieb ihn unter das Dachgesims und nahm ihm mit meiner Axt die halbe Schulter. Das wollte mir ein Hellene auf dem Dach heimzahlen. Aber sein Fuß glitt ab, er rutschte auf dem Rücken übers Dach, wie ein Kind auf dem Eis, fiel genau über mir herunter, landete auf Morgenrötes Hinterteil und schlug hart auf das Steinpflaster des Hofs. Dosteia fiel mit einem Schrei über ihn her. Ich sah, wie sie ihm mit ihrem Absatz gegen die Schläfe trat und sich mit dem Krummsäbel auf ihn stürzte, den die Thraker den »Nussknacker« nennen. Von der Mauer her ließen die Unseren zusammen mit einigen Skythen und Lykern ein wahres Schnellfeuer von Pfeilen auf die in der Falle sitzenden Athener los. Deren letzte Geschosse waren verbraucht, sodass einer in seiner Verzweiflung einen Käse auf Hesione warf, die ihn zu Fuß verfolgte. Ein anderer Athener griff mit einem Eichentisch an. Sie hatten nicht die geringste Chance.

Kurz darauf war der Kampf des Tages beendet. Die Schützen mit den Steinen über uns gaben ihren fliehenden Landsleuten Deckung, die, aufgescheucht wie die Ratten, versuchten, sich hinter den Inneren Toren in Sicherheit zu bringen.

Ich sammelte meine Einheit. Keine war verloren, und die Wunden konnte man heilen. Ich schickte sie aus, das Schlachtfeld nach brauchbaren Waffen abzusuchen. Intakte Lanzen und Pfeile waren Gold wert. Ich war erschöpft und am Ende angesichts der Angst um die Meinen. Selbst mein Pferd schien müder als der Rest.

Gefangene Feinde wurden zusammengetrieben. Meine Gerte war mit den Sippen der Eisenberge in Streit geraten. Die Skythen scheuchten die verwundeten Feinde wie Vieh vor sich her, gierig darauf, sie endlich abzuschlachten. Das war gegen Eleutheras und Hippolytes Befehl, die angeordnet hatten, dass die ranghöheren Gefangenen zur Befragung ausgesondert werden sollten. Aber wann hatte sich ein Skythe schon einmal um die Befehle einer Amazone geschert?

Vor den Linien sammelten sich unsere Verbündeten zu hunderten, trieben ihre Beute wie Stiere vor sich her. Wir hatten ein paar in Sicherheit gebracht, andere waren in heller Panik geflohen. Die Skythen holten sie ein und hackten ihnen die Hände ab. »Hier, jetzt könnt ihr sie haben!« Die Athener brüllten vor Entsetzen. Sie boten ihnen Gold, alles, wenn sie nur verschont würden. Aber die Skythen stürzten sich nur lachend auf die Athener, die sich hinter unsere Linien gerettet hatten, und forderten ihre Herausgabe. Wir machten unerbittlich Front gegen unsere Verbündeten. Eine blutige Auseinandersetzung innerhalb des Heers der Angreifer lag in der Luft.

In diesem Augenblick ritt Eleuthera auf ihrem Pferd in die Menge. Sie erfasste die Lage mit einem Blick, schwang sich vom Pferd, ließ ihre Peitsche knallen und ging auf die Skythen zu. Andere von uns folgten ihrem Beispiel. Verblüfft zogen sich die Skythen zurück. Eleuthera kannte die Skythen genau, wusste, dass die, die sonst wie Sklaven behandelt wurden, vor der Peitsche zurückweichen würden.

Meine Gerte machte sich auf den Weg zu unseren Pferden. Bei Überfällen dieser Art war in der Steppe höchstens ein totes Pferd zu beklagen. Hier bei diesem Krieg waren vier von elf herrlichen Tieren der bittere Preis, und ein fünftes, Hesiones Anare, hatte sich beide Vorderbeine gebrochen. Hesione beendete seine Qual, erdrosselte ihn mit der Reitgerte und hielt dabei seinen Blick bis in den Tod. Tote Pferde wurden von den Schlachtfeldern ins Lager gebracht, auf Bahren aus Leder und Weidenzweigen, wie es die Sitte verlangte. Niedergeschlagen und schweren Herzens zog sich unsere Einheit hinter die Palisade unterhalb des Felsvorsprungs zurück. Ein Wolkenbruch ging hernieder, Bäche rauschten über den Hang hinunter. Angesichts der Wassermassen hatte der Feind seine Angriffe von oben eingestellt. Wir retteten uns in das, was von unserem ersten Lager übrig geblieben war.

Tote und sterbende Pferde waren überall. Ihre Reiter suchten sie in dem verzweifelten Wunsch, ihre Todesqualen zu beenden. Viele hatten sich die Beine oder den Rücken gebrochen. Kein Anblick ist schmerzlicher als der eines verletzten Tiers, das versucht, auf zwei oder drei Beinen aufzustehen. Meine Mädchen erledigten die traurige Arbeit schnell und schweigend. Der wolkenbruchartige Regen hielt an. Auf dem Felsplateau, wo der Feind gelagert hatte, standen überall zurückgelassene Weinkrüge, Säcke mit Linsen und Erbsen, dazwischen Abfall, flache Brotlaibe, Zöpfe aus Knoblauchknollen und Zwiebeln, Rettiche und Lauch. Man sah Schilde und Waffen, achtlos von den fliehenden Athenern zurückgelassen. Exkremente dampften unter Stroh in den Gräben im Regen. Oben am Hang stritten die Skythen noch immer lärmend um die Gefangenen.

»Soll das so weitergehen?« Chryssa sprach angeekelt aus, was wir alle dachten.

Ich befahl den Mädchen, den Mund zu halten und sich um Waffen und Pferde zu kümmern.

25

DER BERICHT DES MUSIKERS

Am Abend verhörten wir Gefangene im Hauptlager auf dem Areshügel. Wir brauchten sie nicht zu foltern, diese Athener, ein Blick auf die Skythen draußen genügte, um sie gefügig zu machen.

Der vierte Gefangene war ein Musiker. Das Abhacken der Hände durch die Skythen hatte ihn in noch größere Panik versetzt als alle anderen. Seine Rede war so ehrlich und aufrichtig, dass ich Eleuthera herbeiholen ließ.

Als sie kam, hatte der Musiker seinen Mut wieder gefunden und erklärte, er wolle nichts sagen, was seinen Landsleuten schaden könne.

Eleuthera widerstand der Versuchung, Gewalt anzuwenden. Der Gefangene wusste nicht, wer sie war, und von uns klärte ihn keine auf.

»Wir möchten nur eines wissen, mein Freund«, richtete Eleuthera ruhig das Wort an ihn. »Was erzählt Theseus seinen Leuten? Ich bewundere euren König. Mit welchen Argumenten stärkt er eure Moral?«

Der Musiker erschrak. Nicht aus Angst, so schien es, wollte er nicht reden, sondern aus Rücksicht auf uns. Eine wahrheitsgemäße Antwort, so entgegnete er, müsse den Feind beleidigen. Also sollten wir ihn lieber gleich töten.

Eleuthera ließ dem Mann Wein bringen und versprach, dass ihm nichts geschehen werde, solange er die Wahrheit sagte. Wenn er die Einschätzung seines Königs über den Feind weitergebe, könne er keinen Schaden anrichten.

Es bedurfte Eleutheras ganzer Überredungskunst, und auch der Wein tat das seine. Der Gefangene begann zu reden.

»Theseus versichert seinen Männern immer wieder, dass die Akropolis uneinnehmbar sei«, begann er. »Und mit der Quellgrotte unten, so sagt er, hätten wir einen unerschöpflichen Wasservorrat. Wir hätten Getreide im Überfluss, und jede Nacht kämen frische Lieferungen durch die durchlässigen Linien der Feinde aus Euböa. Für die Amazonen sei die Insel unerreichbar, da sie das Meer fürchteten und keine Schiffe hätten.«

Eleuthera überdachte dies ernst. »Und was sagt Theseus sonst noch?«

Der Musiker zögerte. »Theseus meint, dass die, die uns belagern, mit Ausnahme der Lyker, Phryger und Dardaner, wilde Stämme seien. Und diesen fehle die Disziplin und die Geduld für eine Belagerung. Die Truppen der Skyther und Thraker, der Massa Getai und Thyssa Getai setzten sich allesamt aus jungen Kerlen zusammen, die auf Plünderungen und Abenteuer aus seien, sich keinem Befehlshaber unterwerfen würden. Kampfesmut besäßen sie ohne Ende, hätten drei Leben, bevor sie fielen, seien großartige Kämpfer, aber alle zusammen machten sie kein schlagkräftiges Heer. Wir Athener andererseits, so meint er, seien vielleicht schlechte Kämpfer, aber ein gutes Heer gäben wir schon ab.«

Die Kehle des Musikers war ausgetrocknet. Eleuthera schenkte ihm Wein nach.

»Außerdem, so erklärt Theseus, seien sich die Stämme, die uns belagern, nicht einig. Im Grunde verachten sie sich. Ihre liebste Beschäftigung sei es, sich gegenseitig die Pferde und Frauen zu stehlen. Der Angriff auf unsere Stadt sei für sie nichts als ein notwendiges Übel, um an Beute zu kommen, bevor sie wieder in ihre Gebiete zurückkehren, um sich gegenseitig zu bekriegen. Und die Amazonen, wenn auch die führende Kraft des Bündnisses, seien den anderen Stämmen verhasst. Sie seien auf die Unabhängigkeit der Amazonen eifersüchtig und gieren nach ihrem Land und ihren Herden. Die Skyther und Thraker würden sofort über sie herfallen, wenn sie glaubten, eine Chance zu haben.

Theseus ist außerdem der Meinung, die Oberbefehlshaberin Eleuthera habe eigenwillige Truppen dieser Sorte nicht im Griff. Dazu sei sie ihnen zu ähnlich – vorschnell, unmäßig und impulsiv. Sie sei die Art Führerin, versichert er uns, die durch ihre Überheblichkeit und Halsstarrigkeit die Verbündeten auseinander treiben werde. Die Verteidiger Athens bräuchten keinen Keil zwischen die Bündnispartner zu treiben, das besorge Eleuthera schon selbst. Von den Amazonen seien nur zwei in der Lage, Gehorsam und Bündnistreue aufrechtzuerhalten: Hippolyte, die Sechzigjährige, der es allerdings an Eleutheras Kriegsruhm mangelt, und Antiope, die bei uns ist.«

Diese Aussage war ernüchternd und traf ins Mark. »Die Belagerer«, so wandte sich Eleuthera an den Musiker, »übersteigen eure Zahl um das Fünffache. Was sagt Theseus dazu?«

»Er versichert uns, dass gerade die große Zahl der Belagerer ihr Verderben ist. Kriegskunst und Kampftechnik der Amazonen gründeten sich allein auf ihre Fähigkeiten im Reiterkampf. Aber bisher habe er noch kein Pferd gesehen, das eine zwanzig Fuß hohe Schanze oder Mauer überspringen könne. Der Feind verfüge über fünfunddreißigtausend Pferde. Wie wollen sie die ernähren?, fragt er. Nicht in Attika, so viel sei sicher. Dazu müssten sie schon weit über den Isthmus ausschwärmen, wobei sie sich dadurch in immer mehr Gebieten Feinde machten, immer mehr Verbündete in unsere Arme trieben.

Der Feind, so meint Theseus, könne kein weiteres Jahr in Attika bleiben. Ihre Stuten zu Hause werden im Frühjahr fohlen. Schon jetzt fallen Feinde bei ihnen ein. Und unser Land hier liegt für die Amazonen am Ende der Welt. Im Grunde hätten sie kein Interesse an Hellas. Was sollten sie damit auch anfangen? Alles hier ist ihnen zuwider. Sie wollen uns vernichten, sagt er, und dann so schnell wie möglich nach Hause ziehen.

Wir bräuchten also nur Geduld und Standvermögen. Athen müsse den Gegner nicht in der Schlacht besiegen. Wir müssten keinen Schritt vor die Akropolis setzen. Der Feind würde dieses Krieges überdrüssig werden, an den er nicht gewöhnt ist, er würde aufgeben und abziehen.«

Als der Musiker geendet hatte, zitterte er am ganzen Körper, denn er war sicher, dass seine Hinrichtung bevorstand.

Doch nichts dergleichen geschah. Theseus' Einsicht und seine korrekte Einschätzung unserer Schwächen und der unserer Verbündeten hatte uns die Sprache verschlagen.

»Euer König ist ein kluger Kopf, mein Freund«, seufzte Eleuthera. »Du hast gut daran getan, uns nicht zu täuschen.«

Sie befahl, dem Gefangenen zu essen zu geben und ihn unauffällig zu seinen Mitgefangenen zurückzubringen. So wollte sie verhindern, dass man ihn des Hochverrats verdächtigte. Später sollte er gegen ein Lösegeld wieder hinter die Linien der Athener zurückgeschickt werden.

Der Musiker atmete hörbar auf. Eleuthera erhob sich und wandte sich zum Gehen.

»Noch etwas ...«

Bei diesen Worten des Musikers drehte sich Eleuthera um.

»Sie haben Angst«, fügte der Gefangene hinzu. »Vor euch. Vor Frauen wie euch. Theseus muss ihnen immer wieder versichern, dass ihr Menschen aus Fleisch und Blut seid wie wir. Wenige schenken ihm Glauben. Sie meinen, ihr seid vom Mond gefallen, den ihr als Gott verehrt.«

Eleuthera wollte wissen, wie Antiope von bei Athenern gesehen sei.

»Die, die es wagen, bringen ihr Bewunderung und Ehrfurcht entgegen«, antwortete der Sänger. »Aber sie erscheint selten in der Öffentlichkeit. Sie ist offenbar sehr bekümmert darüber, welches Unglück sie über ihr Volk und Athen gebracht hat. Viele drängen darauf, dass sie an unserer Seite kämpfe, halten sie für fähig und wert, eigene Truppeneinheiten an Theseus' Seite zu führen.«

Schließlich fragte Eleuthera, inwieweit Theseus auf Antiopes Rat höre. Der Musiker antwortete, er wisse nicht, was die beiden auf dem Nachtlager miteinander besprächen, aber Antiope würde sich stets innerhalb der Festung aufhalten, so als wolle sie am liebsten nichts von diesem Krieg wissen.

Weit nach Mitternacht kehrten die Skythen und Massa

Getai zurück. Eleuthera stritt stundenlang mit ihnen und den anderen Verbündeten. Wir hatten einen großen Sieg errungen. Doch unsere Verbündeten maulten. Ihnen fehlte die erhoffte Beute. Ich und die anderen mussten ihnen Gefangene vorführen, die bezeugten, dass Theseus oben auf der Akropolis Gold versteckt halte. Aber Borges und seine Kumpane wollten, dass die Gefangenen das unter der Folter wiederholten.

Unter den Skythen und Thrakern gab es drei maßgebliche Führer: Sadukes, Herr über die Tralliai, Hermon von den Stämmen östlich des Styrmon und Borges aus den Eisenbergen. Sie alle verlangte es nach Gold.

»Ihr habt ganz Attika geplündert«, hielt Eleuthera ihnen müde entgegen. »Was ist damit?«

»Aufgebraucht«, erklärte Borges.

Eleuthera hatte den Verbündeten längst die Hälfte aller Schätze der Akropolis versprochen. Was wolle er mehr?

»Die Männer zum Töten. Die Frauen und Kinder als Sklaven.«

»Sie gehören dir«, schwor Eleuthera. »Aber ihr haltet euch an meine Befehle und kämpft, wie ich es euch sage.«

Borges verlangte die Gefangenen des Tages. Er war unersättlich. Nur Blut konnte ihn zufrieden stellen.

»Die Gefangenen werden zur Felsenfestung zurückgebracht«, erklärte Eleuthera bestimmt. »Wenn ihr mehr Gefangene macht, schicke ich mehr zurück. Jeder ist ein Maul mehr, das Theseus stopfen muss. Raub dir nicht den Schlaf, Borges. Am Ende kriegst du sie alle.«

Als man sich kurz vor dem Morgengrauen vertagte, ging ich zu Eleuthera, die jetzt allein war.

»Und was hast du für Klagen?«, fuhr sie mich an.

Ihr Ton verletzte mich. Meine Freundin sah es.

»Verzeih mir, Selene. Das ist aus mir geworden, durch dieses endlose Palavern und Streiten.«

Wir gingen ein paar Schritte zusammen. Ich erzählte ihr, welche Belastung das Pferdesterben und Leiden der Tiere für uns alle darstelle, wie schwer die Herzen meiner Gefährtinnen vor Trauer seien.

Eleuthera, das erkannte ich, teilte diese Qual.

»Keine Liebe, so glauben wir, ist größer als die, die wir für unsere Pferde empfinden. Und doch ist sie nichts im Vergleich zu dem, was sie uns geben.«

Eleutheras Stimme brach. Ich fühlte, wie sie nach meiner Hand griff. Unwillkürlich blieben wir stehen. Sie war plötzlich wieder die Freundin meiner Kindheit. Die Liebe zu ihr durchströmte mich.

»Bleibst du bei mir, Selene?«

Sie wünschte, dass ich unter ihr beim Stab diene, meine Gerte einer anderen überließ.

»Ich brauche jemanden an meiner Seite, der mich liebt. Ich kann diese Last nicht allein tragen.«

Ich war einverstanden.

Wir gingen weiter, stiegen hinauf auf den Hügel der Pnyx. Dort oben hatte man einen Blick auf die Linien der Athener.

Ich berichtete Eleuthera von einem heftigen Streit mit meiner Schwester Chryssa am frühen Abend, die sich geweigert hatte, meine Befehle zu befolgen.

»Sie verdammt das ganze hierarchische System und Befehle jeder Art als nicht *rhyten annai.* Es sei nicht so, wie wir es immer getan hätten. Aber Disziplin muss sein, habe ich ihr entgegnet.

Niemand habe ihr je Befehle gegeben, habe sie gekontert. Ihnen Offiziere vor die Nase zu setzen sei *netome.* Daran seist du schuld, Eleuthera. Und du, die du die Hellenen so sehr hasst, seist schon geworden wie sie.«

Eleuthera wurde wütend. »Ah, unsere Kriegerinnen nehmen also nicht gern Befehle entgegen! Schade. Dann werde ich sie ihnen eben einprügeln müssen.«

Sie ergriff meinen Arm und führte mich an den Rand des Abhangs.

»Schau dir das an, Selene. Dort unten sind vierzig- oder sechzigtausend Thraker, Lyker, Phryger, Dardaner, Kappadoker, Massa und Thyssa Getai, Skythen, Chalyber, Gagarer, die Ritter aus dem Rhipäischen Kaukasus und, am zahlreichsten vertreten, Borges mit seinen Stämmen aus den Eisenbergen. Du bist heute Abend im Zelt gewesen. Borges hatte sich angeschickt, uns zum Abendessen zu verspeisen. Hätten wir nur die kleinste Schwäche gezeigt, wäre das vielleicht unser Ende gewesen.«

Eleuthera deutete hinüber zur Akropolis. Sie hätte die verhasste Festung am liebsten zermalmt.

»Begreif doch, Selene. Wir müssen siegen. Kehren wir ohne Sieg nach Hause zurück, werden diese Stämme, die wir unsere Verbündeten nennen, uns an jedem Pass, an jeder Furt auflauern. Vielleicht hätten wir diesen Krieg nicht anzetteln sollen. Vielleicht war es ein großer Fehler. Aber wir haben uns in den Abgrund gestürzt, und nichts wird unseren Fall aufhalten, bis wir den Boden erreicht haben.

Sag das deiner Schwester und all den anderen bockigen Mädchen. Ich drehe ihnen eigenhändig die Hälse um. Wer Widerstand leistet, wird getötet, entweder von Feindeshand oder von mir. Bei Artemis und Ares, das schwöre ich. Das Überleben unseres Volkes ist wichtiger als alles andere.«

26

NÄCHTE UND TAGE

Ich übergab Chryssa und Euippe die Befehlsgewalt über meine Einheit und nahm meine Stelle unter Eleutheras Gefährtinnen ein. Mittlerweile erreichte die Belagerung ihren fünfzigsten Tag.

Borges, der danach gierte, die Frauen und Kinder der Athener als Sklaven zu verkaufen, trotzte dem Verbot unserer Befehlshaberinnen und entschloss sich, Euböa anzugreifen. Falls man das folgende Fiasko der wilden Reiterschar überhaupt als Angriff bezeichnen konnte. Borges und seine Mannen unternahmen es jedenfalls, auf grob zusammengezimmerten Flößen und altersschwachen Kähnen, zur Insel überzusetzen. Die Athener machten Hackfleisch aus ihnen. Dreihundert fanden dort ihr nasses Grab, die größte Schande und Strafe für einen Skythen. Verzweifelt und wütend zog sich die Kerntruppe wieder in die Stadt zurück und schlug die Äußere Mauer kurz und klein, die wir unter so hohen Verlusten genommen hatten und die jetzt so wichtig gewesen wäre, um weitere Vorratslieferungen an den Feind abzublocken. In ihrer Wut machten die Stammeskrieger sie dem Erdboden gleich.

Wir mussten die Taktik ändern, zu einem Belagerungskrieg übergehen. Anders war der Festung der Athener nicht beizukommen, das sah selbst Eleuthera ein. Die Chalyber und die Mossunoikoi, die Meisterschmiede und Turmbauer, übernahmen es, den Bau von Belagerungsgerät zu leiten.

Sie errichteten zuerst Masten mit gepanzerten Schutzdächern auf der Spitze, die die Mauern des Halbrings überragten. Diese Gestelle wurden dann von Bogenschützen der Skythen besetzt, die mit ihren fußgespannten Bogen mehr als tausendfünfhundert Fuß weit schießen konnten. Mit ihren Pfeilen – die von einer Länge und Stärke waren, dass die Athener sie als Wurfspeere benutzten, sobald sie ihrer habhaft werden konnten – schleuderten unsere Verbündeten Feuer über die Mauern des Feindes und säten Angst und Schrecken entlang seiner Linien. Viele Häuser hatten strohgedeckte Dächer. Diese rissen die Athener nun eigenhändig ab und stellten überall Vorräte an Sand und Bimsstein zur Brandbekämpfung bereit.

Neben den Masten wurden Türme erstellt, die man mit Haut- und Fellschirmen gegen »Spiegeleier« (Eimer mit brennendem Pech und Schwefel, die beim Aufprall aufplatzten) und »Skorpione« (brennende Talgfackeln mit Eisenspitzen, die sich an einer Oberfläche festsetzen sollten) schützte, die der Feind in Salven zu hunderten auf uns herabregnen ließ. Wir hielten mit Geschossen aus brennendem Werg dagegen. Sechs, acht, sogar zehn unserer Skythen konnten gleichzeitig von den Türmen aus den Feind unter Beschuss nehmen. Bei einer Anzahl von zwölf Türmen gelang es den Bogenschützen, den Feind mit einem Schlag von den Zinnen zu jagen, und aus dem Geheul, das daraufhin ertönte, schlossen wir, dass wir die Athener in panischer Hast bis zum Felsen der Akropolis zurückgedrängt hatten.

Der Feind versuchte sich gegen unsere Breitseiten zu schützen, indem er auf seinen Mauern Segel, Häute und Teppiche spannte und sogar Trennwände aus Weidengeflecht aus den Badehäusern aufstellte, sodass die Festung bald wie eine Hafengasse am Waschtag aussah. Dennoch entpuppte sich der Schutz als wirkungsvoll. Zusätzlich erhöhte der Feind seine Mauern, indem er mit Sand und Steinen gefüllte Körbe auf den Zinnen stapelte.

Im Gegenzug waren wir damit beschäftigt, unter der Anleitung unserer Chalyber und Mossunoikoi Rammböcke zu bauen, um die Mauertore zu erstürmen. Der Feind konterte, indem er Säcke mit Häcksel und mit Luft gefüllte Ochsenhäute herunterließ, um die Stöße der Sturmböcke abzufedern, und gleichzeitig versuchte, sie mit Seilen hochzuziehen oder brennenden Teer und Schwefel über ihnen auszugießen.

Der Feind errichtete Mauern hinter Mauern und Tore hinter Toren. Als unsere Krieger Tunnel gruben, um diese zum Einsturz zu bringen, ließ der Feind Bienen und Hornissen frei. Am einundsechzigsten Tag der Belagerung schließlich ersannen die Chalyber und das Turm-Volk der Mossunoikoi einen riesigen fahrbaren Belagerungsturm. Er war vierzig Fuß hoch und stand auf mannshohen Rollen. Sein Schutzdach war aus zwei Fuß dickem Holz. Auf der Plattform darüber fanden sechzig Bogenschützen Platz, deren Pfeilhagel den Feind von den Mauern treiben sollte, während ein Rammbock mit Bronzespitze von hundert Fuß Länge unter dem Schutzdach aufgehängt war, der von zwei Mannschaften aus je vierzig Mann bedient wurde. Das monströse Gerät war von einem Eisenpanzer umgeben und wurde von vierhundert Pferden über Seilwinden den Hang hinaufgezogen. Das gesamte Heer lief zusammen, als es einsatzfähig war, und begleitete das Unternehmen mit lärmenden Begeisterungsrufen und lautem Gejohle.

Und den Hang hinauf bewegte sich das Riesenspielzeug. Der Feind nahm es umgehend mit »Skorpionen« und »Spiegeleiern« unter Beschuss. Alle prallten wie harmlose Insekten an seinem Panzer ab. Sogar die Kriegerinnen von *tal Kyrte* waren von diesem Fabelwesen zutiefst beeindruckt. Wir schrien und kreischten bis zur Besinnungslosigkeit, während das Monster, einer fahrenden Stadt gleich, allmählich den Hang hinaufkroch. Man konnte den riesigen Rammbock unter dem gepanzerten Schutzdach sehen. Das ganze Heer stand in Bereitschaft und wartete nur, dass die Tore aus den Angeln gehoben wurden. Doch Theseus, diese Schlange, war nicht unvorbereitet. Er hatte des Nachts eine Voraustruppe vor die Mauern geschickt und die Strecke unterhöhlen lassen, auf der sich unser Belagerungsturm den Toren nähern musste. Die Chalyber allerdings hatten diesen oder einen ähnlichen Schachzug vorausgesehen und dem Ungetüm einen tapferen Kerl vorausgeschickt, bedeckt durch den Schutzdachvorsprung, der den Untergrund nach solch versteckten Hohlräumen mit Schild und Speer abklopfte. Allerdings traf ein Pfeil ihn (unglücklicherweise für uns, aber glücklicherweise für den Feind) in den Fuß. Als ihn seine Gefährten schließlich aus der Schusslinie geschafft hatten, war die Maschine nur noch vierzig Fuß von der Mauer entfernt und rollte unaufhaltsam weiter. Ich war links hinter dem Gefährt, als die vorderen Rollen durch die dünne Decke eines Hohlraums brachen. Dreißig Zugseile rissen auf einmal. Die Pferde am Fuß des Abhangs schossen durch die Luft und purzelten wie Spielzeug durcheinander. Die Bogenschützen kippten von der Plattform. Die sich festhalten konnten, kletterten hastig am Holzgestell hinunter, während andere Ameisen gleich aus dem Unterstand hinaufkletterten. Schreie und Rufe zu den Göttern erfüllten die Luft. Auf den Mauern brüllten die Athener. Das Riesengefährt wälzte sich ächzend und schwerfällig in die Kuhle, die sich unter ihm aufgetan hatte. Holz barst mit einem Hall wie Donner. Als der Turm schließlich vornüberkippte und auseinander brach, konnten selbst wir nicht an uns halten und stimmten wie gebannt in das allgemeine Gelärme ein. Etwas Verwunderlicheres hatten wir nie gesehen.

Die Belagerung führte zu nichts.

Ich war in das Hauptlager auf dem Areshügel umgezogen. Eleuthera rief mich nicht auf ihr Nachtlager. Diese Ehre gebührte Dosteia. Ich gab mich zufrieden, auch wenn ich nicht recht begriff, weshalb meine Freundin so streng darauf beharrte, dass ich stets in ihrer Nähe blieb. Tage vergingen, ohne dass Eleuthera auch nur einmal das Wort an mich richtete, doch sobald ich mich aus ihrem Gesichtskreis zu entfernen suchte, rief sie mich aufgeschreckt zurück. Allein mit ihr, fragte ich sie nach dem Grund. Ich sei schließlich weder Geliebte noch Beraterin. »Du bist eine der Besten der Besten«, lautete ihre Antwort, als ob das alles erklärte.

Eines Nachts ging ich mit ihr an den Linien entlang.

»Siehst du die Mauer, Selene? Keine Belagerungsmethode wird sie je bezwingen. Das müssen wir schon selbst bewerkstelligen. Wir müssen sie direkt angreifen.« Der Halbring der Akropolis war ein drohender Schatten in unserer unmittelbaren Nähe, sodass wir uns vor Theseus' kretischen Bogenschützen in Acht nehmen mussten, die bereits etliche der Unsrigen mit ihren gezielten Schüssen niedergestreckt hatten. »Die Frage ist nur: Wie fange ich es an?«

Eleuthera ließ Antiopes alte Reitereinheit zehn Tage lang vor den Mauern Aufstellung nehmen. Es war jene besondere Truppe, die seit Antiopes Flucht führerlos geblieben war – also die Rückkehr ihrer Befehlshaberin in die Heimat erwartete. An die Spitze der Einheit stellte Eleuthera das Pferd der Königin, Leckermaul, in seinem Kriegspanzer, aber ohne Reiter. Keine öffentliche Erklärung erfolgte, kein Melder wurde ausgeschickt. Eine Tausendschaft stand lediglich stumm und bewegungslos unterhalb der Mauer.

Die Athener reagierten nicht. Sie bemannten die Zinnen auf der gesamten Länge, warfen jedoch weder Steine, noch warteten sie mit Beschimpfungen auf.

Antiope ließ sich nicht blicken. Weder am ersten noch am zweiten, dritten oder vierten Tag. Die Tausendschaft hielt unverzagt vom Morgengrauen bis zum Einbruch der Dämmerung Wacht. Außer dem Plätschern von Pferdepisse oder dem dumpfen Aufprall von Pferdeäpfeln auf dem Boden war kein Geräusch zu hören.

Die übrigen Kämpferinnen der *tal Kyrte* konnten sich frei bewegen, sich um ihre eigenen Angelegenheiten kümmern. Keiner tat es. Alle standen unter großer Anspannung, und die drohte allmählich unerträglich zu werden.

Die Verbündeten begannen zu murren. Sie begriffen nicht, was Eleuthera mit dem Spektakel bezweckte. Es langweilte sie. Sie setzten ihre Plünderungen jenseits des Isthmus bis nach Böotien und Phokis fort. In ihrer unersättlichen Gier hatten sie mittlerweile jeden kleinen Bauernhof im Umkreis von zwanzig Parasangen von allem befreit, was nicht niet-

und nagelfest und von Wert war. Ihre und unsere Pferde hatten das Land bis auf den letzten Grashalm abgeweidet.

Und hinter den Mauern hörten wir die Athener arbeiten. Vom Hügel aus konnten wir sie sehen. Sie rissen das Wohngebiet hinter dem Halbring ab und nutzten das Baumaterial zur Verstärkung der Mauer und der Zwinger.

Theseus hielt seine Leute auf Trab, gab ihnen Beschäftigung.

Wir hatten den Ilyssos, den Kephisos und den Eridanos eingedämmt. Zisternen waren gebaut worden, um das Wasser, das diese elenden Flüsse führten, zu sammeln. Im Überschwang des ersten Siegeszuges durch Attika hatten unsere Einheiten Quellgrotten und Brunnenhäuser zerstört. Jetzt, da Durst die Belagerer zu quälen begann, mussten diese Stein für Stein wieder aufgebaut werden.

Der sechste und der siebte Tag verstrichen. Antiope ließ sich noch immer nicht blicken.

Der Wachplan für die Skythen und alle Verbündeten blieb straff und unerbittlich. Nachdem die Äußere Mauer gefallen war, herrschte die ganze Nacht lang ein ständiges Kommen und Gehen von Theseus' Meldereitern, die mit Botschaften an die Festungen der Gebietsfürsten, an die Lager auf dem Ardettos, Hymettos, Lykabettos und außerhalb Attikas unterwegs waren. Der Feind erhielt Nachschub aus Euböa, und, schlimmer noch, er bekam Briefe. Diese Briefe stärkten die Moral der Verteidiger, während weder Drohungen noch Schmeicheleien die Löcher in den Linien der Belagerer stopfen konnten.

Dann, eines Abends, erschien Antiope.

Das Enneapylon besitzt zwei Haupttore, das Heilige Tor und das Ägidentor. Und auf den Zinnen über dem Letzteren erschien unsere Königin. Sie war in eine Mischung aus den Kleidern der Griechen und der Amazonen gekleidet, mit weißem, wattiertem Wams unter dem Bronze-Brustpanzer der Amazonenreiterei und einem rostbraunen Umhang, der von einer Spange aus einer Bärentatze gehalten wurde, Symbol von Artemis, der Geburtshelferin, in der wir alle ein Geschenk ihrer Mutter Kelia erkannten, das diese wiederum von der Großmutter Hippolyte erhalten hatte.

Nur wenige Herzschläge nach ihrem Erscheinen hatte sich das gesamte Heer in den Sattel geschwungen, Skythen und Verbündete eingeschlossen. Über dem Halbring blieb keine Lücke frei, während auf und hinter den Zinnen dicht gedrängt Bogenschützen Aufstellung genommen hatten.

Eleuthera und Hippolyte ritten an die Spitze unserer Formation. Die Befehlshaber der Verbündeten, Borges, Sadukes und Hermon, nahmen zusammen mit Skyleia, Glauke und Stratonike ihre Plätze an den Flügeln ein.

Theseus war nirgends zu sehen.

Antiopes Einheit grüßte mit ihrem Kriegsgesang. Antiope hob leicht die Hand. In der Stille, die nun eintrat, ertönte das leise Jammern eines Kindes.

Antiope hielt ihr Kind im Arm.

Mit beiden Händen hob sie es hoch. Ein Raunen ging durch die Menge. Antiope wandte sich an Hippolyte, die direkt unter ihr stand, das Leopardenfell über der Schulter, den eisgrauen Zopf sorgfältig im Rücken geflochten.

»Hippolyte, Erste unseres Volkes, hier ist dein Großkind, das dir zu Ehren den Namen Hippolytos trägt.«

Wieder ging ein Raunen durch die Reihen, das jedoch diesmal deutlich nach Unmut klang.

»Nimmst du dieses unschuldige Kind, Mutter-Mutter, als Fleisch deines Fleisches?«

Von meinem Standpunkt aus konnte ich Eleutheras Gesicht sehen. Der Blick, den sie der Älteren jetzt zuwarf, war eine deutliche Warnung: Hüte deine Worte, Schwester, denn was du jetzt sagst, kann das Schicksal deines Volkes bestimmen.

Eleuthera ergriff als Erste das Wort.

»Lass dieses Kind, Antiope. Überlass es seinem Vater. Wo es hingehört. Komm runter und übernimm deine Tausendschaft. Und ich verpflichte mich vor den Göttern und diesem Heer, dass ich mein Amt aufgebe, solltest du zurückkehren. Was du befiehlst, soll geschehen. Kehre nur zu deinem Volk zurück, Schwester und Freundin. Führe uns, wie du uns früher geführt hast.«

In diesem Moment erschien Theseus. Nicht neben seiner Gemahlin, um nicht den Eindruck zu erwecken, dass sie unter seinem Einfluss stehe, sondern weiter abseits über den Zinnen. Antiope zeigte mit keiner Regung, dass sie sich seiner Anwesenheit bewusst war.

»Wenn ich von diesen Mauern steige und den Befehl über das Freie Volk übernehme«, hallte Antiopes Stimme zu uns herab, »befehle ich als Erstes den Rückzug. Gehorchst du mir dann?«

»Wir führen diesen Krieg deinetwegen, Antiope«, erwiderte Eleuthera. »Bist du wieder bei uns, sieht uns die Heimat bald wieder.«

Aus den Reihen der Skythen und der anderen Verbündeten wurden Schreie der Empörung laut. Überall an den Hängen schlugen sie mit ihren Speeren gegen die Schilde.

»Wenn ich komme, dann nur mit meinem Kind. Werdet ihr es als das eure annehmen?«

Die Empörung wuchs zu einem Sturm.

Erneut hob Antiope das Kind hoch und wandte sich an Hippolyte.

»Seht Euch das Kind an, Mutter-Mutter, es ist von Eurem Blut, Spross beider Völker. Wie kann ich ihn hassen? Wie könnte ich ihn zwischen euch und den Hellenen aufteilen? Ich muss ihn lieben ... als ganzen Menschen.«

In den Reihen machte sich wieder Unruhe breit.

»Ich erkenne die Führer unseres Volkes nicht an, die mich

benutzt haben, um diesen Krieg anzuzetteln. Ich will damit nichts zu tun haben. Ich widersetze mich allem, was Krieg zwischen uns fördert, und heiße alles willkommen, was unseren Völkern Frieden bringt.«

Antiope hatte geendet. Hippolyte stürmte vorwärts. Ihre Stimme hallte laut und klar über das ganze Rund.

»Du wagst es, mir einen Knaben anzudienen, Antiope? Höre meine Antwort. Knaben werden zu Männern!« Sie deutete mit ihrer Streitaxt auf Theseus. »Unterscheidet sich der Sprössling vom Stamm? Steht der Erbe an der Seite der Frauen gegen jene, die sie in Ketten legen wollen?«

»Schwestern!«, rief Antiope. »Hier ist eure Gelegenheit für den Frieden.«

»Den Frieden kannst du haben!« Eleuthera ritt auf den Platz vor den Mauern. »Kämpfe mit mir! Lass es uns jetzt und gleich ausfechten.«

Die Menge applaudierte lautstark.

Antiope drückte das Kind an sich. »Du willst keinen Frieden, Schwester. Du bist aus Hass gekommen. Denn Hass ist deine Hymne und die der *tal Kyrte.* Ich fürchte dich, und ich trauere um dich.«

»Spar dir deine Trauer. Stell dich dem Kampf.«

»Das werde ich nicht tun.«

»Kämpfe mit mir. Jetzt!«

»Niemals.«

Antiopes Blick huschte flüchtig zu Theseus.

»Ist er dein Herr und Meister? Musst du ihn erst um Erlaubnis fragen?«, rief Eleuthera donnernd. Sie ritt zu Antiopes reiterlosem Pferd, das eine Elevin am Zügel hielt. Ohne abzusitzen, nahm sie dem Tier die Rüstung ab, schlug sein reich geschmücktes Zaumzeug in Stücke und warf es in den Schmutz. Mit einem Knall ihrer geflochtenen Reitpeitsche trieb Eleuthera das Tier hinauf zum Ägidentor, von dessen Zinnen die kretischen und athenischen Bogenschützen auf sie anlegten. Doch die Macht ihrer Ausstrahlung war so stark, dass selbst die Hellenen nicht wagten, ihr ein Haar zu krümmen. Eleuthera schlug mit dem flachen Ende ihrer Axt gegen die Bronzeplatte des Tors, und als der Riegel zurückgeschoben wurde und sich das Tor öffnete, trieb sie Leckermaul in die Öffnung.

Schließlich sprengte sie zurück auf die freie Fläche vor der Mauer und schrie etwas zu den Zinnen hinauf. Schauerlicher Lärm verschlang ihre Worte, doch man wusste auch so, was Eleuthera forderte, denn sie hob ihre Streitaxt und deutete damit erst auf Theseus, dann auf den Platz, der der Markt der Athener gewesen war, ein Ort wie gemacht für einen Zweikampf.

Alle Blicke waren jetzt auf den König gerichtet. Theseus enthielt sich einer Antwort. Eleuthera wiederholte ihre Herausforderung, und als diese erneut zurückgewiesen wurde, riss sie ihr Pferd herum und wandte sich direkt an das Heer der Belagerer, hob beide Arme, als wolle sie sagen, ich habe alles versucht, aber ich wurde nicht erhört.

Jetzt erhob sich dröhnendes Kriegsgeheul. Schmähungen wurden aus hunderten ja tausenden Kehlen gegen die Mauern gebrüllt. Vor diesem Aufruhr wich Theseus zurück, und Antiope folgte ihm.

Ich beobachtete, wie Eleuthera ihre Stellung an der Spitze des Heeres wieder einnahm. Und obwohl ihr Gesicht eine undurchdringliche Maske war, war an ihrem energisch vorgereckten Kinn zu erkennen, dass sie bekommen hatte, was sie wollte: nämlich die Unterstützung des Heeres für einen erneuten Angriff auf die Akropolis. Sie hatte die Kampfeslust wieder entfacht, hatte ihr Volk und die Verbündeten, selbst die, die sie fürchteten und hassten, unter ihren Willen gezwungen.

NEUNTES BUCH

UNTER BELAGERUNG

27

DER PREIS DES SIEGES

Damon:
Also griff Eleuthera die Mauern an. Sie schickte ihre Chalyber und Turmleute gegen ausgewiesene Schwachstellen, dorthin, wo die Mauerdicke weniger als zehn Fuß betrug und die davor liegenden Hänge nur sanft geneigt waren. Hier jedenfalls rückten die Stammeskrieger im Schutz fahrbarer, eisenbeschlagener Palisaden gegen unsere Stellungen vor. Und weder Feuer noch Geschosse aus Stein vermochten diesen gepanzerten Ungetümen etwas anzuhaben. So arbeiteten sich Eleutheras Voraustruppen bis dicht an die Mauer vor und begannen dann mit ihrem Werk der Zerstörung.

Die Bergleute vom Kupferfluss waren dazu ausersehen, die Mauer mit unterirdischen Gängen zu unterhöhlen. Die Verteidiger hielten mit Maurern aus dem Kerameikos-Quartier und Steinbrucharbeitern aus den Bergen des Pentelikon dagegen. Ein schweißtreibender, zäher Zweikampf begann. Tag und Nacht rissen unsere Truppen Läden und Häuser in der Inneren Stadt ein, um aus dem Schutt eine Mauer hinter der Mauer zu errichten. In die Zwischenräume stellten wir Stützmauern, schufen Verteidigungszwinger. Dennoch ließ der Feind nicht locker. Die Amazonenreiterinnen selbst machten sich mit Schmutzarbeiten wie dem Aufbohren von

Mauern oder dem Ausheben unterirdischer Schächte die Hände nicht schmutzig. Dafür hatten sie die mehr als tüchtigen *kabar* und anderes Hilfsvolk aus dem Tross. So kam es, dass wir uns dem Ansturm dieser Kräfte beugen und uns Straßenzug um Straßenzug zurückziehen mussten, bis uns nur noch ein schmaler Streifen unterhalb der Akropolis blieb, wo wir uns in Sicherheit bringen konnten.

Dann erreichte uns aus heiterem Himmel die Nachricht, der Feind habe mit dem Bau eines Dammwegs nach Euböa begonnen. Das bedeutete, sollte es der Wahrheit entsprechen, unsere Frauen und Kinder waren in Gefahr. Eine Einheit der Skythen, so hieß es, hätte damit angefangen, große Steinblöcke mit Schlitten und Ochsengespannen zum Strand zu schaffen, sie von dort auf Flöße zu verfrachten und diese auf dem Grund der Enge als Fundament für den zukünftigen Damm zu versenken. Diese Grundlage sollte anschließend mit Schutt aufschüttet werden. Mittlerweile sei bereits eine Strecke von hundert Fuß fertig gestellt, ein Teil von noch einmal vierhundert Fuß sei in Arbeit.

Hinter den Mauern der Inneren Stadt wurde währenddessen tagsüber geschlafen und nachts gekämpft. Wir schrieben den Mond Metageitnion, und es war ein sengend heißer Sommer. Ich harrte mit meinem Vetter Xenokles und meinem Bruder Elias in einer Stellung an der Westseite der Akropolis aus.

Am einundsiebzigsten Tag der Belagerung wurde ich noch spät unsanft aus dem Schlaf geholt. Die Amazonen hatten die Mauer auf der Höhe der Straße nach Kallirhoi durchbrochen. Unsere Melder berichteten aufgeregt, dass weitere Reitereinheiten dort bereits nachsetzten. Damit bestand die Gefahr, dass die gesamte Südflanke an den Feind fiel.

Als die massierten Einheiten der Skythen, Taurer und Amazonen durch die Mauer nördlich der Kallirhoi-Straße drängten, schwärmten athenische Reiterei und Fußtruppen aus, um den Kampf weiter nach oben und auf offenes Gelände zu verlagern. Schauplatz der Schlacht sollte das Quartier Itoneia werden, ein ehemals hübsches Geschäfts- und Wohnviertel, das jetzt in Schutt und Asche lag. Unsere Reiterei stürmte mit vierhundert auf das Schlachtfeld, kämpfte mit der Verzweiflung der Todgeweihten und wurde doch von den Amazonen erbarmungslos niedergemacht.

Angst und Schrecken verbreiteten vor allem die Besten der Besten unter den Amazonen. Einer Eleuthera oder Skyleia hatten wir nichts und niemanden entgegenzusetzen. Auch die Pferde des Feindes waren kräftiger, schneller, wendiger und besser ausgebildet. Mit ihren Waffen aus Eisen schlugen die Amazonen unsere Bronze kurz und klein. Viele von uns mussten endgültig einsehen, dass die Amazonen keine wilden Furien, sondern gefährliche kriegerische und kampferprobte Frauen waren, die sich keineswegs nur von ausufernden Gefühlen leiten ließen. Im Angesicht ihrer berühmt-berüchtigten halbmondförmigen Angriffsformation sprangen unsere Krieger reihenweise eingeschüchtert aus dem Sattel und ergriffen zu Fuß die Flucht. Andere wurden niedergestochen, vom Pferd gestoßen oder fielen schlicht vor Erschöpfung und aus mangelndem Reitvermögen aus dem Sattel. Schon nach kurzer Zeit hatte der Feind unsere Truppe um die Hälfte dezimiert.

Die meisten Zusammenstöße mit den Amazonen verliefen nach demselben Muster. Allein das Auftauchen der kampfwütigen und blutrünstigen Reiterinnen und ihrer Besten wie Glauke, Tekmessa oder Eleuthera löste auf unserer Seite Chaos und Entsetzen aus. Aber was uns neben der haushohen zahlenmäßigen Überlegenheit des Feindes am meisten lähmte, war die Furcht, irgendwo draußen vor den Mauern von den Unseren abgeschnitten zu werden. Die Amazonen und Skythen überschwemmten die Schlachtfelder stets in solchen Massen, dass die Wahrscheinlichkeit, dass wir beziehungsweise unsere Schädel als Trinkgefäße irgendeines Wilden endeten, doch sehr hoch einzuschätzen war. Die Männer behielten bei Kampfhandlungen stets ängstlich die Tore im Süden, in Kallirhoi und Melite, und die kleineren Ausfalltore im Auge, durch die wir uns im Notfall retten konnten, sobald der Befehl zum Rückzug kam. Und der kam häufig. Kopflos wie Vieh rannten wir dann in wildem Durcheinander durch die Straßen. Schon wenn wir auf zahlenmäßig unterlegene feindliche Truppen stießen, mussten wir uns zwingen, uns dem Kampf zu stellen. In dem Augenblick jedoch, da sie widerstanden, keine Handbreit zurückwichen, ergriffen wir lieber die Flucht. Eine Schlacht bestand meist aus kleinere über eine größere Fläche verteilten Scharmützeln, von denen jedes in Sichtweite des anderen lag.

Das Ende ereilte unsere Einheit in der Straße der Kraniche, einer kleinen Gasse. Die Fundamente der Häuser waren hier wie im gesamten Quartier aus dem Fels herausgeschlagen worden. Mittlerweile stand dort kein Stein mehr auf dem anderen. Geblieben war ein Labyrinth von nach oben offenen Kellerräumen. Zwei Einheiten des Feindes scheuchten uns in diese Karnickelkäfige und nahmen uns in die Zange. Die Titaneia-Amazonen von vorn, die Skythen vom Kupferfluss von hinten.

Und die Amazonen ließen sich längst nicht mehr zu übereilten massierten Angriffen ihrer Reiterei verleiten, hatten ihre Taktik geändert und schickten immer nur zwei ihrer Kriegerinnen durch die schmalen Gassen, die dann im gestreckten Galopp, die Streitaxt über den Köpfen schwingend, schon allein durch ihren Anblick, das schauerliche Kriegsgeheul und das Pfeifen ihrer Waffen in der Luft Angst und Schrecken verbreiteten. Ein schlecht ausgebildetes Pferd versucht beim Angriff in beengter städtischer Umgebung stets zu fliehen, wobei es einem Angreifer meist die ungeschützte und verwundbare Flanke bietet. Und genau so verhielten sich die beiden Pferde unserer Führer. Wir hörten das Zischen und Pfeifen der Amazonenäxte. Im nächsten Augenblick kugelten und kullerten die athenischen Pferde wie Schusser übereinander. Dann sprengten die nächsten beiden Amazonen direkt auf uns zu. Zwei weitere unserer Pferde fielen. Von hinten deckten uns die Skythen mit Wolken von Pfeilen ein, trieben uns in die aus dem Fels gehauenen Kellerräume, während die Fußsoldaten der Sardaner und Lyker über die darüber liegenden Hänge zu uns herabschwärmten. Gut einhundert von uns starben im folgenden entsetzlichen Gemetzel. Ich stürmte mit Xenokles und zwei anderen einen so steilen Hang hinauf, dass sich ein Mann zu Fuß Griff um Griff hätte hinaufhangeln müssen. Doch die Angst unserer Pferde und die eigene war so groß, dass wir wie mit Flügeln hinaufflogen. Mein Gefährte hatte kaum den Scheitelpunkt erreicht, als ihm eine mannsgroße Reiterlanze mit Eisenkern und Eisenspitze mit solcher Wucht die rechte Brust durchbohrte, dass sie im Rücken eine Armlänge weit wieder austrat. Er sackte rücklings aus dem Sattel. Mir verschlug es vor Grauen die Sprache.

»Lass nicht zu, dass sie ...!«, schrie Xenokles im Todeskampf. Dann verstummte er. Hinter mir hörte ich Hufgetrappel. Zwei Amazonen donnerten den Steilhang hinauf. Sie waren ohne Helm und hatten Kriegsbemalung angelegt. Die eine trug diagonale schwarze und weiße Streifen über Gesicht und Brust, die andere hatte sich von den Nasenlöchern an abwärts rot gefärbt und die Augen weiß umrandet. Erstere war offenbar Linkshänderin. Sie schwang die Axt verdeckt, das heißt unterhalb der Schulterhöhe und im Rhythmus der Bewegungen ihres Pferdes, das offenbar für diese Kampfart ausgebildet war. Die Streitaxt zielte also auf Bauchhöhe von links auf mich, während zu meiner Rechten praktisch im Gleichtakt die weiß geschminkte Amazone mit einem athenischen Reitersäbel ausholte, sodass ich zwischen den beiden gefangen schien. Jetzt wollte ich feige nur noch meine Haut retten. Dann war die Ferse der Linkshänderin direkt vor mir. Ich packte mit beiden Händen zu und suchte ihre Sehne durchzubeißen. In diesem Moment verlor ihr Pferd den Tritt, rutschte seitwärts, und ich musste von ihr ablassen. Sie versetzte mir mit dem flachen Teil ihrer Axt einen Schlag, der mir beinahe das Rückgrat gebrochen hätte. Ich schlug vornüber flach auf den Fels. Im Nu waren die Hufe beider Pferde über mir. Dann geschah das Unvorstellbare. Xenokles, den die Lanze durchbohrt hatte, war irgendwie auf die Füße gekommen und stürzte sich nun mit der Lanze in Brust und Rücken auf die Linkshänderin. Sie schlug ihm den Schaft mit einem Streich ihrer Axt vor der Brust ab. Der zweite Hieb traf seinen Nacken. Xenokles' Schädel kippte rückwärts. Die Augen weit aufgerissen, Knochenmark verspritzend, landete er mit dem dumpfen Geräusch einer reifen Melone auf dem Stein. Ich kroch in nie gekannter Panik im Krebsgang rückwärts, tauchte unter einen Haufen aus Balken und Schutt und landete in einer Grube. Beide Amazonen hatten mich augenblicklich eingeholt. Die Balken über mir waren drei Lagen dick. Ich fühlte, wie das Holz unter den Hufen ihrer Pferde splitterte. Dann näherte sich die Linkshänderin von der Seite. Ein zwei Daumen breiter Spalt klaffte dort in der schützenden Bretterwand und gab den Blick auf mein Gesicht und den Brustkorb frei. Ich versuchte verzweifelt, diese Öffnung mit einem losen Brett zu verstopfen, als der erste Pfeil bereits durch die Öffnung schwirrte und mir den Mittelfinger abtrennte. Ein zweiter schlitzte das Fleisch meines Unterarms. Beide Amazonen legten den nächsten Pfeil auf die Sehnen ihrer Bogen. Ich nutzte die Pause, sprang aus der Grube und schwang das Brett wie ein Pendel gegen meine Angreiferinnen und deren Pferde. Mit diesem grotesken Spektakel rettete ich mein Leben. Ich sah, wie beide

Amazonen unter ihrer Bemalung das Gesicht zu einer Grimasse verzogen. Offenbar hielten sie mich für einen Wurm, der es nicht wert war, ihn zu zertreten. Sie wichen zurück. Ich wirbelte herum und ergriff die Flucht.

Zu Fuß sprintete ich durch die in Schutt und Asche liegenden Straßen, in denen reiterlose Pferde trabten. Zweimal griff ich nach Zügeln, ein Wagnis, das ich beinahe mit dem Verlust meiner rechten Hand bezahlt hätte. Schließlich erwischte ich ein Pferd der Skythen, das mich willig aufsitzen ließ. Unten, wo das Labyrinth aus Hausfundamenten jetzt ausgeräuchert wurde, starben die Letzten meiner Einheit wie die Fliegen.

Schließlich hatte ich das Ende einer Gasse erreicht. Trotz der Spur der Verwüstung, die der Feind überall hinterlassen hatte, war ein einzelner Olivenbaum wundersamerweise dieser Zerstörungswut entgangen. In diesem Moment glaubte ich, nie etwas Schöneres gesehen zu haben. Und während ich noch in seinen Anblick versunken war, löste sich aus dem Schatten seines silbrigen Stammes Selenes Gestalt.

Sie ritt ihr Pferd Morgenröte. Ich sah den Brustpanzer des Pferdes aus Ochsenhaut und Bronze. Adler- und Reiherfedern zierten Selenes Haar. Ihr Gesicht war zinnoberrot und schwarz bemalt. Sie ritt direkt auf mich zu. Meine Braut, schoss es mir durch den Kopf. Der Wunsch, in ihre Arme zu sinken, war übermächtig. Dann fiel mein Blick auf die Streitaxt, die sie über dem Kopf schwang, und ich hörte ihren gellenden Kriegsschrei. Alles Blut schien mir aus dem Kopf zu weichen.

Im ersten Moment war ich wie gelähmt. Dann nahm ich mein Pferd herum und schlug ihm in Ermangelung einer Reitpeitsche mit der flachen Hand aufs Hinterteil, um es anzutreiben. Ich kannte das Quartier gut, vergaß jedoch in meiner Panik, dass alles, woran ich mich hätte orientieren können, dem Erdboden gleichgemacht worden war. In gestrecktem Galopp jagte ich in die Straße der Weber und sah mich um. Selene war dabei, mir den Weg abzuschneiden. Ich hätte dem Pferd beinahe den Kiefer ausgerenkt, so hart nahm ich es herum, um es in die nächste Öffnung zu lenken, die sich mir zwischen den Ruinen auftat. An einer Biegung verlor der Hengst im gestreckten Galopp den Halt. Er schlitterte seitwärts mit den Hufen über das glatte Pflaster und prallte krachend gegen eine Mauer. Ich fühlte, wie Hüfte und Knie unter dem Gewicht des Pferdes über mir gefährlich knackten. Mit Kopf und Schulter prallte ich mit solcher Wucht auf den Stein, dass das Kinnband meines Helms riss und der Kopfschutz in hohem Bogen durch die Luft flog. Im nächsten Augenblick waren das Pferd und ich wieder auf den Beinen.

Selene war mir dicht auf den Fersen. Ich jagte das kleine Steppenpferd hinauf zum Platz der Wiederkehr. Einst hatte der Tempel des Hephaistos die weite Fläche beherrscht. Jetzt waren davon nur noch die Stufen übrig, die aus einem Gewirr von Gräben herausragten, wo früher das Schatzhaus gestanden hatte. Selene jagte mich die eine Seite der Stufen hinunter und dann die andere wieder hinauf. Oben, wo sich einst die Tür zur Schatzkammer befunden hatte, ragte noch der Schwellenstein unnatürlich hoch aus dem Steinboden hervor. Mein Pferd blieb mit den Knien hängen, glitt aus, und Ross und Reiter gingen in einem wirren Knäuel zu Boden. Sofort war Selene über mir. Ich lag eingeklemmt zwischen dem Kantstein und dem wild auskeilenden Pferd, das verzweifelt aufzustehen versuchte. Ein Huftritt schleuderte mich schließlich gegen eine Mauer. Im nächsten Moment war mein Reittier wieder auf den Beinen, und ich, der ich mich in seine Mähne gekrallt hatte, hing wie ein Kletterer am Fels von seinem Hals. Ich sah, wie Selene Morgenröte mit leichtem Druck der Knie in die richtige Position für den tödlichen Streich brachte. Sie schwang die doppelschneidige Streitaxt hoch über dem Kopf, sodass die Rabenfedern einem

Fächerrad gleich um den Schaft wirbelten. Im Sonnenlicht sah ich das Eisen blinken, als sie sich anschickte, mir vom Hals bis zum Leib eine Furche durch den Körper zu ziehen. Und ob ihr's glaubt oder nicht, Brüder, in der Erwartung jenes tödlichen Hiebs von der Hand meiner Geliebten, der mich in den Hades befördern sollte, beschäftigte mich nur die Sorge, in ihren Augen nicht unwürdig zu erscheinen.

Plötzlich hingen die Rabenfedern schlaff am Schaft. Die Axt fiel nicht. »Die Götter mögen mir helfen!«, hörte ich Selene rufen. »Führt mir die Axt!«

Doch eine unsichtbare Macht war ihr wohl in den Arm gefallen. Ich wartete gar nicht lange, die Ursache zu erkunden, sondern schwang mich auf mein Pferd und stieß ihm die Fersen so kräftig in die Rippen, dass es unwillkürlich einen Satz vorwärts machte.

Wie lange dauert eine Schlacht? Wer vermag das schon mitten in einem solchen Getümmel zu sagen? Ich jedenfalls fand mich schließlich bei einer Einheit der Fußsoldaten wieder. Amazonenreiterinnen trieben uns zu hunderten in die Flucht. Wir fielen bis dicht unterhalb der Akropolis zurück. Hier standen die Herrenhäuser der großen athenischen Familien, die Paläste von Kekrops und Aigeus und Erechtheus und die archaischen Bastionen von Erichthonios und Kranaus und Aktaios, mit ihren Mauern aus derart riesigen Steinquadern, dass sie nicht von Menschen, sondern von Kyklopen erbaut schienen. Daher war es dem Feind auch nicht gelungen, diese Festungen wie alles Übrige dem Erdboden gleichzumachen. Und als unsere Truppen sich dort festsetzten, wendete sich wundersamerweise das Blatt.

Die Mauern der Herrenhäuser brachten den Vormarsch des Feindes zum Stillstand. Und die Berge von Schuttresten der übrigen Behausungen lieferten uns einen unerschöpflichen Vorrat an Geschossen und Baumaterial. Eine Mauer teilte den Platz der Hopliten in zwei Hälften. Erbaut hatten sie unsere Maurer, bevor Borges' Skythen das Quartier überrannten. Und hinter diese Mauer nun rettete sich meine bunt zusammengewürfelte Truppe. Einer göttlichen Eingebung oder einfach nur der Not gehorchend, griffen wir nach den Steinen und schleuderten sie gegen die Amazonen, die den Sieg schon greifbar glaubten und nach unserem Blut lechzten. Und wir trafen vor allem ihre Pferde, die plötzlich scheuten, was die gesamte Schlachtordnung der Amazonen nachhaltig durcheinander brachte. Als Folge begann sich der Feind plötzlich zu zerstreuen.

Der Platz selbst war von den Verteidigern in einem frühen Stadium der Belagerung mit Gräben durchzogen worden, die eine weitere unangenehme Behinderung für die Amazonenreiterei darstellten. Sobald Verstärkung auf den Platz stürmte, wurde die Vorhut, beeinträchtigt von all dem Rauch und Staub, durch den Druck der nachrückenden Reiterei unwillkürlich in ebendiese Gräben gedrängt, die mit Pfählen und spitzen Steinen gespickt waren, auf die Pferde und Reiter der Amazonen im wilden Durcheinander stürzten. War es einfach nur Glück oder Gottes Fügung? Aber wen berührte das schon? Zum ersten Mal kamen die Angstschreie vom Feind, und es war sein Blut, das vergossen wurde.

Da jede Straße in der Umgebung leicht bergan in Richtung Akropolis führte, entdeckten die Verteidiger, dass sie bergauf mit Leichtigkeit von einer Stellung zur nächsten wechseln konnten, wohingegen es für die Amazonen immer kraftraubender wurde, eine Schanze nach der anderen auszuräuchern. Und jeder Kampf bergan forderte seinen Zoll an Kriegerinnen und Pferden. Das war nicht die Kampfart der Amazonen. Sie hassten sie. Es war unehrenhaft. Hinzu kam, dass sie in den Gassen unmittelbar unter der Akropolis dem ständigen Beschuss durch unsere Bogenschützen, Stein- und Speerschleuderer oben auf den Zinnen ausgesetzt waren, die uns Deckung gaben. Ein Flügel der taurischen Fußkämpfer hatte eine unserer Einheiten bis zur Felswand der Akropolis zurückgedrängt. Felsbrocken donnerten in Kaskaden auf den Feind herab, schickten die Hälfte der Angreifer in den Hades und nahmen dem Rest und anderen Einheiten erst einmal die Lust, uns hier weiter zuzusetzen.

Aber die abschreckende Wirkung währte nicht lange. Gegen Abend sah ich Hippolyte im Galopp auf den Platz der Korbträger donnern. Sie führte eine Hundertschaft gegen unsere vierzig. Wir bildeten unsere Phalanx, überlappenden Schild an Schild, während sie ihre Geschosse auf uns abfeuerten. Doch die Mauer unserer Schilde hielt stand, und als die Angriffswelle der Reiter abflaute und zurückschwappte, fanden wir den Mut, nachzusetzen und unsere Haut so teuer wie möglich zu verkaufen.

Theseus kämpfte mit übermenschlicher Tapferkeit, wechselte von Einheit zu Einheit, war überall auf dem Schlachtfeld gegenwärtig. Es schien, als kenne er den Namen eines jeden Landsmannes, dessen Frau und Kinder, während er durch sein Vorbild allen Mut und Entschlossenheit zusprach.

Auch Lykos schlug sich tapfer. Er hatte sich durch die feindlichen Linien vom Lykabettos aus mit zwei Einheiten, geführt von den Heroen Peteos und Stichios, zu uns durchgeschlagen.

Letztere lieferten dem Feind dort an der Brücke über der Gabelung des Ilyssos, am so genannten »Gürtel«, einen denkwürdigen Kampf. Hielten sie doch unter einem wahren Pfeilhagel ein halbes Hundert Reiter in Schach. Theseus und Pirithous verteidigten mit dem Mut der Verzweiflung einige Kreuzwege und dann die Straße der Sattler. Aber selbst sie konnten das Schicksal nicht wenden.

Am Ende war die Zahl des Feindes einfach übermächtig. Stück um Stück brach der Widerstand der Athener. Die erschöpften kleinen Häufchen, die den Rest des Heeres ausmachten, wurden von allen Seiten her immer weiter zum Akropolis-Felsen zurückgedrängt. Das Enneapylon allerdings hielt noch immer. Hunderte konnten sich durch dieses System gestaffelter Wehrtore in Sicherheit bringen. Allerdings lag das Enneapylon auf der Westseite. Ich befand mich an der Südflanke, bei den Einheiten unter Theseus. Unser einziger Weg in den inneren Zirkel führte durch die Tore von Kallirhoi oder Melite, von denen wir durch einen sechshundert Fuß breiten ebenen Streifen getrennt waren. Die Sicherheit der Schanzwerke und unsere Gefährten, die bereits Leitern und Seile herabließen und uns aufmunternd zuriefen, schienen zum Greifen nahe.

Die Einheiten außerhalb der Mauern waren zu diesem Zeitpunkt schon stark dezimiert. Mindestens die Hälfte war so schwer verwundet, dass sie kampfunfähig war. Ein Viertel von ihnen war nicht einmal in der Lage, das Schlachtfeld ohne fremde Hilfe zu verlassen. Diesen armseligen Haufen bedrängten die Reitereinheiten Amazoniens und Skythiens zusammen mit ihren Fußtruppen in zehnfacher Überzahl. Der Held Pirithous war von Borges, dem Skythen, eigenhändig verwundet worden. Sie hatten ihn oben zum Gipfel der Akropolis gebracht. Der Ritter Peleus hatte sich auf ähnliche Weise Eleuthera geschlagen geben müssen. Theseus und die überlebenden Unterführer sammelten die Männer an der äußersten Linie Schild an Schild. Zweihundert Fuß trennten uns von der rettenden Mauer.

Aber wir konnten nicht dorthin gelangen. Eleuthera, Borges und ihre Besten der Besten warfen sich uns in den Weg. Sie hätten die Mauern einfach überrennen können, so groß war ihre Überzahl. Nur der ständige Beschuss durch unsere Steinschleuderer oben auf dem Gipfel hielt sie davon ab. Vorhangweise regnete es Steinblöcke, einige über ein Talent schwer, auf den Feind herab, um die schmale Bresche zwischen uns und der Sicherheit der Schanzwerke freizuhalten.

Der Feind wurde es bald satt, sich unter diesem Steinhagel ducken zu müssen. Er stellte sich allmählich darauf ein, wie weit er vorrücken konnte, ohne getroffen zu werden, während die Männer oben auf den Zinnen Nachschub holen mussten. Bei jedem Ausfall, den unser armseliger, humpelnder Haufen wagte, um das Niemandsland zwischen uns und den Mauern zu überwinden, warf sich der Feind auf uns. Und in diesem Moment waren unsere Landsleute oben auf den Zinnen gezwungen, ihr Wurfserien zu unterbrechen, wollten sie uns nicht zusammen mit dem Feind zu Brei zermahlen. Was sich wiederum der Feind zu Nutze machte, um unseren Ausfall zu vereiteln.

Allmählich brach die Nacht herein. Viermal stießen wir vor, viermal wurden wir zurückgeschlagen. Wieder hatten wir ein paar Verwundete mehr, wieder hatten wir Stellungen aufgegeben, in die sofort Reiter der Skythen und Amazonen vorstießen, um uns von dort noch wirkungsvoller unter Druck zu setzen. Am Kallirhoi-Tor versperrte Eleuthera uns den Weg in die rettende Sicherheit. »Feigling mit dem Herz eines Hasen!«, schrie sie Theseus zu. »Du hättest mit mir kämpfen sollen, als du noch Gelegenheit hattest. Deinen Kadaver würden jetzt die Krähen und Hunde fressen, aber du wärst wenigstens ehrenhaft gestorben.«

Unsere angeschlagene, zerlumpte Truppe hatte gerade noch die Kraft, einen letzten Ausfall zu wagen. Wir wussten es, und der Feind wusste es auch. Ich konnte Eleuthera sehen, vorn an der Spitze, im Sattel ihres hochbeinigen Wallachs. Die Besten der Besten unter den Amazonen waren an ihrer Seite. Hippolyte und Skyleia, Alkippe und Stratonike, Glauke, Enyo, Deino, Adrasteia, Tekmessa, Xanthe und Selene. Dazu Borges, Sadukes und Hermon von ihren Bundesgenossen. Jetzt hatten sie Gelegenheit, dem Herzen unseres Heers den Garaus zu machen, und das unter den Augen unserer letzten Verteidiger oben auf der Akropolis. Drüben über dem Schlachtfeld rannten Fußsoldaten und Trossknechte des Feindes zu hunderten über die freie Fläche, emsig bemüht, alle Hindernisse für ihre Reiterei zu entfernen, das Feld für das Schlachtfest an uns zu bereiten.

Theseus formierte unsere Truppe zum Karree, also zum Viereck, was bedeutete, dass ein Teil rückwärts vorstoßen musste, wenn sie mit ihren Schilden die Flanke schützen wollten. Theseus ging durch die Reihen. Für lange Reden war nicht die Zeit. »Athene beschütze uns!«, rief er. »Für Athen und den Sieg!«

Mit einem Aufschrei setzten wir uns in Bewegung. Augenblicklich stießen skythische Fußtruppen vor, um die Höhe einzunehmen, die wir verließen. Die Reiterei der Amazonen griff uns von beiden Flanken her an. Wir rückten im Viereck vor, wobei die Reihen, darunter ich, die sich rückwärts bewegen mussten, besonders schnell durch Stolpern und Straucheln in Unordnung gerieten. Die Bogenschützen der Amazonen schossen von rechts und links ihre Pfeile über unsere Schilde hinweg, nahmen uns regelrecht ins Kreuzfeuer. Wer getroffen wurde, musste unter allen Umständen versuchen, sich auf den Beinen zu halten, um seine Gefährten nicht noch weiter zu behindern, da wir sowieso schon mit reichlich Verwundeten belastet waren. Die Skythen fielen über unsere rückwärtigen Reihen in Wellen her, griffen nicht nur mit Wurfspeeren und Streitäxten, sondern mit Steinbrocken an, die über ein Talent wogen. Die Stammeskrieger der Steppe wuchteten diese mit beiden Händen und schleuderten sie mit lautem Gebrülle gegen die Schilde unserer hintersten Reihe. Wankte die Phalanx, warfen sich die Skythen selbst gegen die Schilde, packten die Schildränder mit ihren bloßen Händen und versuchten, sie allein mit ihrem Gewicht herunterzudrücken. Und dieser Feind war schaurig anzusehen. Er griff in Bärenfellumhängen und Ochsenhäuten an, an denen häufig noch die dazugehörigen Schädel und

Hörner hingen, dicke Schutzhüllen, gegen die sich unsere Schwerter als nutzlos erwiesen. Währenddessen schossen die Amazonen wahllos Pfeile auf uns ab. Und blind suchten wir plötzlich Schutz hinter den Stammeskriegern, gegen die wir uns eigentlich verteidigten. So viele, Freund wie Feind, fingen sich Pfeile ein, dass die Männer über die Schäfte stolperten und fielen, die wie Nadeln aus Schilden und Brustpanzern und lebendem Fleisch ragten. Und unablässig regnete es Steine von der Akropolis über zweihundert Fuß über uns herab. Das Krachen und Bersten dieser Brocken beim Aufprall war fürchterlich. Ganz zu schweigen von den wie Schleudergeschosse durch die Luft pfeifenden Splittern, die die Männer reihenweise ummähten, und den Staubwolken, die das Atmen schwer machten und alles in geisterhaftes Grau tauchten.

Dann kam der letzte Vorstoß. Die Männer oben auf den Zinnen der Akropolis hielten inne. Kein Stein fiel. Wir rannten über das Niemandsland auf eine Mauerfront zwischen zwei Wehrtürmen von einer Breite von vielleicht hundert Fuß zu, auf der unsere Landsleute standen und bereits Seile und Leitern herunterließen. Als die ersten Reihen die Mauer erreichten und daran hochzuklettern begannen, drängten die Massen in der Mitte nach, geschoben von der panischen Feindesangst der Letzten, die ihre Gefährten für deren Langsamkeit verfluchten. Die Masse quirlte und verkeilte sich zu einem Knäuel, in dessen Mitte ein bislang unverdautes Häufchen von Skythen sich mit Kurzschwertern und bloßen Händen über uns hermachte. Von außen bedrängte uns die Amazonenreiterei. Während unsere Gefährten sich Stein um Stein, Hand um Hand die Mauerfront hinaufhangelten, zielte der Feind auf ihre ungeschützten Rücken oder auf Arme und Beine derjenigen, die mit ihren Schilden eine Schildkröte gebildet hatten, um sich zu schützen. Leblose Körper plumpsten von der Wand und in das Gedränge, Blut und Pisse ergossen sich über den Stein. Ich fand mich am Fuß einer Leiter wieder und gestehe, dass ich anderen den Vortritt ließ. Hätte ich mich in den Stein verkriechen können wie ein Wurm, ich hätte es getan. Unter unseren Sohlen knirschte scharfkantiger Schutt, Überbleibsel des Geschosshagels von den Zinnen. Verlor man den Tritt, was in diesem Gedränge nur natürlich war, riss man sich Knie und Handflächen an messerscharfen Kanten auf. Oberschenkel und Arme waren blutverschmiert. Steinstaub legte sich über den klebrigen Körpersaft und verlieh allen eine unnatürliche Blässe. Nicht Lebende, sondern Gestalten des Schattenreichs schienen hier miteinander in einer sonnenlosen, von allem losgelösten Welt zu streiten.

Eleuthera führte zusammen mit Stratonike, Skyleia, Alkippe und Glauke den Angriff gegen uns. Theseus versammelte die Stärksten unseres Haufens zur Phalanx, doch den Amazonen gelang der Durchbruch. Ihre Waffe für den Nahkampf ist die Streitaxt, die sie jetzt über dem Kopf schwangen, mit der sie Schilde und Helme zerschlugen, Männern die Nacken durchtrennten und Arme und Schultern abhackten. Sie holten unsere Leitern mit Enterhaken von der Mauer und versenkten ihre Schwertklingen in die Rücken der Männer, die bereits die Mauer hinaufkletterten. Ich stand dicht an den Stein gepresst, als ein Stoßkeil des Feindes uns seitlich angriff und uns von der Mauer weg und aufs offene Feld trieb. Noch mehr Amazonenreiterei ergoss sich in die Lücke. Das war das Ende. Noch ein Herzschlag, und wir waren verloren. Dann ein Urlaut, ein Schrei, mitten aus dem Getümmel, so schaurig, wie kein Gott oder Titane ihn je gehört hatte.

Es war Theseus, der zu den Verteidigern oben auf den Zinnen hinaufbrüllte. »Auf uns!«, befahl er. Die Männer sollten also ihre Steine auf uns und den Feind herablassen.

Dass Verzweiflung unsere Gefährten oben auf der Akropolis angesichts der schaurigen Konsequenz ihres Tuns erfasste, war nicht zu übersehen, mussten sie doch den Tod ihrer Landsleute zwangsläufig billigend in Kauf nehmen. Ein Albtraum sollte wahr werden. Dennoch war es ein Befehl des Königs. Sie mussten gehorchen, selbst wenn auch Theseus' Ende damit besiegelt schien.

Und die Steinschleuderer warfen Brocken um Brocken, Quader um Quader, verdoppelten ihre Anstrengungen, als könnten sie dadurch dem tödlichen Spiel ein schnelles Ende bereiten.

Und der Feind fiel zurück. Unsere Männer wateten zur Mauer. Ihre Gefährten ließen erneut Seile und Leitern herunter. Ich sah Theseus unter dem östlichen Turm ein Geviert verteidigen, damit andere hinaufklettern konnten, bevor er ein Seil ergriff und in Sicherheit gehievt wurde. Jetzt erklomm ich die Wand mit meinen bloßen Händen, sicherte meinen Tritt durch Vorsprünge und Mulden, die kaum eine Eidechse getragen hätten. Doch Angst und Grauen haben eine starke Triebkraft, wenn es um das eigene bisschen Leben geht.

28

MUTPROBE

Damon fährt fort:
Dort, wo einst die Agora gewesen war, die Fläche unterhalb des Nymphenhügels, war das einzige ebene Gelände, das bislang nicht für Heerlager missbraucht worden war. Die Amazonen und Skythen der Kupferberge hatten es in eine Pferderennbahn verwandelt. Hier trafen sich im zweiten Morgengrauen nach der letzten Schlacht Theseus und Eleuthera zum Zweikampf.

Es wurden keinerlei Regeln vorgegeben oder Abmachungen getroffen, die für den Fall von Theseus' Sieg den Abzug der Amazonen, bei Eleutheras Sieg die Unterwerfung der Stadt vorsahen. Dennoch lastete dunkle Ahnung auf dem Ausgang des Ereignisses. Der Zweikampf würde von beiden Seiten als Prüfung nicht nur für die Heroen selbst, sondern auch ihrer Götter betrachtet werden. Wer besaß den magischen Zauber? Wer hatte die Macht der Götter auf seiner Seite? Unter den abergläubischen Stämmen des Ostens gab es kein Ereignis, nicht einmal die Windrichtung, in die es die eigene Pisse verwehte, aus dem man keine Bedeutung herauszulesen versuchte.

Der Wilde betrachtet die Welt nicht mit Logik und Vernunft. Für ihn ist diese Welt nur eine vage Ahnung vom Jenseits, die er nach den Fingerzeigen des Allmächtigen abtastet. Er wirft die Knochen und harrt der sich daraus ergebenden Weissagungen. Die Stämme der Steppe sind Sklaven ihres Aberglaubens.

Die Amazonen sind in dieser Beziehung nicht viel besser, und wenn ich ehrlich sein soll, haben selbst wir Hellenen uns von diesem Weltbild noch nicht einmal einen Steinwurf weit entfernt. Es war daher vielen aus Theseus' Anhängerschaft und sicher allen aus Eleutheras Heer klar, dass der Ausgang dieser Kraftprobe von beiden Seiten als ein Urteil der Götter angesehen werden würde. Wer auch immer triumphierte, würde als unbesiegbar gelten, wer versagte, war zum Untergang verdammt. So kam es, dass man in beiden Lagern keine Gelegenheit ausließ, keine Mühe scheute, so lächerlich oder barbarisch diese Rituale auch anmuten mochten, um sich die Gunst des Himmels für den kommenden Raufhandel zu sichern.

Mein Bruder und ich waren zufällig unter denen, denen die Aufgabe zufiel, die Toten vom Schlachtfeld des Vortages zu bergen. Eine Pflicht, der die Amazonen und Skythen bereits nachgekommen waren. Als wir daher an jenem Abend die

Akropolis durch die Neun Tore verließen, sahen und hörten wir, wie der Feind in seinen Lagern auf den Hügeln gegenüber dem Kalkfelsen unaufhörlich unter schaurigen Gesängen und Lärmen die Orakel befragte oder Opfer darbrachte.

Vor dieser geisterhaften Kulisse also machten wir uns an die schmerzliche Aufgabe, die sterblichen Überreste unserer Landsleute zu bergen, sie zweigeteilt, nackt und bis zur Unkenntlichkeit verstümmelt in Decken zu stapeln und diese zum untersten Absatz der Dreihundert Stufen zu schleppen. Längst hatten wir keine Maultiere mehr, die uns das abgenommen hätten. Alle waren inzwischen in Ermangelung anderen Fleisches geschlachtet worden. Am Fuß der Treppe mussten wir also unsere traurige Last schultern und einzeln zum Gipfel tragen.

In jener Nacht hielt Theseus keine Ansprache an die Seinen. »Sollte ich fallen, gebt die Königin Antiope ihrem Volk zurück«, war alles, was er sagte.

Antiope war in jener Nacht unter uns, als die Einzelheiten unseres Rückzugs ruchbar wurden. Sie hatte endlich die Abgeschlossenheit ihrer Gemächer verlassen. Ich ging dicht an ihr vorüber, als sie in Gedanken versunken auf den Zinnen stand. Sie sah mich nicht. Ihr Blick war starr auf die unheiligen Riten der Steppe gerichtet, die auf den Hügeln gegenüber im Gange waren.

Ich hatte Wachdienst in jener Nacht, und als meine Zeit zu Ende war und ich in den frühen Morgenstunden zurückkehrte, hatte Antiope sich noch immer nicht von der Stelle gerührt.

Allein sie stand auf dem Schanzwerk südlich des obersten Tores, flankiert nur von einigen Dienern und Wachleuten, die Theseus zu ihrer Sicherheit abgestellt hatte. Ich hatte beinahe vergessen, welch herrliche Erscheinung sie war. Sie trug phrygische Stiefel, weite Beinkleider und den Reitgurt der Amazonen um ihre Taille. Über der linken Schulter lag das Panterfell. Ihre rechte Brust war entblößt, die drei Schnitte des *matrikon,* der rituellen Selbstverstümmelung der Amazonen am Vorabend der Schlacht, waren deutlich sichtbar.

Die orgiastischen Opfer und Gesänge des Feindes dauerten die ganze Nacht hindurch an. Antiope verließ ihren Platz auf den Zinnen nicht. Würde sie in die Schlacht eingreifen? Und wenn ja, auf wessen Seite? Theseus hatte wie gesagt verboten, dass jemand sie bewaffne, und im Fall der Zuwiderhandlung dem Übeltäter mit dem Tode gedroht. Würde sie ihm trotzen? Musste er erst sterben, damit dieser Befehl aufgehoben wurde?

Zwei Wachen vor Sonnenaufgang zog sich Theseus ins Innere der Burgfeste zurück. Antiope erwartete ihn dort bereits. Sie badete und bewaffnete ihn, erzählte man sich später. Sie verwehrte jedenfalls selbst seinen engsten Gefährten den Zutritt und band eigenhändig sein Haar. Dann übergab sie ihm ihren Speer.

Der Kampf fand also auf der ehemaligen Agora statt, unterhalb der letzten, vom Feind noch unberührten Bastion, den Toren des Enneapylons, die die engsten Gefährten des Königs verteidigten. Die Dreihundert Stufen waren mit Pfählen und gegenläufigen Mauern geschützt für den Fall, dass der Feind eine List anwenden und dort eindringen sollte. Die letzten Häuser und Schatzhäuser der Umgebung waren mit Schanzwerk umgeben. Darüber hatte sich die letzte Tausendschaft versammelt, die noch uneingeschränkt kampffähig war. Der Morgen graute. Oben auf den Zinnen hatten die Verwundeten Stellung bezogen.

Eleutheras Waffengehilfinnen – Stratonike, Skyleia und Glauke – ritten von Norden her auf die Ebene, in voller Rüstung, aber ohne Kriegsbemalung. Sie trugen ihr Haar nach Art der Amazonenkriegerinnen gebunden und waren ohne Helm. Am Ende der Bahn hatte man drei Pfosten eingeschlagen. Je eine Reiterin hielt vor einem davon an. Stratonike ritt allein weiter. Am Südende warteten Theseus' Waffengehilfen Lykos, Peteos und Amopharetus, Führer der spartanischen Speerschleuderer. Auch sie waren in voller Rüstung. Die Kampfregeln wurden von Sadukes, Fürst der trallischen Thraker, verkündet, der ein fehlerfreies Hellenisch sprach. Getötet werden durfte der Gegner nur innerhalb des abgesteckten Kampfrings, eine Regel von rein hypothetischem Wert, da niemand annahm, dass einer der beiden Kontrahenten seine Kriegerehre verwirkte, nur um sein Leben zu retten.

Theseus erschien im Kampfwagen, dem königlichen Gefährt seines Vaters Aigeus, gelenkt von seinem Vetter Iophon. Er trug eine schwarze Rüstung, einen Brustpanzer mit Stierkopf und passendem Schild, also jenen berühmten Zwanzigpfünder mit Bronzepanzer über einem massiven Eichenkern, drei Daumen dick, der schon seinem Vater gehört hatte. Sein Helm war schwarz mit einem Helmbusch aus Falkenfedern. Er hatte sich den Bart rasiert und seine Stirnlocken gestutzt. Seine Waffen waren drei Wurfspieße in einem Köcher aus Ochsenhaut, der am Wagen hing, zwei acht Fuß lange Speere mit Eschenschaft und Eisenspitze und das Kurzschwert am Gehänge an der Hüfte. Der Streitwagen hielt am Südende vor den Posten an. Theseus stieg nicht aus. Seine Waffengehilfen traten zu ihm und sprachen kurz auf ihn ein.

Eleuthera näherte sich auf ihrem prächtigen Wallach von Norden her. Sie verschmähte jeglichen Pomp. Kein Streitwagen. Keine Unterredung mit den Waffengehilfinnen. Sie trug ihren kleinen Bronzeschild am Arm und hatte den typischen Wurfspeer der Amazonen in der Hand. Ihre Streitaxt, der *pelekus,* ruhte in einer Hülle zwischen ihren Schulterblättern auf dem Rücken. In einem Kasten hinter ihrem Sattel lag der Eisendiskus. Sie war ohne Bogen und Schwert.

»Ich bin Theseus, Sohn des Aigeus …«, hob der König an.

»Genug! Ich weiß, wer du bist!«

Die Pferde zu beiden Seiten stampften und schnaubten. Knirschend gruben sich die Räder des Streitwagens in den Staub, und die lederbedeckten Unterarme des Lenkers zuckten, während er das Gespann nur mühsam im Zaum hielt.

Eleuthera gab ihrem Wallach nicht die Sporen, ließ ihn frei laufen, zügelte ihn jedoch nach zehn Schritten, gut hundert von ihrem Gegner entfernt. Ihre rechte Hand fuhr an das Backenstück ihres Helms. »Töte mich, so du kannst!«, rief sie Theseus zu. Dann klappte sie mit einer ruckartigen Bewegung ihres Nackens das Visier herunter.

Lautes Johlen drang aus sechzigtausend Kehlen, als Streitwagen und Reiterin aufeinander zurasten. Theseus hob seinen Schild über den Rand des Streitwagens, sodass er zur Hälfte überlappte, und stemmte die Schulter in das Halbrund unterhalb der Einfassung. In der Rechten hielt er den ersten Wurfspieß, einen Fünffüßer. Er stellte den linken Fuß an den vordersten Rand der Plattform, mit dem rechten stützte er sich an der rückwärtigen Wagenwand ab, um seinem Wurf die nötige Wucht und Schnelligkeit zu verleihen. Eleuthera konterte mit der Reiterlanze der Amazonen. In wenigen Augenblicken kreuzten sich die Wege der Gegner. Theseus warf, Eleuthera hielt. Die Lanze des Königs hätte sie mitten in die Brust getroffen, hätte sie sich nicht im letzten Moment aus dem Sattel fallen lassen und hinter die Flanke ihres Pferdes geduckt, wo sie sich nur mit einem Absatz in der Steighilfe und mit einer Hand an der Mähne hielt. Beim nächsten Herzschlag war sie bereits wieder im Sattel. Theseus' Wurfspeer schoss über die Kampfbahn hinaus und schlug mitten in den Zuschauern unter den Thyssa Getai einem Pechvogel in den Fuß. Der Mann schrie laut auf. Gelächter brauste auf. Streitwagen und Pferde wendeten am jeweiligen Ende der Rennbahn.

Bei der zweiten Begegnung ritt Eleuthera links am Streitwagen vorbei und nahm ihr Pferd im letzten Moment vor dem Gespann herum. Wieder riskierte sie keinen Wurf. Theseus schleuderte seinen Speer erneut, wurde jedoch vom plötzlichen forschen Anreiten seiner Gegnerin überrascht, sodass sein Speer vom Schild Eleutheras abprallte, in weitem Bogen über den Kampfplatz segelte und in einen Pfosten am anderen Ende einschlug. Als der Streitwagen zum dritten Anlauf in halsbrecherischer Geschwindigkeit wendete, entledigte sich der König seines Helms und des Schildes, um beim nächsten Wurf unbehindert zu sein. Er wusste, dass er zweimal gefehlt hatte und mit seinem letzten Wurfgeschoss treffen musste, wollte er nicht zu Fuß gegen die berittene Amazone antreten.

Wieder hielten die beiden aufeinander zu. Erneut versagte sich Eleuthera einen Angriff, während Theseus' Speer weit fehlte. Als der Streitwagen vor dem Wendepfosten das Tempo verlangsamte, sprang der König heraus. Wagenlenker und Wagen entfernten sich. Theseus nahm Schild und Speer auf und lief zu Fuß über die Rennbahn. Eleuthera wendete an ihrem Ende, zügelte ihren unter seinem Brustpanzer schweißnassen Wallach. Er hatte Schaum vor dem Maul, und sein Kiefer mahlte unwirsch auf dem Eisengebiss der Trense. Unter Eleutheras Helmvisier schoss Speichel in hohem Bogen hervor, rot vom Blut ihrer Zunge, auf die sie sich in der Erregung gebissen hatte. Die Amazone nahm die Zügel zwischen die Zähne. Aus dem Kasten hinter ihrem Sattel griff sie den Diskus, nahm ihn als Gegengewicht zum Wurfspeer in der Ärmelverlängerung der rechten in die linke Hand.

Die Menge schrie, wollte endlich Blut sehen. Die skythischen Stammeskrieger schlugen sich gegenseitig auf die Schultern, die Amazonen stießen ihre schrillen, sphärisch anmutenden Anfeuerungsrufe aus, die wie das unheimliche Geheul eines Sturms über die Rennbahn hallten.

Theseus stürmte zur Mitte der Bahn, um den Anlauf seiner Gegnerin zu verkürzen. Er lief mit kurzen, schleifenden Schritten, geduckt hinter seinem schräg an den Körper gelegten Schild, der untere Rand voraus, die Schürze aus Ochsenhaut im Staub schleifend. Gleichzeitig schwenkte er den Schild von Seite zu Seite, um Eleutheras Wurfgeschoss abzufangen, so sie denn endlich werfen sollte, wobei das Nasenstück seines Helms gegen den Schweißfleck auf dem Leder des oberen Schildrandes gepresst war, um der Feindin lediglich die Augenschlitze und den Helmbusch zu bieten. Mein Blick fand Selene unter den Besten der Besten. Sie bebte, so schien es, wie eine Bogensehne nach dem Schuss.

Ich suchte Antiope auf den Zinnen, konnte sie aber nirgends entdecken.

Jetzt kam der Vorstoß, den Eleuthera sich so lange verwehrt hatte. Sie stellte den rechten Fuß in die Steigschlaufe des Bauchgurts ihres Wallachs und trieb ihn vorwärts. Das Tier beschleunigte in einem Wimpernschlag zu einem rasenden Galopp, wie es nur die Pferde der Steppe vermögen. Die Reiterlanze wirkte lang und schwer wie eine Zeltstange in ihrer Hand. Die Spitze berührte fast die Ohren des Pferdes und ragte über Eleutheras linke Hand mit dem Diskus weit hinaus.

Theseus sank in die Knie und duckte sich, als Pferd und Reiter donnernd näher kamen. Sein Helm war gegen den obersten Rand seines Schildes gepresst. Es war das königliche *aspis* seines Vaters Aigeus, mit einem Eichenkern, der selbst unter den Rädern eines Wagens nicht nachgab. Der König schob den unteren Rand über die Erde und neigte den Bronzepanzer himmelwärts. Seine Augen spähten über den Rand. In der Rechten hielt er beide acht Fuß langen Speere flach über der Erde, damit kein Schlag der Axt oder des Diskus sie zu zersplittern vermochte. Die einzige Angriffsfläche, die Theseus der Gegnerin bot, war der Schild, der alles verwundbare Fleisch bedeckte. So kroch der König von links nach rechts wie ein bewegliches Ziel. Mit der rechten Hand am Boden fühlte er das Herannahen der Amazone, wartete auf den Augenblick, da er den Angriff still über sich ergehen lassen musste oder den rechten Fuß aufsetzen und den Wurfspeer heben konnte, um die Feindin unmittelbar von vorn zu nehmen.

Eleuthera ließ ihm dazu jedoch keine Gelegenheit. Sie schleuderte ihr Geschoss noch außerhalb seiner Reichweite. Und so gewaltig und mächtig war ihr Wurf, dass die Ärmelverlängerung sich löste und Theseus' Helmkuppe traf. Spitze und Schaft durchschlugen den Schild und trafen Theseus so dicht über der tödlichen Stelle, dass ein Eschesplitter den Lederriemen durchtrennte, der das Lederkorsett des Königs unterhalb seiner Rippen hielt. Das Geschoss selbst fuhr wie ein Zeltpflock in die Erde und klemmte Theseus damit unter dem mächtigen Oval des Schildes ein. Eleuthera nahm ihr Pferd blitzschnell herum und galoppierte zurück. Sie hatte ihre einzige Lanze verschossen. Jetzt musste sie aus dem Sattel, um den Kampf zu beenden.

Die Amazone schwang sich im Galopp vom Pferd, kam leichtfüßig auf und rannte weiter. Ihr Pferd machte sofort den Weg frei. Eleuthera stürmte von hinten auf Theseus zu. Ihre Lanze hatte seinen Schild an den Boden genagelt. Der König hatte nur zwei Möglichkeiten: Entweder er verschwendete wertvolle Zeit damit, den Schild aus seiner Verankerung zu reißen, oder er stellte sich Eleutheras Angriff schutzlos.

Die Amazone schwenkte den Diskus. Alle sahen, wie sie mit ihrem schweren, eisenummantelten Geschoss weit ausholte. Eleuthera war jetzt noch zwanzig Schritt von Theseus entfernt und näherte sich schnell und geduckt. Endlich hatte der König sich und seinen Schild befreit und wirbelte herum. In diesem Moment setzte Eleuthera, den Wurfarm weit gestreckt, zur ersten Drehung des Diskuswerfers an, steigerte die Schnellkraft mit jeder weiteren der drei blitzschnellen Drehungen ihres Körpers und ließ los. Nie habe ich ein Geräusch gehört wie das, wenn Eisen auf Bronze trifft.

Der Bronzepanzer des Schildes gab nach, der Rahmen knackte wie eine Walnussschale. Theseus' Arm fiel schlaff herab. Eleuthera war im Schwung der Wurfdrehung an ihm vorbeigeschossen. Jetzt wandte sie sich um und fand ihr Gleichgewicht wieder. Mit einem schnellen Griff zog sie ihre Streitaxt aus der Lederhülle auf ihrem Rücken und lief auf Theseus zu. Dieser fing den Angriff mit erhobenem Schild ab und versuchte sie mit der Spitze des großen Wurfspießes aus nächster Nähe zu treffen. Eleuthera schlug das tödliche Eisen mitten im Schwung mit ihrer Axt zur Seite, entging dem todbringenden Geschoss jedoch nur so weit, dass es den Leinensaum ihres Korsetts zerfetzte und ihr das Fleisch über den Rippen öffnete.

»Ist sein Arm gebrochen?«, ertönte es zweisprachig aus dem Rund.

Eleuthera sah es, sie sammelte sich. Mit all ihrer Kraft hieb sie auf den stark beschädigten Schild ihres Widersachers mit einem Schlag ein, der vielfach und dumpf über die Rennbahn hallte. Theseus' Unterarm war im Bronze- und Leder-Futteral des Schildes eingeklemmt. Er schrie vor Schmerz auf, als ihn die Wucht des Schlages aus dem Gleichgewicht brachte. Eleuthera ließ für einen Moment die Axt los, packte stattdessen den Schildrand mit beiden Händen und warf sich mit ihrem ganzen Gewicht dagegen, um den Armknochen des Widersachers endgültig zu brechen oder ihn zumindest aus dem Gelenk zu winden. Der König sank in die Knie und stach seitwärts mit seinem Speer zu. Ein zweiter tiefer Schnitt öffnete sich auf Eleutheras Oberschenkel. Hätte sich eine gemeine Fliege auf ihre Haut gesetzt, es hätte sie in diesem Augenblick kaum weniger kümmern können. Die Verteidiger oben auf den Zinnen lärmten, forderten ihren Heroen auf, sich zu erheben.

Und mit einem Mal lag der *pelekus* wieder in Eleutheras Hand. Theseus stach mit seinem Speer nach ihr. Sie wich aus und hackte den Eschenschaft entzwei. Theseus versuchte sie zu packen, sie allein mit seiner Körperkraft niederzuzwingen. Doch sie entwand sich beinahe spielerisch seinem Zugriff. Zwei weiterer Hiebe mit ihrer Axt, und Theseus' Schild brach entzwei. Ein dritter beidhändiger Schlag rasierte ihm die Helmkrone ab. Die Kopfhaut hing ihm wie ein Lappen über die Stirn. Blut tränkte seine Filzkappe und die geschorenen Locken seines Haaransatzes.

Jetzt entrang sich Eleutheras Kehle der markerschütternde Kriegsschrei der Amazonen. Sie holte aus zum letzten tödlichen Schlag. Der König sackte rücklings in den Staub und versuchte mit letzte Kraft, seine Männlichkeit zu schützen.

In diesem Moment stürmten vom Südende Gefährten des Königs herbei, stürzten sich mit einem Schrei auf Eleuthera, drängten sie mit Speeren und Schwertern zurück und schützten den König hinter einer Wand von Schilden. Eleuthera jaulte auf vor Wut und Empörung und hackte wie von Sinnen mit ihrer Axt auf die Mauer athenischer Bronze ein.

Jetzt eilten die Waffenhelferinnen an ihre Seite, gefolgt von den vordersten Reihen der Amazonen. Dann schwappten auch die Skythen und Getai und die ganze Flutwelle des Feindes auf das Schlachtfeld.

ZEHNTES BUCH

VON LIEBE UND KRIEG

29

RATTEN

Selene fährt fort mit ihrem Vermächtnis:
Als das Pferd das Freie Volk zum ersten Mal auf seinen Rücken nahm, verordnete es Gesetze der Ehre für die Auseinandersetzungen zwischen Völkern und Einzelnen. An oberster Stelle stand dabei die heilige Unantastbarkeit des Zweikampfes. Wer gewann, gewann allein. Wer verlor, verlor allein.

Theseus hatte verloren. Und doch lebte er, gerettet durch die Waffenhilfe anderer. Was für ein Krieg sollte das sein? Man eroberte und trug keinen Sieg davon? Ich war unter denen an jenem Tag, die das Enneapylon Athens überrannten, das Heilige Tor niederrissen und die Letzten der Feinde zum Gipfel der Bergfestung hinauftrieben. Ich hatte drei Kopfhäute und mehr Waffen und Rüstungen erbeutet, als meine Pferde tragen konnten. Voller Ekel und Verachtung trat ich sie in den Staub.

Der letzte Kampf hatte Pferde und Frauen zu hunderten gekostet. Zu beklagen waren meine Elevinnen Kalkia und Arsinoe. Und dennoch war es nicht ihre Zahl, so hoch sie auch war, sondern die unehrenhafte Art, mit der der Feind kämpfte, die uns verzweifeln ließ. Daran möchte ich an der Stelle erinnern, da Theseus' Gefährten ihn im Schutz ihrer überlappenden Schilde vom Schlachtfeld trugen. Es war mir zutiefst zuwider.

Mittlerweile umringten die Lager der Bundesgenossen den Akropolis-Felsen auf dem gesamten Rund. Überall lagen unsere Verwundeten und Toten. Der Gram über diese Verluste war lähmend. Innerhalb von neunzig Tagen war ein Drittel unseres Volkes gefallen, und ein weiteres Drittel hatte Wunden davongetragen, von denen sie sich nie wieder erholen würden. Hinzu kam das unendliche Leid der Pferde. Wie viele hatten wir verloren? Fünftausend in der Schlacht, das Dreifache durch Stürze, Krankheiten und Wunden. Selbst die Pferde unserer Besten, die nur ausgewähltes Futter erhielten, hatten ihre Ausdauer verloren, hielten in der Schlacht kaum noch durch. Bei einem Kampf verbrauchte jede Reiterin vier bis fünf Tiere. Und obwohl wir ihnen immer längere Ruhezeiten verordneten, wurden sie ständig magerer und ausgezehrter.

Borges hatte Recht. Wir mussten diese Insel nehmen. Nur so konnten wir die Athener zwingen, von der Akropolis herunterzukommen und zu kämpfen. Und wir brauchten Getreide. Unsere Pferde waren halb verhungert. Und Attika gab nichts mehr her.

Ich versagte mir alle zweitrangigen Pflichten und war nur noch für Eleuthera da. Ich lernte, Bittsteller abzuwehren, sie von drängenden Belästigungen zu verschonen. Ich überwachte ihre kurzen Schlafzeiten und spannte meinen Umhang aus, um ihr Schatten zu spenden. Ich legte mich auf ihre Schwelle, nicht, um zu ruhen, sondern um jenen den Zutritt zu verwehren, die ihr den Schlaf raubten oder sie aus selbstsüchtigen Gründen von dem Ziel ablenkten, von dem alles abhing.

Nacht um Nacht machte Eleuthera von Lager zu Lager die Runde, blieb bei den Feuerstellen stehen, um ein tröstendes oder aufmunterndes Wort zu sprechen oder einfach nur mit ihrer Gegenwart Mut zu machen. Sie war es schließlich, die den großen Theseus im Zweikampf zertreten hatte wie einen Wurm. Sie opferte sich auf. Und davon war sie weder durch Vernunft noch durch gutes Zureden abzubringen.

Die zahllosen Verluste hatten die Moral des Heeres so weit aufgeweicht, dass Kriegerinnen in ihrer Erschöpfung nach der Schlacht kaum noch die Kraft fanden, ihre toten Pferde zu beerdigen. Und gerade in dieser Pflicht beschämte Eleuthera ihre Mitkämpferinnen immer wieder aufs Neue. Sie hielt Wache neben einem gefallenen Pferd, schachtete das Grab eigenhändig aus und zwang mit ihrem Vorbild alle dazu, ihr nachzueifern. Das Volk sehnte sich zurück nach der Steppe. Eleuthera wusste das. Wir fürchteten um unsere Kinder, unsere Stuten und Fohlen, die jetzt in Gefahr waren, da Feinde sich durch unsere Abwesenheit zu Übergriffen ermutigt fühlten. Eleuthera versuchte Kummer und Gram nicht zu unterdrücken, sondern alle zu ermutigen, sie gemeinsam zu ertragen.

Schon als Kind hatte ich den Ehrgeiz meiner Freundin gespürt. Ich hatte daher gefürchtet, dass all die Bewunderung und Verehrung, die ihr nun zuteil wurden, ihr den Kopf verdrehen könnten. Das Gegenteil war der Fall. Sie zeigte sich wie verwandelt. Während zahlloser Nächte konnte ich diese Veränderung an ihr beobachten, wenn sie bei einer verwundeten Elevin kniete oder die Hand einer verstümmelten alten Kämpferin drückte. Die Gesichter der Verwundeten hellten sich bei ihrer Berührung auf. Und es war deutlich zu erkennen, dass sie alles geben würde, um unserem Volk das Überleben zu sichern.

Viele begannen sie *Parthenos*, die Jungfrau, zu nennen. Eine Bezeichnung, die zum Ausdruck bringen sollte, dass sie für ihr Volk und allein für dieses lebte.

Von allen aus unserem Geschlecht war Antiope die Edelste. Aber Eleuthera war die Größte. Ihre Liebe für *tal Kyrte* übertraf jede Leidenschaft zwischen Mann und Frau. Es war nicht die fleischliche Liebe, sondern eine geistige Liebe, die ihren Ausdruck nicht in Selbstverwirklichung, sondern in Selbstverleugnung fand. Von der stolzesten aller Kriegerinnen war Eleuthera die demütigste geworden. Immer wieder staunte ich über sie. Im Herzen sehnte ich mich noch immer nach Damon. Und das beschämte mich. Was ist schon Erotik, wenn nicht Eitelkeit und der Wunsch, sich zu unterwerfen? Selbst die Zeugung eines Kindes, so schalt ich mich heimlich, war Eigennutz und Hochmut angesichts der Liebe zu unserem Volk, die Eleuthera wie eine Flamme in sich trug.

Am siebten Tag erschien Damon mit einer Botschaft seines Königs bei uns im Lager. Der König regierte also noch, so viel besagte jedenfalls die Nachricht. Der Vorschlag, den sie enthielt, so erklärte Damon, sei allerdings allein für die Ohren der *tal Kyrte* bestimmt.

Aufmerksam betrachtete ich Damon, während er das Wort an den Rat richtete. Er war hager geworden, seine Wangen waren hohl, die Haut spannte über den Knochen unter seinem Bart. Nie hatte ich ihn glühender bewundert. Sein Stolz, seine Furchtlosigkeit und die Bereitschaft zu sterben machten ihn zum strahlenden Helden. Mein Herz floss über vor Liebe zu ihm.

Es war deutlich zu spüren, wie sehr er uns zugetan war. Fast schon wirkte er wie einer von uns. Und als er das Ansinnen seines Königs vortrug, war zwischen den Zeilen herauszuhören, dass Theseus Ähnliches für uns empfand.

Der König, so erklärte Damon vor dem Rat, biete fünfhundert Talente Gold, eine enorme Summe, und alles, was Athen besaß, sollte *tal Kyrte* die Feindseligkeiten beenden und sich mit Athen verbünden. Gemeinsam, so schlug Theseus vor, konnten unsere Völker die Skythen, Thraker und Getai bezwingen.

»*Tal Kyrte* weiß, dass Athen nicht ihr Feind ist«, sagte Damon wörtlich. »So groß euer Gram auch sein mag. Wie sollte unsere so fern eurer Heimat liegende Stadt *tal Kyrte* schaden? Sucht eure Feinde unter denen, die ihr jetzt Bundesgenossen nennt. Borges und Sadukes erheben Ansprüche auf euer angestammtes Land. Die Toten, die ihr in Kauf nehmt, um uns zu vernichten, schwächen euch nur für den Marsch in die Heimat. Denn auf diesem werdet ihr zahllose Schlachten gegen die schlagen müssen, die euch für das hassen, was ihr seid, und die euer Land und eure Herden begehren.

Trotz eurer Verachtung für uns, eurem Hass auf unsere Lebensart, solltet ihr einsehen, dass es weiser wäre, sich hier und jetzt mit euren wahren Feinden auseinander zu setzen, solange ihr noch stark genug seid, und mit uns als Bundesgenossen, die wir von der uneinnehmbaren Festung der Akropolis kämpfen. Und wir kämpfen bis zum Letzten, denn eure Feinde sind unsere Feinde.

Denkt über dieses mögliche Bündnis nach, darum bittet euch Theseus, der König von Athen, inständig. Durch große Taten hat *tal Kyrte* seine Überlegenheit und unvergänglichen Ruhm bewiesen. Jetzt drängt Theseus euch, euer Überleben zu sichern. Lasst Klugheit walten, und macht uns zu euren Verbündeten im Kampf gegen die, die eure Vernichtung planen.«

Damons Rede war zu Ende. Die Gesandtschaft wurde entlassen. Alle zogen sich zurück. Damon blieb. Noch hatte er die Schwelle des großen Zeltes nicht überschritten.

Verwirrt drehten sich seine Gefährten nach ihm um, machten ihm Zeichen, ihnen zu folgen. Er bedeutete ihnen, ohne ihn zu gehen. Der Rat war verwundert.

Damon wandte sich noch einmal an die Amazonen. »Die Botschaft, die ich überbrachte, war die meines Königs und meines Volkes. Was ich jetzt zu sagen habe, kommt aus meinem Herzen.«

Er straffte die Schultern.

»Ich werde nicht mit meinen Gefährten auf die Akropolis zurückkehren. Ich möchte bei euch bleiben.«

Skyleia schnaubte verächtlich. »Weshalb dieser Sinneswandel?«

Damon schluckte, brachte kein Wort heraus. Eleuthera trat vor ihn hin.

»Du warst der Buhle von Selene.«

»Das war ich«, erwiderte Damon.

»Und was soll das jetzt bedeuten? Ist es Liebestollheit? Launigkeit? Oder beides?«

Und sie lachten ihn aus. Damon ließ sich nicht beirren. »Also, was ist es?«, wollte Eleuthera wissen.

»Ich habe alles gesagt«, erklärte er.

Ich trat vor. »Sein Herz schlägt für das Wilde Land und seine Stämme.«

Damit erntete ich nur Wut und Empörung. Die Meinen beschuldigten Damon jetzt, ein Spion oder Meuchelmörder zu sein, ein Feigling, der die eigene Haut retten wolle, und Schlimmeres.

Mein Geliebter ertrug diese Beschimpfungen stumm und unbeeindruckt. Eleuthera musterte ihn prüfend. Dann warf sie mir einen flüchtigen, kühlen Blick zu und hob die Hand, um den Aufruhr zu beenden, den Damon unter meinen Schwestern ausgelöst hatte.

»Bleib heute Nacht«, befahl sie ihm. »Entscheide morgen.«

Und mir bedeutete sie, Damon den Dammweg nach Euböa zu zeigen.

30
AN DER SCHWELLE ZUM SIEG

Euböa ist vom attischen Festland durch den engen Sund des Euripos getrennt, der in seiner Breite tausendzweihundert Fuß misst. In jener Nacht ritt ich mit Damon dorthin.

Lange hatte ich diese Stunde im Geiste durchgespielt. Ich wusste, wie ich ihn berühren, ihn erneut zum Geliebten nehmen wollte. Ich hatte mir zurechtgelegt, was ich sagen und wie ich es sagen würde.

Am Ende kam alles ganz anders.

Es war dunkel, als wir den Sund erreichten. Überall loderten Pechfackeln, überall wurde fieberhaft gearbeitet. Der Fortschritt war unglaublich. Dort, wo einst die schmale Enge gewesen war, führte ein mittlerweile gut vierhundertfünfzig Fuß langer Damm ins Wasser. Zwölfhundert Fuß waren insgesamt zu bewältigen. Die Turmleute waren Planer und Ausführende dieses Werks. Sie hatten nicht nur die zentrale Achse aus Stein gelegt, die breit genug für ein Ochsengespann war, sondern auch Reitwege an jeder Flanke, auf denen drei Pferde nebeneinander Platz hatten. Häute schützten den Damm gegen Angriffe von See her.

Damon und ich ritten an den dort versammelten Truppen vorbei. Sie waren zahlreicher und kampfbegieriger als die, die Athen belagerten. Und hier waren die Skythen, Thraker und Getai unter sich. Amazonen waren nirgends zu sehen.

Mein Geliebter und ich hielten am Strand an.

»Meine Mutter und zwei Schwestern sind dort drüben«, bemerkte Damon. »Und deren Kinder. Auch die Frau meines Bruders. Ich habe Tanten, Großeltern und andere Verwandte auf der Insel.«

Damit, das war mir sofort klar, war alle Hoffnung für uns zunichte.

»Jetzt kann Theseus und die Seinen nichts mehr auf der Akropolis halten«, fuhr Damon fort. »Eleuthera wird den Kampf bekommen, den sie haben wollte.«

Er meinte damit, dass die Athener ihre Festung auf der Akropolis verlassen mussten, wollten sie Euböa retten. Es blieb ihnen nichts anderes übrig, als einen Ausfall zu unternehmen, unsere Linien zu durchbrechen und den Damm zu zerstören.

Gegen Mittag waren wir wieder in der Stadt. Das Lager auf dem Areopag wurde von einer neuen Krise erschüttert. Der Rat versammelte sich. An den Hängen lärmten erregte Kriegerinnen. Ich hielt Glauke an. »Was ist passiert?«

Sie berichtete mir auf dem Weg zu Eleutheras Zelt, was geschehen war. Antiope habe die Akropolis verlassen. Unsere Königin sei eine Stunde nach Tagesanbruch oben auf den Dreihundert Stufen erschienen, im Sattel von Leckermaul, und habe die Erlaubnis erhalten, in Begleitung der Gefährten des Königs in unser Lager zu reiten.

»Antiope ist vor Eleuthera erschienen«, berichtete Glauke weiter. »Sie trug ihren Kriegsschild. Hat sich auf ein Knie vor Eleuthera niedergelassen, ihr den Schild zu Füßen gelegt und gesagt:

›Unsere beiden Seiten haben sich ineinander verbissen, bewegen sich nicht vor und zurück. So kann keiner von beiden gewinnen. Bleibt nur noch ein Blutbad, das beide zerstören würde – die Athener jetzt, *tal Kyrte* später. Ich kenne keinen Ausweg, aber ich schwöre, meine Schwester, meinen heiligsten Eid, dass ich alles tun werde, um Frieden zu schaffen. Nenne das Opfer, und ich bringe es. Mein Leben und das meines Kindes, wenn du es befiehlst. Du hast obsiegt. Sag mir den Preis, der deine Ehre befriedigt, und ich werde ihn entrichten.‹«

Bei *tal Kyrte* symbolisiert der Schild den ganzen Stolz einer Kriegerin. Ihre Siege und ihre Wunden sind in seine Oberfläche geritzt. Er ist wie ihre Seele, ist untrennbar mit ihr verbunden. Selbst im Tode noch liegt der Schild neben der Schulter der Kriegerin, als Zeichen der Wahrhaftigkeit in diesem und im nächsten Leben.

Angesichts von Antiopes Geste der Unterwerfung verflog Eleutheras Zorn. Wer hatte je diese Seelengröße gezeigt? Ihre Liebe zu Antiope regte sich erneut.

Eleuthera wandte sich an den Rat. »Ziehen wir uns zurück«, schlug sie vor. »Unsere Königin hat sich ergeben. Wir haben Athens König besiegt. Das ist unser Sieg. Ziehen wir zurück in die Heimat.«

Ausgerechnet Hippolyte erhob heftige Einwände. Sie wies Antiope aus dem Lager und machte ihrem Volk bittere Vorwürfe, gab zu bedenken, dass die Heimkehr mit einem unvollständigen oder an Bedingungen geknüpften Sieg die Feinde von *tal Kyrte* nur dazu verleiten könne, sie bei lebendigem Leib zu verschlingen.

»Als wir in diesen Krieg zogen, Schwestern, haben wir alle gewusst, dass es keine Halbheiten geben würde. Wenn wir uns jetzt zurückziehen, begehen wir einen großen Fehler. Ist der Dammweg fertig, ist der Widerstand der Athener gebrochen. Wir müssen in ihrem Blut baden. Seid bereit! Alles andere lasse ich nicht zu.«

Die Launen des Schicksals sind unergründlich. Denn jetzt, in der entscheidenden Stunde, war es Eleuthera, die Frieden wollte, und Hippolyte, die es nach Krieg verlangte.

Damon wartete ungeduldig darauf, zu den Seinen zurückkehren, ihnen endlich berichten zu können, was er an den Engen gesehen hatte. Doch Eleuthera ließ ihn nicht gehen. Nach Mitternacht sprach sie vor dem Rat und wies Hippolytes Einschätzung der Ereignisse zurück. »Sieg ist Sieg! Wir haben ihn errungen. Und was Bundesgenossen und deren möglichen Protest angeht, so sollen sie meinetwegen zum Tartaros fahren!«

Und dann schlug sie folgende Bedingungen vor, die, für den Fall, dass der Rat zustimmte, Damon Theseus und den Athenern überbringen sollte:

»Die Athener müssen die Stadt noch in dieser Nacht verlassen. Sie erhalten freies Geleit durch unsere Linien. Unsere Verbündeten lassen wir im Dunkeln. Jeder Athener kann seine Waffen und ein Kleidungsstück mitnehmen. Antiope ist frei, mit euch zu ziehen. Wir hindern sie nicht. Nehmt eure Schiffe, eure Frauen und Kinder. Lasst euch an irgendeinem anderen Ort nieder, in Sikelia oder Iberia, wo immer ihr wollt. Übergebt uns eure Stadt, Gold und alle Schätze, und lasst uns den Ruhm, euch vertrieben zu haben. Damit ist unserem Ehrgefühl Genüge getan. Wir können beruhigt den Rückzug antreten. Später kehrt ihr zurück und nehmt euer Land wieder in Besitz. Was schert uns das, wenn wir längst fort sind?

Für die Antwort habt ihr Zeit, bis eine Fackel niedergebrannt ist. Die Ohren unserer Bundesgenossen sind lang, und sie würden euren Abzug zu verhindern wissen, sollten sie davon erfahren.«

Der Rat stimmte zu, entschied sich gegen Hippolyte. Ich wurde mit Damon geschickt, um zu übersetzen und sicherzustellen, dass Missverständnisse ausgeschlossen waren. Ich ritt in voller Rüstung auf Morgenröte. Dosteia begleitete mich als meine Elevin.

31

DER WACHTURM

Theseus nahm den Vorschlag an.

Die Athener packten noch im Dunkeln ihre Sachen. Dies ging mit bemerkenswerter Eile vor sich, schließlich stand viel auf dem Spiel, und die Gefahr war groß, dass die Bundesgenossen den Plan vereiteln würden. Dosteia und ich wurden im Turm des Befehlshabers der Wachen festgehalten. Zum ersten Mal sahen wir den Feind aus nächster Nähe. Und er bot ein elendes Bild. Kaum einer, der nicht verwundet war. Die Verstümmelten und die Blinden machten ein Drittel aller Ränge aus. Der Nahrungsmittelvorrat war erschöpft. Der Feind hatte weder Wein, Brot noch Holz. Er kaute das rohe Korn und das Leder seiner Schuhe. Voller Abscheu erkannte ich, was dieser zermürbende Krieg aus beiden Seiten gemacht hatte.

Der Ort, an dem man uns festhielt, war der Ostteil des Festungsringes, der den Gipfel der Akropolis umgab. Direkt unter unseren Zinnen wimmelte es vor Athenern (und den Frauen, die zum Kochen und Saubermachen bei ihnen geblieben waren), die sich nun vor den Toren drängten, um die Akropolis zu verlassen.

Plötzlich ging ein Raunen durch die Reihen, das nur Gefahr bedeuten konnte. Die Athener deuteten erregt auf die Lager der Belagerer unten auf den Hügeln. Dosteia und ich lugten über die Brüstung zu den Reihen von *tal Kyrte.* Hier sammelten sich andere Truppen in unübersehbaren Mengen, drängten sich hinter unseren Linien an den Hängen. Sie entzündeten überall lodernde Feuer. In kürzester Zeit hatte sich hinter unseren Stellungen ein zweiter Belagerungsring gebildet.

Ein Offizier der Athener kam im Laufschritt an uns vorüber. »Verrat!«, zischte er verächtlich.

Männer packten und banden uns. Wir mussten bei vorgehaltenem Schwert niederknien. Eine Wache wurde für uns abgestellt.

Die Truppen, die sich dort unten sammelten, so erklärte man uns, seien Borges' und Sadukes' Horden. Und das musste man den Skythen lassen: Sie hatten nicht nur das Täuschungsmanöver durchschaut, das Eleuthera und Theseus geplant hatten, sondern in kürzester Zeit zehntausend der Ihren vom Damm nach Euböa abgezogen und über etliche Parasangen im Schutz der Dunkelheit nach Athen und in Stellung gebracht, um die Flucht der Athener zu vereiteln.

Die Skythen entzündeten ein Wachfeuer nach dem anderen. Gleichzeitig verhöhnten einige, die der hellenischen Sprache mächtig waren, die Belagerten.

»Schaufelt euer Grab, Athener!«

»Euer Gold ist unser!«

Der Dammweg sei in wenigen Stunden fertig gestellt, brüllten die Skythen.

»Eure Frauen sind unsere Leibeigenen!«

»Eure Töchter unsere Huren!«

So ging es die ganze Nacht. Sie beschrieben die Folterqualen, die den alten Männern und Knaben auf der Insel bevorstanden, und das Leid der Mütter und Jungfrauen in allen Einzelheiten.

Dosteia und mir war es untersagt, zu sprechen oder unseren Kerker zu verlassen. Die Athener hatten uns unsere Waffen abgenommen. Ich war sicher, sie würden uns die Kehle durchschneiden, sobald der Kampf am Morgen begann.

Ich bat, Damon eine Botschaft zukommen lassen zu dürfen. Der Wachoffizier lachte mir nur höhnisch ins Gesicht.

Zwei Stunden vor Tagesanbruch kam Damon aus eigenem Antrieb. Er brachte uns Wasser und sogar ein Stück Brot. Er überzeugte unsere Kerkermeister, dass wir keine Spione, sondern wie die Athener Opfer von Borges' Ränken seien. Wir wurden endlich freigelassen und erhielten unsere Waffen zurück. Damon trug bereits Rüstung. Nicht lange danach sagte er uns, dass die Verteidiger einen Ausfall vom Felsen aus wagen wollten.

Theseus sollte sie anführen. Damon hatte mit ihm gesprochen. Man hatte ihm den gebrochenen Arm geschient. Er trug ihn in einer breiten Schlinge aus Ochsenhaut. Seine zahlreichen anderen Wunden waren Fleisch- und Platzwunden. Alle wurden bewaffnet, auch die Verwundeten. Jeder würde kämpfen. Wir kamen nicht umhin, die Handwerker und ihre Entschlossenheit zu bewundern, die nie für den Krieg ausgebildet worden waren.

Meldereiter waren von der Akropolis ausgeschickt worden, so eröffnete uns Damon, die die Einheiten der athenischen Festungen am Ardettos und Parnes um Beistand bitten sollten. Auch hatte man Läufer nach Theben und zum Isthmus ausgesandt. Weitere nach Marathon und Phaleron, wo vor der Küste jene Fischerboote und Frachtkähne lagen, die nach Ägina und Salamis ausgesandt werden sollten, jene Inseln, die vom Feind noch unberührt geblieben waren.

Kaum hatte Damon geendet, kam die Wachablösung. Der Wachführer war Philippus, der schon in Amazonien an Damons Seite geritten war. Er hatte Neuigkeiten. Die Schmiede der Festung, die bis dahin nur Bronze und Eisen verarbeitet hatten, hatten in dieser Nacht einen glanzvolleren Stoff verarbeitet.

»Gold.«

Theseus ließ jede Schmuckspange, jeden Ohrring auf dem Felsen einschmelzen und in Barren von einer Größe gießen, berichtete Philippus, die ein Mann problemlos tragen konnte. »Der König wird jedem Meldereiter einen Barren mitgeben und denjenigen den Rest versprechen, die uns zu Hilfe kommen.«

Er und Damon tauschten einen Blick. Sie erwarteten offenbar nicht, dass dies von Erfolg gekrönt sein würde. Mein Geliebter wandte sich an Dosteia. Er könne das Mädchen aus der Stadt schmuggeln, sollten mich die Wachen zurückhalten, schlug er vor. »Spricht sie Griechisch?«

Meine Elevin weigerte sich, mich allein zu lassen.

»Noch eine Heldin«, brummte Damon.

Philippus führte uns zur Brüstung. Nächtlicher Dunst

hatte sich über alles gelegt. Es war zu dunkel, um etwas sehen zu können. Wir konnten die Belagerer hören, die sich für den Kampf rüsteten. Ich fragte Damon, was er jetzt denke.

»Das Denken habe ich längst aufgegeben«, antwortete er.

Dosteia musterte ihn eisig.

»Ich wünsche Euch den Tod!«, sagte sie.

Damon drehte sich zu ihr um, musterte sie nachsichtig und legte die Hand auf ihre Locken. »Dein Wunsch, Mädchen, fürchte ich, wird erfüllt werden.«

ELFTES BUCH

DIE SCHLACHT

32

AM MORGEN DER SCHLACHT

Damon:
Das Heer Athens sammelte sich zwei Stunden vor Tagesanbruch oben auf der Akropolis. Unser Plan war, mit allen uns verbliebenen Einheiten anzugreifen und eine Bresche in die feindlichen Reihen zu schlagen, durch die so viele wie möglich zu den Engen vor Euböa vorstoßen sollten. Weiter dachten wir vorerst nicht. Konnten wir überhaupt den Dammweg erreichen, geschweige denn ihn zerstören? Würden die feindlichen Horden unsere Truppen einfach verschlingen? Niemand hatte den Mut, diese Fragen auszusprechen. Jeder stand in Waffen und Rüstung in der nächtlichen Kühle und wappnete sich gegen die bevorstehende Prüfung, an deren Ende es nur Tod oder Sieg geben konnte. Tod oder Sieg nicht nur für den Einzelnen, dessen Frau und Kinder, sondern für unser Land und unsere Götter.

Theseus ging die Reihen auf und ab, versuchte allen Mut zu machen. Ich fand meinen Platz neben Elias vor dem Festungstor. Mein Blick schweifte über die Gesichter meiner Landsleute. Sie waren tatsächlich Krieger geworden, diese Zimmerleute und Maurer, die Weinbauern, Ladenbesitzer und Weber. Sie rückten einander die Lederschoner über den Schultern zurecht, banden sich gegenseitig die Beinschoner, gaben den Schleifstein weiter, zogen die Lederkorsetts fest, furzten und pissten und bliesen Rotz auf das Pflaster. Unsere Gefallenen waren so zahlreich, dass wir Rüstungen und Waffen im Überfluss hatten. Theseus hatte inzwischen Nachricht von den Meldereitern erhalten und teilte uns mit, dass unsere Landsleute am Hymettos und am Lykabettos mit ihren Truppen auf unser Zeichen ebenfalls losschlagen würden. Auch unsere Brüder am Ardettos rüsteten sich, an unserer Seite zu kämpfen. Die Gebietsfürsten draußen im Land machten sich ebenfalls auf. Die zwölf Staaten hatten geschworen, diesmal ihrem Eid Folge zu leisten. Dunkelheit sei ebenfalls unser Verbündeter, versicherte Theseus. Die Vorzeichen stünden gut für einen Sieg. Vertraut auf die Götter! Kämpft mit allem, was ihr habt!

Und dann kamen wir beim ersten Versuch nicht einmal bis zum Fuß der Dreihundert Stufen. Die Fußkämpfer der Thraker standen bereits unterhalb der Bergfestung so massiert, dass nicht einmal ein gefetteter Hase durch ihre Reihen hätte schlüpfen können. Und entgegen allen Erwartungen behinderte Dunkelheit die Reiterei der Amazonen in keiner Weise. Die Kriegerinnen ritten ihre nachttauglichen Pferde, die mit Stutenmilch und Sternenlicht aufgezogen worden waren. Brandfackeln gegen uns schleudernd, ritten sie auf uns zu. Ich war in der dritten Reihe auf dem rechten Flügel zusammen mit meinem Bruder und zwei Onkeln unter dem Befehl von Menesteus. Als Tausendschaft hatten wir begonnen, weniger als zweihundert schafften es durch das oberste Tor, bevor dieses unter einem Sturm aus Eisen und Feuer hinter uns zuschlug. Die Amazonen fielen über unseren ungeschützten rechten Flügel her. Hinter uns verwandelten Pechpfeile das Tor in eine Feuerfalle.

Uns blieb keine andere Wahl, als uns hinter die Schilde zu ducken, gestaffelt Aufstellung zu nehmen und zu widerstehen. Ich legte meine Helmkrone gegen den oberen Rand des

Schildes, stemmte mich mit aller Macht gegen den Druck des Feindes. Steine und Schleudergeschosse prallten vom Bronzeschild ab. Man fühlte den Aufprall von Eisenspitzen und hörte die Todesschreie der Gefährten. Mit dem linken Arm allein war unter solchem Druck das Gewicht des Schildes nicht zu halten. Die Rechte musste helfen, den Speer aufrecht wie einen Zeltpfosten hinter dem rechten Rand haltend. Man sank auf ein Knie und begann zu beten. Ich hörte Elias neben mir die Namen der Götter anrufen. Solange er schreit, dachte ich ohne jede Logik, lebe ich.

Dann kam der Angriff der Amazonen. »Bleibt unten!«, hörte ich jemanden brüllen, und dann war der Feind über uns. Auch Tiere spüren Angst und entleeren, wie die Menschen, ihre Gedärme. Ich rutschte und glitt auf Pferdemist und Pferdepisse. Ein Hufschlag traf mich auf Schläfenhöhe und warf mich kopfüber aufs Pflaster. Das nächste Pferd trat gegen meinen Schild und renkte mir dabei fast die Schulter aus. Ich fühlte, wie der Schaft meines Speers unter dem nächsten Huf zersplitterte. Pferdepisse ergoss sich einem Wildbach gleich über mich. Ich rollte nach links, um meinen Arm zu befreien, bevor er zu brechen drohte, und stieß gleichzeitig mit meiner Bronzespitze nach oben. Wenn ich etwas getroffen hatte, konnte ich es nicht sehen. Mein Helm war mir über die Augen gerutscht.

Später erfuhren wir, dass unsere Landsleute, die letzten dreitausend, die hinter das Tor der Festung geflohen waren und uns dem sicheren Tod überlassen hatten, nicht von einem Offizier, sondern von einem einfachen Schuster erneut in den Kampf geführt worden waren.

»Warum verkriecht ihr euch hinter Eichentoren, Männer Athens?«, hatte er die Gefährten angebrüllt. »Meint ihr vielleicht, der Feind verschont euch? Unsere Brüder da draußen sterben wie die Fliegen, während wir uns hier ducken wie die Hasen!«

Damit hob der Schuhmacher seinen Speer und marschierte zum Tor. Und das Unglaubliche geschah: Die Männer folgten ihm. Ächzend öffnete sich das Tor. Mit einem Aufschrei stürzten sich unsere Männer aus der Festung, füllten die Leere hinter uns, gaben uns Rückendeckung. Und wir kamen mühsam auf die Beine.

Die Schlacht wogte wie Ebbe und Flut. Irgendwann begannen die dritten Reihen des Feindes einzubrechen. Der Zusammenhalt schwand. Die Formation verlor ihr festes Gefüge, die Krieger wurden zur undefinierbar quirlenden Masse, bis jede Art von Ordnung aufgegeben wurde. Du hörst die Flüche des Feindes, spürst, wie die Knie unter ihm nachgeben. Dein Blut rauscht in den Ohren. Man erreicht einen Zustand grenzenloser Erleichterung. Dann kommen die Wut und das Triumphgefühl. »Sie fallen zurück, Männer! Werft euch nach vorn, Brüder!«

Jetzt stürmte Theseus in die vordersten Reihen. Die Masse unserer Truppen trieb den Feind den Hang hinunter. Der Einzelne sah davon nichts, hörte nur die Schreie seiner Gefährten inmitten des Schlachtenlärms. Vor uns lagen die Neun Tore am Fuß der Akropolis. »Greift weiter an, Brüder! Wir schaffen den Durchbruch.«

Und hier rächte sich ein Fehler des Feindes bitter. Hätten sie die Tore und die Ringmauer intakt gelassen, hätten sie oben von den Zinnen aus kämpfen, uns in Schach halten können, wie wir sie zuvor in Schach gehalten hatten. Aber in ihrem maßlosen Hass gegen unsere Stadt und in ihrem Eifer, uns zu vernichten, hatten sie die Mauern geschliffen und das Schlachtfeld für ihre Reiterei eingeebnet. Jetzt rollten unsere Massen hangabwärts einfach über sie hinweg und in Richtung Agora.

Auch hier war uns Glück beschieden. Vor den Neun Toren liegen etliche Brunnen, die in Friedenszeiten die Springbrunnen der Herrenhäuser gespeist hatten. Die Amazonen hatten zuerst die Häuser und Brunnen zerstört, schließlich jedoch Letztere wieder aufgebaut, um Wasser für die Kriegerinnen und ihre Pferde zu haben. Diese Brunnen lagen jedoch so dicht unterhalb unserer Wehrtürme, dass sich die Amazonen jedes Mal unserem Sperrfeuer aussetzten, wollten sie ihren Durst stillen. Daher hatten die Turmleute Aquädukte in den Stein gehauen und Dächer und Schutzwände errichtet, um die durstigen Kriegerinnen und ihre Pferde vor uns zu schützen.

In dieses Labyrinth aus Hindernissen und Schutzwänden trieb Theseus nun den Feind, wobei ihn die Hangneigung begünstigte. Die Thraker, Skythen und Getai, die vor unserem mächtigen Ansturm zurückwichen, stolperten und stürzten nun über Rinnen und Aquädukte, und ihre Reihen brachen in dem Wald von Pfählen und Überdachungen. Ein blutiges Schlachten begann. Zum ersten Mal neigte sich die Waage des Schicksals zu Gunsten Athens.

Und unter diesem Ansturm fiel der Feind zurück. Unsere Truppen schafften den Durchbruch. Im ersten Moment glaubte ich sogar an Sieg. Die Hartnäckigkeit und Beständigkeit der Athener begannen sich auszuzahlen.

Meine Einheit unter Menesteus war inzwischen ebenfalls bis zu den Neun Toren vorgestoßen. Wir standen auf der Ebene am Fuß des Areshügels und kämpften uns in nördliche Richtung zum Gräberfeld und dem Heumarkt weiter. Die Einheiten unter Theseus schlugen sich zu unserer Rechten im Labyrinth der Brunnen, während andere unter Lykos, Peteos und dem Spartaner Amopharetus den rechten äußeren Flügel bildeten, dicht am Felsen der Akropolis. Insgesamt waren wir vielleicht viertausend. Fast fünfzigtausend Feinde standen uns gegenüber: Skythen, Thraker, Taurer, Kaukasier, Maioter, Armenier, Kappadoker, Issidoner, Rhipäer, Kolcher, Kerauner, allesamt Berittene, die nun zu Fuß kämpften, während die schwer bewaffneten Fußkämpfer der

Lyker, Phryger und Dardaner den Nordring um den Akropolis-Felsen abblockten, den, wie wir später erfuhren, dreitausend unserer Landsleute aus den Lagern am Ardettos vergeblich zu durchbrechen versuchten, um uns zu Hilfe zu kommen. Das Bollwerk der Amazonen auf dem Areshügel lag direkt über uns zur Linken. Von diesen Höhen ging ein wahrer Pfeilhagel auf uns nieder. Männer auf beiden Seiten fielen wie Getreidehalme unter der Sichel. Ich sah auf. Die Amazonen waren so nahe, dass man die Iris ihrer Augen inmitten der Kriegsbemalung erkennen konnte. Die Kriegsschreie der Amazonen vermischten sich mit den Todesschreien unserer Männer zu einer unheiligen Kakophonie des Grauens. Dennoch schien in all dem Getöse ein Gott seine Hand über die Athener zu halten. Unter dem Pfeilhagel der Amazonen starben schließlich nicht nur die Athener, sondern auch die Thraker und Skythen, die sich gegen uns stellten. Welche Seite wollte den Sieg mehr? Als die ersten Reihen des Feindes nachgaben und fielen, ergriffen Theseus und Menesteus die Gelegenheit zum entscheidenden Angriff und brachen durch.

Mittlerweile hatten wir die Agora erreicht, jene Fläche, auf der sich Theseus und Eleuthera nur sechs Tage zuvor im Zweikampf gegenübergestanden hatten. Die wogende Masse menschlicher Körper war unbeschreiblich. Vom Nymphenhügel bis zum Eleusion war keine Handbreit Erde zu sehen, so dicht standen die Kämpfer. Zu diesem Zeitpunkt waren die Männer auf beiden Seiten so erschöpft, dass sie kaum noch den Arm zum Stoß zu heben vermochten. Man fiel übereinander her, versuchte den anderen niederzuwerfen, konnte gerade noch das Kurzschwert zücken, spießte und schlitzte auf und hieb auf den anderen ein.

Bei Sonnenaufgang waren wir dennoch geschlagen. Die Übermacht des Feindes war zu groß. Viermal hatten wir unter Theseus und Lykos die feindlichen Reihen durchbrochen. Fünfhundert von uns waren durchgekommen und hatten sich bereits zum Marsch auf den Dammweg gesammelt, nur um schließlich an der Amazonenreiterei zu scheitern, die ihnen den Weg abschnitt. Und wieder waren die Unseren gezwungen, den Rückzug anzutreten.

Erneut fielen wir bis zu den Neun Toren zurück. Dort stürmten die Besten der Besten des Feindes gegen uns. Ich sah Eleuthera an der Spitze einer Einheit. Skyleia, Stratonike, Alkippe und Glauke an ihrer Seite. Jede Handbreit Boden, den wir gutgemacht hatten, ging wieder verloren. Hunderte von uns drängten sich vor dem ersten Tor. Es blieb verschlossen. Die Torwächter öffneten uns nicht. Wir waren erneut gezwungen, unser Heil über Holzleitern zu suchen, die unsere Gefährten an Seilen und Haken herunterließen. Vor dem nackten Felsen war der Druck des Feindes so groß, dass selbst er über die Leichenberge der Seinen stolperte. Skythen und Taurer und Rhipäer fielen über uns her. Wir zogen uns hinter die versetzt stehenden Palisaden zum zweiten, dritten, vierten, fünften und sechsten Tor zurück. Kreter und athenische Bogenschützen ließen wahre Wolken von Pfeilen auf den Feind herabregnen, sprinteten dann bis zu den höher gelegenen Stellungen, formierten sich neu und legten die nächsten Pfeile auf die Sehnen. Vor dem siebten Tor befindet sich ein erhöhter Vorhof, der Aphrodite Pandemos geweiht, in dem der Chor am Vorabend der Anthesterien Aufstellung nimmt. Eine kleine Reitereinheit der Amazonen unter Enyo hatte sich bis zu diesem Hof durchgeschlagen, griff jetzt die Tore an und warf Enterhaken gegen das hölzerne Schanzwerk, während unsere Bogenschützen verzweifelt versuchten, sich zwischen all den Toten in Schussstellung zu bringen. Vierzig Reiterinnen drängten sich nun bereits in den kleinen Vorhof. Ihre Pferde stemmten sich mit Macht in die Seile an den Enterhaken. Das Holz knackte und ächzte, und die Tore drohten aus den Angeln zu brechen. Mittlerweile hatte ich diese Höhe ebenfalls erreicht. Eiserne Enterhaken schlugen wie Glockengeläut gegen den Fels und prallten ab. Die Mauer war an dieser Stelle nur fünfzehn Fuß hoch. Wenn sich die Amazonen und Skythen im Sattel ihrer Pferde aufstellten, mussten sie sich nur noch ein kurzes Stück am Seil hochhangeln, und sie waren drüber.

Ich stieß zu Elias, der mit einem Dutzend Männer einen Mauerabschnitt verteidigte und die Skythen aus den Kupferbergen angriff. Wir fielen vor ihnen zurück. Steinbrocken regneten von unseren Bogenschützen über uns herab.

Vor dem achten Tor behaupteten sich Theseus und ein halbes Hundert. Doch unser König war mittlerweile durch seinen gebrochenen Arm so behindert, dass er Schwert oder Speer kaum noch zu einem kräftigen Schlag oder Wurf führen konnte. Ich sah, wie Eleuthera und Stratonike zu zweit auf ihn losstürmten. Erneut fiel er unter der Macht ihres Angriffs. Am Tor hievten ihn zwei Gefährten im letzten Augenblick in Sicherheit.

Mein Bruder und ich flohen die letzten hundert Stufen zum Gipfel. Jeder Mann, so schien es, trug einen anderen Verwundeten oder Erschlagenen auf den Schultern. Blut verwandelte den Stein in eine schlüpfrige Rutschbahn. Das letzte Tor zur Festung auf der Akropolis gähnte uns entgegen. Dann hatte es uns verschlungen. Mit einem lauten Krachen fiel es hinter uns zu. Vierzig Männer stemmten sich mit den Schultern gegen den Riegel, bis er eingerastet war. Wir waren auf der Akropolis. Innerhalb der Mauern liefen die letzten Einheiten der Athener hektisch durcheinander. Da tauchten zu unserem Erstaunen unvermittelt aus dem innersten Hof Selene und Dosteia auf, beide in Rüstung. Ihre Pferde wurden gebracht. Ein Wachführer brüllte, das Tor solle geöffnet werden, um Selene und Dosteia in die Freiheit zu entlassen.

Was war geschehen?

Ich versuchte zu den beiden zu gelangen, wurde jedoch immer wieder von der Menge abgedrängt. Selene hatte mich nicht gesehen. Und bei all dem Getöse konnte sie mich nicht hören. Verzweifelt strebte ich zu ihr. Aus ihrer Miene sprach blankes Entsetzen, so als sei ein schreckliches Unheil geschehen. Ein Pferdeknecht führte Morgenröte. Das Pferd bäumte sich auf und keilte mit den Hufen aus. Zuerst glaubte ich, ein falscher Handgriff des Pferdeknechts habe das Tier erschreckt. Doch dann sah ich Selenes Hand am Zügel. Das Tier scheute und schnappte nach ihr in einer Art und Weise, wie das ein Amazonenpferd nur tut, wenn die Kriegerin, die es führt, ihre *hippeia* verloren hat.

Ich beobachtete, wie Selene Morgenröte mit der flachen Hand über das Maul schlug, eine Züchtigung, zu der sie sich unter normalen Umständen nie hätte hinreißen lassen. Sie sprang in den Sattel, zog die Zügel so straff und hart an, dass das Tier wiehernd den Kopf hob. Es war fast, als füge sie dem Pferd absichtlich Schmerz zu, so wie ein Schiffsführer, der die meuternde Mannschaft die Peitsche spüren lässt. Dann riss sie den Hengst heftig herum, presste ihm die Fersen in die Seiten und trieb ihn mit Dosteia im Schlepptau zum Tor hinaus.

Das Tor fiel hinter den beiden zu. Erneut wurde der Riegel vorgeschoben. Die zersprengten Reihen Athens sammelten sich wieder. Dann trabte Leckermaul auf den Platz vor dem Tor. In seinem Sattel saß Antiope in voller Rüstung und bewaffnet.

33

DIE BEWAFFNUNG ANTIOPES

Welche Wendung des Schicksals dies herbeigeführt hatte, konnte ich nicht wissen. An dieser Stelle muss ich daher auf Erzählungen aus zweiter Hand zurückgreifen.

Wie schon erwähnt, war es Antiopes Gewohnheit gewesen, auf ihrer täglichen Runde vom Schlachtengetümmel unterhalb der Mauern keinerlei Kenntnis zu nehmen und auch den kleinen Hippolytos von alledem fern zu halten, sich abseits in ihren Gemächern abzuschotten. Ausnahmen waren lediglich ihre Rede an die Amazonen und ihr überraschender Besuch im Lager bei Eleuthera und Hippolyte. Stets hatte sie nur im Schutz der Dunkelheit, nach dem jeweiligen Ende des Schlachtens oder in der Stille vor dem Morgengrauen die Zinnen zu einem Spaziergang betreten. Und dennoch musste sie ständig auf dem Laufenden gewesen sein. Das Geschehen völlig zu ignorieren war nahezu unmöglich. Mit jedem Angst- oder Triumphschrei, so erfuhren wir später, war die Amazone verzweifelter geworden, wusste sie doch nie, ob damit gerade das Ende des Mannes, den sie liebte, oder das Ende ihrer Rasse besiegelt wurde.

Offenbar hatte das Echo des Schlachtengetöses an jenem letzten Morgen ein Maß erreicht, das Antiope veranlasste, die selbst gewählte Zurückgezogenheit aufzugeben. Sie war ins Freie getreten, hatte einen der Türme bestiegen. Es hieß, sie habe im Anblick der Schlacht keine Miene verzogen, habe nur kurz bei der Betrachtung des Schlachtens und Mordens verweilt und sei wortlos wieder in ihren Gemächern verschwunden.

Zu dieser Stunde, so möchte ich euch erinnern, wurden Selene und Dosteia noch im Wachhaus festgehalten. Mein Gefährte Philippus war Wachführer und hatte die Verantwortung für die beiden Gefangenen.

Ihn wiederum erreichte schließlich ein Bote von Antiope, mit dem Befehl, Selenes Pferd zu satteln und vorzuführen, Selene selbst solle vom Wachführer persönlich zu Antiope geleitet werden.

Dieser Aufforderung gehorchte Philippus so beflissen, dass er und sein Unterführer mit Selene, deren Rüstung und

Waffen geradezu überhastet über den Platz vor dem Siegestempel stolperten. Im Palast wurden sie an der Schwelle zu Antiopes Gemächern von einer Magd abgefangen und in die Waffenkammer des Königs geführt.

»Du kennst diesen Käfig, Damon«, sagte Philippus später wörtlich. »Da ist es eng wie in einem Fuchsbau. Kaum Platz, einen Arm zu bewegen, zwischen all den Waffen des Königs und seiner engsten Gefährten. Theseus' Waffenmeister war ebenfalls anwesend. Die Kammer war finster wie ein Grab, nur eine einzelne Fackel brannte. Es stank nach Bronze, Öl und Schweiß.

Daher dauerte es eine Weile, bis ich Königin Antiope am rückwärtigen Ende entdeckte, einen Fuß auf die Bank vor den Speerständern gestellt. Ihr Haar war gebunden, wie es die Amazonen vor der Schlacht tun, der Helm lag auf der Ablage an ihrer Seite. Beine und Schultern waren nackt. Mir fielen fast die Augen aus dem Kopf. Nicht einmal Theseus selbst hat aus seinen Schlachten so viele Narben davongetragen. Bei unserem Eintreten blickte die Königin kurz auf. Sie schien gereizt und ungeduldig, während sie sich die Beinschienen aus Bronze anlegte. Ihre Füße steckten in jenen Amazonenstiefeln, die sie die »Feuerfesten« nennen. Ihre restliche Rüstung lehnte noch an ihrem Platz an der Wand. Sie wartete nur darauf, dass jemand sie ihr anlegte.

Selene stand zwischen meinem Unterführer und mir. Ich fühlte, dass sie beim Anblick ihrer Königin zusammenzuckte. Antiope beabsichtigte zu kämpfen, so viel war offensichtlich. Die Frage war nur, auf wessen Seite.

›Ihr könnt jetzt gehen‹, erklärte sie. ›Alle – bis auf Selene.‹

Wir erschraken zutiefst.

›Das kann ich nicht zulassen‹, widersprach ich energisch. ›Befehl Eures Herrn, des Königs.‹

Die Amazone sah mich nicht einmal an. Uns allen war klar, dass sie Selene hatte rufen lassen, damit sie sie bewaffnete. Ich war entschlossen, ihrem Ansinnen nicht nachzugeben. ›Theseus hat angeordnet, dass Ihr keiner Gefahr ausgesetzt werden dürft‹, erklärte ich.

Zum ersten Mal sah sie mich an. ›Wenn du dein Volk liebst, Wachführer, sammle jeden Mann, dessen du habhaft werden kannst, und warte auf mich im Hof vor dem Festungstor.‹

Mir waren die Hände gebunden. Was sollte ich anderes tun, als ihr zu gehorchen? Ihre Haltung und Sprache verbaten sich jeden Widerspruch. So stark war ihr Wille. Ich wandte mich zum Gehen.

›Komm zu mir, Selene‹, hörte ich Antiope noch sagen. ›Nur wer mich liebt, soll mich in meine Totenrüstung kleiden.‹«

Damit endete Philippus' Bericht. Aber wie ich von anderer Seite erfuhr, hatte Antiope bereits veranlasst, dass ihr Pferd Leckermaul gesattelt, gezäumt und gepanzert in den Hof vor dem Festungstor gebracht wurde. Dieses Tor ist insofern besonders, als dahinter ein Zwinger mit einem weiteren Tor folgt. Zu beiden Seiten des Zwingers führen oben an den Mauern Galerien entlang, in denen Bogenschützen und Speerschleuderer Angreifer abwehren können.

Und ausgerechnet in diesen Hof nun taumelten Theseus und seine Gefährten – ich unter ihnen – im entscheidenden Stadium der Belagerung. Wir waren zu Tode erschöpft. Alle blieben erstaunt stehen, als wir unsere Königin in voller Rüstung auf ihrem Schlachtross erblickten. Ein Pferdeknecht hielt die Zügel. Wir wussten, dass dies Theseus' ausdrücklichen Befehl grob missachtete. Beim Anblick seines Königs wurde der Pferdeknecht leichenblass. Und Theseus bot einen schaurigen Anblick, blutverschmiert, der Helmbusch geschoren, der Schild an der Seite mit dem gebrochenen Arm schwarz von Blut, Gekröse und Staub. Der König trug weder Speer noch Lanze, sein großes, schleimig triefendes Schwert war in der Mitte gebrochen. Er riss den Helm vom Kopf und wischte sich Schweiß und Speichel von Kinn und Lippen. Seine Augen lagen tief in den Höhlen, Zeichen großer Erschöpfung.

Natürlich war ihm sofort klar, was es bedeutete, Antiope in diesem Aufzug zu sehen. Ein schreckliches Stöhnen entwich seiner Kehle, sein Blick hob sich zum Himmel, zu den Göttern, die dieses Unheil über ihn brachten.

In den Galerien des Zwingers drängten sich die Bogenschützen und Speerschleuderer, wie gelähmt angesichts der dramatischen Szene unten im Hof. Draußen vor dem Tor tobte der Feind, schrie nach der Vernichtung Athens.

Antiope hielt Leckermaul mit harter Hand zurück. Das Streitross witterte den bevorstehenden Kampf und war kaum noch zu halten. Ganz offensichtlich hatte Antiope ihre *hippeia* wiedererlangt, die ihr so lange abhanden gekommen war. Alle Blicke richteten sich in dieser Stunde höchster Not wie gebannt auf Antiope.

Die Königin trug die typischen Schienbeinschoner der Amazonen, die die Wade zum besseren Kontakt mit dem Pferd freiließen. Ihre Oberschenkel bedeckte ein Schuppenpanzer, ihre Taille zierte die siebenteilig geflochtene Reitgerte. Ein Brustpanzer aus Bronze schützte ihre Vorderseite. Darunter trug sie eine ärmellose Weste. Ein schwarzes Panterfell fiel über ihre linke Schulter hinab bis auf die Hüfte. Von ihrem Gürtel hing ein *goryt*, der skythische Köcher, gefüllt mit glänzenden Pfeilen, ein Bogen aus Horn und Elfenbein steckte in seiner Halterung am Sattel. Auf ihrem Rücken über den Schulterblättern lag die Hülle mit dem *pelekus.* In der Hand hielt sie drei Wurfspeere. Leckermaul trug ein Zaumzeug aus Eisen über gesmoktem Leinen mit passendem Panzer über Nacken, Brust und Flanken. Jeder Zentimeter Metall an Pferd und Reiterin war spiegelblank poliert. Der Helm, dessen Visier hochgeklappt war, war ein glänzendes Stück Bronze mit Einlegearbeiten aus Kobalt.

Ihn zierte kein Helmbusch, sondern eine Girlande von Wildschweinhauern über dem Augenschlitz. In den dreißig Jahre währenden Streifzügen zu Lande und zu Wasser habe ich nie eine herrlichere Erscheinung gesehen.

In diesem Moment humpelte ein armseliger Haufen athenischer Fußkämpfer aus dem inneren Palasthof auf den Platz. Alle waren bewaffnet und bereit, Antiope in den Kampf zu folgen. Beim Anblick ihres Königs Theseus in seiner mit Blut und Schleim verkrusteten Rüstung blieb die Truppe wie vom Donner gerührt stehen.

Der König ging zu Antiope, ergriff den Zügel ihres Pferdes, als wolle er beide in den Palast zurückführen. Antiope sah ihrem Gemahl in die Augen. Von meinem Platz aus konnte ich nur den Nacken unter ihrem Helm sehen. Doch die Haltung des Königs drückte eine solch grenzenlose Verzweiflung aus, als er zu ihr aufsah und die Not erkannte, der sie gehorchte, dass auch mir das Herz schwer wurde. Gleichzeitig ging angesichts dieser großartigen Kriegerin ein Raunen der Bewunderung durch die Reihen der Bogenschützen oben in den Galerien. Die Königin war die letzte Hoffnung unserer Stadt. Draußen wurde das Lärmen des Feindes immer lauter und drängender.

Am Rand des Hofes war der Schrei eines Kindes zu hören. Der Knabe Hippolytos wurde von seiner Kinderfrau gebracht. Auf ein Zeichen Antiopes trat diese vor. Beim Anblick seines Sohnes schien Theseus' letzter Widerstand zu brechen. Waffengeklirr und das Geschrei des Feindes taten das ihre. Hat die Königin in diesem Augenblick etwas gesagt? Hat der König geantwortet? Ich jedenfalls konnte nichts hören, so ohrenbetäubend wurde das Lärmen vor den Toren.

Antiope bedeutete der Kinderfrau, ihr den Knaben zu reichen. Theseus nahm ihn aus den Händen der Kinderfrau entgegen und hob ihn auf zu Antiope, die ihn vor sich aufs

Pferd setzte. Dann berührte die Amazone Bauch, Herz und Braue des Kindes im Gruß an Ares. Sie griff mit der rechten Hand über ihre Schulter und nahm die Streitaxt aus ihrer Hülle. Dann hob sie die doppelschneidige Axt, und ihre Lippen bewegten sich in der Hymne an Ares, den Gott des Krieges:

Blut zu Eisen,
Eisen zu Blut,

die das Ende aller Hoffnung der Kriegerin zum Ausdruck bringt, ihren bereitwilligen Verzicht auf das Leben und ein Willkommen an den Tod.

Mit der Klinge der Axt ritzte sie ihre Zungenspitze. Das Kind sah fasziniert zu. Seine Lippen öffneten sich in ungezwungener Bewunderung. Dann wiederholte die Mutter dasselbe Ritual an der Zunge des Knaben.

Die anderen Gefährten und ich hatten inzwischen Aufstellung an der Seite unseres Königs genommen. Ich stand dicht genug unterhalb der Amazone, um die Bänder ihrer Stiefel aus ungegerbter Tierhaut und das Leder zu erkennen, wo die Stoffpolsterung von Leckermauls Brustpanzer sein lockiges Fell berührte. Antiope hob ihren Sohn hoch. »Und jetzt küss dieses Gesicht, mein Liebling, welches du in diesem Leben nie wieder sehen wirst.«

Der Knabe gehorchte. Ich wandte mich Theseus zu. Sein Blick war stumpf. Antiope reichte das Kind zu ihm herab. In diesem Moment ertönte ein Schrei, mächtiger als all das Getöse des Feindes vor dem Tor. Antiope steckte ihre Axt in die Hülle. Sie hob die rechte Hand und klappte das Helmvisier herunter.

Theseus hätte sie noch immer zurückhalten können. Er war der König. Der Tormeister hätte ohne seine Erlaubnis die Pforte nicht geöffnet. Unser König starrte in die Maske aus Bronze, hinter der sich für immer das Gesicht der Frau verbarg, die er liebte.

Er trat zurück. Ächzend öffnete sich das Tor.

34

TODESKAMPF DER ANTIOPE

Brüder, ich will euch nicht mit Altbekanntem langweilen. Die Geschichte ist euch geläufig. Die Helden jenes Tages waren schließlich eure Väter und Großväter. Ihr wisst um die Schauplätze. Ihr habt die Gräber und Denkmäler gesehen. Zweifellos meint ihr die Zusammenhänge dieser Schlacht und die Bedeutung Antiopes für ihren Ausgang zu verstehen. Aber glaubt mir, Brüder, ihr tut es nicht. Nur wer selbst dabei gewesen ist, kann das ermessen.

Antiope jedenfalls ritt zum Tor am Fuß der Dreihundert Stufen. Der Weg dorthin war durch heftigen Beschuss von den Zinnen mit Steinbrocken und Ziegelsteinen für sie freigemacht worden. Was die Männer dort oben jetzt einsetzten, war die letzte stille Reserve aus den Magazinen der Akropolis, und die Steinschleuderer lösten eine solch ohrenbetäubende Stein- und Staublawine aus, dass es die Skythen und Getai, die Taurer, Thraker und Kaukasier, die in Massen unter dem Festungstor gelärmt hatten, in panischem Entsetzten den Hang hinuntertrieb. Und im Schutz der wirbelnden Staubwolken jagte schließlich die Fußtruppe der Athener auch die letzten hartnäckigen Widersacher von den Felsvorsprüngen über den Neun Toren, auf denen diese sich eingenistet hatten. Das Feld war frei. Der Feind sammelte sich, nahm Aufstellung vor der Mauer (oder was davon übrig war) des Enneapylon am Fuß des Felsens. Und über die Dreihundert Stufen nun kam Antiope.

Allerdings war sie nicht die Erste, die dem Feind gegenübertrat. Das überließ sie zwei Einheiten der Athener, denen von Menesteus und Stichios. Mein Platz war in den Reihen von Stichios' Truppe. Der Feind empfing uns mit höhnischem Gelächter und Schmährufen, machte jedoch keine Anstalten anzugreifen. Dann ritt Antiope an die Spitze. Und sie sprengte nicht im gestreckten Galopp auf die Reihen des Feindes zu, wie das auf Friesen und Vasen so häufig dargestellt wurde. Sie ritt im gemessenen Trab, schweigend, ohne sich vorerst zu erkennen oder ein Zeichen zum Angriff zu geben.

Hinter ihr quollen die Athener aus dem Tor wie Honig aus einem Glas: langsam und zögernd. Sie hatten Angst. Die vorderste Reihe blieb sofort mit dem Rücken an die Überreste der Mauer gelehnt stehen und zwang damit jede folgende Säule, sich davor aufzustellen – was natürlich in krassem Widerspruch zu den Regeln einer wirksamen Schlachtordnung stand und eine Missachtung der Befehle ihrer Offiziere darstellte. Als sich die Reihen schließlich dennoch füllten, bewegte sich das Heer allmählich vorwärts. Nicht wenige der Feinde waren offenbar von der göttlichen Erscheinung Antiopes in ihrer strahlenden Rüstung geblendet. Und das morgendliche Licht, das die Hänge im Westen noch im Schatten ließ, während es die Amazone in gleißende Helligkeit tauchte, tat das Übrige.

Dann tauchten auch Athens Beste der Besten auf, Lykos und Peteos, Bias und Telephos, Tereus, Eugenides, Phaiax, Pelades und Demophoon, mit den Heroen Pirithous, Peleus von Thessalien, dem Kreter Triptolemus und dem Spartaner Amopharetus. Als Letzter erschien schließlich Theseus.

Keiner machte Antiope den Platz an der Spitze streitig. Und sie nahm mit keinem Blick, keiner Regung Kenntnis von ihrer Gefolgschaft, sondern ritt einsam und allein voraus. Dann lüftete sie das Visier ihres Helmes und enthüllte ihr Gesicht. Ein Aufschrei ging quer durch alle Reihen des Feindes.

Angst ist ansteckend. Durch Bewegung kann aus einem Schneeball eine Lawine entstehen. Ein Mann kann ein Heer ins Straucheln bringen, ein Schritt kann der Anfang einer Niederlage sein.

Ähnliches geschah jetzt auf der Seite des Feindes. Als die Reihen an den Hängen angesichts von Antiopes göttlicher Erscheinung unwillkürlich stolpernd zurückwichen, setzte sich diese Welle der Angst und Bewegung hangaufwärts durch sämtliche Reihen fort. Die Völker der Steppe sind wie gesagt sehr empfänglich fürs Übernatürliche. Antiope jedenfalls muss ihnen in diesem Augenblick wie eine unsterbliche Göttin oder zumindest wie eine Heroin unter dem Schutz einer Göttin erschienen sein.

Die Massen des Feindes also erfasste diese Welle der Angst und Bewegung. Und selbst die hintersten Reihen konnten sich des sich immer schneller und mächtiger fortsetzenden Ansturms ihrer Vordermänner nicht mehr erwehren, sodass das feindliche Heer zurückwich wie die Brandung am Strand.

Antiope setzte ihren Weg fort.

Und die Massen zogen sich weiter zurück.

Noch ein Schritt. Und noch einer. Dann hob Antiope die rechte Hand an den Helm, klappte das Visier herunter und griff nach der Streitaxt in der Hülle auf ihrem Rücken. Mit einem Aufschrei stürmten die Athener vorwärts. Die Reihen des Feindes wichen noch immer zurück.

Welcher der Besten fiel als Erster von Antiopes Hand? Viele behaupten Harpalus, Fürst der Rhipäischen Kaukasier, den die Männer wegen seines üppigen Brusthaars den Bären nannten und dessen Vater, Pyphaius, sich als Nachkomme des Nordwinds bezeichnete. Harpalus jedenfalls sprengte im gestreckten Galopp aus der Kerntruppe nach vorn und suchte sich seinen Ruhm zu sichern, indem er die herrliche Amazone als Erster zum Kampf forderte. Der Fürst fiel schon nach wenigen Wimpernschlägen von Antiopes Wurfspeer getroffen, den diese ihm wie eine Lanze in die Brust stieß. Er kippte aus dem Sattel in den Staub und spie Heldenblut.

Der Nächste, der sich Antiope stellte, war Amorges, Fürst aller Karer südlich des Mäander, der sie in maßloser Selbstüberschätzung zu Fuß angriff. Ihm zur Seite stand sein Vetter Arimapachus, Fürst des mysischen Mariandyne. Sie kämpften mit Peitsche und Schlinge, Waffen, mit denen sie gewöhnlich die wilden Stiere ihres Landes bezwangen. Jetzt gedachten sie damit die Königin aus dem Sattel zu holen. Antiopes Pfeil traf Amorges durch den Augenschlitz seines Helms. Der Schaft drang mit solcher Wucht in sein Fleisch, dass er ihm durch den Schädel fuhr und an der Rückseite des Helms zwei Handbreit wieder austrat. Amorges stürzte unter dem metallischen Klirren seiner Rüstung wie ein gefällter Baum. Inzwischen hatte sein Vetter Arimapachus seine Schlinge über Leckermauls Hals geworfen und versuchte nun, den Hengst zu Boden zu ziehen. Antiope vollführte mit ihrem Streitross eine so schnelle und geschickte Drehung, dass sich der Fürst in seiner eigenen Schlinge verfing. Sie riss ihn von den Beinen und schleifte ihn zu Tode.

Die Sänger haben oft genug besungen, wie Antiope in der Folge die Zwillinge Agenor und Geryontes, Fürstensöhne der Lyker, tötete, deren Viehherden vom Simois bis zum Skamander weideten. Beide waren sechs Fuß groß und kämpften mit dem Speer des Wildschweinjägers, welchen sie, so hieß es, mit derselben Leichtigkeit handhabten, wie andere Jäger ihren Hirschfänger. Sie forderten sie an der Fußbrücke vor dem Grabmal des Heroen Pandion. Den Ersten, Agenor, warf sie mit einem Über-Kopf-Wurf ihrer Streitaxt zu Boden. Die Klinge fuhr ihm am Nabel in den Bauch, durchschlug sowohl Rüstung als auch Kampfgürtel und öffnete ihm das Gedärm. Er fiel mit wildem, wütendem Gebrüll rücklings, lebte jedoch noch. Antiope war mit einem Satz aus dem Sattel, riss ihren *pelekus* aus seinen Innereien, holte zum Schwung aus und enthauptete ihn. Im nächsten Augenblick war sie bereits wieder im Sattel und sprengte im Galopp weiter. Der Bruder, Geryontes, schleuderte seinen Wurfspeer auf Antiope, als diese ihr Pferd wendete, um ihn von der Seite anzugreifen. Die Spitze streifte Leckermaul an der hinteren Flanke und riss ihm ein faustgroßes Stück Fleisch aus dem Gesäß. Das Pferd wieherte vor Wut laut auf, keilte mit den Vorderhufen aus und schlug dem Gegner den Schädel ein.

Der Nächste, der von Antiopes Hand fiel, war Maimon, Sohn des Sadukes, Fürst der trallischen Thraker, ein noch bartloser Knabe, dessen flehentliche Bitten, am Kriegszug teilnehmen zu dürfen, das Herz des Vaters erweicht hatten. Jetzt rächte sich die Nachgiebigkeit des Fürsten bitter. Sein Kind starb von der Streitaxt der Amazone. Anschließend schickte sie noch Elpenor und Gigantes, Herren von Kolchis, und Ixys, Fürst der Makrones, sowie Otos, Kriegsführer der Skythen vom Kupferfluss, in die Unterwelt. Um sie herum hatten sich mittlerweile vier athenische Einheiten gesammelt, fünfhundert Mann, geführt von Stichios und dem Heroen Pirithous, mit Telephos von Marathon und Phaiax von Eleusis.

Ich selbst war nur am Anfang Zeuge dieser Ereignisse, Brüder, denn in dem Augenblick, da der erste Heroe, Harpalus, von Antiopes Speer aufgespießt worden war, brach auf der ganzen Breite des Feldes ein Sturm der Empörung los. Harpalus' Tod war das Signal zum Kampf. Mit einem Schrei hoben und senkten sich die Reihen zu beiden Seiten und trafen krachend aufeinander. Meine Einheit wurde in Richtung Süden dem Musenhügel entgegengetrieben, während Antiope ihre Truppe in Richtung Norden unterhalb des Areshügels vorbei und auf die Ebene der Agora führte. Hier bestand der Feind aus Skythen, Thrakern und Kaukasiern. Keine Amazonen weit und breit. War das von Antiope beabsichtigt? Vielleicht hoffte sie, den Willen ihres Volkes zu brechen, ohne gegen seine Besten der Besten im Kampf antreten zu müssen.

Dort, wohin mich die Menge unter Menesteus und Peteos mitgerissen hatte, fanden sich unsere Reihen den Amazonen aus Themiskyra, Lykasteia und Titaneia gegenüber. Der Feind war beritten, wir kämpften zu Fuß. Am äußersten linken Flügel konnte ich Eleuthera erkennen, wo sich Lykos' Männer ihr und den anderen großen Kriegerinnen wie Hippolyte und Skyleia, Stratonike, Alkippe und Glauke entgegenwarfen. Versuchten auch sie, dem direkten Kampf mit Antiope auszuweichen? Hofften auch sie auf eine andere Lösung als den direkten Zweikampf mit ihr? Doch wer sollte sich vor ihr verstecken? So übermächtig war das Triumphgeheul, das jeden Schlag begleitete, mit dem Antiope einen der Besten auslöschte, und so laut das Echo über das ganze Schlachtfeld, dass jeder Kämpfer und jede Abteilung von ihren Siegen Kenntnis erhielt.

Und Antiope siegte weiter. Über zwei Hügel hinweg klangen die Jubelschreie der vorwärts drängenden Athener und die Klagelieder der zurückweichenden Skythen und Kaukasier bis zu uns herüber

Alle, die je eine große Schlacht geschlagen haben, wissen, wie schnell sich der Schall über ein breites Feld hinweg fortpflanzt. Das Stöhnen der Unterlegenen und die Jubelschreie der Obsiegenden geben jedem Aufschluss über Flut und Ebbe der Ereignisse. Unsere Truppen überließen den Musenhügel Eleuthera. Dort gab es nichts, was der Verteidigung wert gewesen wäre. Wie im Fieber stürmten wir zu Areshügel und Agora. Antiope! Sieg! Wir witterten ihn wie Wölfe die Beute und überrannten alles.

Vor uns lag eine breite, gähnend leere Schneise. Wir kämpften jetzt unterhalb des Agorahügels. Die Schlacht schien bereits endlos zu dauern, und doch war es erst früh am Morgen. Am Südeingang der Agora liegt eine Gräberreihe.

Hier verbissen sich meine Einheit unter Menesteus und zwei Unterabteilungen von Peteos in eine Horde der taurischen und rhipäischen Stämme. Der Feind hatte mittlerweile genug von der Kampftechnik der Phalanx gelernt, um zu wissen, dass er Boden gutmachen und diesen verteidigen musste. Und das tat er nun mit erbitterter Hartnäckigkeit. Er nutzte eine Reihe von Grabmälern als Schanzen, aus denen unsere Vorstöße ihn nicht zu vertreiben vermochten. Der Ort verbreitete seine eigene, schaurige Atmosphäre, denn die Gegner verschanzten sich hinter Grabstelen und sogar in offenen Gräbern, trampelten auf Leichenkörben herum, während sie kämpften und starben.

Mitten in diesem Getümmel wurde ich verwundet. Ein Schwellenstein fiel auf mich und zerschmetterte meinen rechten Knöchel. Der Schmerz war so stark, dass es dunkel um mich wurde. Ein Gefährte hievte mich hinter ein Grab und band mir den Fuß mit einem Stück Leder, das er sich aus seinem Wams geschnitten hatte. Er selbst war ebenfalls verletzt, ein skythischer Pfeil hatte seine Wade durchschossen. Er lehnte mich gegen einen Grabwall und humpelte zurück in die Schlacht.

Wie lange ich dort verharrte, vermag ich nicht mehr zu sagen. Ich sah Selene an mir vorbeieilen, die zu Fuß kämpfte, verlor wiederholt die Besinnung und kam wieder zu mir. Nur durch einen Nebel nahm ich wahr, wie zwei Gefährten vor mir auftauchten und mich den Hügel höher hinaufschleppten. Jemand flößte mir Wein ein. Allmählich kam ich wieder zu mir.

Jetzt sah ich Antiope. Sie hatte ihr Pferd auf der Schuttebene nördlich des Gräberfeldes gezügelt. Hinter ihr standen die athenischen Einheiten. Den Helm hatte sie offenbar verloren, ihr Haar war mit Blut, Gekröse und Staub bedeckt. Beide Arme glänzten bis hinauf zu den Schultern blutrot. Selbst ihre Lippen waren blutig, die Zähne schwarz.

Die Kerntruppe der Thraker stürmte vor. Die Fußkämpfer der Athener warfen sich ihnen entgegen. Ein tosender Schrei aus hunderten von Kehlen stieg über dem Schlachtfeld auf, hallte vielfach vom Fels der Akropolis und den Hängen des Areshügels wider und strafte alle bisherigen Erwartungen Lügen. Es war das Gebrüll von Männern, die sich kurz vor dem Sieg wähnten.

Der Ausgang des Tages hing in der Schwebe.

Jetzt mussten die Besten der Besten der Amazonen handeln.

Glauke tauchte als Erste aus einer Rauchwolke auf, die über einem der Brunnenhäuser hinter dem Eleusion aufgestiegen war. Sie befand sich damit unmittelbar unter mir. Ich sah, wie sie den Wurfspeer in die Armverlängerung legte und die Götter anrief, Zeugen ihrer Stunde ewigen Ruhmes zu sein. Dem Abschnitt der Kampfhandlungen, dem Glauke nun wie aus einer Wolke entstieg, hatte Antiope den Rücken zugewandt und ahnte somit nichts von der Gegenwart ihrer Rivalin. Glauke hätte Antiope in wenigen Wimpernschlägen erreichen und sie auf jede nur erdenkliche Art töten können. Doch Glauke zügelte ihr Pferd mitten im Galopp, so als habe ihre Ehre als Kriegerin die Oberhand gewonnen, und rief so lange Antiopes Namen, bis diese zu ihr herumwirbelte.

Jetzt hielten beide Amazonen im gestreckten Galopp aufeinander zu, wobei Antiope den Vorteil hatte, hangabwärts zu reiten. Die Flugbahnen ihrer Wurfspeere kreuzten sich in der Mitte. Glaukes hangaufwärts geworfener Speer bekam zu viel Luft unter den Schaft und geriet in einen Gleitflug, außerdem hatte der Wind aufgefrischt. Beides trug dazu bei, dass Glaukes Speer leicht abdriftete. Antiope duckte sich unter dem Geschoss hindurch, das nun über ihre Schulter hinweg in den Stumpf eines Feigenbaumes fuhr und diesen in tausend Splitter riss.

Antiopes Speer dagegen flog unbeeinflusst durch Wind und Luftströmung im Schutz der Hangschulter und traf Glaukes Pferd in den muskulösen Hals, durchschlug das Gewebe und bohrte sich der Kriegerin zwischen Nabel und Schambein in den Leib. Das Eisen traf Glauke mit solcher Wucht, dass die Spitze in ihrem Rücken wieder austrat und sich erneut ins Fleisch des Pferdes senkte und damit Pferd und Reiterin aufspießte. Die Arme der Kriegerin hingen jetzt schlaff an ihren Seiten, der Kopf mit dem schweren Helm sackte vornüber. Reiterin und Pferd gingen zu Boden, der Schaft, der sie zusammenhielt, splitterte. Blut schoss in einer Fontäne aus der Helmöffnung, als Glaukes Kopf auf den Stein schlug.

Den nächsten Angriff ritt Alkippe. Antiope warf sie mit ihrem Schild aus dem Sattel und tötete sie mit dem Wurfspeer, den sie Alkippe entwand und dieser mit beiden Händen in die Brust stieß. Dann fiel Bremusa, im Galopp durch den Pfeil, und nach ihr Klonie und Lysippe durch den *pelekus.* Die Not hätte es eigentlich verlangt, dass eine Gruppe von Besten gemeinsam gegen Antiope geritten wäre. Aber das Gesetz der Steppe untersagte dies. Jeder Krieger und jede Kriegerin musste sich dem Zweikampf allein stellen. Hilfe war ihr beim Kampf Schwester gegen Schwester, Frau gegen Frau nur das eigene mutige Herz.

Stratonike gelang es schließlich als Erster, Antiope zu verwunden. Ihr Bogenschuss durchbohrte Schild, Brustpanzer und Lederkorsett Antiopes, und hätte sogar in die heikelsten Körperteile getroffen, wäre seine Flugbahn nicht zu flach gewesen. So allerdings blieb die Eisenspitze zwischen der zweiten und dritten Rippe stecken. Dennoch hätte die Wucht des Schusses Antiope beinahe aus dem Sattel geworfen. Stattdessen schlug sie einen Salto rückwärts über das Gesäß ihres Hengstes und kam mit den Füßen zuerst auf den Boden auf. Sie federte einmal ab und zog sich dann mit der linken Hand (in der rechten hielt sie noch immer Pfeil und Bogen) an der Mähne des Reittiers in vollem Galopp mit geradezu spielerischer Leichtigkeit wieder in den Sattel. Da sie den Pfeil allerdings nicht herauszuziehen vermochte, brach sie einfach den Schaft ab und ritt weiter. Ein gellender Schrei entrang sich Stratonikes Kehle, als sie ihre hoffnungslose Lage angesichts des Geschicks ihrer Gegnerin erkannte.

Die Amazonen wendeten und ritten erneut aufeinander zu. Dies geschah auf der ebenen Fläche zwischen dem Nymphen- und dem Areshügel, wo sämtliche Häuser dem Erdboden gleichgemacht worden waren, mit Ausnahme des Ladens des Sattlers Euphorion, dessen Mauern teilweise noch hüfthoch aus dem Trümmerfeld ragten. Das Paar galoppierte auf dieses Hindernis aus entgegengesetzten Richtungen zu, wobei jede versuchte, die Hindernisse zur Verwirrung der Gegnerin zu nutzen. Und diesmal schien es Stratonike zu gelingen, die Oberhand zu gewinnen. Sie drosselte ihr Tempo gerade so weit, dass Antiope die erste Mauer überspringen musste, während sie, Stratonike, ihren Pfeil auf ebenem Boden abschießen konnte. Antiopes Pfeil schoss prompt über sein Ziel hinaus, während Stratonikes Geschoss erneut Antiopes Schild traf. Diesmal jedoch prallte er ab. Jetzt hatte Stratonike die Mauer erreicht. Diese war nicht hoch und ihr Pferd noch frisch. Hundertmal hatten Pferd und Reiter ein solches Hindernis mit Leichtigkeit übersprungen. Und dennoch schlug das Tier diesmal mit den Vorderhufen an, landete und hätte auf ebenem Untergrund trotz der Geschwindigkeit auch sicher das Gleichgewicht gehalten. Das Schicksal allerdings hatte anders entschieden. Stratonikes Pferd landete auf der zweiten, teilweise eingebrochenen Mauer und stürzte. In hohem Bogen flog die Reiterin aus dem Sattel, schlug mit dem Helm zuerst auf und brach sich das Genick. Sie war augenblicklich tot.

Wie viele und wen tötete Antiope als Nächstes? Tekmessa

und Xanthe kann ich hier nennen, zusammen mit Elektra und Dioxippe, Paraleia und Antibrote. Und mit jeder Gegnerin, deren Herausforderung Antiope annahm, schien sie den eigenen Tod mit wachsendem Leichtsinn billigend in Kauf zu nehmen. Immer tollkühner wurden ihre Ritte, immer ehrgeiziger die Bogenschüsse und Speerwürfe, immer zahlreicher die Wunden, die sie bei jedem weiteren Zusammenstoß davontrug, und immer größer die Erschöpfung nach unmenschlicher Anstrengung. Es war unschwer zu erkennen, dass Antiope begonnen hatte, das Schauspiel ihres eigenen Todes zu zelebrieren, um *tal Kyrte* das Herz und dem Volk den Durchhaltewillen zu brechen. Dennoch retteten sie die Tollkühnheit ihrer Angriffe und der Ehrgeiz ihrer Gegnerinnen, sie auf besonders ungewöhnliche Art niederzustrecken, immer wieder aufs Neue. Die riskanten Würfe ihrer Gegnerinnen verfehlten ihr Ziel, während Antiopes stets mitten ins Mark trafen. Bald konnte der Eindruck entstehen, sie allein könne die Streitmacht der Amazonen vernichten.

Aber wo war Eleuthera? Die Sonne stand bereits hoch am Himmel. Die Kerntruppe der Amazonen schlug sich noch immer auf weit entferntem Feld südlich und östlich des Akropolis-Felsens mit den Verbänden der Athener vom Ardettos und Musenhügel. Theseus' Fußtruppen suchten die Amazonen dort in die Enge zu treiben, sie daran zu hindern, den Skythen und Thrakern zu Hilfe zu eilen. Die Führer dieser Einheiten des Königs waren die Besten Bias und Demophoon, mit den Heroen Peleus von Thessalien, dem Kreter Triptolemus und dem Spartaner Amopharetus. Dennoch muss man anmerken, dass Eleuthera, ungeachtet des Kampfgeistes und Mutes der Athener, mit ihrer Truppe unsere Linien problemlos hätte durchbrechen oder einfach den Umweg um die Agora hätte nehmen und auf diesem Weg zu Antiope stoßen können. Nichts dergleichen geschah.

Was hielt Eleuthera ab? Vielleicht hofften sowohl Hippolyte als auch Eleuthera, dass eine andere Beste der Amazonen ihnen die Arbeit abnehmen und ihre Königin doch noch niederstrecken würde. Vielleicht war es einfach nur Angst, die sie zögern ließ. Ich muss gestehen, ich habe einen ganz anderen Verdacht. Wenn ihr mich fragt, meine Brüder, dann konnten, ja wollten sie nicht glauben, dass sich Antiope letztendlich so schwer an ihrem Volk vergehen und tatsächlich gegen dieses kämpfen würde. Alle Berichte über jenen Tag weisen deutlich darauf hin, dass Eleuthera und Hippolyte lange alle Melder wütend abwiesen, die ihnen von den Siegen berichten wollten, die Antiope im Laufe der Morgenstunden errungen hatte.

Irgendwann allerdings konnten sie Augen und Ohren vermutlich nicht mehr davor verschließen, was jenseits des Akropolis-Felsens geschah. Ihr alle kennt den berühmten Dialog, meine Brüder, zwischen Eleuthera und dem Meldereiter, der endlich bis zur Amazone vordrang, um sie von Antiopes Heldentaten in Kenntnis zu setzen. »Die Götter kämpfen an ihrer Seite!«, schrie der Mann verzweifelt.

»Dann treffe ich sie im Hades wieder«, lautete Eleutheras Antwort.

Sie ließ sich ihr bestes Pferd »Suppenknochen« bringen, rüstete sich mit drei Wurfspeeren und rief Ares, Hekate und die Große Mutter als Zeugen für die Richtigkeit ihres Tuns an. »Ihr Götter, so ihr ebenso gerecht wie mächtig seid, lenkt meine Lanze ins Ziel!«

Damit sprengte sie im weiten Bogen um die Agora herum und machte sich auf die Suche nach Antiope.

Und wo befand sich zu diesem Zeitpunkt Theseus? Vermutlich mitten unter seinen Fußtruppen, die den Sattel zwischen dem Areshügel und der Akropolis hielten. Jemand muss ihm gemeldet haben, dass sich Eleuthera auf den Weg zu Antiope gemacht hatte. Jedenfalls wählte er diesen Augenblick, um aus dem Schlachtengetümmel auszubrechen und jenen Felsvorsprung zu erklimmen, den man die »Nase des Schneiders« nannte. Von dort aus, so hieß es, habe er Borges und den Skythen ein verabredetes Zeichen gegeben.

Schon Tage zuvor hatte Theseus sich mit den Steppenstämmen dahingehend geeinigt, dass er ihnen den Schatz der Akropolis zu einem geeigneten Zeitpunkt übergeben würde, wenn sie daraufhin unverzüglich aus Athen abzögen.

Aber wie so oft kam es anders als gedacht. Borges war wie im Rausch, denn seine Skythen waren dabei, den Sieg zu erringen. Also dachte er gar nicht daran, diese einmalige Gelegenheit auszulassen.

So geschah es, dass Theseus als Antwort auf sein Zeichen mit einer Wolke von Pfeilen eingedeckt wurde. Und die Stämme der Steppe drängten die Athener immer weiter zurück.

Auf dem Feld unterhalb des Hügels der Agora, wo heute der Tempel der Amazonen steht, tauchte nun Eleuthera auf und rief Antiopes Namen. Weder sie noch irgendein anderes Mitglied ihres Stammes ahnte etwas von Theseus' misslungener Intrige. Unter Eleutheras entschlossenem Angriff (vier ihrer Einheiten begleiteten sie) wichen unsere Truppen verstört und in heillosem Durcheinander zurück, überließen die Agora und das Gräberfeld, welche wir gerade erst unter so hohen Verlusten genommen hatten, kampflos dem Feind.

Südlich und östlich des Felsens triumphierten mittlerweile Amazonen und Skythen. Zwischen dem Areshügel und der Akropolis fielen die Athener unter Theseus ebenfalls vor den massierten Reihen von Hippolytes Lykasteia-Amazonen, verstärkt durch Borges und die Skythen der Eisenberge, zurück. Im Norden, wo sich Gräberfeld und Agora am Fuß des Agorahügels und des Nymphenhügels erstrecken, kämpften die Amazonen, Thraker und Kaukasier gegen die Athener unter Lykos und Menesteus, Pirithous und Stichios.

Hier war auch Antiope.

Dorthin stieß Eleuthera vor.

Die beiden sprengten im rechten Winkel zueinander die Hänge des Agorahügels hinauf. Jede versuchte, hangaufwärts mehr an Höhe zu gewinnen, um sich über der Gegnerin in Stellung zu bringen. Antiope war inzwischen mehrfach verwundet, wobei ihr die Pfeilspitze in ihren Rippen ganz offensichtlich am meisten zu schaffen machte. Sie versuchte zwar, sich diese Behinderung nicht anmerken zu lassen, doch die Tatsache, dass sie auf diesem Gelände versuchte, sich auf ihrem Ritt stets rechts zu halten, verriet sie. Eleuthera, die das sofort erkannte, drängte nach links, damit Antiope beim Angriff die Hand mit dem Bogen oder der Lanze vor dem Körper führen musste. Antiope konterte, indem sie ihre Lanze zückte und einen weiten Bogen ritt. Im Umkreis um die beiden Kontrahentinnen waren fast alle Kämpfe zum Stillstand gekommen, so als hätten die Götter selbst dem Gemetzel Einhalt geboten. Jeder war plötzlich überzeugt, dass der Ausgang dieses Zweikampfes die Schlacht endgültig entscheiden würde.

Mit einem Mal jagte Eleuthera quer zum Hang und etliche Fuß unterhalb von Antiope auf diese zu. Damit hatte sie die höhere und günstigere Stellung Antiope überlassen. Als sich ihre Wege kreuzten, stemmte sie den Fuß in die Schlinge am Bauchgurt ihres Pferdes und stieg hoch aus dem Sattel, um den Wurfspeer zu schleudern. Antiope spannte die Sehne ihres Bogens. Ihr Pfeil kreuzte die Flugbahn von Eleutheras Geschoss, traf den Schild aus Bärenhaut, durchschlug die dreifach dicke mit Sehnen verstärkte Schale, fuhr in Eleutheras Unterarm und von dort genau über dem Herzen in deren Brustpanzer. Hier brach der Schaft über der Spitze, die jedoch knapp über dem tödlichen Punkt stecken blieb. Eleutheras Speer flog direkt auf sein Ziel zu, wurde von einer leichten Böe erfasst und glitt vorbei.

Wieder ritten die Amazonen aufeinander zu. Eleuthera schleuderte ihren Schild zu Boden. Offenbar hatte sie beschlossen, ihr Leben gegen die Rivalin bedingungslos aufs Spiel zu setzen. Jetzt war sie über Antiope auf dem Hang. Sie spornte ihr Pferd an, das in einen schnellen Galopp fiel. Dann stieg sie aus dem Sattel, um ohne Rücksicht auf die eigene Sicherheit das zweite Wurfgeschoss zu schleudern. Erneut prallte Antiopes Schuss von Eleutheras Brustpanzer ab. Erneut flog Eleutheras Wurfspieß weit über das Ziel hinaus.

Bei jedem Fehlwurf ertönte lautes Stöhnen aus den Reihen der Amazonen und ihrer Bundesgenossen, fast so, als hätten sie den Fehler gemacht, während die Athener jubelten und dann wehklagten, als Eleuthera erneut nicht fiel. Die Amazone selbst wendete und erhob die Stimme zu den Göttern.

»Was ist, Sohn des Kronos, hast du entschieden, den Athenern den Sieg zu schenken und den Kampfesmut unseres Volkes zu missachten? Dann schick mich zuerst in den Hades, denn niemals will ich mich ihnen oder dir unterwerfen!«

Ein drittes Mal nahm Eleuthera Anlauf, und ein drittes Mal nahm Antiope die Herausforderung an. Viele beobachteten den Kampf aus nächster Nähe und schworen später, wie viele andere Zeugen auch, dass auf dem Höhepunkt des letzten Angriffs Antiope bewusst fast unmerklich die Richtung änderte, sodass Leckermauls Hals und ihre Seite ungeschützt der Gegnerin zugewandt waren. So viel ist sicher: Antiope war unbewaffnet. Sie ritt mit leeren Händen in Eleutheras Angriff.

Das war das Ende. Eleuthera schleuderte ihren Speer aus nächster Nähe und traf die Gegnerin mitten in die Brust. Antiope sackte nach hinten auf Leckermauls Hinterteil. Man hörte, wie der Speerschaft brach, als der leblose Körper der Königin auf den Stein schlug, nachdem sie noch in der Luft eine Drehung vollführt hatte. Ihr Helm klirrte, die Bänder des Brustpanzers rissen, beide Schienbeinschützer sprangen ab. Eleuthera schwang sich aus dem Sattel. Im Nu war sie über dem leblosen Körper ihrer Rivalin. Die Krieger und Kriegerinnen auf dem Schlachtfeld waren starr vor Entsetzen. Kein Ton, kein Schrei waren zu hören. So unbesiegbar hatte Antiope in ihrer Stunde des Ruhmes gewirkt, dass niemand fassen konnte, dass sie tatsächlich geschlagen sein sollte. Und mehr als alle anderen schien Eleuthera wie vom Donner gerührt. Von meinem Platz aus sah ich ihr Gesicht ganz deutlich. Ihr verzweifelt flehender Blick sagte nur eines: Antiope, steh auf!

»Aillele!«, entfuhr es Eleuthera, und das klang alles andere als triumphierend. Dieser klagende Schrei hallte vielfach von den Reihen der Athener wider, verstärkt durch den Feind, bis beide Heere, Athener wie Amazonen, die einen um eine ihrer Heroinnen, die anderen aus Verzweiflung über die Launen des Schicksals, in lautes Wehgeschrei ausbrachen.

Eine Truppe, geführt von Rhodippe und Pantariste, sprengte aus den Reihen der Amazonen, den Leichnam ihrer Königin zu fordern. Zwei packten die Trophäe bei den Knöcheln und machten Anstalten, sie hinter die Linien der Amazonen zu zerren.

In diesem Moment brach Theseus durch die Menge der Athener. Als er sah, wie der leblose Körper seiner Gemahlin durch den Staub gezerrt wurde, entfuhr ein dunkel dröhnender Urlaut seiner Kehle, der kaum noch Menschliches hatte. Und einem Stier gleich, mit gehörntem Helm und dem vor den gebrochenen Arm gebundenen Schild, heißen Atem und Schleim schnaubend, stürzte er sich mit blutunterlaufenen Augen auf die Amazonen.

Diese stoben vor ihm auseinander. Der König schützte Antiopes Leichnam mit seinem Schild, während seine Gefährten, die ihm gefolgt waren, diesen aufnahmen. Dann verlangte Theseus mit dröhnender Stimme nach der Befehlshaberin der Amazonen.

Die Reihen der Amazonen teilten sich, um Eleuthera Platz zu machen. Theseus baute sich am Ende der Bresche auf und rief Eleuthera mit ihrem Beinamen »Molpadia«, Totengesang, den ihr die Skythen der Eisenberge gegeben hatten, und forderte die Götter auf, sich des Blutbads am Tanais und in den Karstbergen zu erinnern.

Einarmig fiel der König über die Amazone her. Sein erster Wurf traf ihr Pferd. Der Speer durchbohrte das Herz des Reittiers. Kein Sterblicher hatte je gekämpft wie Theseus in dieser Stunde. Eleuthera erkannte sofort, dass die Götter ihre Hand im Spiel haben mussten, wandte sich ab und floh zu Fuß.

Der König hetzte sie den Areshügel hinauf, durch die Reihen der Skythen und zurück zu der Stelle, wo das Aigeus-Tor jetzt in Schutt und Asche lag. Zweimal hielt Eleuthera inne und spannte ihren Bogen, doch Theseus' maßloser Zorn hatte ihr Ruhe und Sicherheit geraubt. All ihre Pfeile landeten im Staub.

Schließlich, vor den Ruinen des Tempels der Angst, erschien Eleutheras Schwester Skyleia. »Wohin fliehst du, Schwester?« Mit diesen Worten gebot sie der wilden Flucht der Amazone Einhalt und appellierte an deren Kampfesmut. »Willst du dich im Leib deiner Mutter verkriechen?«

Und Schulter an Schulter wandte sich das Paar dem König von Athen zu.

Theseus erschlug Skyleia, zertrümmerte Helm und Schädel mit seinem Knüppel. Eleuthera zwang er mit Schlägen von titanischer Kraft in die Knie, brach ihr zuerst linke Hüfte und Bein und zerschmetterte ihr die Schulter. Dann, bevor er das schaurige Gemetzel beenden konnte, fuhr ihm ein Pfeil in die Wade und ein anderer ins Gedärm. Eine Gruppe von Amazonen überrannte ihn zu Fuß und zu Pferde. Den Geführten des Königs gelang es nur mit Mühe, die wilden Furien abzuwehren und Theseus in Sicherheit zu bringen.

Nun brach über Eleutheras leblosen Körper lautes Jammern und Wehklagen aus. Und von den Reihen auf dem Schlachtfeld im Süden hallte ein grausiger Schrei. Später erfuhren wir, dass die Unseren dort in diesem Augenblick die Front des Feindes durchbrochen hatten. Die Skythen liefen in Scharen davon und ließen die Amazonen im Stich.

Das unwürdige Gezeter um Eleutheras Leichnam hielt an. Alles auf dem Schlachtfeld im Westen schien um diesen Handel zu kreisen.

Ich sank erschöpft auf einen Stein. Viermal wurde Eleutheras Leichnam von den Ihren erkämpft und wieder verloren. Von meinem Platz aus versperrten Staub und Rauch den Blick auf das Geschehen. Augenzeugen berichteten später, dass es schließlich zwölf Amazonen gelungen war, die leblose Gestalt Eleutheras unter der Bedeckung ihrer Bogenschützen abzuschirmen. Und jetzt endlich ließen die Athener von ihr ab. *Tal Kyrte* brachte die tote Heroin in Sicherheit. Besonders hervorgetan hatte sich bei diesem Kampf eine Kriegerin, die vom Helm bis zu den Stiefeln mit Blut und Staub bedeckt zu Fuß gekämpft hatte, was nur bedeuten konnte, dass sie ihre *hippeia,* den Gehorsam ihrer Pferde, verloren hatte.

Diese Amazone war Selene.

ZWÖLFTES BUCH

DIE LETZTEN DER AMAZONEN

35
DAS HAUS DER EIDE

Thyone:
An dieser Stelle brach Onkel von Gefühlen überwältigt ab. Lange konnte er nicht fortfahren. Die Männer des Verfolgungstrupps wandten ihre Blicke diskret ab.

Seit mittlerweile zweiundzwanzig Tagen berichteten uns Damon und andere Mitglieder jenes ersten Erkundungstrupps ins Land der Amazonen, Vater eingeschlossen, über den Kampf unserer Stadt Athen gegen die Amazonen. Die Schiffe der Gruppe unter Prinz Attikus waren währenddessen unbeirrt weiter in Richtung Osten gesegelt, hatten den Hellespont am sechzehnten Tag passiert und waren am zweiundzwanzigsten Tag durch den Bosporus ins Amazonenmeer gelangt. In der Nacht des zweiundzwanzigsten Tages nun war die Truppe unterhalb eines Felsvorsprungs angelandet, den die Fischer der Gegend »Hort der Gnade« nannten. Ausgerechnet an dieser Stelle hatten einige versprengte Einheiten der Amazonen auf ihrem Rückzug nach der Schlacht um Athen Zuflucht gesucht, nachdem sie während eines furchtbaren Sturms vom Hauptheer getrennt worden waren. Freibeuter hatten sie hier überrascht und überwältigt. Offenbar hatten sie ahnungslos deren Versteck mit Beschlag belegt. Man hatte sie gebunden und angepflockt, ihnen die Kehlen für das bevorstehende Schlachtfest bemalt, als markerschütterndes Donnergrollen über sie hinwegrollte, ein Blitz des Allmächtigen den Fels der Höhle spaltete. Zitternd und zähneklappernd aus Angst vor der Rache des Zeus, Schutzgott der Seefahrer, schnitten die Freibeuter die Frauen wieder los und ließen sie frei.

Damon hatte sich inzwischen einigermaßen erholt. Er trank einen Schluck Wein und fuhr in seinem Bericht fort, knüpfte an das Ende Eleutheras in Athen an, auf dem Höhepunkt der Schlacht.

Mit Einbruch der Dunkelheit hätten die Kämpfe geendet, berichtete mein Onkel. Nach dem Gezeter um Eleutheras Leichnam hatte es noch überall kleinere Scharmützel gegeben, ohne dass jedoch eine der beiden Seiten eine entscheidende Wende hätte herbeiführen können. Der Belagerungsring allerdings war durchbrochen. Unsere Landsleute aus den Bergfestungen des Umlands waren mit Verstärkung durch die attischen Fürsten und die Bundesgenossen der Zwölf Staaten von Norden, Süden und Osten her in die Stadt eingedrungen, hatten die Amazonen vom Areshügel vertrieben und ihre Lager zerstört. Viel war damit allerdings nicht gewonnen. Der Feind zog sich lediglich hinter die nächste Hügelkette im Westen zurück und baute dort ein neues Lager auf. Und trotz der Flucht der Bundesgenossen der Amazonen – die Skythen hatten sich ausgerechnet am entscheidenden Punkt der Schlacht aus dem Staub gemacht – waren sie uns zahlenmäßig noch immer um das Doppelte überlegen.

Borges nämlich, der Theseus' Angebot, was den Schatz der Akropolis betraf, im Rausch der siegreichen Kämpfe an jenem letzten Nachmittag in den Wind geschlagen hatte, war es mittlerweile gelungen, die Akropolis zu stürmen. Dort lag das Gold für ihn zum Mitnehmen bereit, denn außer Frauen und vereinzelten Wachmannschaften musste er dort niemanden fürchten. Bis zum Einbruch der Dunkelheit hatte Borges alles fortgeschafft, was von Wert war.

Zwei Tage später waren die Skythen verschwunden. Die restlichen Stämme der Steppe folgten ihnen aus Angst um ihr Land und ihre Herden in der Heimat. Damit war die Aufgabe, die Belagerung aufrechtzuerhalten, allein den Amazonen überlassen.

Der größte Teil Attikas war noch immer in ihrer Hand. Dennoch schienen sie mit den Besten ihrer Besten auch einen Großteil ihres Kampfgeists verloren zu haben. Die großen Kämpferinnen zweier Generationen waren ausgelöscht. Zahlenmäßig waren uns die Amazonen wie gesagt auf dem Schlachtfeld noch immer überlegen. Doch ohne die Skythen und Thraker konnten sie kaum hoffen, dass dieser Vorteil von Dauer sein würde. Täglich bauten unsere Landsleute weitere Schanzwerke wieder auf. Mit jeder Morgenröte waren neue Mauern und Befestigungen unter dem Felsen entstanden.

Die Athener und die Amazonen hatten sich ineinander verbissen. Nichts bewegte sich. Die Amazonen hatten nicht mehr die Kraft, die Verteidiger aus ihren neuen Stellungen zu vertreiben, und die Heroen Athens waren nicht in der Lage, den Feind zur Aufgabe seiner Rückzugslinien zu zwingen. Beide Seiten waren durch die hohen Verluste entscheidend geschwächt.

Das Land draußen vor der Stadt war verwüstet. Kein Baum und kein Strauch, kein Gehöft und kein Haus stand noch an seinem Platz. Nicht einmal die Heiligtümer der Götter waren verschont geblieben. Das Schlimmste allerdings war der Gestank. Tage vergingen mit der Bergung der Toten inmitten von all dem Schutt. Um Athen beherrschten Verwüstung und Tod die attische Landschaft

Als die ersten Kinder und Frauen von Euböa zurückkehrten, war deren Verzweiflung und Kummer über den Zustand ihrer Heimat derart, dass Theseus befahl, die Rückführung der Familien aufzuschieben, gleichgültig wie flehentlich sich die Männer ein Wiedersehen mit Frauen und Kindern wünschten.

Schließlich begannen die Bestattungen. Tagelang brannten Scheiterhaufen auf den Schlachtfeldern der beiden Streitmächte. Die Zahl der Toten auf beiden Seiten übertraf alle Befürchtungen. Die Lager der Athener und Amazonen lagen in so unmittelbarer Nachbarschaft, dass die Athener nicht umhin konnten, zu tausenden Eleutheras Bestattung beizuwohnen. Und als die Zeit gekommen war, da man Antiopes Grabhügel aufschüttete, schickte Theseus die Botschaft an Hippolyte, dass jeder willkommen sei, dem Begräbnis beizuwohnen.

Und es kam die gesamte Streitmacht der Amazonen.

Danach schien sich der Hass zwischen den Kriegsgegnern allmählich zu verflüchtigen. Die Athener gewährten den Amazonen Zugang zu Quellen und Brunnen, gestatteten es ihnen, ihre Tiere zu tränken, und sorgten für einen Markt, auf dem sie sich mit Getreide und anderen Nahrungsmitteln versorgen konnten. Im Gegenzug erlaubten die Amazonen den Athenern, auf ihre Höfe und Landgüter zurückzukehren.

Neunundzwanzig Tage nach der letzten Schlacht einigte man sich auf einen Waffenstillstand an jenem Ort, der später das *Horkomosion,* das Haus der Eide, genannt wurde.

Noch in derselben Nacht begannen die Amazonen mit dem Rückzug.

36
DAS SPIEL DER GÖTTER

Onkel beendete seinen Bericht von der Schlacht zu später Stunde am Strand neben unseren Schiffen unterhalb des Horts der Gnade. Jetzt warf Damon Vater einen fragenden, ja bittenden Blick zu. Vater nickte kaum merklich. Damon trank einen Schluck Wein und fuhr fort:

»Nun, meine Brüder«, wandte er sich direkt an seine Gefährten, »will ich von Dingen berichten, die euch neu sein dürften, wenn ihr sie mittlerweile vielleicht auch vermutet habt.«

Damon erzählte von den Streiftrupps, an denen er im Hügelland südlich von Oinoi beteiligt gewesen war, vier oder fünf Tage nach dem Abzug der Amazonen. Der Befehlshaber der Truppe war Xenophanes, Bruder des Lykos. Damon war Unterführer, Vater Führer einer der Gruppen. An einem Ort, »Hörner« genannt, direkt unterhalb des Passes, traf die Truppe auf eine Bande von Kopfgeldjägern. Die Schurken hatten mehrere verwundete Amazonen in einer Schäferhütte umzingelt und schickten sich gerade an, diese auszuräuchern.

»Die Halunken gaben Fersengeld, als sie uns entdeckten«, erzählte Damon. »Wir hielten uns in respektvoller Entfernung von den Bogen der Amazonen, auf einer Anhöhe, von der aus wir Hütte und Umgebung überblicken konnten. Plötzlich trat eine der Frauen aus der Hütte. In ihren Armen hielt sie den leblos wirkenden Körper einer anderen Amazone. Elias und ich waren starr vor Staunen.

Die junge Frau war Selene.

Sie kam bis auf hundert Fuß zu uns heran und wirkte ausgezehrt und schwach. Falls sie Elias und mich erkannt hat, verriet sie das mit keiner Geste, keinem Blick. Sie nannte unserem Befehlshaber ihren Namen und erklärte in unserer Sprache, die Kriegerin in ihren Armen sei ihre schwer verwundete Schwester Chryssa. Sie bat unseren Führer, der Verwundeten freies Geleit durch Attika zu gewähren, zu erlauben, dass sie auf einer Bahre zu der nach Norden ziehenden Kerntruppe der Amazonen gebracht werde. Als Gegenleistung wolle sie, Selene, sich ergeben und in Attika als Sklavin dienen. Dieses Angebot einer Amazone versetzte uns alle in sprachloses Staunen. Nie hatte sich eine Amazone freiwillig lebend in die Hand eines Feindes begeben. Xenophanes witterte verständlicherweise eine Sensation. Er befahl meinem Bruder und mir, dass wir uns die verwundete Kriegerin genauer ansehen sollten.

Wir näherten uns Selene. Schon aus einiger Entfernung erkannten wir in dem Umhang, in den die verwundete Amazone gehüllt war, den, den Chryssa normalerweise getragen hatte. Chryssas Zeichen der Schildkröte und ihre phrygische, mit weißem Marderfell gefütterte Kappe waren ein eindeutiges Zeichen. Als wir zu ihr traten, stockte uns der Atem. Die Frau war nicht Chryssa.

Es war Eleuthera.

Eleuthera lebte.

Elias und ich standen unmittelbar vor Selene. Diese gab noch immer kein Zeichen des Erkennens, um Xenophanes zu täuschen, doch ihre Augen sagten deutlich, dass ihr sehr wohl klar war, dass ein Wort von uns ihr und Eleutheras Ende bedeutete. Das Gesicht meines Bruders in diesem Augenblick werde ich nie vergessen. Ich muss kaum betonen, dass die Gefangennahme von Eleuthera zu diesem Zeitpunkt, da ganz Athen sie für tot und begraben hielt, nicht nur Elias und mir, sondern auch unseren Nachkommen ewigen Ruhm gesichert hätte. Mein Bruder sah mich an. Dann wandte er sich zu Xenophanes um.

›Es ist Chryssa, die Schwester dieser Selene‹, rief er. ›Ich erkenne sie. Sie ist uns noch aus der Heimat der Amazonen bekannt.‹

Und ich beeilte mich, dem beizupflichten.

Selene verzog keine Miene. Sie stieß einen scharfen Pfiff aus und blickte zu einer Baumreihe hinüber. Kurz darauf traten zwei Elevinnen aus den Schatten der Baumkronen. Es waren Dosteia und ein Mädchen, das ich nicht kannte. Sie trugen eine Bahre aus Binsengeflecht. Elias und ich erboten uns, die kleine Gruppe nach Norden zu begleiten. Xenophanes war einverstanden. Er gab uns weitere acht Männer zum Schutz gegen Wegelagerer mit, die damals überall in den Bergen ihr Unwesen trieben.

Selene ergab sich. Xenophanes nahm sie gefangen.«

An dieser Stelle hielt Damon erneut inne und sah zu Vater hinüber, der zu seiner Linken neben den Schiffen saß. Die Blicke der Brüder trafen sich so, wie vermutlich auch damals in jener Stunde.

»Warum haben wir das wohl getan, Gefährten?«, seufzte Damon. »Vielleicht hat es uns ein Gott eingegeben, hat uns zur Mittäterschaft gezwungen. Vielleicht mussten wir einfach der Größe des Volkes der Amazonen und Eleutheras, als die letzte Hoffnung ihrer Rasse, Anerkennung zollen. Vielleicht war es die Selbstlosigkeit Selenes, die unser Herz rührte.

Jedenfalls war der Pakt besiegelt. Wir erzählten unsere Lügen und sorgten dafür, dass keine Zweifel aufkamen.

Also erhielt Eleuthera freies Geleit in ihre Heimat. Nach gewissen Absprachen und Versprechungen wurde Selene Dienerin in Elias' Haus und Kinderschwester unserer Thyone und ihrer Schwester Europa. Das alles führte dazu, dass Selene so viele Jahre später ihr Versprechen brach und wir als ihre Verfolger jetzt auf dem Weg in die Heimat der Amazonen sind.«

37

EIN NEUER BEFEHL

Damit leitete Damon zur Gegenwart über.

Die Schiffe der Verfolger waren noch immer auf ihrem Kurs nach Osten. Wir hatten inzwischen das Amazonenmeer erreicht und sollten, so schätzte Prinz Attikus, innerhalb weniger Tage Lykasteia erreichen. Zu unserem Bedauern jedoch vermochten wir keine der Landschaften und Landmarken an der Küste zu erkennen, die Damon uns in seinem Bericht über seine Reise zwanzig Jahre zuvor beschrieben hatte.

Tatsächlich landeten wir schließlich am Strand unterhalb der Hochebene an, von der Onkel erzählt hatte. Jetzt herrschte hier lebhaftes Gedränge von Pferden und Menschen. Die Grasnarbe war von den Furchen schwerer Wagen gezeichnet. Erdhütten überdeckten wie Pilze die Fläche. Schmuddelige Siedlungen hatten sich überall dort gebildet, wo es einen Zugang zum Strand und zum Meer gab. Wie wir schließlich erfuhren, war dies Borges' Land, die Bewohner der Dörfer Borges' Lehnsmänner. Sie bauten Gerste und Emmer an. Das war die neueste Errungenschaft der Skythen. Da es unter der Würde der Reiter der Steppe war, bestellten sie das Land nicht selbst, sondern kassierten zweimal pro Jahr Abgaben. Borges allerdings, so erzählten uns die Dörfler, wollte keine Naturalien. Dafür forderte er seinen Anteil in starkem Dunkelbier, welches die Ortsansässigen in großen Tonkrügen lagerten, an deren Oberflächen noch die Gerstenkörner schwammen. Die Skythen sammelten sich dann um diese Gefäße wie Schweine am Trog und tranken das Gebräu mit Strohhalmen.

Und die Amazonen?, wollten wir wissen. Gesehen hatten wir keine Einzige. Lediglich ihre Gräber.

Diese Hügelgräber in der Mondform der Amazonenschilde hatten die Küstenlinie, der die Schiffe gefolgt waren, schon seit zwanzig Tagen bestimmt. Meistens lagen sie auf Felsvorsprüngen oder Halbinseln, die vom Wasser aus deutlich zu sehen waren. Und sobald wir angelandet waren, um Frischwasser aufzunehmen oder den Pferden Auslauf zu gönnen, waren wir auf immer neue Gräber gestoßen. So auch an den Ufern der Flüsse Nestros und Hebros, Istros und Tyras, denen unsere Truppe ein Stück weit ins Landesinnere gefolgt war. Einheimische hatten ihnen Furten und Pässe als Schauplätze großer Schlachten gezeigt. Hippolytes Vorhersage hatte sich offenbar bewahrheitet. Die Stämme, die sich den Amazonen auf der Höhe ihrer Macht unterworfen hatten, hatten sich nun in der Stunde ihrer Schwäche als gnadenlose Beutegeier erwiesen.

Der Trupp setzte seine Reise nach Osten fort. Bei jedem Landgang fragte Attikus die Ortsansässigen nach einer einzelnen Amazone oder nach einer Amazone in Begleitung eines jungen Mädchens.

Wohin wir auch kamen, er erntete nur Kopfschütteln.

Keine Amazonen.

Nicht mehr.

Eines Morgens entdeckten die Männer im Ausguck wilde Ziegen auf einer Halbinsel. Attikus schickte eine Jagdgesellschaft aus, um ein paar für den Kochtopf zu erlegen. Am Ufer eines Flüsschens trafen sie dort auf eine Gruppe von Frauen, die Wäsche wuschen. Zum Erstaunen unserer Gefährten erkundigten sich die Frauen, wo denn unsere »anderen Schiffe« seien.

Drei Schiffe, so erfuhren sie, seien zwei Tage vor uns bereits an diesem Küstenabschnitt angelandet. Der Führer der Truppe habe nach uns gefragt, habe unsere Schiffe genau beschrieben. Attikus suchte den Dorfältesten auf. Er kehrte mit einer an uns gerichteten schriftlichen Nachricht zurück.

»Von Theseus', erklärte Attikus der überraschten Mannschaft. Er überflog die Schriftrolle. »Der König ist uns von Athen aus nachgereist, habe uns inzwischen überholt, will jedoch auf uns warten. In Lykasteia.«

Die Truppe stach wieder in See. Innerhalb weniger Stunden tauchten die Segel zweier athenischer Schiffe vor uns auf. Unsere Männer brachen in Jubel aus. Als die Schiffe jedoch längsseits gingen, konnten wir nur auf den Ruderbänken Landsleute entdecken. Skythen zwangen sie mit vorgehaltenem Schwert zum Rudern.

»Euer König ist in unserer Hand«, rief uns der Anführer zu. »Und er befiehlt euch, uns zu folgen.«

Die Skythen schickten jeweils einen ihrer Lotsen an Bord unserer Schiffe, um die Schiffsführung zu übernehmen. Der reizende Kerl, den man Attikus' Schiff zuteilte, war ein rauer Geselle der Steppe, mit nacktem Oberkörper, Beinkleidern aus Leder und alles andere als ein Seemann. Um seinen Hals trug er so viel Gold, dass wir befürchteten, das Schiff müsse sich jeweils auf der Seite krängen, auf der er sich aufhielt. Der Skythe war bester Laune und schlug unseren Männern fröhlich auf die Schultern, so als begrüße er alte Bekannte. »Ihr jagt die Amazone«, sagte er. »Wie viel? Wie viel?« Er meinte wohl, wie viel wir für ihren Kopf wollten, so wir ihrer habhaft wurden.

Attikus erklärte ihm, dass wir es nicht auf ihren Kopf abgesehen hätten. Der Wilde lachte schallend und schüttelte verständnislos den Kopf. Offensichtlich hielt er uns Griechen für verrückt.

Es dauerte allerdings einige Zeit, bis wir merkten, dass er mit »der Amazone« nicht Selene, sondern Eleuthera meinte.

Wer denn Selene sei? Von Selene habe er nie gehört. Selene sei ihm gleichgültig.

»Leuth'ra, Leuth'ra«, wiederholte das Raubein laut und deutlich, als seien wir schwerhörig.

Irgendwann konnten wir uns aus seinem Gestammel die Geschichte zusammenreimen, die er uns erzählen wollte. Von den hundertfünfzigtausend Amazonen, die dieses Volk auf dem Höhepunkt seiner Macht zählte, war inzwischen nur noch ein Bruchteil übrig geblieben. Der größte Teil dieses beklagenswerten Restbestandes, hauptsächlich ältere Frauen und junge Mädchen, hatte sich längst weiter nach Norden, jenseits des Tors der Stürme, ins Land von ewigem Eis und Schnee im Rhipäischen Kaukasus zurückgezogen. Kriegerische Sippen allerdings unternahmen offenbar noch immer Streifzüge in den Süden. Eine dieser Gruppen hatte drei Monde zuvor die Herden der Fürsten Maues und Panasagoras, also von Borges' Sohn und Neffen, überfallen und zweitausend der besten Zuchttiere in den Norden entführt. Eine wilde Verfolgungsjagd endete in einer Schlacht nördlich der Maiotis-See, bei der die Hälfte der Amazonen getötet und Eleuthera schwer verwundet worden war.

Allen war sofort klar, dass dies jenes Ereignis gewesen sein musste, über das Theseus Selene an jenem schicksalhaften Nachmittag auf unserem Landgut berichtet hatte: die Ursache für Selenes Flucht, ihren Rettungsversuch an Eleuthera durch den Handel mit den Mächten der Unterwelt und letztendlich der Grund für unsere Seereise.

Eleuthera sei mittlerweile einundvierzig Jahre alt, berichtete unser tapferer Skythe, und unangefochten die Beste der Besten, die Letzte ihrer Rasse, welche die Stämme der Steppe noch immer fürchteten. Maues und Panasagoras durchkämmten augenblicklich jede Handbreit des Wilden Landes auf der Suche nach ihr. Sollten sie ihrer habhaft werden und sie töten, war die letzte der glorreichen, freien Amazonen ausgelöscht, und ihnen, den Prinzen der Skythen, sei ewiger Ruhm sicher. Ein Ruhm, der selbst Borges' Stern überstrahlen musste und somit den beiden jungen Männern die Vorherrschaft in der Steppe brachte.

Der Skythe nahm daher logischerweise an, dass auch wir hinter Eleuthera her waren. Von der für ihn geradezu lächerlichen Geschichte mit Selene glaubte er kein Wort.

Die Küste, an deren Saum wir mittlerweile entlangsegelten, war reines Weideland, das sich von einer Hochebene aus sanft zum Meer hin neigte. Bei Einbruch der Nacht wimmelte es dort vor Pferden der Skythen. Dann tauchte vor uns eine beleuchtete Hafeneinfahrt auf. Langschiffe, Handelsruderer und Lastschiffe lagen dahinter vor Anker. Attikus machte Anstalten, bereits mehrere Parasangen vor Lykasteia am Strand anzulanden, da er die Einfahrt in den Hafen in der Dunkelheit für zu gefährlich hielt.

»Nein, halt! Halt!«, befahl unser Lotse. Er rief seinen Kumpanen in den anderen Schiffen etwas zu, die sofort ihre Schwerter zückten und die Klingen an die Hälse unserer Gefährten legten. »Leuchtfeuer voraus! Weiterfahren!«

Attikus musste gehorchen. Die Schiffe hielten auf die schmale Rinne der Hafeneinfahrt zu. Und so erreichten wir neunundneunzig Tage nach dem Ablegen von Athen den Hafen unterhalb der Bergfestung Lykasteia, einst Mittelpunkt der Nördlichen oder so genannten Lykasteia-Amazonen, dem Stamm Antiopes, Eleutheras und Selenes.

38

FÜRSTEN DER STEPPEN

Das Erste, was uns die Skythen abnahmen, waren die Pferde. Diese würden nur vorübergehend eingezogen, versicherte Maures' Berater Attikus und unseren Offizieren. Dabei sprach das genüssliche Grinsen des Skythen Bände. Uns war sofort klar, dass Athen diese Reittiere nie wieder sehen würde.

Zusammen mit Theseus und seiner Mannschaft wurden

wir in einen Verschlag am Kai getrieben, dessen Palisaden mit Bündeln jenes widerlichen Dornengestrüpps gesäumt waren, das Amazonen *agra arra,* »Strafe«, nennen und das die Wölfe abhalten sollte. Von unserem Käfig aus konnten wir beobachten, wie unsere »Gastgeber« die Schiffe plünderten. Eine Art Willkommensgruß, dem die für uns abgestellten Wachen an uns selbst bereits gründlich nachgekommen waren. Während der folgenden meist schlaflosen Nächte wurde ich von Vater, Damon und den anderen gegen die neugierigen Blicke unserer Kerkermeister abgeschottet. Mädchen im heranreifenden Alter waren ein gefundenes Fressen für sie.

Am dritten Morgen erschienen Maues und Panasagoras in Begleitung ihrer Leibwächter. Theseus wurde aus unserer Mitte geholt. Als Erstes musste unser König physische und auch verbale Beleidigungen über sich ergehen lassen, die in einer Art und Weise vorgetragen wurden, dass der Eindruck entstand, dies könne nur in Mord enden. Aber für die Wilden der Steppe ist das alles nur Theater. Sie drohten, die Schiffe anzuzünden, die sie als Symbol des Bösen ihrer Feinde aus der Ferne hassten. Sicher wären unsere Schiffe Opfer ihrer Zerstörungswut geworden, hätte nicht die Möglichkeit gelockt, Schiffe und Mannschaft Gewinn bringend zu verkaufen. Schließlich trennten sie Theseus, Attikus und die Schiffsführer vom Rest. Die Mannschaften wurden aus dem Käfig entlassen oder vielmehr hinausgeworfen, unter der Auflage, sich bei Sonnenuntergang wieder einzufinden. »Die Wilden rechnen nicht damit, dass wir uns weit entfernen«, bemerkte Vater dazu.

Die Offiziere warnten unsere Männer, zum eigenen Schutz in Gruppen zusammenzubleiben. Dass wir irgendwie versuchen mussten, die Schiffe wieder in unsere Hand zu bekommen, verstand sich von selbst. Bis dahin allerdings waren wir frei, uns die Bergfestung anzusehen. Vater, Damon, Philippus und Myron und Branchos aus Theseus' Mannschaft bildeten eine Gruppe.

Myron kümmerte sich um mich. Wir waren alle verdreckt, hatten nicht einmal Schuhe. Waren also von den Ortsansässigen kaum zu unterscheiden. Selten habe ich einen so verkommenen Ort gesehen. Zu Zeiten der Amazonen war eine dauerhafte Ansiedlung in der Umgebung der Bergfestung nicht erlaubt gewesen. Der Ort hatte aus ausgedehnten Weiden und Erdwällen bestanden, die allein der Nutzung während der Großen Versammlung vorbehalten und ansonsten die restlichen zehn Monde Gott und den Elementen überlassen gewesen waren.

Mittlerweile jedoch war an dieser Stelle eine aufstrebende Stadt entstanden. Ihre Bewohner waren Bergleute und Spieler, Kaufleute und Händler, die mit Pferden, Frauen, Sklaven, Getreide, Pelzen und Gold Geschäfte machten. Vater befragte unsere neuen Gefährten über Theseus' Reise. Wann hatten die Schiffe des Königs Athen verlassen und weshalb? Habe Theseus denn nicht geschworen, niemals an dieser Verfolgungsjagd teilzunehmen?

Myron gab uns einen kurzen Bericht.

Zwei Tage nachdem Attikus' Schiffe von Athen aus in See gestochen waren, hatte Theseus am Grab Antiopes ein Opfer dargebracht und Gunst und Schutz seiner toten Gemahlin für die Männer der kleinen Flotte erfleht, die sich ins Land der Amazonen aufgemacht hatten. Das Ereignis erregte schon dadurch großes Aufsehen, dass der König einen Ochsen und fünfzig Schafe für dieses Opferfest gestiftet hatte. Unübersehbare Massen hatten sich auf dem Platz gedrängt, die alle begierig auf ein kostenloses Festessen warteten. Als die Priester jedoch den Ochsen zum Opferstock zerrten, hatte plötzlich die Erde zu beben begonnen. Und das Beben war so heftig gewesen, dass Antiopes Grab und mehrere Gebäude in der Stadt einstürzten. Hunderte starben oder wurden verletzt. Die Tatsache, dass das Unglück vor einem Opfer am Grab der Frau des Königs mit dem seinem Vater, Poseidon dem Erderschütterer, heiligen Tier, dem Ochsen, geschehen war, wurde als Omen angesehen, für dessen Auslegung es weder Seher noch Priester bedurfte.

»Das Schicksal des Königs war besiegelt«, berichtete Myron. »Und alle wussten es. Was Theseus jedoch das Herz brach, war nicht die Feindschaft der Götter, sondern der Verrat seiner Landsleute. Und als er dann mit ansehen musste, wie seine politischen Gegner sein Unglück nutzten, das eigene Ansehen zu fördern, war das Maß voll. Theseus, der seinem Ideal der Demokratie alles untergeordnet hatte, war verzweifelt. Von allen Seiten schlug ihm Hass entgegen. Heimlich verlangte man bereits sein Blut. Was also hielt ihn noch in Athen?

Die Seereise zu den wilden, verwegenen Steppen des Ostens erschien ihm plötzlich wieder sehr verlockend. Er packte kurz entschlossen seine Sachen.«

Vaters Neugier war noch nicht befriedigt. Wir hatten gehört, dass Theseus auf dem Weg zum Amazonenmeer mehr als einmal Opfer dargebracht habe, um den Schatten Antiopes zu beschwören und zu beschwichtigen. Ob das denn stimme, fragte er Myron.

Myron bestätigte dies. Er sei mehrfach dabei gewesen, einmal in Torone auf der makedonischen Chalkidike und später an den Neun Wegen. »Aber sie zeigt sich nie.«

Damon erkundigte sich, was Myron glaube, dass Theseus damit bezwecke. Suche er Vergebung dafür, dass er ihr an jenem letzten Morgen erlaubt hatte zu kämpfen? Sehne er sich danach, sich mit ihr in der Unterwelt wieder zu vereinen? War die Verbindung zu ihr das einzige Ziel dieser Reise ins Wilde Land?

»Schwer zu sagen, Herr«, antwortete Myron. »Unser König ist reichlich seltsam geworden, wenn man mich fragt.«

An jenem Abend trieben die Wachen uns zusammen mit Theseus, Attikus und den Schiffsführern zu den Erdwällen im Osten der Stadt. Dort umringten die wilden Stämme zu tausenden eine Senke. An den dort aufgestellten Holzgerüsten hatte man über Scheiterhaufen zwölf Männer gebunden. Sie hätten, so erzählte man uns, versucht, einen tyrischen Segler zu kapern. Die Männer waren Hellenen.

Ihnen waren bei lebendigem Leib die Köpfe geschält worden. Theseus, Attikus und die Schiffsführer mussten vortreten, um aus nächster Nähe mit anzusehen, wie die Skythen die Scheiterhaufen in Brand steckten. Zu diesem Zweck wurden König und Offiziere an Hinrichtungspfähle gebunden, geschlagen und getreten. Aber nicht einmal Kerberos persönlich bringt mich dazu, die Qualen zu beschreiben, die die von den Göttern verlassenen Seelen erdulden mussten. Das Spektakel dauerte die ganze Nacht. Maues und Panasagoras waren persönlich anwesend und genossen es weidlich. Und wir, die wir zum Zuschauen verdammt waren, mussten annehmen, dass uns Ähnliches bevorstand.

Im Morgengrauen traf ein Meldereiter von Amorges ein, dem Fürsten der Skythen vom Kupferfluss. Er komme aus dem Norden, so berichtete er, und sei drei Tage geritten. Kriegerische Amazonen, sechshundert an der Zahl, mit der großen Eleuthera in ihrer Spitze, seien entdeckt worden und würden verfolgt. Die endgültige Vernichtung der Amazonen stehe kurz bevor.

Ekstatische Schreie und Freudentaumel unter den versammelten Skythen waren die Antwort. Die Stammesfürsten forderten ihre Pferde. Waffengehilfen rannten, die Ausrüstung ihrer Herren zu holen. Theseus bot die Begleitung durch unsere Gruppe an. Wir seien die weite Strecke gekommen, so erklärte er, um uns an den Amazonen zu rächen. Wir wollten uns unseren skythischen Brüdern anschließen und dem Treiben der Frauen ein Ende bereiten.

Die Horden antworteten mit schallendem Gelächter. Dennoch nahmen die Fürsten Theseus' Angebot an. Sicher hatten sie im Sinn, uns ebenfalls abzuschlachten, sobald ihre Aufgabe erfüllt war. Dennoch gaben sie unseren Männern Waffen und Pferde.

Theseus erbat noch einen letzten Gefallen von den Stammesfürsten. Er bat, unsere gefolterten Landsleute von ihren Qualen zu erlösen.

Maues schlug ihm diese Bitte aus. »Die Hunde und Krähen erledigen das.«

Dann stiegen zehntausend Männer auf ihre Pferde und machten sich auf den Weg.

39

GEZÜCHT DER DUNKELHEIT

Eines musste man den Skythen lassen: Reiten konnten sie. Und ihre Pferde, wenn auch hässlich im Vergleich zu den herrlichen Reittieren der Amazonen, sind schnell und ausdauernd. Drei Tage und drei Nächte drängten die skythischen Horden vorwärts in Richtung Norden. Unsere Athener hätten jederzeit die Flucht ergreifen können. Doch wohin hätten wir uns wenden sollen? Außerdem hätten uns die Skythen schnell wieder eingeholt. Damon erklärte, warum Theseus die Notwendigkeit gesehen hatte, sich mit diesen Mördern und Folterknechten auf ihrer Jagd nach den Amazonen zu verbünden.

Irgendwo dort im Norden war Europa.

Irgendwo dort im Norden war meine Schwester.

Solange sie lebte oder Vater und Damon glaubten, dass sie lebte, mussten wir mit allen Mitteln versuchen, zu ihr zu gelangen.

Am dritten Abend trafen die Skythen auf die noch frischen

Spuren einer Schlacht. Man erkannte dies schon aus großer Entfernung an den in der Luft kreisenden Raben und den Radfurchen großer Wagen, die aus allen Himmelsrichtungen zusammenführten. In diesen Wagen begleiteten normalerweise die Frauen und Kinder der Skythen ihre Krieger. Als wir über eine Hügelkuppe kamen, sahen wir diesen Tross. Sie hielten Nachlese auf dem Schlachtfeld. Es müssen ungefähr dreitausend gewesen sein, fleißig wie die Ameisen. Die Skythen ziehen ihren Opfern die Kopfhäute ab und verstümmeln sie. Nur die Krieger selbst nehmen sich auch die Schädel, aus denen sie vergoldete Trinkgefäße machen. Wird allerdings auf heimatlicher Erde gekämpft, und die Krieger wissen ihre Frauen in der Nähe, überlassen sie diesen die Schändung der Toten.

Noch als Kadaver unterscheiden sich Amazonenpferde durch ihre Größe und ihren Knochenbau von den kleineren Steppenpferden. Hier lagen drei- bis fünfhundert dieser Pferde weit verstreut über der Ebene. Die skythischen Frauen zerlegten sie um ihres Fleisches willen, mussten sich dabei jedoch der Wild- und Haushunde als Nahrungskonkurrenten erwehren.

Die Szene hatte etwas Beklemmendes. Mein Herz schlug bis zum Hals. War meine Schwester unter den Toten? Oder Selene? Maues und Panasagoras ritten kreuz und quer über das Schlachtfeld, suchten Eleuthera unter den Toten. Wütendes Geheul erhob sich, als sie erkennen mussten, dass die Amazone offenbar noch lebte. Die Jagd ging also weiter. Die Fürsten konnten noch immer hoffen, sich damit schmücken zu können, Eleuthera vernichtet zu haben.

Ich ritt neben Vater und Damon über das Schlachtfeld. Vaters Blicke schweiften über die sterblichen Überreste von Kindern. Er war sichtlich erschüttert und angewidert. Ich horchte in mich hinein. Von Kummer und Angst geplagt, gelang es mir dennoch, äußerlich Teilnahmslosigkeit zu zeigen. Es war eine seltsame Erfahrung. Zum ersten Mal hatte ich das Gefühl, einer Herausforderung gerecht zu werden.

Ich wandte mich Damon zu. Er ist wie ich, dachte ich unwillkürlich. Auch er wusste, wie er mit dem, was uns hier begegnete, umgehen musste. Ich spürte seinen prüfenden Blick, mit dem er sich fragte, ob ich alledem gewachsen sei. Offenbar fiel sein Urteil positiv aus, denn er lächelte. Du bist kein Kind mehr – du hast die Schwelle zum Erwachsensein überschritten, schien sein Blick zu sagen.

Dennoch war eine gewisse Warnung darin enthalten. Die Warnung, dass Vater diese Stärke nicht besaß, wir ihn unterstützen mussten.

Dieses stumme Einverständnis zwischen Damon und mir machte mich stolz.

Und während ich mir den Anblick dieses Schlachtfelds einprägte, fühlte ich, wie aus dieser Erde eine geradezu euphorische Energie auf mich überging. Das Blut der gefallenen Frauen schrie zu mir. Ich konnte es hören, spürte sein Echo endlos in mir widerhallen. Es war der Ruf nach Rache.

Die unendlichen Weiten des Binsenmeeres lagen im Norden. Dorthin war der Rest der Amazonen unter Eleuthera geflohen. Die Horden unter Maues und Panasagoras verließen den Ort des vorerst letzten Blutbades und sprengten in diese Richtung davon. Wir Athener folgten der Spur. Die kleinen Steppenpferde, die die Skythen für uns ausgesucht hatten, waren die störrischsten und schwächsten Exemplare ihrer Herden. Wir fielen weit zurück, trabten häufiger zu Fuß hinterdrein, als dass wir im Sattel saßen. Erst gegen Mitternacht erreichten wir mit Verspätung das Lager der Skythen.

Die Ausmaße des Lagerplatzes waren gigantisch. Er erstreckte sich viele Parasangen weit am so genannten Milchfluss entlang, dessen Wasser, vom Gletscher gespeist, von milchigem Grün war. Die ganze Nacht über trafen Maioter und Skythen vom Kupferfluss ein. Erkundungstrupps wurden ausgeschickt, die Spur von Eleuthera und ihren letzten Gefährtinnen aufzunehmen. Es war ein ständiges Kommen und Gehen und Lärmen von Menschen und Herden.

Und diese Gelegenheit nutzten die Amazonen, das Lager zu überfallen.

Der erste Angriff fand ungefähr viertausend Fuß weiter südlich vom Lager der Athener statt. Wir hörten Lärmen und Schreien, was bei der allgemeinen Geräuschkulisse jedoch nicht weiter auffiel. Plötzlich jedoch loderten Flammen hoch in den Nachthimmel. Wagen brannten. Berittene Skythen galoppierten vorüber, brüllten Unverständliches, um die anderen zu warnen. Da überfielen die Amazonen das Lager bereits vom Westen her, und eine dritte Einheit kam unmittelbar über uns aus dem Norden.

»Eleuthera«, bemerkte Damon lakonisch.

Trotz all der Geschichten, die Selene in all den Jahren erzählt und die ich so gierig in mich aufgesaugt hatte, hatte ich bis zu diesem Moment nie einen echten Kampf gesehen. Und wie das Licht der Sonne den Schein einer Fackel bei weitem überstrahlt, so waren all die Beschreibungen nichts im Vergleich mit der Wirklichkeit.

Durch eine freie Schneise im Lager donnerte ein halbes Hundert Amazonenpferde. Sie tauchten aus dem Nichts auf, und ihr Anblick war so überwältigend, dass einem der Atem stockte. Keine von Selenes Geschichten hatte mich auf die wilde Verwegenheit dieser Frauen vorbereitet. Die Amazonen durchschlugen mit ihren Äxten die Achsen der Wagen, schlachteten Ochsen, verbreiteten überall Angst und Schrecken. Und bei Gott, wie sie mit Pfeil und Bogen umgehen konnten! Ich sah einen Skythen sein Schwert schwingen und einem Amazonenpferd die Knie durchtrennen. Als das geschliffene Eisen durch Knorpel und Knochen fuhr und das Tier mit den Vorderläufen einbrach, spannte die Kriegerin in seinem Sattel die Sehne. Der Pfeil durchbohrte dem Steppenkrieger die Brust, ging durch Lunge und Wirbelsäule und trat im Rücken drei Handbreit wieder aus. Er fiel in einer tänzerischen Drehung gegen einen Wagen, und bevor seine tastende Hand Halt finden konnte, war die Amazone vom Pferd gesprungen, hatte seine Kopfhaut genommen und ihm den Leib von den Lenden bis zum Hals geöffnet. Er sackte mir zu Füßen, die Augen vor Entsetzten weit aufgerissen.

Ich stand ungeschützt mitten im Getümmel. Ein Pferd rannte mich nieder. Ich fühlte seine Hufe nur einen Fingerbreit neben meinem Kopf den Boden berühren. Erschrocken sprang ich in Sicherheit, rettete mich ins Freie und zu den angepflockten Pferden der Skythen. Zwei Mädchen meines Alters banden dort gerade die Tiere los. Ich erkannte in ihnen Elevinnen der Amazonen. Die eine rief mir zu: *»Anikat ehur!«* Treib die Pferde weg!

Sie hielten mich für eine der Ihren.

In mir ging eine Veränderung vor. *»Ephorit Selene?«*, fragte ich. Wo ist Selene? Beide Mädchen deuteten nach Süden, wo der erste Angriff erfolgt war.

Sofort rannte ich los, schrie Selenes und Europas Namen. Augenblicklich war Vater mir auf den Fersen. Überall hatte ein grausames Schlachten begonnen. Männer und Frauen waren in Zweikämpfe verstrickt und starben. Zweimal bekam Vater mich zu fassen, zweimal entwand ich mich seinem Griff.

Irgendwie geriet ich in einen Gang zwischen zwei umgestoßene, lichterloh brennende Wagen. Vor mir brüllte eine Reihe von Maultieren, die von Amazonen losgebunden und in die Nacht hinausgetrieben wurden. Mit einem Mal tauchte eine Gruppe Stammeskämpfer mit Speeren und Knüppeln bewaffnet auf. Die Amazonen wirbelten herum, sie zurückzuschlagen. Plötzlich erwischte mich ein Skythe von hinten, packte mich beim Haar und hob mich in die Luft. Ich konnte sein Gesicht nicht sehen, roch nur seinem Atem und hörte das Zischen seines Krummdolchs in der Luft, mit dem er mir die Kehle zu schlitzen gedachte. In diesem Augenblick schwirrte eine über Kopf geworfene Streitaxt über meine Schulter und traf meinen Peiniger auf der Höhe seines Kinns, spaltete ihm das Gesicht von der Kehle zur Stirn und blieb zwischen Kieferknochen und Halswirbel stecken. Ich fiel über ihn zu Boden. Er zappelte und hielt noch immer meine Kehle umklammert.

Über mir hielt meine Retterin an. Ihr Haar war rabenschwarz, gefettet und nach Amazonenart gebunden. Das Gesicht war grau-weiß im Zeichen des Mondes bemalt, mit Kreisen um Augen, Nase und Mund. Ihr Pferd war ein groß gewachsener Rotbrauner, und sie saß im Sattel wie eine Göttin.

Es war Selene.

Sie machte mir das Zeichen, ihr die Axt zurückzugeben.

Mein Herz klopfte vor Glück zum Zerspringen.

»*Pelekus!*«, befahl meine Kinderfrau streng. Der Skythe im Staub wand sich noch immer, die Axt im Schädel. Hastig ergriff ich den Schaft und zog. Kopf und Körper des Erschlagenen hoben sich mitsamt der Axt. Die Klinge bewegte sich nicht.

»Stell deinen Fuß auf sein Gesicht!«, befahl Selene.

Ich gehorchte, und die Axt löste sich. Selene streckte die Hand aus, um mich zu sich aufs Pferd zu ziehen.

In diesem Moment brach Vater aus der Dunkelheit. Ich fühlte, wie er mich um die Taille fasste. Hinter ihm ritt Damon im Galopp auf uns zu.

»Gib mir das Mädchen!«, forderte Selene.

Ich sah, wie sie einen Pfeil auf die Sehne ihres Bogens legte und spannte.

»Selene!«, schrie Damon.

Ich starrte auf die Waffe meiner Kinderfrau. Jeden Moment konnte der Pfeil Vater mitten zwischen die Augen treffen.

»Selene, bist du von Sinnen?«

Damon sprengte vor, stellte sich zwischen sie und Vater. Ich sah, wie sich die Hand mit dem Bogen hob. Dann ließ sie ihn sinken.

Aus dem Südteil des Lagers drangen gellende Angstschreie zu uns herüber. Skythen warfen sich zu hunderten in den Angriff. Die Amazonen flohen. Selene lenkte ihr Pferd hinterher. Damon folgte ihr.

Ich weiß nicht mehr, wie es mir gelang, mich von Vater loszureißen, oder aus welcher Herde ich mir das Pferd nahm. Im nächsten Augenblick galoppierte ich ebenfalls über die Steppe. Selenes und Damons Spuren führten im Mondschein in die unendliche Weite. In dieser Gegend ist das Wilde Land von Schluchten und Senken durchzogen. Ich folgte dem Paar über ein gutes Dutzend Höhen und durch ebenso viele Tiefen. Endlich schlugen sie eine langsame Gangart an. Als ich den nächsten Kamm erreichte, sah ich sie direkt unter mir, nur einen halben Bogenschuss entfernt.

Selene und Damon waren vom Pferd gesprungen und kämpften wie zwei Ringer miteinander. Schließlich befreite sich Selene mit einem Sprung aus seiner Umklammerung. Erneut packte er sie. Keiner von beiden hatte mich offenbar gehört oder gesehen. Sollte ich mich bemerkbar machen? Dann sank Damon unten am Fuß des Hügels atemlos auf Knie und Hände. Selene beobachtete ihn keuchend. Sie stand unmittelbar vor ihm. Jetzt richtete Damon den Oberköper auf.

Selene bedeutete ihm in der Zeichensprache der Amazonen, er solle weggehen. Damon widersetzte sich. Stattdessen stand er auf und streckte die Arme nach ihr aus. Sie wich vor ihm zurück.

Selene gab ihm zu verstehen, ihre Zeit sei abgelaufen, ihre Tage gezählt.

»Du hast gewonnen.« Ich sah die Zeichen, die ihre Hände

formten, aber das Zeichen für »du« schien diesmal eine Bedeutung zu haben, die sich nicht allein auf Damon bezog. Sie meinte damit wohl »ihr Athener«, »ihr Männer«, »ihr, das Geschlecht der Männer«.

Damon zuckte zusammen wie unter einem Schlag. »Wie kann ich gewinnen?«, rief er. »Wenn ich dich verliere?«

Er fiel auf die Knie, schlang die Arme um ihre Mitte und barg sein Gesicht an ihrem Schoß. Sie beugte sich über ihn, ihre Hände ruhten auf seinen Schultern, ihr langes Haar floss über seinen Rücken. Wie gelähmt beobachtete ich sie. Ich hatte die Herrschaft über meine Stimme und meinen Köper verloren, konnte nicht auf das Hufgetrappel reagieren, das ich hinter mir näher kommen hörte. Im nächsten Moment war Vater an meiner Seite. Unten in der kleinen Senke bestiegen Selene und Damon ihre Pferde. Als ich endlich wieder Luft holen konnte, um etwas zu sagen, galoppierten die beiden Liebenden bereits Seite an Seite davon. Vater packte mich mit dem Griff der Verzweiflung eines Menschen, der fast alles verloren hatte und nicht noch mehr verlieren wollte. Dennoch riss ich mich los. Zu Fuß rannte ich hinter Selene her.

Vater versuchte erst gar nicht, mich einzuholen. Er schwang sich in den Sattel und ritt gemächlich hinter mir her, bis ich nach einer gewissen Strecke so erschöpft war, dass ich mich wehrlos von ihm auf sein Pferd heben und zurückbringen ließ.

Als wir in das Lager der Skythen zurückkehrten, waren dort die Aufräumungsarbeiten in vollem Gange. Die Krieger der Steppe und ihr Tross versorgten die Verwundeten und fingen ihre Herden wieder ein. Vater setzte mich bei Philippus ab, ordnete an, dass er mir die Hände binden und mich nicht aus den Augen lassen solle. Ich spuckte ihm ins Gesicht, als er versuchte, mich anzufassen. Dann wurde Vater von zwei Gefährten gefragt, ob die Athener helfen sollten, die Verwundeten der Maioter und Skythen vom Kupferfluss zu versorgen.

Vater zögerte, atmete noch immer schwer von all der Anstrengung.

»Lasst sie sterben«, antwortete ich an seiner statt. »Auf dass ihre Seelen für immer zwischen den Welten wandern müssen.«

40
EINE AMAZONE

Im Morgengrauen setzten die Skythen uns in der Steppe aus. Sie nahmen uns Pferde und Waffen, ließen uns jedoch das Leben. Ein besonders großherziger Gnadenakt war das nicht gerade. Schließlich hatten wir ohne Waffen und zum Teil auch ohne Schuhe weder die Möglichkeit, uns zu verteidigen, noch, uns Nahrung zu beschaffen. Und die Küste lag über fünfzig Parasangen weit entfernt.

Attikus berief einen Rat ein. Vater sprach kein Wort. Auch Theseus blieb stumm. Seit der Bergfestung Lykasteia hatte sich der König Attikus untergeordnet, wollte wie ein einfacher Krieger behandelt werden, was alle respektierten. In Krisen jedoch war es nur natürlich, dass sich die Blicke der Männer als Erstes auf ihn richteten. Doch Theseus hatte jedes Mal auf Attikus und seine Autorität als Befehlshaber verwiesen. So war es gekommen, dass die kleine Truppe den König allmählich als Gefährten und nicht als ihren König zu begreifen begann. Die Schrecken der vergangenen Tage zusammen mit Damons Verschwinden hatten die Männer tief verunsichert. Etliche waren wie Vater mit den Nerven am Ende. Die Mehrzahl stimmte daher für die Rückkehr zur Küste. Als die Stimmen ausgezählt waren, meldete sich Attikus zu Wort.

»Brüder, das Ziel unserer Erkundungsfahrt, die Gefangennahme der Amazone Selene und ihre Rückführung nach Athen, wo ihr der Prozess gemacht werden soll, hat sich von selbst erledigt. Ich möchte meinen, wir alle haben eingesehen, dass wir ebenso gut versuchen könnten, einen Greif zu fangen. Dennoch bleibt es mir als euer Befehlshaber, dieses Ziel zu erfüllen. Nach allem, was wir wissen, ist Elias' Tochter, die mir versprochene Jungfrau Europa, irgendwo dort oben im Norden beim Feind und in großer Gefahr.«

Allerdings sei er nicht gewillt, so führte Attikus weiter aus, das Leben der Männer weiter für diese Sache aufs Spiel zu setzen. Sie seien daher frei, zu den Schiffen und nach Hause zurückzukehren. Er jedoch müsse bleiben. Er wolle mit Vater und denen, die sich ihnen anschließen wollten, den Skythen folgen.

Ihr könnt euch vorstellen, welche Unruhe diese Rede auslöste. Schließlich erhob sich Theseus wortlos, ging zu Attikus hinüber und setzte sich an dessen rechte Seite. Vater und Philippus, Myron und Branchos folgten seinem Beispiel. Letztendlich fanden sich siebzehn, die bleiben wollten, während sich der Rest für den Marsch zur Küste entschied. Die Stimmung beim Abschied war mehr als düster. Achtzig Männer ohne Pferde, Nahrung und Waffen trennten sich, um von irgendwo nach nirgendwo zu wandern.

Man mag sich natürlich fragen, wie ich, ein Mädchen von nicht einmal zwölf Jahren, mich fühlte, als ich mich schließlich in den Weiten des Wilden Landes wiederfand, das seit meiner Geburt meine Fantasie beflügelt hatte. Alle Mühsal und Abenteuer, die ich fast schon mit der Milch meiner Kinderfrau eingesogen hatte, waren jetzt Wirklichkeit geworden. Hatte ich Angst? Sehnte ich mich nach Hause und zur Mutter zurück?

Nicht im Mindesten.

Ich fühlte mich zu Hause. Das war mein Land, und die

Rasse der freien Frauen war mein Volk. Längst war es keine kindische Schwärmerei mehr, die mich leitete, wie ich sie noch bei Selenes Geschichten an meinem Kinderbett empfunden haben mochte. Das alles war für mich Wirklichkeit geworden. Welches Mädchen konnte sich mehr wünschen als das, was sich da vor mir ausbreitete? Was gab es Schöneres als die Steppe mit ihren wilden Herden von Antilopen, Gazellen oder Pferden? Und dass hier die Heimat des Freien Volkes war, beflügelte meine Begeisterung nur noch mehr. Ich hatte das Gefühl, an einem Wendepunkt meines Lebens angekommen zu sein. Ich wollte nichts sehnlicher, als Bestandteil dieser Welt zu werden.

Am dritten Tag gegen Mittag sichtete unsere Gruppe Rauch in der Ferne. Als Erstes stolperten wir über achtlos fortgeworfenes Zaumzeug. Dann entdeckten wir totes Vieh und Pferde und noch mehr tote Männer. Wir nahmen uns die Waffen der Toten. Philippus fing ein Pferd ein und ritt aus, mehr Pferde einzufangen. Kurz darauf hatte jeder ein Reittier. Attikus rief uns zusammen.

Entweder hatten die Skythen Eleutheras Amazonen eingeholt, oder Letztere hatten diese in einen Hinterhalt gelockt, um sie eine Zeit lang aufzuhalten. Attikus warnte uns. Es bestand die Möglichkeit, dass wir mitten in eine Schlacht gerieten. Und er ermahnte die Männer, sich nicht zu sinnlosen Heldentaten hinreißen zu lassen. »Vergesst Selene! Sucht Europa! Wenn es uns nicht gelingt, ihrer habhaft zu werden, können wir vielleicht mit den Amazonen verhandeln – immer vorausgesetzt, sie ist bei ihnen. Dasselbe gilt für die Skythen, sollten sie Europa inzwischen gefangen genommen haben.«

Attikus ordnete an, dass ich mit Myron als meinem Aufpasser am Ende unserer Gruppe bleiben müsse. Der Rauch schien direkt hinter der nächsten Hügelkette aufzusteigen. Aber in den Weiten der Steppe täuschte oft der Blick, was

Entfernungen betraf. Schließlich brach die Nacht herein, ohne dass wir unser Ziel erreicht hätten. Wir erhöhten das Tempo, orientierten uns an den Sternen, kamen aber im schwierigen Gelände und bei Dunkelheit nur langsam voran. Und als die Sonne wieder aufging, stiegen neue Rauchsäulen über dem Horizont auf. Fast sah es aus, als hätten sich in allen Himmelsrichtungen Schlachtfelder aufgetan. Die Pferde, die wir ritten, waren Amazonenpferde. »Lasst ihnen einfach ihren Willen«, riet Theseus. »Sie finden allein den Weg.«

Den ganzen Tag zogen wir weiter, kauten im Sattel auf Heuschrecken oder Lederriemen. Bei Einbruch der Dunkelheit tauchte neuer Rauch auf. Wir wandten uns in diese Richtung. Diesmal konnte es keine Täuschung sein. Attikus gab das Zeichen. »Bewaffnet euch!« Die Gruppe formierte sich zur Marschsäule. Dann sprengten wir über die letzte Anhöhe.

Vor uns lag kein Schlachtfeld, sondern ein Gräberfeld.

Das Gras war hier sorgfältig von allem Unrat befreit worden. Eine einzelne Amazone stand auf dem Kamm gegenüber. Auf dem Hang darunter lagen zwei Dutzend frische Hügelgräber in der Form des Halbmondes. Die Asche auf ihren Kuppen rauchte noch.

Vater hielt neben mir an. Sein Blick schweifte über das Feld. Es war offensichtlich, dass man tote Amazonen hierher gebracht hatte, um sie zu bestatten. Vielleicht, so meinte Vater, sei es ein Ort, der durch einen Kampf kürzlich geheiligt worden sei oder eine andere Bedeutung für das Freie Volk habe. Attikus teilte unsere Truppe auf. Ein Teil sollte in einiger Entfernung bleiben, während der Rest sich der einsamen Reiterin nähern würde.

Ich gehörte zur Gruppe, die mit Attikus ritt. Wir konnten die einsame Amazone jetzt deutlich über uns auf dem Scheitelpunkt des Hügels auf ihrem Pferd erkennen. Sie trug

Kriegsbemalung, und ihr glänzendes Haar war nach der Tradition der Amazonen gebunden. Sie machte keine Anstalten, der Begegnung mit uns auszuweichen. Offenbar hielt sie eine Art Totenwache neben dem letzten Grab in der Reihe. Und sie beobachtete uns aufmerksam. War das eine Falle? Attikus hielt an, schickte einen Reiter voraus. Der Melder näherte sich der Amazone, machte sich durch Zeichen verständlich. Dann hielt er auf dem Kamm an und bedeutete uns, ihm zu folgen.

Wir ritten auf ihn zu. Die Gruppe hinter uns auf der gegenüberliegenden Hügelkuppe näherte sich jetzt ebenfalls. Die Amazone verharrte bewegungslos neben dem Grab. Attikus ritt von rechts auf sie zu. Ich sah, wie sie die Hand hob, ihm bedeutete, er möge anhalten, während sie mich unmissverständlich aufforderte, zu ihr zu kommen. Ich blinzelte verblüfft.

Die Kriegerin war Europa.

Die Amazone war meine Schwester.

41

MOND UND EISEN

In diesem Augenblick wusste ich, dass das Grab nur das von Selene sein konnte. Wie die kalte Klinge eines Schwertes fuhr mir die Erkenntnis in die Brust und direkt ins Herz. Oben auf dem Kamm erschien in diesem Augenblick Damon. Und er war allein. Ein weiterer Hinweis, dass Selene tot war.

Der Schmerz nahm mir den Atem, drückte mir die Kehle zu.

Selene.

Selene!

Damon ritt den Hang herab und an meine Seite. Hatte ich

laut aufgeschrien, oder hörte ich nur das Echo meines Schmerzes in mir? Ich fühlte seine linke Hand an meinem Handgelenk, seine rechte griff nach dem Zügel.

»Nicht jetzt!«, befahl er. »Nicht jetzt.«

Ich hatte das Gefühl, innerlich zu verbrennen. Meine Zähne gruben sich tief in meine Zunge.

Selene!

Dann erfasste mich ein mächtiger, geradezu göttlicher Zorn, der mich zu verbrennen drohte, ätzend und scharf. Die letzten Bruchteile meiner Kindheit fielen von mir ab. Ich sah Damon an, spürte seine Qual, seine Verzweiflung. Und zum ersten Mal glaubte ich beinahe körperlich zu spüren, dass das Ende der *tal Kyrte,* die Auslöschung des Freien Volkes tatsächlich nahe war.

Die Männer hielten sich in achtbarer Entfernung von Europa. Dann sah ich wie durch einen Nebel, wie sie mit Attikus sprach, dem sie ebenfalls gestattet hatte, näher zu kommen. Er fragte sie offenbar, was geschehen sei mit Eleuthera und ob es einen Kampf mit den Skythen, mit Maues und Panasagoras gegeben habe.

Der Prinz war sichtlich erstaunt über die Veränderung, die mit Europa, dem Mädchen aus Athen, vor sich gegangen war, die ihm versprochen war und um deretwillen er die halbe Welt durchquert hatte in der Hoffnung, sie zurückzuholen. Ich beobachtete, dass er sie inständig um etwas zu bitten schien – doch sie lehnte energisch und schroff ab. Ihre Haltung hatte etwas Endgültiges. Ich vermutete, dass sie es kategorisch abgelehnt hatte, mit ihm nach Athen zurückzukehren.

Und Europa war nicht nur eine andere Frau, sie war ein anderes Wesen geworden, so schien es. Vater hatte wie versteinert unterhalb des Kammes angehalten. Dass sein Kind für immer für ihn verloren sein sollte, konnte jeder sehen. Attikus bedeutete beiden Gruppen, ihm zu folgen. Er wandte sich nach Osten in die Richtung, in die Eleuthera geflohen war.

Damon blieb an meiner Seite. Ich lenkte mein Pferd zum Hügelgrab. Aus der Entfernung hatte meine Schwester unglaublich beeindruckend ausgesehen, wild und herrlich. Aus der Nähe wirkte sie von beinahe grausamer Wildheit. Der Ausdruck ihrer Augen war verändert. In ihnen leuchtete jetzt ein anderes Licht. Der erbarmungslos abschätzende Blick erinnerte an eine Raubkatze. Sie war nicht mehr Europa – und war doch mehr sie selbst denn je.

Ich musste Gewissheit haben. War das Hügelgrab Selenes letzte Ruhestätte?

Europa bestätigte es.

Ich bemerkte Wunden im Fleisch der Schwester. Sie wehrte meine Besorgnis ab, musterte mich von Kopf bis Fuß. Was sie sah, schien sie zufrieden zu stellen.

»Schwester«, sagte sie. »Das ist für dich.«

Vor ihr auf dem Rücken ihres Pferdes lag eine Hülle aus Antilopenleder mit Streitaxt. Europa hob sie wie einen kostbaren Gegenstand mit beiden Händen hoch.

»Selene wusste, dass du kommen würdest. Sie hat mir aufgetragen, diesen Ort nicht eher zu verlassen, bis ich die hier in deine Hände gegeben habe.«

Der *pelekus* war Selenes Waffe. Meine Schwester überreichte sie mir. »Pass auf«, warnte sie, »die Klinge ist scharf.« Ich legte das Lederpaket über meine Schenkel und öffnete es.

Augenblicklich begannen die Tränen zu fließen. Selene, lebhafter denn je im Leben, schien plötzlich aus der geschärften Klinge zu mir zu sprechen.

»Geht es dir gut, Schwester?«

Mit großer Mühe richtete ich mich im Sattel auf.

»Warum ... ?«, hörte ich meine Stimme fragen. »Warum hat Selene sie mir und nicht dir hinterlassen?«

Ich wusste die Antwort, noch bevor Europa sie aussprechen konnte.

»Weil Selene nicht meine Mutter ist. Weil ich nicht ihre Tochter bin.«

42

ELEUTHERA UND THESEUS

Nur Wimpernschläge später erschien Eleuthera. Plötzlich, im Westen, war sie da mit neunzig berittenen Amazonen und fünfzig Hilfskräften, Elevinnen und Wagnern der *kabar.* Ihre Unterführerinnen befahlen uns, ihnen zu folgen.

Ihr könnt euch vorstellen, in welchem Zustand ich war. Verzweiflung und Hochgefühl mischten sich in dem Bewusstsein, dass alles, was ich bisher über mich gewusst hatte, wer ich war und wohin ich gehörte, nicht mehr zutreffend war. Doch für Grübeleien war keine Zeit. Wir mussten die Pferde antreiben. Die Skythen waren nahe. Wir mussten fliehen.

Meine Schwester gehörte zur Vorhut. Ich ritt an ihrer Seite davon, bevor mich jemand daran hindern konnte. Ihre Aufgabe war es, vorauszureiten und nach Spuren des Feindes Ausschau zu halten. Von Europa und einer anderen Elevin erfuhr ich, dass Eleuthera zum Tanais wollte, der sechzig Parasangen weiter östlich lag. Wir wandten uns zuerst nach Süden, um hinter den Feind zu gelangen, dann in östliche Richtung zum Fluss. Falls es Eleutheras Einheit gelang, unbemerkt bis dorthin vorzustoßen, konnten sie dem Tanais in nördliche Richtung folgen, bis sie das Tor der Stürme erreichten. Dass der Fluss die Grenze des Skythenlandes war, sei ein Vorteil, glaubte Eleuthera. Der Feind würde überall suchen, nur nicht bei sich selbst.

Was die Athener unter Theseus und Attikus betraf, wäre

es übertrieben zu behaupten, dass Eleuthera sie als Gefangene behandelte. Sie nahm überhaupt keine Kenntnis von ihnen und ihrem König. Dennoch ließ sie durch ihre Haltung keinen Zweifel daran, dass sie keinem der Athener erlauben würde, den Ritt allein fortzusetzen, damit niemand dem Feind ihre Anwesenheit verraten konnte.

Die vereinten Gruppen ritten drei Tage und Nächte in Richtung der Bergfestung, über Schluchten und Höhen, um den Skythen weiter verborgen zu bleiben. Eine von Eleutheras Gefährtinnen bemerkte, dass einst ihr Volk die Hochebenen beherrscht habe. »Jetzt verkriechen wir uns in den Niederungen.« Ich erfuhr die Namen der noch verbliebenen besten der Amazonen. Es waren Chryssa und Evandre, Althaia und Andromache und Otrete, Prozhoe und die Thrakerin Dosteia. In der Abenddämmerung des vierten Tages sichtete die Vorhut das Meer. Unsere Gruppe hielt an, um den Einbruch der Nacht abzuwarten. Die Skythen oder andere, mit denen Eleuthera nicht gerechnet hatte, vermutlich Glücksritter, waren uns zuvorgekommen. Unsere Gruppe war eingeschlossen, wenn auch noch nicht entdeckt. Eleuthera befahl, ein Lager aufzuschlagen, aber kein Feuer anzuzünden.

Vater näherte sich Eleuthera, wollte mit ihr sprechen. Als ich das sah, rannte ich hinterher. Ich wusste, dass Vater Eleuthera das Versprechen abnehmen wollte, mich unter keinen Umständen bei sich und den Amazonen zu behalten. Dass meine Schwester für ihn verloren war, damit schien er sich abgefunden zu haben. Mich auch noch zu verlieren, diesen Schlag konnte und wollte er nicht hinnehmen.

Ich lief zur kalten Feuerstelle, um die sich die Amazonen und Elevinnen versammelt hatten. Wie ich erfuhr, hatte Eleuthera Vater bereits geantwortet, dass Blut dicker sei als Wasser und sie nichts tun werde, Selenes Kind daran zu hindern, dem Volk ihrer Mutter zu folgen. So jedenfalls übermittelte mir das eine der Elevinnen.

Eleuthera sprach nicht länger allein zu Vater, sondern zu ihren Gefährtinnen an der Feuerstelle, die aus halbmondförmig angeordnetem Moos und Zunder bestand.

Alles, was Selene von Eleuthera erzählt, und alles, was Damon ergänzt hatte, war nichts gegen die Aura von Stärke und Macht, die von der Amazone in Wirklichkeit ausging. Zu diesem Zeitpunkt war Eleuthera einundvierzig, ein Alter, in dem die Frauen ihres Volkes normalerweise bereits Großmütter waren. Dennoch besaß sie die Kraft und Energie einer Zwanzigjährigen. Sie war so groß wie Theseus und hatte breite, kräftige Schultern. Und wie sie auf ihrem Pferd saß! Nie hatte ich eine königlichere Frau in Gestalt und Haltung gesehen.

Eleutheras Erscheinung war keineswegs männlich zu nennen. Sie war vielmehr von geradezu geschlechtsloser Schönheit, wirkte wie die Personifizierung eines Ideals, des Ideals der Freiheit. Selbst ihr Aussehen als Kriegerin, so spektakulär dieses auch sein mochte, war nur ein Nebenprodukt dieser Ausstrahlung. Die Reinheit einer Flamme, das war Eleuthera. Eine Löwin ohne Angst, das war Eleuthera. Hätte sie mir befohlen: Geh durchs Feuer!, nicht alle Macht der Welt hätte mich zurückhalten können. Hätte sie befohlen: Spring von den Klippen!, ich wäre mit Freuden gesprungen.

Jetzt trat sie vor in die Runde. Ihre Gefährtinnen verstummten. Eleuthera sprach über die Möglichkeiten zu überleben.

»Als das Freie Volk von *rhyten annai,* ›der Art, wie wir es immer getan haben‹, abzuweichen begann, haben wir geirrt.« Sie sprach von Athen, so viel begriff ich, von *tal Kyrtes* Entscheidung, die Heimat zu verlassen und den Krieg übers Meer zu tragen. »Aber welche andere Möglichkeit hat uns unser Ehrverständnis gelassen? Ich habe viel darüber nachgedacht. Ich glaube, dass die Götter selbst unsere Zeit für beendet erachten. Was soll aus unserem Volk werden? Wir werden in der Bedeutungslosigkeit versinken, weiter an den Rand der Ereignisse gedrängt werden. Wir halten aus, aber nicht mehr als Macht, sondern nur als eine kuriose Laune der Schöpfung. Und irgendwann werden wir nur noch Legende sein. Wer wird sich an uns erinnern? Der Wind mag durch einen Staubwirbel oder das Flackern der Flamme erkannt werden. Aber wer kann den Wind sehen?«

Eleuthera richtete den Blick dorthin, wo Vater, Damon und Philippus am Rand des Kreises der Amazonen kauerten. Theseus war gerade vom Lager der Athener gekommen und gesellte sich jetzt mit Attikus und einigen der Unterführer zu den dreien.

»Ihr werdet uns nicht sehen«, fuhr Eleuthera lauter fort, damit alle sie hören konnten, »aber wir werden da sein. Unsere Schatten werden eure Straßen des Nachts bevölkern, und jener Teil von euch, den ihr verdrängt habt, indem ihr uns ausgelöscht habt, wird euren Schlaf stören. Und all die Grausamkeit, die wir zur Verteidigung unserer Freiheit aufgeboten haben, wird nichts sein angesichts dessen, was ihr euch selbst antut, wenn wir erst Vergangenheit sind. Ihr habt nicht gewonnen, weder eure Sache noch die Götter, vor denen ihr zu Kreuze kriecht, haben obsiegt. Denn wir sind ein Teil von euch. Indem ihr uns vernichtet, tötet ihr das, was das Freieste und Edelste in euch war. Ihr seid nicht größer geworden durch unsere Vernichtung. Merkt euch das. So sagt es mir mein Herz.«

Am nächsten Morgen wimmelte die Ebene nur so vor Skythen. Tausende hatten uns während der Nacht überholt und zogen nun zum Tanais. Ihre Kundschafter hatten uns noch nicht bemerkt. Dennoch mussten wir uns durch die Schlucht zurückziehen, unsere Spuren verwischen, sogar eine Palisade errichten und die letzte Schlacht erwarten.

In jener Nacht ging Theseus zu Eleuthera und bot ihr an, die Amazonen mit den athenischen Schiffen in den Osten zu bringen. Mit einem Ausfall zum Strand unterhalb der Bergfestung, so erklärte er, könnten unsere vereinten Truppen diejenigen überwältigen, die die Schiffe in ihre Gewalt gebracht hatten. Die Pferdeboxen der Schiffe würden auch die Reittiere der Amazonen aufnehmen. Bei gutem Wind sollte die Flotte Maues und Panasagoras am Tanais zuvorkommen und die Frauen in Sicherheit bringen.

Das Angebot war ein Markstein der Geschichte. Eleuthera schmähte den Vorstoß.

»Soll ich überleben, Theseus, durch dein tatkräftiges Mitleid?«

»Mitleid?«, entgegnete der König. »Nie habe ich jemanden so gefürchtet wie dich, bin von niemandem so vernichtet worden, wie du mich vernichtet hast.«

Eleuthera musterte ihn voller Hass. Jetzt hatten sich alle Athener um sie herum versammelt. Der Mond war dunkel, die Nacht kühl in der Schlucht. »Diesmal seid Ihr in unser Land gekommen«, wandte sich die Amazone an den Athener, »in der Hoffnung, Antiope aus der Unterwelt zu locken und sie um Verzeihung für das Unrecht zu bitten, das Ihr ihr angetan habt. Sie wird Euch nie erscheinen. Schlagt Euch das aus dem Kopf. Erst im Tod werdet Ihr sie wieder finden.«

Die Worte trafen Theseus ins Mark. Er schien zu wanken, sodass mehrere seiner Gefährten schon die Arme ausstreckten, ihn zu halten.

»Ihr hättet sie selbst töten sollen«, fuhr Eleuthera fort, »dort in Athen am Morgen der letzten Schlacht. Ich hätte es getan. Aber Ihr habt sie reiten lassen. Ihr habt dabeigestanden, ihr gestattet, das gemeinste Verbrechen zu begehen, das eine Amazone begehen kann: die Waffen gegen ihr eigenes Volk zu erheben. Ihr habt sie vernichtet, in diesem Leben und in dem danach, denn Ihr habt Athen mehr geliebt als sie.«

Auch dieser Pfeil traf mitten in sein Herz. Theseus zuckte zusammen.

»Auch ich habe sie verraten«, sagte Eleuthera. »Und sie war bei weitem die Edelste unserer oder eurer Rasse, denn sie allein wagte es, Sonne und Mond zu paaren, Mann und Frau. Der Kummer, den Ihr in Euch trägt, ist mir also nicht unbekannt.«

Eleuthera musterte ihren alten Feind kalt.

»Was hat es Euch genützt, Theseus, die Menschen in die ›Zivilisation‹ zu erheben? Athen hat Euch dafür verstoßen. All die Gaben, die Ihr für Eure Stadt errungen habt, hat sie Euch wieder vor die Füße geworfen. Jetzt seid Ihr hier, seid wieder zu uns gekommen. Ich hätte Euch damals bei jener ersten Begegnung schon töten sollen. Ich habe es gespürt, das *netome,* das Ihr von weither gebracht habt. Aber Vater Zeus ist der Allmächtige. Er hat Herakles und Jason geschickt, und jetzt Euch, um das Freie Volk zu brechen. Ihr habt seinen Auftrag treu erfüllt.«

Theseus wirkte vernichtet, schien die Last der Anschuldigungen kaum noch zu ertragen.

»Wie könnt Ihr mich so sehr hassen, Eleuthera?«

»Hass ist ein Band, Theseus. Und ich habe Euch schon sehr lange Zeit gehasst.«

Der König begann davon zu sprechen, dass dieser Hass aus der Welt geschafft werden müsse. Eleuthera unterbrach ihn.

»Die Zeit des Freien Volkes ist vorüber. Und das Seltsame ist, dass Ihr, Theseus, der Ihr uns vernichtet habt, offenbar auch derjenige seid, der uns am besten verstanden, uns am meisten geliebt hat. Ihr seid einer von uns, seid es immer gewesen.«

Bei diesen Worten war es mit Theseus' Beherrschung vorbei. Schluchzen entrang sich seiner Brust. Er fiel vor Eleuthera auf die Knie, barg sein Gesicht an ihren Beinkleidern. Die Amazone bewegte sich nicht, senkte nicht einmal den Blick, streckte nur nach kurzem Zögern die Hand aus und legte sie ihm schweigend aufs Haupt.

43
REISEND

Mit Umhängen und Decken mussten wir den Amazonenpferden die Köpfe verhüllen, um sie dazu zu bringen, über die Rampen an Bord der Schiffe zu gehen. Sie rochen das Meer und hassten es. Dennoch gehorchten sie. Allen sechs Schiffen gelang die Flucht, samt Mannschaft, Pferden und mit hundertvierzig Amazonen – Eleutheras Kriegerinnen und den Werkern der *kabar* – an Bord.

Die Strecke von Lykasteia bis zum Tanais ist alles andere als eine kurze Spazierfahrt. Und die Schiffe konnten nirgends anlanden. Die Skythen wussten, wer sich an Bord der Schiffe befand. Sie waren wild entschlossen, sich die vorerst entgangene Beute doch noch zu sichern. Und so verschanzten sich die Amazonen elend und missmutig wie nasse Katzen auf den Schiffen.

Vater – so ich ihn noch so nennen durfte – wich mir nicht von der Seite. Zwar gelang es ihm, mich von Europa fern zu halten, doch wir konnten uns durch Zeichen verständigen. Denn ich war entschlossen, mit ihr zu fliehen, mich dem Freien Volk anzuschließen.

Irgendwann jedoch gelang es einer Amazone, mit einer leuchtend roten Narbe auf Wange und Brust, an Bord stets in meiner Nähe zu bleiben. Sie war eine Unterführerin in Eleutheras Truppe. Nach der Ehrerbietung zu schließen, die sie bei ihren Schwestern genoss, schien sie eine berühmte Kriegerin zu sein. Schließlich nannte sie ihren Namen: Dosteia. »Eigentlich müsstest du schon von mir gehört haben«, sagte sie. »Vorausgesetzt, Selene hat die Wahrheit erzählt.«

In diesem Augenblick fiel es mir wie Schuppen von den Augen. Um meine bis dahin geübte eiserne Selbstbeherrschung war es geschehen. Zu eng war dieser Namen in meiner Erinnerung mit Selene verbunden. Ich sank in die Arme der Amazone und weinte wie ein Kind.

Von Dosteia endlich erfuhr ich Einzelheiten über meine Geburt, die sie allerdings auch erst vor kurzem durch Selene erfahren hatte. Einer jener seltenen Zufälle im Leben hatte es gewollt, dass Mutter ein totes und Selene ein gesundes Mädchen zur selben Jahreszeit zur Welt brachten. So hatte man mich vertauscht, ohne dass das außerhalb eines engen Kreises im Gutshaus je ruchbar geworden wäre. Strengstes Stillschweigen war all die Jahre bewahrt worden. Nicht einmal Europa, drei Jahre älter als ich, hatte je die Wahrheit geahnt. Noch bis vor wenigen Tagen war sie überzeugt gewesen, meine leibliche Schwester zu sein.

Was Dosteia jedoch nicht erwähnte, war, wer mein richtiger Vater war. Die Vorstellung, Vater könne heimlich zu Selene aufs Lager gekrochen sein, erschien mir absurd. Damit blieb nur noch Damon! Und Onkel las die Frage in meinen Augen, einige Abende nach der Begegnung auf dem Gräberfeld.

»Hasst du mich, Tochter?«

Kinder sind grausam, und ich war längst nicht so erwachsen wie ich tat. Ja, ich hasste ihn. Ich hasste ihn dafür, dass man mir die Wahrheit so lange vorenthalten hatte. Warum hatte man mich im Dunkeln gelassen? Warum sollte ich unter allen Umständen als echtes athenisches Mädchen erzogen und einem echten athenischen Mann versprochen werden? Damit ich wegen der Herkunft meiner Mutter in der Gesellschaft Athens nicht zur Ausgestoßenen wurde?

Ich schnitt Damon und weigerte mich lange, auch nur ein Wort mit ihm zu wechseln.

Von Dosteia erfuhr ich außerdem, dass Selene weder im Kampf gefallen noch vom Pferd gestürzt war. Sie hatte an einer steilen Uferböschung den Halt verloren und sich das Genick gebrochen.

Dosteia glaubte, dies sei Schicksal gewesen, Selene habe das Gesetz ihrer Trikona erfüllt, die Götter hätten offenbar ihr Leben im Tausch für Eleuthera angenommen. Somit hatte sich der Kreis ihres Lebens geschlossen. Die Erde hatte sie geboren, die Erde hatte sie sich zur angemessenen Zeit wieder genommen. Davon sei auch Eleuthera überzeugt, versicherte Dosteia mir, denn Eleuthera habe an Selenes Grab das Opfer nicht mit Worten begleitet, wie man das bei einer Amazone tat, die eines natürlichen Todes gestorben war, sondern mit Zeichen, wie das nur gefallenen Heroinnen vorbehalten war.

Selene glaubte, so habe Eleuthera erklärt, dass sie ein Verbrechen gegen ihr Volk begangen hätte, indem sie es unterließ, Eleuthera und sich selbst zu töten, um der Gefangenschaft durch die Athener zu entgehen. Sie habe daher Eleutheras Zorn und Hass ein Leben lang gefürchtet. »Aber ich konnte Selene nicht hassen«, habe Eleuthera wörtlich gesagt. »Denn sie hat es aus Liebe getan. Und nicht allein aus Liebe zu mir, obwohl die tief und groß war, sondern aus Liebe zur *tal Kyrte,* für deren Wohl sie ihre Freiheit geopfert und mein Leben geschont hat. Mehr als alle anderen hat Selene sich dem Freien Volk verschrieben. Und was noch schwerer wiegt, ist, dass sie sich diese Hingabe in der Einsamkeit, fern ihres Volkes und seiner Fürsorge bewahrt hat.«

An Selenes Grab schließlich, so berichtete Dosteia, sei Eleutheras eiserne Selbstbeherrschung von ihr abgefallen. Lange Augenblicke seien vergangen, bis sie sich wieder gefasst habe, bevor sie mit den Zeichen der Amazonen die Verse sprach:

Der Mond ist gesunken,
wird der Mond je wieder aufgehen?

Das war sozusagen die letzte Verneigung Eleutheras vor meiner Mutter und dem ganzen Volk der *tal Kyrte.*

Am fünften Mittag auf See fuhr die kleine Flotte in die Maiotis-See ein. Bis zur darauf folgenden Nacht hatte sie auch die Mündung des Tanais erreicht. Und es war ein mächtiger Strom, der uns hier erwartete. Schon auf hoher See waren die Vorboten seiner Strömungen zu spüren.

Als wir noch hundert Schritt vom Strand entfernt waren, beschloss ich, meinen lange gehegten Fluchtplan in die Tat umzusetzen. Ich sprang über Bord und schwamm zum Strand. Es ist ein Irrtum, dass Seeleute keine Angst vor dem Meer haben. Niemand sprang mir nach. Nicht einmal Vater. Keiner konnte schwimmen.

An Land floh ich zu Fuß am Ufer des Tanais entlang in Richtung Norden und gönnte mir erst Rast, nachdem ich mehr als eine Parasange zurückgelegt hatte. Europa, so lautete unsere Abmachung, würde mich holen, sobald die Marschsäule der Amazonen auf dem Weg zum Tor der Stürme diese Stelle passierte.

Ich würde eine von ihnen sein.

Ich würde nie mehr zurückblicken.

Als einige Amazonen jedoch gegen Sonnenuntergang endlich am Horizont auftauchten, waren sie gekommen, mich gefangen zu setzen. So jedenfalls lautete Eleutheras Befehl. Verschnürt wie eine Handelsware beförderten sie mich zum Strand zurück und übergaben mich Vater. Diesmal band er mir persönlich die Hände auf den Rücken und führte mich wie einen Hund an der Leine.

Die Amazonen hatten sich gesammelt, waren zum Aufbruch bereit. Meine Schwester würde mit ihnen ziehen. Nur noch wenige Herzschläge – und sie waren für mich für immer verloren.

Ich hob den Blick. Eleuthera hielt ihr Pferd neben mir an. Bislang hatte sie nie das Wort an mich gerichtet, mich nie beachtet, und dennoch sagte mir ihr Blick, dass sie alles verstand und alles wusste.

»Willst du mir gehorchen, Tochter?«

Ich schöpfte Hoffnung und bestätigte das energisch.

»Dann gehorche ihm!«

Damit nahm sie ihr Pferd herum und ritt davon.

Unter bitteren Tränen trennte ich mich von meiner Schwester. Wir standen auf einem schmalen Streifen Weideland entlang der Marsch. In wenigen Augenblicken hatten die Amazonen Letzteres überquert und wandten sich nach Norden. Dann hatte das dichte hohe Gras sie verschlungen.

Die Schiffe der Verfolgertruppe lagen auf dem Strand. Die Pferde sollten auf die Weide geführt werden, und Attikus gab den Befehl, alles zum Abendessen vorzubereiten. Der Landeplatz schien sicher, lag er doch auf dem Flussufer, das der Richtung gegenüberlag, aus der Maues und Panasagoras kommen mussten. Und bevor die ersten Trupps mit Brennholz zurückgekehrt waren, tauchten überraschend Reiter auf. In wenigen Minuten wimmelte der Strand vor Skythen.

Im allgemeinen Chaos gelang es den Männern dennoch, alle Schiffe ins Wasser zu ziehen. Nur eines blieb zurück: Aristides' *Theama.* Der Feind nahm es unter Beschuss, zog es an den Strand zurück. Attikus gab das Zeichen, die restlichen Schiffe bis außerhalb der Reichweite der skythischen Bogen zu rudern. Wir sahen die *Theama* am Strand, wie sie allmählich in einem Meer skythischer Krieger versank.

Jetzt zum ersten Mal besann sich Theseus auf seine Autorität als König von Athen. Er befahl Attikus, die Männer auf See in Sicherheit zu bringen, sie unter keinen Umständen zurück zur Küste zu bringen, gleichgültig, was dort geschehe.

Dann ordnete der König an, das kleine Beiboot zu Wasser zu lassen. Er legte seine Waffen ab, bestieg, nur in Begleitung von Damon, der als Sprachmittler dienen sollte, das Boot und ruderte an Land.

44

EIN STAATSMÄNNISCHER AKT

Die Skythen fielen über den König her wie über einen räudigen Hund. Und wir mussten draußen auf See tatenlos zusehen. Meine Kenntnisse über die Vorgänge stammen von Damon und der Mannschaft der *Theama,* die ja an Land zurückgeblieben war.

Theseus hatte die Ausfälle der Skythen vorausgesehen. Das war der Grund, weshalb er den anderen Schiffen ein Eingreifen unter allen Umständen untersagt hatte. Er leistete seinen Peinigern keinen Widerstand, erduldete ihre Misshandlungen, bis Arme, Brust und Rücken mit Blut und Asche besudelt waren, denn die Stammeskrieger bewarfen ihn mit heißer Asche und schlugen ihm diese dann mit Peitschen ins Fleisch.

Die Fürsten der Steppe ließen ihre ganze Wut über die erneut entgangenen Amazonen an Theseus aus, der ihre Flucht ermöglicht hatte. Seit Tagen hatten sie die Schiffe verfolgt und waren nun außer sich vor Zorn. Dann fielen die Skythen erneut über die am Strand liegende *Theama* her, kippten das Schiff einfach um, begruben seine Mannschaft darunter und begannen laut johlend Feuer neben den Bordwänden anzuzünden und Fackeln unter dem Bordrand hindurchzustecken. Die Männer im Schiffsrumpf saßen in der Falle, drohten in Rauch und Qualm zu ersticken. Theseus und Damon hatte man inzwischen mit Pech und Terpentin bestrichen und an Pfähle gebunden. Als Nächstes würde man ihnen den Leib öffnen und sie zu lebenden Fackeln entzünden.

»Plötzlich«, so erzählte uns Damon später, »hörten wir Lärm und Hufgetrappel. Fürst Borges höchstpersönlich ritt mit seinem Gefolge ins Lager. Er war Maues' Vater und Panasagoras' Onkel. Borges war zufällig mit seinem Heer auf die jungen Wilden gestoßen und mit Verspätung am Strand eingetroffen, da er einen Trupp zur Verfolgung der Amazonen über den Fluss hatte übersetzen müssen. Als er jetzt seinen alten, vertrauten Feind, gebunden und für die Folter bestrichen, vor sich sah, wurde sein Herz weich.

›Sollte das Theseus von Athen sein, den ihr da gefangen habt?‹

Borges bahnte sich seinen Weg durch die jungen Heißsporne und befahl ihnen energisch, uns loszubinden.

Sohn und Neffe weigerten sich hitzig. Es wurde gebrüllt, die Waffen klirrten, und ein Blutbad schien sich anzubahnen. Die jungen Fürstensöhne waren aufgebracht. Sie wollten die Schiffe. Sie hassten Schiffe.

Doch in Borges, der damals ungefähr sechzig gewesen sein musste, schien seit den Zeiten der Belagerung Athens eine erstaunliche Veränderung vorgegangen zu sein. Er setzte durch, dass Theseus und ich losgebunden, wie Gleiche behandelt und zum Lagerfeuer gebeten wurden. Außerdem ordnete er an, dass Theseus' Männer unter dem Rumpf der *Theama* hervorgeholt und befreit wurden.

Im Laufe so vieler Jahre, so erklärte Borges, werde ein vertrauter Feind fast schon zu einem Freund. ›Später erinnert man sich nicht an den Feind, den man hasste, sondern an den Helden, der einem mit dem Mut des Löwen im Zweikampf gegenüberstand.‹

Theseus entgegnete ihm ähnlich geläutert. Borges, so erklärte er, sei mit den Jahren offenbar ein bedachter und weiser Mann geworden. Theseus pries den Fürsten der Steppen, gratulierte ihm zur Ausdehnung seines Reichs. ›Und das habt ihr nicht gegen minderwertige Gegner, sondern gegen die beste Reiterei der Welt, die Kriegerinnen Amazoniens, bewerkstelligt‹, fügte er hinzu.

Borges nickte abwartend.

›Die Amazonen sind deine ewigen Feinde, waren schon die Gegner deiner Jugend‹, bemerkte der König von Athen. ›Hast du denn keine Nachsicht mit ihnen, Borges, wie du sie mir gegenüber zeigst?‹

Maues und Panasagoras fielen ihm wütend ins Wort. Nachsicht mit den Amazonen? Das könne nur einen gemeinen Hinterhalt der Athener bedeuten!

Theseus tastete sich vorsichtig an das Thema heran. Vor allem, so erklärte er, seien die Amazonen doch längst geschlagen. Ihre Zeit sei vorüber, sie könnten den Skythen nicht mehr gefährlich werden. Die Amazonen seien schließlich gewillt, sich aus ihren ehemaligen Ländereien zurückzuziehen, keinen Anspruch mehr auf diese geltend zu machen. ›Sie fliehen vor dir, Borges, in ein ödes Land, wo kein anderes Volk leben will, weil es so ungastlich und fern ist.‹

›Dann soll ich sie wohl ziehen lassen?, fragte Borges so laut und deutlich, dass es alle hören mussten.

Die Prinzen und ihr Anhang tobten.

›Wird die Größe eines Herrschers‹, wandte sich Theseus erneut an Borges, ›nicht an seiner Nachsicht gegenüber besiegten Feinden gemessen? Wendet sich nicht auch der Löwe von seinem besiegten Rivalen ab und erlaubt es ihm, sich zurückzuziehen? Auch der Elch, der Adler und der Wolf tun dies. Das ist der Grund, weshalb sie unsere Verehrung genießen.‹

Doch damit weckte er nur noch wütenderen Protest bei der Jugend.

Alle Griechen seien gemein und hinterlistig, tobten sie.

Theseus erklärte, er sei in Athen abgesetzt worden, seine Feinde regierten jetzt die Stadt. ›Mein Glück hat sich gewendet, Borges. Du brauchst mich nicht mehr zu fürchten.‹

Der Skythe lächelte. ›Was kümmern dich diese Amazonen, Theseus? Warum sprichst du für sie? Ist es die Liebe für die, die du zur Frau genommen hast, oder die Schwäche des Alters?‹

Theseus deutete auf die jungen Prinzen der Steppe. ›Die Jugend hat noch Jahre ohne Ende vor sich. Aber du und ich, wir haben das Ende der Straße vor Augen. Vielleicht ist es die Last der vielen Winter auf unseren Schultern, mein Freund, die uns denen zugeneigt macht, deren Zeit ebenfalls abläuft.‹

Er deutete auf den Amazonenhelm, den Borges schon eine Weile spielerisch in der Hand hielt, ihn nachdenklich betrachtete.

›Auch der Stamm der freien Frauen befindet sich im Zenit des Lebens. Doch während unsere Völker uns überdauern, ja sogar wachsen werden, geht dieser Stamm mit ihnen unter.‹

Borges missachtete die empörten Zwischenrufe der jungen Skythen. Er sah Theseus an.

Er werde eine Abmachung mit Theseus treffen, verkündete er. Eine Abmachung, an die sich auch die Prinzen seiner Sippe halten müssten. Dafür wolle er schon sorgen.

›Ich lasse die Amazonen ziehen‹, versprach der Fürst der Steppe. ›Wir geben die Verfolgung auf, die ich angezettelt habe, und werden auch keine weiterer Truppen nach ihnen aussenden. Die große Eleuthera und alle, die mit ihr reiten, sollen sich mit den Letzten ihrer Sippen jenseits des Tors der Stürme vereinen. Und mögen die Götter sie retten, so ihnen der Sinn danach steht. Aber wenn ich auf meine Rache verzichte, Theseus, so verlange ich eine Gegenleistung von dir.‹

Unser König sah Borges abwartend an.

›Ich verlange von dir, dass du nie wieder nach Athen zurückkehrst‹, erklärte Borges.

Diesmal protestierten Theseus' Athener. ›Was ist Athen ohne Theseus? Was Theseus ohne Athen?‹, riefen sie im Chor.

›Ich fürchte dich noch immer, Theseus, und ich fürchte deine Stadt. Ihr seid ein Schlangengezücht. Geh ins Exil. Geh, wohin du willst! Bleib hier bei mir, so dir der Sinn danach steht. Ich sorge dafür, dass du niemals Not leiden musst und von allen in Ehren gehalten wirst. Aber deine Heimat sollst du nie wieder sehen. Wenn wahr ist, was du gesprochen hast, und deine Landsleute dich entmachtet haben, dann gehst du auf meine Forderung ein. Ich verzichte auf meine Rache, so du auf deine Heimkehr verzichtest.‹

Maues und Panasagoras schäumten vor Wut. Warum auf diesen Freibeuter hören? Warum sich seinem Wunsch unterwerfen und diese Frauen ziehen lassen?

›Weil‹, so erwiderte Borges, ›sie durch seine Hand vernichtet wurden und nicht durch uns.‹

Borges hob den Amazonenhelm in seiner Hand in die Höhe. Er war aus Bronze und mit Kobalt und Elektrum eingelegt. Die Helmkrone zierte ein von einem Greif erlegter Hirsch. Es war ein schönes Stück. Borges betrachtete ihn bewundernd.

›Sollen wir denen, Theseus, die uns an Mut und Kampfgeist überlegen sind, unsere Milde verwehren? Sie sind durch unsere Schwächen gefallen, nicht durch ihre eigenen.‹«

45
RITUAL DER ERINNERUNG

Borges hielt Wort. Er gestattete Eleuthera und den Ihren, meine Schwester eingeschlossen, sich nach Norden durch das Tor der Stürme zurückzuziehen.

Und Theseus hielt sich ebenfalls an sein Versprechen. Die Verfolger kehrten ohne ihn nach Athen zurück. Während seiner Abwesenheit hatte man die Führung des Staates Prinz Lykos und seinen Beratern Peteos, Menesteus, Stichios und anderen übertragen, die sich bei der Verteidigung der Stadt gegen die Amazonen und in ihren späteren Ämtern verdient gemacht hatten. Bei der Rückkehr der Schiffe ohne Theseus machte man aus der ursprünglich als Übergang gedachten Regierung eine dauerhafte. Die Demokratie wurde durch die Herrschaft des Adels und seiner Fürsten ersetzt. Diese regierten mit harter Hand, aber gerecht. Innerhalb von zwölf Monden kam die Nachricht von Theseus' Tod. Er war auf der Insel Skyros, wo er Zuflucht gesucht hatte, von den Klippen gestürzt. Ob dies sein eigenes Tun war oder durch Zutun eines Feindes geschah, blieb im Dunkeln.

Vater erholte sich am schnellsten von all diesen Ereignissen. Zurück auf dem Landgut, nahm er die Arbeit des Landmannes mit Freuden wieder auf. Er hielt Mutter in zärtlicherer Verehrung denn je zuvor, und sie erwiderte seine Zuneigung in demselben Maße. Dass ich anderswo als bei ihnen aufwachsen sollte, wurde niemals erwogen.

Damon versuchte sein Bestes, der Aufgabe als Vater gerecht zu werden. Aber ein ortsgebundenes Leben hatte ihm nie behagt. Und nachdem er Selene verloren hatte, ertrug er es noch schwerer. Er teilte sich meine Erziehung mit Vater, bis ich das heiratsfähige Alter erreicht hatte. Dann verließ er Attika und führte wieder das rastlose Leben, das er sich immer gewünscht hatte. Nur einmal im Jahr kehrte er nach Athen zurück, um am Fest des Boedromion teilzunehmen.

Mit fünfzehn wurde ich mit Prinz Attikus vermählt. Ich ging ohne Begeisterung in diese Ehe, diente seinem Haus freudlos, obwohl ich mir keinen besseren Gatten hätte wünschen können. Immerhin war er das Wagnis eingegangen, sich eine Gattin mit solch zweifelhaftem Ruf zu wählen. Später lernte ich, ihn herzlich zu lieben. Am Anfang jedoch, in den Monden unmittelbar nach meinem erzwungenen Abschied aus Amazonien, lebte ich nur für meine Trauer. Warum hatte man mich ausgeschlossen? Warum hatte Eleuthera ein Kind ihrer Rasse verbannt, das nichts sehnlicher gewünscht hatte, als in ihren Diensten zu leben und zu sterben? Warum hatte sie meine Schwester zu sich genommen und mich nach Hause geschickt?

Mit siebzehn brachte ich mein erstes Kind zur Welt. Und mit welcher Bitterkeit ertrug ich meine Zeit als werdende Mutter! Ich glaubte mit der Geburt dieses Kindes auf ewig an meinen Gatten und die Rasse der Männer gefesselt zu sein.

Dann wurdest du geboren, Alkippe, meine Älteste, die ich auf göttliche Eingebung hin nach der großen Kriegerin Amazoniens nannte. Danach kamen deine Schwestern Enyo und Adrasteia, Xanthe und Glauke, Skyleia und Stratonike. Und während ich euch wachsen und gedeihen sah, begann ich endlich zu verstehen.

Ihr wart der Grund, weshalb Eleuthera mich zurückgeschickt hatte. Ihr, meine Töchter, sieben an der Zahl, ohne einen Sohn, denn so ist es der Wille des Himmels gewesen. Und ihr sieben habt ebenso nur Töchter geboren, dass die Stadt sich wundere und mit Angst und Ehrfurcht auf euch schaue.

Also, Tochter Alkippe, Älteste unserer Linie, erhebe dich und nimm die Hülle aus Antilopenleder hier vor dir auf dem Altar. Bring sie zu mir. Löse ihre Bänder.

Seht her! Der *pelekus.* Selenes Eigentum, die doppelschneidige Axt der Amazonen.

Nimm die Waffe aus ihrer Hülle. Zeig sie deinen Schwestern und Töchtern. Ich habe die Klinge messerscharf geschliffen.

Und jetzt tretet vor, Töchter. Kniet in Reihenfolge nieder. Nehmt das Eisen!

Wir machen diesen Schnitt mit eigener Hand, damit kein Feind je sagen kann, er habe als Erster euer Blut vergossen. Ritzt euch die Zunge mit der Klinge eurer Urmutter, die Selene war, und Eleuthera und Antiope und Hippolyte und alle Frauen von *tal Kyrte.*

Blut zu Eisen,
Eisen zu Blut.

Seht auf die Waffe, mir von Eleuthera übergeben, bevor sie sich mit den letzten Sippen jenseits des Tors der Stürme zurückzog. Damit das Blut meiner Mutter Selene sich fortsetze durch mich und alle, die ich geboren habe, dass das Volk der Amazonen nicht untergehe, sondern weiter bestehe, gerade hier, in der Höhle des Löwen.

Blut zu Eisen,
Eisen zu Blut.

Hört nun und vergesst nie. Das Blut von Heroinnen fließt in euren Adern. Zeigt euch ihrer würdig. Bezieht Stärke durch sie. Sie sind euer Blut und Fleisch, untrennbar, unauslöschbar verbunden für alle Zeit.

46
AMAZONION

Der Hahn kräht. Der Mond ist gesunken.

Die Nacht geht.

Der Tag kommt.

Erheben wir uns und gehen ans Werk.

Badet und schmückt euch, meine Töchter. Kleidet euch festlich. Stellt euch auf zur Prozession, wie ich es euch lehrte. Geht mit mir und allen Athenern zum Tempel der Amazonen, dem Amazonion. Dort eröffnen die Priester der Stadt das Fest des Boedromion, zu Ehren eurer Väter Sieg über das Amazonenheer. Wir werden dessen ebenso gedenken. Wenn auch unter anderen Vorzeichen.

Hört mich, ihr Töchter. Nehmt eure Plätze ein. Macht,

dass ihr gesehen werdet. Und sie werden vor euch zurückweichen, in Ehrfurcht und Angst – und voller heimlicher Bewunderung. Seid nicht zufrieden angesichts der Ehren, habt Mitleid. Gott hat sie unter seinen Willen gezwungen – wie auch uns.

Als ich zwanzig war und mein drittes Kind geboren hatte, erreichte mich eine Nachricht aus dem Osten. Der sie mir sandte, ließ mich durch den Boten bitten, den Brief auswendig zu lernen. Ich habe dem entsprochen. Jedes Jahr an diesem Tag spreche ich für mich und für euch diesen Text, welcher unsere Lehre und unser Segen geworden ist.

Damon an seine Tochter. Sei gegrüßt!

Es war mein Wunsch, nach Athen zurückzukehren, wie ich das alljährlich zum Fest des Boedromion getan habe. Eine Wunde, die, wie ich fürchte, sich als tödlich erweisen wird, hält mich jedoch hier. Da du die Letzte unserer Linie sein wirst, mein Kind, du und die, die du geboren hast, lehre sie, wie ich es dir sage. Nimm mit ihnen an meiner statt am Fest teil. Höre, bitte, mit meinen Ohren, und sieh mit meinen Augen.

Wenn du heute zum Amazonion kommst, suche deinen Platz nicht an der Seite unserer Athener Familie, sondern auf der Kuppe des Areshügels. Steige hinauf zu dieser Anhöhe, von wo aus du das Grab Antiopes vor dem Tempel der Mutter Erde mit der sich anschließenden Reihe der Amazonengräber sehen kannst.

Höre die Reden der Politiker. Trage mit Langmut ihre Vereinfachungen der Ereignisse und ihre Berichte über Männer und Frauen, deren Wert sie niemals erkennen werden.

Sieh dann zur Fußbrücke am nördlichen Rand der Agora. Lass dich nicht täuschen von all der Gepflegtheit und dem gefegten Platz. Schau alles mit deinem inneren Auge. Sieh durch mich. Erkenne, was ich sehen würde, stünde ich an deiner Seite. Erfasse diesen Ort, nicht wie er heute ist, sondern wie er war an jenem Abend nach dem endgültigen Waffenstillstand, als die Rasse der freien Frauen sich für immer in die Geschichte verabschiedete.

Dort, wo die Straße jetzt zum Kerameikostor führt, erstreckte sich ein Schuttfeld. Das war unser Lager, das der Athener. Ein Lazarettzelt überdeckte den nach Westen geneigten Hang. Vor diesem befanden sich mit Pfählen gespickte Gräben, Palisaden aus Häuten und Holz und die Gräben gegen die Reiterei, die so genannten Fußbrecher. Dahinter lagen die Küchen und die Pflöcke für die wenigen Pferde und Maultiere, die Athens Reiterei zur Verfügung standen. Eine Steinbrüstung verlief vom Eleusion, damals ebenfalls in Schutt und Asche, bis zu den Gebäuden der Marktwächter. Ungefähr viertausend Männer hausten hier, die seit Monden kein Wasser für ein Bad mehr gesehen hatten. Die Fußbrücke dort war ein Haufen Holz und Steine. Das Quellenhaus war ein Loch in der Erde. Wo die Fläche an den Hügel der Agora stößt, erstreckten sich noch mehr Truppen.

Die Eide des Friedens waren am Morgen davor gesprochen worden. Und dennoch war der Krieg noch nicht beendet. Noch immer waren alle bewaffnet. Die Wachen machten Dienst wie immer. Die Einheit, zu der Elias und ich gehörten, hielt mit anderen die Stellung am Westhang des Areshügels, wo das Lager der Amazonen gewesen war. Direkt darüber war der Tempel, den die Kriegerinnen ihrem Vorvater, dem Gott des Krieges, erbaut hatten, ohne Dach wie alle ihre Gotteshäuser. Unsere Truppen hatten ihn unangetastet gelassen, aus Furcht vor dem Zorn der Götter.

Auf dem nächsten Hügel im Westen befanden sich die Linien, hinter die sich die Amazonen zurückgezogen hatten.

Es ging auf den Abend zu. Ich schlief tief und fest, die

nächste Wache war meine, und die sollte bis zum Sonnenaufgang dauern.

Jemand rüttelte mich wach. Und zu dieser Zeit waren alle bereits so ängstlich geworden, dass ich aufsprang und sofort nach Speer und Schild griff. Niemand sonst bewegte sich. Alle starrten nach Westen zu den leeren Lagern des Feindes.

Die Amazonen begannen abzuziehen.

Entlang der ganzen Länge unserer Linien, fast eine Parasange von einem Ende zum anderen, erhob sich jeder Athener und sah schweigend zu.

Die Amazonen zogen in Reitersäulen zu je zwei Kriegerinnen ab. Die Kerntruppe in der Mitte bestand aus den berittenen Bogenschützen mit ihren männlichen Hilfskräften, den kabar, *zu Fuß an ihrer Seite. Der Tag war trocken und staubig. Die ausgedörrte Erde wirbelte in Wolken unter den Hufen der Pferde auf.*

Kriegerinnen und Elevinnen marschierten nach Stämmen getrennt. Zuerst die aus Themiskyra, dann die aus Lykasteia, die Chadisia und Titaneia. Diejenigen von uns, die sie kannten, und das traf mittlerweile für alle Verteidiger zu, vermochten sie nach den Zeichen, die sie trugen, und der Art, wie sie auf ihren Pferden saßen, zu unterscheiden. Dann erreichte die Marschsäule den östlichen Ausläufer der Pnyx, überquerte diesen und tauchte ein in die Senke am Rande von Melite, von wo sie sich zum Nymphenhügel hinauf- und hinunterbewegte. Dann umrundete das Heer den Hügel der Agora und ritt nach Osten über die Straße durch den Kerameikos, auf der sie weiter in Richtung Norden nach Acharnai zogen. Es war eine nicht enden wollende Schlange von Pferden und Kriegerinnen. Diese trugen ihre Zeichen wie Adler und Bär, Löwe und Wolf, Auerochse, Greif und Geier hoch vor sich her.

Jede Reiterin trug Rüstung, blank poliert, mit einem glei-

chermaßen glänzenden Helm, Bogen und Köcher auf den Knien, die Streitäxte in der Hülle zwischen den Schulterblättern. Nie habe ich ein ähnlich großartiges Schauspiel und solche Verzweiflung in den Gesichtern gesehen.

Entlang unserer Linen brach jemand in Jubel aus. Die Männer stimmten reihenweise ein.

Unsere Landsleute oben auf den Schanzwerken unter der Akropolis stimmten eine Hymne an. Ich wandte mich an Elias. Das Lied »Fall der Titanen« schwoll an. Es war dieselbe Hymne, die wir von den Amazonen selbst auf ihrem Weg zum Tanais gehört hatten.

Es ist die Stunde des Abschieds.
Jüngere warten, ihre Plätze einzunehmen.
Selbst die weinen, die sie vernichteten,
Auf dass sie niemals wieder ihr Antlitz erblicken.

Den ganzen Abend noch blieb die Marschsäule in Sichtweite. Elias und ich nahmen unsere Pferde und folgten ihr auf der Straße nach Acharnai. Am Eichenhügel hielten wir an. Neben den Amazonen konnten wir Krieger anderer wilder Stämme erkennen, immer noch auf der Jagd nach Beute in einem Land, das sie bis zum Letzten ausgeplündert hatten. Die Amazonen zogen ernst und still weiter, bis sie schließlich hinter dem Grat von Leukonoi verschwanden.

Alles, was blieb, an dem Ort, wo Elias und ich standen, waren die Hufspuren der Marschsäulen in der Erde. Auf ihnen ließen sich jetzt die Vögel der Küste in Scharen nieder und pickten nach den Käfern, die die Hufe der Pferde aufgescheucht hatten. In wenigen Augenblicken, so schien es, hatten sie alles vernichtet. Dann entschwanden auch sie im schwindenden Licht, überließen es der Dunkelheit, sich über dem auszubreiten, was die freien Frauen hinterließen, und die letzten Spuren auszulöschen.

ANMERKUNGEN DES AUTORS

Denken wir an das Athen des Altertums, meinen wir üblicherweise die Stadt zur Zeit von Plato, Perikles, Sokrates; also das klassische Athen des fünften Jahrhunderts v. Chr. *Die Königin der Amazonen* allerdings spielt in einer weitaus früheren Zeit, genau genommen achthundert Jahre früher.

Dieses Athen mag mit dem London Chaucers oder Elizabeths I. verglichen werden – bescheiden im Vergleich mit der imperialen Pracht, in der sich die Stadt später sonnen würde, und doch schon eine pulsierende Metropole, geprägt von ihrem einzigartigen Charakter. Der König dieses Athen war Theseus, eine historische Figur, wenn uns auch seine Aktivitäten und Reisen nur als Legenden und Sagen überliefert sind. Theseus, so behaupten die Dichter, tötete den Minotaurus und entführte später die Amazonenkönigin Antiope (einige nennen sie auch Hippolyte) aus ihrer Heimat am Schwarzen Meer und brachte sie als seine Gemahlin nach Athen.

Dies geschah ungefähr um das Jahr 1250 v.Chr. Der Trojanische Krieg lag noch eine Generation in der Zukunft. Dies war ein Zeitalter, als sich Geschichte noch mit Mythologie vermischte, als die Legenden von den Amazonen vermutlich auf einem wahren Kern basierten.

Plutarch jedenfalls behauptet, es hätte sie gegeben. (Ich

möchte andere interessante, wenn auch für mich weniger überzeugende Beweise erwähnen, wie die kürzlich entdeckten Gräber von Kriegerinnen in der Heimat der Amazonen in Südrussland und die Schlachtengemälde an den Mauern der bunten Stoa und auf dem Fries des Parthenon in Athen.)

Plutarch behauptet weiter, dass ein Heer der Amazonen und Skythen Athen während der Regentschaft von Theseus angriff. Dass diese Streitmacht das Land in einem Maße überrannte, dass sie sogar ihr Lager mitten in Athen, direkt neben dem Akropolis-Felsen, aufschlagen konnte, »ist sicher«, so behauptet Plutarch, »und mag durch die Namen der Plätze an dieser Stelle, der Gräber und Denkmäler derer, die in dieser Schlacht fielen, bewiesen sein, da diese auch heute noch existieren«.

Plutarch lebte im ersten Jahrhundert v. Chr. Wenn das Athen, das er kannte, tatsächlich Ortsbezeichnungen aufwies, die sich aus dieser Schlacht in grauer Vorzeit ableiteten, gebietet es der gesunde Menschenverstand zu fragen: Haben sich die Athener diese Namen einfach nur ausgedacht, die Belagerung durch die Amazonen nur erfunden? Man bedenke die Analogie zu unseren Vorvätern. Würden sich weiße Amerikaner Namen wie Dakota und Seattle und Massachusetts nur ausgedacht haben, wenn die Ureinwohner Amerikas nicht existiert hätten?

Können wir Plutarchs Zeugnis ernst nehmen? Wenn wir die historische Realität der Kriegerinnen auch nicht vorbehaltlos akzeptieren können, festlegen sollten wir uns nicht.

Vielleicht lohnt es sich, daran zu erinnern, dass Gelehrte des neunzehnten Jahrhunderts die Nase über die Geschichten vom Trojanischen Krieg gerümpft haben. Homers *Ilias* wurde nur als fantasievoller Mythos verehrt. Dann hat Schliemann Troja ausgegraben, und die Akademiker mussten umdenken.

Vielleicht wird in der Zukunft ein Bulldozer beim U-Bahn-

Ausbau in Athen auf ein unbekanntes Grab stoßen, in dem man dann die Gebeine Antiopes entdeckt. Vielleicht werden Archäologen, die der Existenz dieser kriegerischen Frauen skeptisch gegenüberstehen, einst die Waffe dieser Kriegskönigin in den Händen halten, die doppelschneidige Axt der Amazonen.

DANKSAGUNG

Dank geht an meine wunderbaren Verleger Shawn Coyne und Bill Thomas (in alphabethischer Reihenfolge) nicht nur dafür, dass sie dem Material eine Form gegeben und es gesichtet haben, sondern auch dafür, dass sie in der Welt der Realitäten eine Lanze dafür gebrochen haben. Wenige Leser (und nicht viele Autoren) wissen zu schätzen, was einen guten Verleger ausmacht. Danke! Ohne eure Freundschaft und Unterstützung wäre ich ins Schleudern geraten, und mit mir natürlich auch dieses Buch.

Herzlichen Dank auch an meinen »Bruder in Wort und Schrift«, den Drucker Bowler of Missoula, Montana, für sein außerordentlich gründliches inoffizielles Lektorat. Es war mir ein Vergnügen, deine besten Ideen zu klauen!

Und wieder mal Dank an meinen Waffenbruder Dr. Hip Kantzios von der University of South Florida, der ein Freund und unbezahlbarer Mentor seit der ersten Stunde unserer weinseligen Reisen auf den Meeren des alten Hellas war.